www.united-pc.eu

VERBOTENE MAGIE

Der Magieerlass

S. B. J. S.

Der Ausbruch
7. Vollmondperiode des Jahres 917

Sarfin legte die dicke Nähnadel vorsichtig auf den Tisch und betrachtete das Ergebnis ihrer Arbeit.

„Wie findest du die Nähte jetzt, Mama? Über Kreuz sind die Träger wirklich viel reißfester. Soll ich die Übergänge jetzt auch einnähen", fragte Sarfin während sie einige Male ruckartig an den dünnen, braunen Ledergurten zerrte um ihre Haltbarkeit zu prüfen.

„Nein Schatz, bei solchen Gurten musst du noch einmal entlang der Überlappungen damit sie nicht umklappen, sonst tragen sie das Gewicht nicht wenn Papa die schweren Kartoffelkisten trägt. Verstehst du was ich meine?"

„Ich bin nicht sicher aber ich mache es trotzdem wie du sagst. Wo hast du denn so gut nähen gelernt?"

„Ich habe es als Kind von deiner Oma gelernt, da bin ich noch ganz klein gewesen. Später habe ich sogar eine Lehrstelle in einer großen Schneiderei bekommen, drüben in unserer Bezirkshauptstadt Soto. Als ich dort begonnen habe, war ich elf, fast so alt wie du."

„Ist das wahr? Du hast eine richtige Lehre gemacht? So richtig, mit Meister und allem? Dürfen Frauen so etwas überhaupt?"

„Sagen wir, ich hatte großes Glück. Es gibt Berufe mit denen die meisten Männer nichts anfangen können. Das Schneiderhandwerk gehört zum Beispiel dazu. Es gibt Schneidereien, die ausschließlich für die großen Städte, beziehungsweise für ihr Militär nähen. Die haben immer hohen Bedarf an neuer Kleidung und noch höheren Bedarf an Schneidern. Ob Mann oder Frau interessiert bei vollen Auftragsbücher meist weniger. Du hast auch viel Talent mit Nadel und Faden.

Ich habe noch ein paar Bekannte, die dir eine Lehrstelle besorgen könnten."

„Mama? Was ist wenn ich ein anderes Handwerk erlernen möchte? Ich bin gut im rechnen, kann lesen und helfe Papa immer mit den..."

„Ich weiß was du mir sagen möchtest aber das solltest du dir aus dem Kopf schlagen", warf ihre Mutter ein und unterbrach Sarfin mitten im Satz. Sie legte ihre Gurte auf den Tisch, fuhr sich durch ihre langen, braunen Haare und legte sie über eine Schulter ehe sie seufzend fortführte: „Es tut mir unendlich leid meiner eigenen Tochter so etwas sagen zu müssen aber in diesem Bezirk dürfen nur ganz wenige Mädchen ihre Träume ausleben. Große Kaufleute erkaufen sich das Recht auf Bildung für ihre Töchter, diese Mittel haben wir nicht. Die wenigen Schulen sind den Jungen vorbehalten. Ich wünschte dass ich dir etwas anderes sagen könnte aber so sieht die Wahrheit aus. Als Mädchen muss man nehmen was übrig bleibt aber das muss nicht heißen dass alles schlecht ist, was übrig bleibt."

„Das ist nicht gerecht! Ich bin nicht dümmer als die Jungs aus dem Dorf. Ich kann alles, was sie können. Manches sogar noch besser."

„Nein, das ist nicht gerecht! Weißt du was dein Opa immer gesagt hat? Recht hat wenig mit Gerechtigkeit zu tun. Ich weiß dass es nicht leicht ist, sich damit abzufinden. Jeder Mensch hat Träume denen er gerne nachgehen möchte, leider bleibt es den meisten verwehrt. Den Jungs geht es doch oft nicht besser. Die meisten sind gezwungen sich dem Militär anzuschließen. Wenn sie nicht gut genug sind, werden sie Schmiede oder versuchen sich als schlechte Bauern weil sie nicht gelernt haben wie es geht. Es gibt nur wenige Orte an denen Männer und Frauen über ihr Leben frei entscheiden können."

„Es gibt Orte an denen es anders ist als hier", fragte Sarfin erstaunt, rückte näher an den Tisch heran und stütze ihren Kopf auf ihre Arme. „Wo denn?"

„Im westlichsten Bezirk, dort liegt das weite Land des Greifenlords. Dort gibt es sogar herrschende Häuser, die von Ladys regiert werden. Frauen dürfen zum Militär, Männer ins Dienstpersonal. Angeblich müssen alle Kinder zur Schule gehen, unabhängig von Stand oder Herkunft. Das klingt fast zu schön um wahr zu sein."

„Der westliche Bezirk? Ist das weit weg", fragte Sarfin nachdenklich.

„Ja das ist er. Genau weiß ich es nicht aber ich würde schätzen..., zwei oder drei Monde Reisezeit wären es bestimmt. Dazwischen liegt auch der Bezirk Hohenberg. Die Zölle für die Straßen sind alles andere als gering."

„Gibt es denn noch einen anderen Bezirk außer dem Greifenland?"

„Eigentlich gibt es da nur noch einen Ort, nicht einmal ein Bezirk sondern..."

Die Türe wurde so heftig aufgestoßen dass sie gegen die Wand donnerte. Sarfin und ihre Mutter unterbrachen ihr Gespräch umgehend und traten aus der Wohnstube, in den Flur des kleinen Hauses. Ihr Vater pustete leicht als er sich auf seine Knie abstütze und stammelte: „Wir müssen schnell raus. Die Ritter aus Soto sind gekommen. Kommt schnell! Sie kontrollieren uns wieder."

Schon wieder, fragte sich Sarfin und rümpfte genervt ihre Nase. *Das ist schon das dritte Mal in diesem Jahr und der Sommer ist noch nicht einmal vorbei. Ob sie jemand Bestimmten suchen und es uns nur nicht verraten? In unserem Dorf passiert doch nie etwas Aufregendes.*

Sarfin fühlte sich immer unsicher wenn die königlichen Patrouillen zur Magiekontrolle kamen und nahm die Hand ihrer Mutter bevor sie nach draußen gingen. Das Zentrum ihres Dorfes lag in Sichtweite ihres kleinen Hauses, die leichte Anhöhe hinauf. Sarfin konnte die auffälligen roten Umhänge, der Ritter aus Soto bereits von ihrem Haus sehr gut erkennen.

Das sind heute gar nicht die Ritter des Königs. Diese Gruppe gehört zu unserem Lordprotektor, den Farfans aus Soto. Die Kontrolle auf Magie wird doch sonst von der Königsgarde durchgeführt. Ist das ein gutes oder ein schlechtes Zeichen, fragte sich Sarfin und konnte sich noch keinen Reim auf diese zunehmenden Kotrollen machen, hatte sich allerdings daran gewöhnt und ließ sie stets ohne Widerworte über sich ergehen denn sie waren weder schlimm, noch sonderlich zeitaufwendig. Sie kannte einige Schauergeschichten von Hexen die Kinder entführt hatten und sie sogar verspeist haben sollen, ansonsten wusste Sarfin nichts über Magie. Seit die auffälligen Armbänder für die Zauberer eingeführt wurden, war sie sogar froh, keine besonderen Kräfte zu haben denn sie war kein Mädchen das gerne im Mittelpunt stand. Sarfin hatte sich schon immer deutlich wohler gefühlt wenn sie in der Masse untertauchen konnte wenngleich sie selten nur ein durchschnittliches Mädchen war. Sie rannte schneller als die meisten ihrer Freunde, konnte länger tauchen, weiter schwimmen. So war auch ihre Auffassungsgabe trotz ihres jungen Alters bereits stark ausgeprägt. Sarfin zeigte stets ein hohes Maß an Wissbegierde und lernte selbst das Lesen schon früh von ihrer Mutter.

„Da kommt Pete mit seinen Freunden angelaufen", flüsterte Sarfin ihrer Mutter zu und zeigte auf ihren Bruder, auf der anderen Seite des Platzes. Sarfin mochte ihren Bruder sehr aber sie hatte stets das Gefühl dass er sie nicht sehr mochte. Pete konnte es nicht leiden wenn seine Schwester in der Nähe war wenn er mit seinen Freunden unterwegs war. Sie hatte sogar oft das Gefühl als würde er sich für sie schämen wenn sie ihnen zufällig begegnete. Für Sarfin änderte sein Verhalten nichts. Pete war ihr großer Bruder und zeigte seine Gefühle für seine Schwester immerhin wenn er mitbekam dass sie von aufdringlichen Jungs bedrängt wurde, mehr Zuneigung hatte sie nie von ihrem Bruder bekommen. Auf dem Dorfplatz wurde währenddessen, nach und nach, das gesamte Dorf versammelt. Sarfin konnte zwei ihrer Freundinnen ausmachen doch sie waren zu weit weg um ihnen etwas zurufen zu können.

Ich hatte ganz vergessen dass Nele heute an den See gehen wollte. Mama wird bestimmt wieder meckern weil die älteren Jungs in letzter Zeit immer dabei sind. Bestimmt geht es nur um diesen doofen Manson. Dieser Junge ist aber auch ein gemeiner Bursche! Ich mochte ihn nie!

Sarfin unterbrach ihre Gedankengänge als es auf dem Platz deutlich ruhiger wurde. Die Kontrolle durch den Trupp aus Soto begann als einer der Ritter in die Mitte des Platzes trat und laut hustete um sich anzukündigen.

„Einwohner von Sopri. Ich bedauere euer Tagwerk unterbrechen zu müssen und versuche diese Angelegenheit schnell hinter uns zu bringen. Alle markierten Armbandträger dürfen bereits jetzt schon gehen. Ist unter den anderen Dorfbewohnern eine Neumeldung?"

„Ja Ser, hier, mein Sohn", rief der Bäcker des Dorfes. „Wir haben es nach dem letzten Vollmond bemerkt."

Noch während der Bäcker seinen Sohn meldete, trat ein älterer Mann in dunkelblauer Robe auf ihn zu. Er blieb vor der Familie des Bäckers stehen, hob seine Hand und nickte einem der Ritter nach einer Weile zustimmend zu.

Jetzt legen sie ihm auch so ein Armband an. Wieso tun sie das nur? Jetzt sieht jeder dass er magische Kräfte hat. Armbandträger werden überall wie aussätzige behandelt. Egal welche Kleidung die Leute tragen, diese Armbänder kann man immer sehen. Das ist gemein! Hoffentlich bekomme ich nie so ein Armband!

„Will sich noch jemand melden", fragte der Ritter nachdem die Familie des Bäckers vom Platz ging. Es meldete sich niemand und der Ritter fragte noch einmal mahnend: „Gibt es noch jemand? Ihr wisst dass die Kontrolle jeden entlarvt. Dies ist die einzige Möglichkeit einer Strafe vorzubeugen. Bitte meldet euch freiwillig."

„Hier Ser, meine Tochter", antwortete der Vater einer Freundin von Sarfin. „Entschuldigt mein zögern Ser. Ich habe es auch erst vor kurzem bemerkt."

Erneut trat der Mann mit der dunklen Robe aus der Reihe der Ritter und stellte sich vor der Neumeldung auf. Nach kurzer Prüfung, bekam auch die Tochter des Mannes ein Armband um ihr Handgelenk gelegt und durfte aus der Reihe treten. Die Dorfbewohner kannten die folgende Prozedur und stellten sich hintereinander, neben dem Denkmal im Zentrum auf, um sich von dem Magier kontrollieren zu lassen. Sarfin hatte keine magischen Kräfte und brauchte sich daher keine Sorgen zu machen dennoch wurde sie bei jeder Kontrolle nervös. Mit jedem Schritt den es weiter nach vorne ging, stieg ihre Nervosität ins unermessliche.

Was wäre wenn ich diese Kräfte hätte, es aber gar nicht weiß? Ich will kein Armband bekommen. Ich will einfach nicht!

Sarfins Eltern wussten wie nervös ihre Tochter bei diesen Kontrollen werden konnte und nahmen sie wie gewohnt zwischen sich. Ihr Vater ließ die kurze Kontrolle als erstes über sich ergehen und wurde schnell zur Seite geschickt. Sarfin trat vor den Magier aus Soto und schloss vor Angst die Augen. Sie konnte spüren wie sich etwas in ihrem Körper veränderte als sie ein leichtes kribbeln durchfuhr.

„Kleines? Hast du irgendwelche Fähigkeiten an dir entdeckt", fragte der Magier und hätte ihr stattdessen auch in den Magen schlagen können.

„Nein mein Herr! Ich schwöre es! Ich habe nichts bemerkt sonst hätte ich mich gemeldet", erklärte Sarfin völlig verängstigt aber sie wusste dass man den Rittern stets antworten musste wenn sie Fragen hatten und versuchte sich anzustrengen, dem Magier alle Fragen zu beantworten.

„Ist etwas mit dem Mädchen oder wieso geht es nicht weiter", fragte einer der Ritter, freundlich aber bestimmt.

„Ich bin nicht sicher, wenn dann ist es noch schwach. Ist dir je etwas aufgefallen wenn du zum Beispiel wütend wirst?"

„Nein mein Herr! Ich weiß nichts von Magie oder der Zauberei", antwortete Sarfin zitternd. Der Magier hob seinen Arm erneut und wiederholte seine Kontrolle. Erneut durchfuhr ein kribbeln ihren Körper, dieses Mal deutlich stärker als beim ersten Versuch.

„Ich denke ich habe mich geirrt, du kannst aus der Reihe treten. Entschuldige die Verzögerung, das war offensichtlich mein Fehler. Alles in Ordnung? Du bist so blass um die Nase. Geht es dir nicht gut, Kleine? Diese Kontrolle dürfte eigentlich nicht weh getan haben."

„Ich hatte, nein, ich bin nur froh dass ich keine Hexe bin. Diese Armbänder machen mir Angst."

„Das müssen sie nicht. Es ist nur eine kleine Sicherheitsmaßnahme, mein Kind. Manchmal gibt es böse Hexen oder Hexer. Diese bösen Leute können viel Schaden anrichten und davor wollen wir das Volk nur beschützen. Mit diesen Armbändern wissen wir wo sich diese Leute befinden. Dann können wir euch schneller helfen."

„Ach so…, dann bedeuten diese Armbänder gar nichts Schlimmes", fragte Sarfin erleichtert. „Ich hatte große Angst davor. Danke mein Herr."

Sarfin trat aus der Reihe und drückte sich gleich vor Erleichterung an ihren Vater. Sie war zudem unglaublich erleichtert dass sie keine Angst mehr vor diesen Armbändern haben musste, endlich hatte sie eine Erklärung für ihre Notwendigkeit bekommen. Während sie auf ihre Mutter wartete, ließ sie ihren Blick umherschweifen und stoppte an einer schattigen Stelle.

Das ist doch der Fischer vom See. Wieso er wohl so böse guckt? Er wirkt sonst immer so freundlich aber wenn er sich so im Hintergrund hält, wirkt er ganz schön unheimlich. Was er sich wohl in seinem Büchlein notiert? Mit Fischen hat es bestimmt nichts zu tun.

„Hallo Sarfin. Bist du schon kontrolliert worden? War alles in Ordnung", fragte das braunhaarige Mädchen hinter ihr. Sarfin drehte sich um und nahm ihre beste Freundin zur Begrüßung in den Arm.

„Hallo Nele. Ja wir waren schon dran. Du auch? Mir ist es eben erst wieder eingefallen aber ich habe noch nicht gefragt ob ich darf weil ich es vergessen habe."

„Dann frag doch jetzt. Deine Eltern stehen direkt neben dir. Wir wären schon unterwegs wenn diese Kontrolle nicht wäre und gehen gleich los. Wenn ich nach vorne gucke, dann sind sie wohl schon alle durch. Sie gehen sogar schon. Bitte komm auch mit. Bitte Sarfin."

„Ja gut. Mama? Darf ich auch mit zum See gehen? Ich passe auch auf und bin wieder zuhause bevor es dunkel wird."

„Aber nur, wenn du nicht alleine nach Hause gehst! Du kommst mit Nele, so wie immer! Ihr geht mit niemanden mit und bleibt die ganze Zeit zusammen!"

„Ja, ist gut", rief Sarfin, nahm Neles Hand und lief der kleinen Gruppe hinterher, die bereits bis zum Dorfausgang gekommen war, bevor ihre Mutter weitere mahnende Worte sprechen konnte. Die Sonne strahlte an diesem herrlichen Sommertag angenehm warm vom Himmel und hob Sarfins gute Laune noch weiter an. Sie kannte die meisten der Jungs in ihrer Gruppe, außer dem kräftigen Manson, von dem sie nur wenig wusste und noch viel weniger wissen wollte.

Ich mag diesen Manson nicht. Er ist immer so laut und scheint ständig Streit zu suchen. Immer muss er die anderen schubsen und ärgern. Wieso mögen die anderen Jungs ihn nur? Mir würde es besser gefallen wenn er nicht ständig dabei wäre. So ein unfreundlicher Bursche!

„Hast du schon gehört was wirklich auf dem Fest passiert ist", fragte Nele flüsternd. „Also die Sache mit Jessica?"

„Nein, ist ihr etwa etwas passiert? Ich habe sie schon seit dem Abend nicht mehr gesehen und es ist schon lange her."

„Kein Wunder, sie ist schwanger und bekommt bald ein Baby. Kaum zu glauben, oder? Sie ist doch noch so jung, nur ein Jahr älter als ich."

„Sie bekommt ein Baby? Wirklich? Das kann nicht sein! Von wem denn? Sie ist doch streng gläubig!"

„Dem da", flüsterte Nele noch leiser und zeigte nach vorne auf den kräftigen Manson. „Ich weiß nicht ob es stimmt weil unsere Eltern schon früher gehen wollten aber meine Freundinnen waren noch länger da. Sie hatten doch heimlich Wein geklaut. Angeblich haben die Jungs ihnen auch noch Schnaps in den Wein gekippt um sie schnell betrunken zu machen. Manson hat sich dann an Jessica vergangen, da muss es passiert sein. Jessica schwört nie vorher und nie hinterher mit einem Jungen geschlafen zu haben."

„Oh nein, sie ist erst 13. Ihre Eltern haben jetzt schon große Probleme ihre Felder zu bestellen, auch ohne Baby. Wie konnte das denn passieren? Selbst ich weiß dass man immer aufpassen muss und ich bin noch nicht einmal elf."

„Ja ich weiß aber er hat sie einfach genommen. Niemand hat eingegriffen, alle haben wohl zugesehen. Weißt du was das bedeutet? Wir haben einen Vergewaltiger unter unseren Freunden. Mama hat mir verboten noch einmal mit ihnen raus zu gehen. Ich bin nur wegen dir hier. Ich will dass du deine Zeit auch nicht mehr mit ihnen verbringst. Ich wollte dir das alleine sagen aber seit es sich herumspricht, achtet meine Mutter ganz genau darauf, wann ich raus gehe."

„Aber die anderen sind doch unsere Freunde. Wir könnten ihnen sagen dass wir ihn nicht mehr haben wollen."

„Das klappt doch nie! Sarfin, du bist meine beste Freundin. Ich will nicht dass dir etwas passiert. Ich habe vor einigen Monden zum ersten Mal geblutet, jetzt kann ich auch schwanger werden. Du wirst bald elf, also ist es bei dir auch nicht mehr fern. Hör auf mich. Ich bitte dich! So jemand wie der ist nicht unser Freund! Sieh wie er die beiden Jungen wieder schikaniert. Immer wenn wir irgendwo hingehen macht er diesen Blödsinn. Ich mochte ihn nie und jetzt will ich auch nichts mehr mit ihm zu tun haben. Ich würde mich aber nie trauen es ihm ins Gesicht zu sagen."

„Deine Mama und meine sehen sich eh öfters. Bald wird sie das gleiche sagen und du hast auch recht. Er ist nicht unser Freund! Du bist meine Freundin!"

„Dann sind wir heute zum letzten Mal mit ihnen hier am See. Schade eigentlich, ich hatte gehofft es irgendwann zu schaffen, bis hinten zur Anglerbucht zu schwimmen. Ich habe es bisher nicht einmal bis zur Hälfte geschafft."

„Ihr und eure Wettkämpfe. Ich habe gar keine Lust so weit zu schwimmen. Der ganze Weg muss ja auch wieder zurückgeschwommen werden. Nein danke", lachte Sarfin und war erstaunt dass sie bereits an dem See angekommen waren. Sarfins Freunde warfen gleich ihre Kleider von sich und liefen lachend in das glitzernde Wasser. Die wärmenden Sonnenstrahlen luden für ihren Geschmack zu sehr zum Faulenzen ein und so blieb Sarfin mit Nele am Ufer und ließ sich auf der Wiese nieder. Die beiden Freundinnen hatten sich immer viel zu erzählen und so verging die Zeit, wie so oft, viel schneller als beiden lieb gewesen wäre.

Nele und Sarfin lagen bereits eine Weile dösend auf der Wiese und beobachteten die Jungs bei ihren Spielchen. Am beliebtesten war das Stein Suchspiel, bei dem sich zwei Gegner auf den erhöhten Felsvorsprüngen aufstellten und darauf warteten dass eine dritte Person, einen gelb angemalten Stein zwischen sie ins Wasser warf. Zu Sarfins Bedauern war Manson in diesem Spiel sehr gut und gewann Runde um Runde, was er den gesamten Nachmittag auch lautstark kund tat. Als ihm irgendwann die Gegner ausgingen, schien er zu bemerken dass Sarfin noch kein einziges Mal gesprungen war.

„Hey Kleine, was ist mit dir? Willst du auch eine Runde spielen oder traust du dich nicht? Ist auch verdammt hoch für ein kleines Mädchen", witzelte er provozierend.

„Na klar traue ich mich da runter zu springen. Das kann doch jeder", schnaubte Sarfin und verschränkte die Arme vor sich.

„Dann mach doch. Wir haben es alle schon gemacht, jetzt bist du dran. Ich glaube du traust dich nicht!"

„Ich will aber nicht. Das Spiel ist blöd. Ich muss gar nicht von dem Hügel springen um zu tauchen. Das geht auch so."

„Sag ich doch, du traust dich nicht. Feiges Huhn! Nein! Hühnchen. Sarfin das feige Hühnchen", krähte der große Manson und wackelte mit seinen Armen wie ein Huhn während er gackernd im Kreis lief.

„Halt den Mund Manson. Ich muss gar nichts machen nur weil du es sagst. Ich gewinne immer im tauchen gegen dich. Nur deswegen bist jetzt so gemein."

„Ja tut mir leid Hühnchen. Ich gehe dann wieder hoch. Wer will gegen mich spielen?"

„Ich, du Lullapie", fauchte Sarfin und setzte sich auf die trockene Wiese um ihre Schuhe auszuziehen. „Wenn ich gewinne, bist du blamiert!"

„Ich soll gegen ein Mädchen verlieren? Träum weiter", lachte Manson höhnisch und hielt sich beide Hände vor den Mund. Sarfin schlüpfte aus ihrer Hose und warf ihr Hemd von sich. Ohne weitere Worte zu verlieren, stapfte sie in ihrer Unterwäsche, einen der beiden Hügel am Rand des Sees hinauf und suchte ihre Freundin Nele, die bereits den gelben Stein in der Hand bereit hielt um ihn zu werfen. Manson erreichte seine Position auf einem anderen Hügel und machte noch einige provozierende Gesten bevor er mit seinen Fingern laut pfiff. Nele warf den auffällig gelben Stein in hohen Bogen in den See. Sarfin folgte ihm mit ihrem Blick, bis zu dem Punkt an dem er ins Wasser eintauchte. Manson verlor keine Zeit und sprang ihm gleich hinterher.

Ich will da gar nicht runterspringen! Das ist mir viel, viel zu hoch aber wenn ich jetzt nicht springe, lacht der blöde Typ mich wieder aus, dachte Sarfin wehmütig, holte tief Luft und sprang ab, ohne weiter nachzudenken. Sie streckte die Füße so nach unten wie sie es bei ihren Freunden gesehen hatte und schloss die Augen. Sie tauchte ins Wasser ein und spürte wie ihr Körper gleich wieder nach oben wollte. Das Wasser war kühler als sie sich erhofft hatte und ihr Körper brauchte einen Moment um den Schock zu verkraften. Sarfin öffnete ihre Augen und begann zu schwimmen. Das Wasser war trüber als sie erwartet hatte und die Sicht hinter dem tauchenden Manson nicht besonders gut, dennoch versuchte sie schnellstmöglich auf den Grund zu tauchen, der an dieser Stelle nicht sonderlich tief war. Sarfin schwamm Manson hinterher bis ihr die

Pflanze auffiel, an der sie sich beim Absprung orientiert hatte.

Ich glaube er schwimmt in die falsche Richtung. Der Stein müsste da vorne runtergekommen sein. Oh ja, ich sehe ihn schon. Ich gewinne, du arroganter Lullapie, lachte Sarfin innerlich, tauchte zügig herab und packte sich den gelben Stein. Sie wollte sich schon mit den Füßen vom Grund abstoßen als sie im Augenwinkel etwas bemerkte.

Was war das, fragte sie sich während sie sich zu allen Seiten umsah. *Ich habe zu viel Dreck aufgewirbelt, so kann ich gar nichts sehen. Ganz schön unheimlich, besser schnell hoch.*

Erneut zog sie ihre Knie an und wartete bis sie von selbst auf den Grund des Sees absank als es erneut passierte. Sie war ganz sicher dass etwas durch die trübe Sicht vor ihr schwamm, zu schnell um ein Mensch zu sein. Sarfin spürte wie sie die Angst lähmte obwohl sie sich zu jedem Zeitpunkte vom Grund hätte abstoßen können und zumindest einen Versuch wagen könnte, aufzutauchen. Der dunkle Schatten im Wasser machte ihr zu große Angst. Von hinten zog etwas an ihrem Kopf vorbei und traf sie schmerzhaft an der Schulter. Sarfin öffnete reflexartig den Mund und bereute es sofort als ihr schlagartig jede Atemluft verloren ging und sich ihr Mund mit Wasser füllte. Der dunkle Schatten schoss erneut auf sie zu. Sarfin schrie und schloss die Augen während ihr Körper sich ruckartig in Bewegung setzte. Sie konnte nicht sagen was passierte, es fühlte sich an als würde sie gleichermaßen gezogen, als auch geschoben werden. Ihr Körper bewegte sich immer schneller durch das Wasser ohne dass Sarfin selbst eine Schwimmbewegung machte, viel schneller als es normal gewesen wäre. Ihr Körper schoss förmlich zur

Wasseroberfläche. Sie schnappte schlagartig nach Luft als sie aus dem Wasser gedrückt wurde und ließ sich von dem Stück Holz, über das sie sich mit ihrem Bauch gelegte hatte, einen Moment auf der Wasseroberfläche treiben. Ihr war völlig schlecht und musste immer wieder husten. Wenige Meter von ihr entfernt, hoben zwei dunkle, rundliche Wesen ihren Kopf aus dem Wasser und zogen große Kreise um Sarfin. Sie bekam wieder einen kurzen Augenblick Angst ehe sie die Tiere erkannte und beinahe gelacht hätte.

„Das sind ja Robben. Bei der Göttin, das waren nur Robben. Hoffentlich hat Manson dass nicht gesehen. Er würde mich ewig auslachen", lachte Sarfin dann doch über sich selbst als eins der Tiere neugierig näher schwamm.

„Wenn er das gesehen hat, dann hast du bald andere Probleme als ausgelacht zu werden. Komm schnell aus dem Wasser. Wir müssen reden", befahl eine männliche, kraftvolle Stimme ohne laut zu sein. Sarfin suchte nach dem Urheber und sah einen Mann, den sie aus ihrem Dorf kannte. Er saß mit einer Angelrute an einem der steilen Stellen am Ufer, nicht weit entfernt.

Moment, wieso bin ich denn hier, wo die Männer zum Angeln hingehen? Das bedeutet ja, ich bin durch den ganzen See getaucht. Das kann nicht sein, so weit kann kein Mensch tauchen aber wie bin ich dann..., Sarfins Gedanken stoppten abrupt als sie los schwimmen wollte und sich von dem treibenden Stück Holz abstoßen wollte, an das sie sich bis jetzt geklammert hatte, nur dass es kein Holz oder Ast war. Die Wasseroberfläche hatte eine leichte Welle gebildet, die sie die ganze Zeit getragen hatte und an der Stelle, an der sie sich festgehalten hatte, völlig hart war als wäre sie aus Holz obwohl es eindeutig Wasser war. Sarfin konnte nicht glauben was sie sah obwohl sie es noch mit einer Hand berührte. Die kleine Welle war hart und doch weich. Sie blieb so lange für sie stehen, bis sie ihre Hand wegnahm. Die stützende Welle zerfiel und wurde einfach wieder ein Stück des Sees als wäre nichts gewesen. Sarfin vergaß vor lauter erstaunen ihre Schwimmbewegungen und tauchte unfreiwillig unter Wasser.

Was war das denn verrücktes? Ich muss viel Wasser geschluckt haben sonst würde ich nicht solch merkwürdigen Dinge sehen, sagte sie sich selbst und schwamm zum Ufer. Sie drückte sich aus dem Wasser und setzte sich in sicherer Distanz zu dem Mann auf die Wiese. Sie kannte den Fischer zwar vom sehen aber für sie war er dennoch ein Fremder und damit klingelten alle Warnungen ihrer Eltern in ihrem Kopf.

„Hast du Angst vor mir oder fragst du dich was eben passiert ist", fragte der Mann ohne den Blick von seiner Angel zu nehmen, dessen Hut und Bart den größten Teil seines Gesichtes verdeckten.

„Ich kenne sie nicht aber ich habe keine Angst vor ihnen. Sie sind der Fischer vom Markt", antwortete Sarfin schüchtern und begann zu zittern. „Mir ist kalt. Ich sollte jetzt besser gehen."

„Wir haben noch nicht geredet. Hier ist ein Tuch und da vorne hängt meine Jacke. Nimm sie ruhig, im Schatten ist es kühl aber wir sollten im Schatten bleiben."

„Und wenn ich lieber nicht mit ihnen reden möchte? Ich möchte jetzt gehen."

„Du willst also auch so ein schickes Armband bekommen wenn die Ritter des Königs wieder nach Magiern suchen? Heute hattest du noch einmal Glück aber beim nächsten Mal werden sie dich entlarven", antwortete der Mann und krempelte einen Ärmel seines blauen Hemdes nach oben. Sarfin erkannte dass der Mann ein Armband trug, eins dass sie schon viele Male gesehen hatte und schon lange fürchtete.

„Sie sind…, sie sind, ein Zauberer", bemerkte sie voller erstaunen und konnte sich nicht gegen ihre Neugierde wehren. Sie war selbst erstaunt dass sie keine Angst verspürte und fragte: „Sind sie wirklich ein richtiger Zauberer? Mit richtigen, magischen Kräften?"

„Das bin ich und wie mir scheint, du auch", entgegnete der Mann und legte seine Angelrute zur Seite. Während er sich zu ihr umdrehte, begann sein gesamtes Antlitz hell zu leuchten. Es war nur ein kurzer Augenblick, dennoch blendete er Sarfin vollständig. Als sie gegen die Blendung anblinzelte und langsam wieder sehen konnte, traute sie ihren Augen kaum denn statt eines Mannes, stand jetzt eine Frau vor ihr, der die Fischerkleidung viel zu groß war. Sie war jung, hatte kurze blonde Haare und ein Lächeln, dem Sarfin sofort vertraute.

„Du bist so hübsch", stammelte Sarfin und fragte sich wieso sie ausgerechnet so etwas sagen musste.

„Dankeschön, du auch. Nun, wollen wir reden oder willst du nach Hause? Ich halte dich nicht auf und ich will dir ganz sicher nichts tun. Versprochen!"

„Sind sie ein Mann oder eine Frau? Ich bin verwirrt", gestand Sarfin irritiert über das geschehene. „Worüber wollen sie denn reden? Sie fressen mich doch nicht, oder? In den Geschichten sagen sie immer das Hexen gerne Kinder essen. Ich schmecke bestimmt nicht!"

„Ich bin keine Hexe und selbst wenn, glaubst du wirklich an solche dummen Märchen? Wieso sollte jemand Kinder essen? Macht das Sinn für dich? Kinder zu essen? Wieso keine Männer…, an denen ist doch viel mehr dran", kicherte die junge Frau. „Es gibt Hexen wirklich aber die essen das gleiche wie du und ich. Ich bin jedoch eine Magierin, das ist ein gewaltiger Unterschied! Nimm dir meine Jacke und setz dich, ich erkläre dir was eben passiert ist und was du bist. Oder willst du es nicht wissen?"

„Was ich bin? Ich bin ein normaler Mensch, was gibt es da zu erklären? Ich habe mich eben so erschrocken dass ich hier…, irgendwie gelandet bin", versuchte Sarfin zu erklären, bemerkte allerdings selbst dass sie keine Erklärung hatte.

„Du bist also der Mensch, der am längsten den Atem anhalten kann. Nicht schlecht, ich habe da eine bessere Erklärung. Wenn ich raten muss dann würde ich sagen du bist zehn oder elf, in diesem Alter zeigt sich das Faro bei den meisten zum ersten Mal. Genau das ist eben passiert. Du hast einen Schreck bekommen und dein Faro hat einen unkontrollierten Ausbruch gezeigt, dabei hat sich dein Geburtstalent gezeigt. Herzlichen Glückwunsch, du bist ein Elementbändiger. Die Frage ist nur ob du Wasser erzeugst oder manipulierst."

„Was reden sie denn da? Ich bin doch keine Magierin! Ich bin eben kontrolliert worden. Sie haben es selbst gesehen und sich Notizen gemacht. Ich habe sie doch in ihrer Männergestalt gesehen", fauchte Sarfin und stand erbost auf. „Ich will keine sein! Ich will kein Armband und ich will nicht markiert werden! Ich bin ein ganz normales Mädchen! An mir ist gar nichts besonders! Klar? Ich gehe jetzt nach Hause! Wenn sie mich aufhalten wollen dann schreie ich! Mein Bruder ist nicht weit weg und er ist stark!"

„Hier fang", rief die junge Frau. Sarfin drehte sich noch einmal um und konnte dem anrauschenden Feuerball nicht mehr ausweichen. Sie riss ihre Arme nach oben um ihr Gesicht zu schützen und schloss die Augen. Es passierte jedoch nichts, zumindest nichts was sie bewusst beeinflusst hätte. Als sie ihre Augen öffnete, hatte sie vor sich, aus dem nichts eine Wand aus Wasser erzeugt, die den Feuerball einfach verdampfen ließ. Sarfin wusste dass sie sich jetzt nichts einreden brauchte, sie spürte es ganz deutlich. Sie war der Herr dieser Wasserwand und erst ihre Gedanken, brachten sie wieder zum einstürzen.

Oh nein, oh nein, oh nein! Das darf nicht wahr sein. Ich bin doch eine Magierin. Was soll ich denn jetzt nur tun? Ich will keine sein! Wie geht das wieder weg?

„Das war ich", keuchte sie obwohl sie sich überhaupt nicht bewegt hatte. „Ich bin eine Magierin. Das darf nicht wahr sein!"

„Nein, noch nicht aber ich werde dich zu einer machen! Du willst diesem Armband entgehen, dann wirst du jetzt meine Schülerin! Verstanden? Du kannst Wasser aus dem nichts erzeugen, diese Talente sind extrem selten und damit hast du eine Chance diesen Armbändern zu entgehen. Wenn du bereit bist, mir zu vertrauen dann werde ich dir helfen. Ich werde dir die Möglichkeit geben, die mir seinerzeit verwehrt blieb."

„Wieso? Ich verstehe ehrlich gesagt überhaupt nichts. Ich soll eine Schülerin werden? Kein Armband? Wie soll das alles funktionieren?"

„Es liegt an deinem Talent. Wir können innerhalb weniger Tage eine Solekas aus dir machen, das ist ein Titel für Elementmagier. Normalerweise dauert es seine Zeit bis man sein Element beherrscht aber wenn man eins davon erzeugen kann, so wie du, dann ist der Titel und die Prüfung der reinste Witz. Wenn du sie bestehst, dann bekommst du so einen Stein wie der um meinen Hals. Darin kannst du dein Faro einschließen und deine Signatur unterdrücken, was diese Dinge bedeuten kannst du später lernen. Wichtig ist jetzt nur, dir diesen Stein zu beschaffen. Dazu musst du nur eine einzige Bedingung erfüllen, die ist allerdings nicht verhandelbar!"

„Ich mache nichts verbotenes", schnaubte Sarfin und wollte ihre Arme vor sich verschränken als ihr langsam bewusst wurde dass die junge Frau ihr offenbar nur helfen wurde.

„Damit hast du schon alle Voraussetzungen erfüllt! Genau darum geht es und ist der entscheidende Unterschied ob du eine Hexe oder eine Magierin bist. Wenn ich eine Magierin aus dir machen soll dann musst du dich den magischen Gesetzen unterwerfen! Das bedeutet, du kannst keine verbotene Magie benutzen und wenn du einem Unschuldigen mit deiner Kraft schadest, wirst du durch eine magische Instanz gerichtet. Wenn du dich damit anfreunden kannst, dann nehme ich dich als meine Schülerin auf."

„Hä? Woher soll ich wissen ob etwas verboten ist wenn ich es gar nicht kenne? Es ist ja wohl völlig normal, keinem Mitmenschen etwas antun zu wollen! Ich bin doch keine Kriminelle! Kann ich das Zauberszeug auch einfach wieder abgeben? Willst du es? Ich gebe es dir! Ich will diese Kräfte nicht!"

„Du willst gar keine Magierin werden? Wieso denn nicht? Deine Fähigkeit ist, wie gesagt, äußerst selten und extrem machtvoll. Viele würden dafür sterben."

„Ich nicht. Ich weiß nicht was diese Armbänder bedeuten und will es gar nicht herausfinden. Ich weiß nicht was dass alles bedeutet. Magie scheint etwas Tolles zu sein aber die meisten Menschen haben Angst davor. Ich will normal sein. Niemand soll Angst vor mir haben oder mich Missgeburt nennen. Ja, so reden die meisten über euch. Sie nutzen eure Kräfte und schimpfen trotzdem über euch."

„Das ist mir bewusst seit ich dieses Armband trage. Du bist völlig normal, nur mit einzigartigen Fähigkeiten. Wenn du tust was ich dir sage, musst du dich nicht fürchten und dann wird sich auch niemand vor dir fürchten."

„Und wieso hast du dann so ein Armband? Ich bin nicht dumm, klar? Wenn du mir helfen könntest, dann hättest du wohl selbst keins!"

„Du bist wirklich nicht dumm. Wenn du eine Erklärung willst dann sollst du eine bekommen aber zuerst ziehst dir etwas an. Unsere Beziehung soll nicht damit beginnen dass du krank wirst."

„Zauber mir doch einfach Kleider her wenn du so toll bist oder kannst du es nicht", antwortete Sarfin provozierend und konnte kaum glauben wie frech sie in diesem Moment war. Sie wollte sich schon entschuldigen als ihr plötzlich deutlich wärmer wurde. Sie tastete ihren Körper ab ohne nach unten zu sehen obwohl sie bereits spürte was passiert war.

Sie hat es tatsächlich gemacht! Ich habe plötzlich ein Kleid an. Das gibt es doch nicht. Sie hat sich nicht einmal bewegt um diesen unfassbaren Zauber zu machen, dachte Sarfin voller Bewunderung für diese Fähigkeit und fiel auf die Knie ehe sie respektvoll sprach: „Tut mir leid! Also, was ich eben gesagt habe! Das ist ein toller Trick. Zeigst du ihn mir?"

„Irgendwann später bestimmt", entgegnete die Magierin und räusperte sich kurz. „Also, um es so kurz zu fassen wie möglich will ich kein dazwischen Gefrage! Die Magie in deinem Körper, also das was du zum zaubern nutzen kannst, nennt sich Faro. Du hast deine Kräfte erst eben entdeckt daher sind deine Faro

Kapazitäten noch sehr gering. Als du deinen Schild eben erzeugt hast, musst du es gemerkt haben. Du bist außer Atem gewesen, ganz ohne jede Anstrengung. Dies zeigt dir dass du deine Faro Kapazität überschritten hast und von deiner Ausdauer gezerrt hast, die jedem Menschen zur Verfügung steht. Über diese Grenze und deren Folgen sprechen wir ein anderes Mal, heute zeige ich dir was nötig ist um ein Solekas zu werden, dies ist der magische Titel für Elementbändiger. Wenn du dies schaffst, bevor die Ritter zur nächsten Kontrolle ins Dorf kommen, dann hast du einen Gegenstand erworben, in den du deine Farokräfte…, sagen wir, ablegen kannst. Wenn die königlichen Magier dich kontrollieren, werden sie dich als normalen Menschen wahrnehmen. Verstehst du das?"

„Ich glaube schon. Wenn ich so einen Stein erwerbe, kann ich meine Kräfte darin verstecken."

„Genau so ist es! Deine Farokräfte regenerieren sich wie deine Ausdauer, daher musst du es regelmäßig tun, am besten jeden Tag. Der große Vorteil dieser Vorgehensweise ist die Möglichkeit, diese Kräfte später noch nutzen zu können. Das Faro bleibt in dem Stein eingeschlossen bis es verbraucht wird. Außerdem ist es ein hervorragendes Training um deine eigenen Kapazitäten weiter auszubauen."

„Was muss ich dafür tun um so einen Stein zu bekommen und wie geht das mit dem einschließen", fragte Sarfin und erhob sich wieder, fest entschlossen, sofort zu beginnen.

„Langsam, eins nach dem anderen! Um überhaupt eine Titelprüfung zu bekommen, müssen wir den Moralus rufen. So nennt sich der Magiewächter. Erst wenn er dich den magischen Gesetzen unterworfen hat, wird er einer Prüfung zustimmen."

„Wie komme ich an dieses Gesetz? Ich kenne es nicht, wo liegt eins davon? Ich kann schnell lesen!"

„Du bist süß, ich kann schnell lesen", wiederholte die Magierin grinsend. „Nirgendwo! Der Moralus wird es dir als Gedanke in den Kopf pflanzen. Dir steht es frei, dem zu zustimmen. Das bedeutet, du musst nicht lesen."

„Und dann prüft er mich? In was denn? Was muss ich tun um diesen Stein zu bekommen?"

„Fünf Aufgaben. Allesamt Zauber der Stufe zwei. Das ist die niederste Form der Elementkontrolle. Als erstes musst du drei Formen erschaffen. Nacheinander."

„Was für Formen? Ein Dreieck", fragte Sarfin und erschuf instinktiv eine Pyramide aus Wasser über ihrer Handfläche.

Wieso kann ich das so einfach, fragte sie sich und musste über sich selbst schmunzeln.

„Scheiße, ja! Genau so! Kannst du einen Kreis? Und danach zwei Kugeln."

Sarfin gehorchte und ließ das Dreieck zwischen ihren Fingern zerfließen. Sie formte einen Kreis und teile ihn anschließend, lediglich Kraft ihrer Gedanken, in zwei Kugeln.

„Kannst du sie um sich selbst drehen lassen? Einfach nur im Kreis."

Sarfin machte es überhaupt keine Mühe auch diese Aufgabe zu meistern und ließ die beiden Wasserkugeln nach Belieben rotieren. Sie wechselte zum Vergnügen sogar die Richtung.

„Du bist unglaublich. Die meisten brauchen Monate für diese eine Aufgabe. Schieß sie nach vorne, einfach nur gegen den Fels da vorne. Richtig mit Kraft dahinter als wolltest du durch ihn hindurch schießen."

Sarfin konzentrierte sich und teile die beiden Wasserkugeln auf beide Hände auf. Sie schlug mit der flachen Hand nach vorne und ließ eine der Wasserkugeln gegen den Fels knallen. Ihre Wasserkugel zerschellte als sie auf das Gestein prallte.

„Das kann ich besser. Ich spüre es. Warte", erklärte Sarfin und spürte wie sie mehr Kraft aus ihrem gesamten Körper in ihre Handfläche leitete. Sie konzentrierte sich, festigte die Kugel aus Wasser und ließ auch das zweite Geschoss nach vorne schnellen indem sie ihren Arm nach vorne schlug. Die Kraft aus ihrer Handfläche musste sich auf die Kugel übertragen haben denn sie zerschellte nicht an dem Stein. Vielmehr zerbrach das Gestein unter der ungeheuren Wucht hinter der Wasserkugel und fiel in Splittern in den See.

„Das gibt es nicht. Du kannst es nicht wissen aber dein Talent ist außergewöhnlich. Nutzt du deine Kräfte wirklich zum ersten Mal?"

„Ich schwöre es! Ich bin keine Lügnerin! Ich wusste bis eben nicht das ich sowas kann aber es macht..., es macht Spaß! Das ist toll, guck dir das an. Wasser, einfach aus dem nichts. Ich habe einen Stein kaputt gemacht, mit Wasser. Unglaublich. Mein Vater muss nie wieder eine Dürre fürchten. Was ist die letzte Aufgabe um diesen..., Gedächtnisstein hieß er, oder? Um diesen Stein zu bekommen?"

„Das hast du eben schon gemacht. Mächtiger als es gefordert wäre."

„Was denn? Was habe ich denn eben gemacht? Kann mich nicht erinnern."

„Den Schild um dich zu schützen. Ein Stufe zwei Schild würde dich vor Messerattacken schützen aber du konntest eben sogar meine magische Attacke blocken.

Das ist schon mindestens Stufe drei. Ich kann es nicht glauben, du bist ein Kind und bereits so mächtig. Bitte lass mich dein Meister sein. Es wäre mir eine Ehre dich beim Moralus zu melden und dich zu unterrichten. Ich werde dir alles beibringen was ich weiß."

„Jetzt sofort oder muss ich dafür etwas Hübscheres anziehen? Oder ziehst du mir was Hübscheres an? Wie heißt du eigentlich? Wenn du mein Meister sein willst dann will ich auch deinen Namen wissen. Ich bin Sarfin."

„Du bist so süß, wirklich! Freut mich dich kennenzulernen, Sarfin. Mein Name ist Laura. Solekas Bieka Laura."

„Sole…, was", wiederholte Sarfin kopfschüttelnd. „Sind das deine Titel? Gleich zwei?"

„Theoretisch sogar vier. Dreimal Solekas und einmal Bieka. Solekas bedeutet Elementbänder. Ich kann Feuer, Wasser und Wind bändigen. Bieka bedeutet so viel wie Herr der Elemente. Diesen Titel erreicht man wenn du mindestens drei Elemente bändigen kannst und jeder Prüfungszauber die Stufe drei hat."

„Du kannst gleich drei Elemente beherrschen. Das ist doch viel beeindruckender als ich."

„Nein, ich kann mit Dingen spielen die bereits da sind. Wenn kein Fünkchen Glut in der Nähe ist, kann ich kein Feuer entfachen aber du, du kannst es in der Wüste regnen lassen. Das ist eine unglaubliche Macht."

„Gibt es denn noch mehr Magietitel? Sole…, irgendwas soll ich als erstes werden?"

„Machen wir dich erst einmal zu einer Solekas und sehen dann wie weit wir kommen. Hast du schon eine Lehrstelle gefunden?"

„Nein, ich bin erst zehn. Ich helfe Papa auf dem Hof und lerne nähen von Mama."

„Dann wirst du deine Lehre in meiner Fischerhütte beginnen, offiziell. Wir halten dich und deine Kräfte vor allen verborgen. Wir beginnen morgen. Ich werde in meiner Männergestalt zu dir nach Hause kommen und deine Eltern darum bitten dass du von mir ausgebildet wirst. Wir werden sie nicht in Gefahr bringen und ihnen nichts von deinen Kräften sagen. Wenn sie nichts wissen dann müssen sie auch nicht lügen wenn sie gefragt werden. Ist das in deinem Sinne?"

„Ich lüge nicht gerne aber um meine Familie zu schützen, werde ich es tun. Wie ist denn dein Männername wenn du wieder verwandelt bist?"

Sarfin rannte durch den Wald am Seeufer und erkannte ihre weinende Freundin, die ganz alleine am Seeufer saß.

„Nele? Was ist denn passiert? Alles in Ordnung", fragte Sarfin voller Sorge und hockte sich neben sie. Nele drehte sich wutentbrannt um, warf sich auf Sarfin und schimpfte: „Ob was passiert ist? Ob was passiert ist? Du dumme Kuh, wo bist du gewesen? Ich dachte dir wäre etwas passiert stattdessen kommst du hier mit einem neuen Kleid an. Du spinnst wohl!"

„Nele tut mir leid, ich bin..., ich bin...", Sarfin wusste gar nicht was sie jetzt antworten sollte. Glücklicherweise nahm ihr Nele den Druck, eine Lüge erfinden zu müssen.

„Du dumme, dumme Kuh! Mach das nie wieder mit mir! Ich habe dich hunderte Male tot im Wasser gesehen. Verdammt! Ich hasse dich! Komm her, du doofe Kuh! Ist alles in Ordnung", fragte Nele und drückte sich weinend an Sarfin, die ihrer Freundin am liebsten alles erzählt hätte aber sie wusste dass dies die erste Bewährungsprobe war und jetzt schweigen musste.

Ich würde dir so gerne alles sagen und dir meine Kräfte zeigen aber ich darf es nicht. Ich will niemanden in Gefahr bringen! Ich muss schweigen um euch alle zu schützen!

Jakel Prüfung
6. Vollmondperiode des Jahres 920

„Sarfin? Hast du deine Faro Reserven gestern Abend in den Gedächtnisstein übertragen, so wie ich dir gesagt habe? Ich kann deine Signatur spüren!"

„Ja das habe ich, Meister", antwortete Sarfin, stellte das lesen ein und rieb sich die Augen. „Wie ihr mir aufgetragen habt. Manchmal ist mir morgens ganz schlecht wenn ich zu viel wollte. Ich kenne meine Grenzen noch nicht und habe sie schneller überschritten als ich möchte."

„Solange dies nur bei der Übertragung passiert, macht es nichts. Du bist immer noch nicht in der Lage deine magische Signatur vollständig zu unterdrücken. Bis du es gelernt hast, musst du deine Faro Kapazitäten so gering wie möglich halten, sonst kann dich jeder Magier spüren. Durch deine Übungen wirst du immer wieder stärker, das musst du dabei bedenken und stets im Hinterkopf behalten. Ich glaube du solltest die Übertragung splitten. Diese Vorgehensweise würde dein Training ebenfalls wieder erhöhen!"

„Was wäre denn so schlimm daran wenn sie mich entdecken? Magie ist doch ein Teil unserer Welt, soviel weiß ich mittlerweile. Wieso soll ich mich noch verstecken? Mittlerweile habe ich mich an die Armbandträger gewöhnt und mit unseren magischen Gesetzen könnte ich doch gar nichts Schlimmes anstellen, selbst wenn ich wollte. Ehrlich gesagt, geben sie mir sogar ein gutes Gefühl. Seit ich diese Kräfte habe, fühle ich mich öfter allein aber wenn ich eines der Armbänder sehe, dann weiß ich wieder dass ich es nicht bin."

„Ich weiß doch was du meinst, Kleines. Es ist nur ein Gefühl aber…, ein ungutes. Diese Registrierung und auch diese Armbänder, ich kann den Gedanken nicht abschütteln aber ich verstehe den positiven Sinn dahinter nicht. Jeder aufrichtige Magier hat sich, so wie wir beide, an den Taunosrezaz gebunden. Wir können gar keine schlimmen Verbrechen begehen. Der Meistermagier aus deiner Prüfungsnacht würde uns umgehend richten. Ich bin sicher dass der König diese Information besitzt, also verstehe ich diese Armbänder nicht. Wieso werden wir markiert? Weißt du wo die Menschen noch markiert werden", fragte ihre Meisterin überraschend ernst.

„Ich habe Geschichten von Reisenden gehört aber ich kann mir nicht vorstellen dass sie stimmen. Ganz im Süden soll es Gegenden geben, wo Menschen hinter Mauern eingesperrt sind und so ähnlich markiert werden."

„Diese Geschichten sind leider wahr und genau daran muss ich seit der Einführung dieser Armbänder denken. Hier sieht und hört man nichts von diesen Umständen aber du musst wissen dass es massive Kulturunterschiede innerhalb Shandras gibt. Der einzige Landübergang markiert eine Art Grenze, mit der man in eine andere Welt eintaucht obwohl wir ein und dasselbe Königreich sind. Die beiden südlichsten Bezirke sind ganz besondere Länder. Dort ist es immer warm und desto südlicher man reist, desto dunkler färbt sich die Hautfarbe der Bevölkerung bis sie ganz dunkel, fast schwarz wird."

„Das weiß ich doch. Auf dem Markt im Nachbardorf gibt es einige Händler aus dem Süden. Menschen sehen nicht alle gleich aus, so viel weiß ich."

„Und du machst dir nichts aus diesen Unterschieden? Hast du keine Angst vor diesen Fremden?"

„Nicht mehr als vor anderen Fremden würde ich sagen. Die meisten Menschen sind nett wenn man mit ihnen redet. Die unfreundlichsten, die ich je kennengelernt habe, waren weiße Männer, falls ihr darauf hinaus wolltet. Was hat das Ganze mit den Armbändern zu tun?"

„Ich habe nur interessehalber gefragt. Nun, leider sind nicht alle Menschen so unvoreingenommen wie du. Es gibt Städte, in denen Menschen in Viertel gesteckt werden. Diese Viertel gibt es schon ewig, viele der Menschen die dort leben, sind sogar hinter diesen Mauern geboren worden und realisieren nicht einmal mehr dass sie Gefangene sind."

„Wieso das denn? Wer ist denn da eingesperrt? Wenn ich hinter Mauern leben würde dann ist es doch offensichtlich dass ich gefangen bin..., oder nicht?"

„Könnte man meinen aber da kommen auch die Armbänder ins Spiel. Zum einen unterliegen die Menschen einer gewaltigen Propaganda. Laut ihrer Geschichte werden die Menschen nur dafür bestraft, was ihre Vorfahren einst angerichtet haben als einige Völker den Süden unterwerfen wollten. Genaues weiß ich auch nicht, nur dass es einen Krieg zur Folge hatte. Der Süden gewann, verteidigte seine Heimat aber sie töteten ihre Angreifer nicht. Sie straften sie indem sie jeden von ihnen in diese Viertel sperrten und für alle Zeit dazu verdammten, in diesen Ghettos zu leben. Das Problem ist dass der Mensch sich ungern einsperren lässt. Es gab immer wieder Aufstände und Fluchtversuche, also führten die Südländer etwas Neues ein. Sie markierten die Gefangenen und gaukelten ihnen vor, sie wieder frei zu lassen wenn sie ihre Schuld gebüßt haben. Jeder der Einwohner dieser Ghettos trägt ein gut sichtbares Band um den Oberarm und wird damit in irgendeiner Form markiert. Sie arbeiten als Sklaven auf Feldern oder Bergwerken. So hat man den Einwohnern einen Hoffnungsschimmer in den Kopf gepflanzt, der sich niemals erfüllen wird, dem sie allerdings nachjagen. Ob die Menschen dort unten wirklich noch an ihre Freiheit glauben kann ich dir nicht sagen."

„Das ist ja schrecklich! Wieso tut denn niemand etwas dagegen? König Michael ist doch ein guter König. Wieso unternimmt er nichts?"

„Das kann ich dir nicht beantworten. Diese Ghettos gibt es schon länger als die Regentschaft der Heras. Ich kann dir auch nicht beantworten ob es den Menschen in diesen Ghettos wirklich schlecht geht. Ich selbst habe zwei davon nur von außen gesehen. Ich könnte nicht einmal bestätigen dass dort wirklich nur Menschen mit weißer Hautfarbe eingesperrt wurden."

„Ich habe trotzdem nicht verstanden was es mit diesen Armbändern auf sich hat. Wenn diese Menschen ohnehin gefangen sind, dann macht es doch keinen Sinn, sie obendrein zu markieren."

„Manche von ihnen dürfen außerhalb der Mauern arbeiten. Dies ist der Hoffnungsschimmer. Wenn sie fleißig sind, dann kommen sie irgendwann raus, so heißt es. Die Wahrheit sieht natürlich anders aus. Wenn sie die Ghettos verlassen soll jeder wissen, wo sie eigentlich hin gehören. Als würde es bessere und schlechtere Menschen geben. Auch die Ghettobewohner sollen sich mit diesen Binden stets gegenseitig an ihren eigentlichen Stand erinnern."

„Ich glaube jetzt verstehe ich aber das würde ja bedeuten…, wenn die Magier markiert werden, will sie jemand in Ghettos stecken?"

„Welche Mauern würden eine Bevölkerung aus Magiern halten können? Wie lange würdest du brauchen um eine Mauer zu durchschlagen?"

„Hmmm…, ich denke zwei oder drei Tage würde ich schon benötigen", antwortete Sarfin nachdenklich. „Bin nicht sicher aber raus komme ich auf jeden Fall!"

„Wenn du zwei oder drei Tage brauchst, wie lange würde ich dann brauchen? Wie lange würden ein Dutzend oder gar hunderte von uns brauchen? Wer wollte uns überhaupt einsperren? Jeder Hexer, jede Hexe…, sie würden sich bis aufs Blut wehren und dabei zahlreiche Opfer fordern. Nein mein Kind, sie wollen uns nicht einsperren. Ich bete jeden Tag dafür dass ich mich irren möge aber ich befürchte, uns Magiern stehen schlimme Zeiten bevor. Wir halten dich bereits seit drei Jahren verborgen, sollte ich mich nicht irren, weiß niemand von deinen Fähigkeiten. Hoffen wir dass ich einfach nur ein paranoider alter Mann werde."

„So alt seid ihr doch noch gar nicht und ein Mann sowieso nicht. Schon vergessen?"

„Manchmal vergesse ich es wirklich. Ich habe meine wahre Gestalt in den letzten Jahren nur ganz selten angenommen. Ich bin ja gar kein Mann", lachte Laura in Gestalt des Fischers und hielt sich den stämmigen Bauch.

„Können wir noch einmal das Stufe vier Schild versuchen? Also Elementabwehr? Dies ist die einzige Übung, die mir noch fehlt um meine Jakel Prüfung zu absolvieren", fragte Sarfin und erhob sich von ihrem Stuhl. „Ich denke, heute schaffe ich es."

„Wie du möchtest. Dafür gehen wir allerdings wieder in den Keller. Einen Zwischenfall wie mit deinem Vater wollen wir vermeiden. Es ist nicht gut dass er jetzt über dich Bescheid weiß. Seit fast drei Jahren halten wir deine Kräfte vor allen verborgen und dann passiert uns sowas dummes! Ich ärgere mich immer noch darüber!"

„Ja ich auch. Er wollte mich überraschen weil mein Bruder zu Besuch war, wir sehen ihn doch so selten seit er weggezogen ist. Tut mir leid. Meine Eltern sind, ich will nicht sagen dass sie Magie ablehnen oder hassen…, aber mögen, tun sie es auch nicht. Sie sind wie alle anderen Dorfbewohner und fürchten sich vor allen Menschen mit einem Armband. Ist euch nicht aufgefallen dass es immer weniger geworden sind? Sie scheinen allesamt, nach und nach zu verschwinden."

„Doch natürlich. Es gibt genau genommen noch sieben Magier in Sopri und Umgebung, dich eingeschlossen. Sie gehen alle in den Süden Shandras."

„Ich dachte es wäre im westlichen Bezirk am sichersten. Dieser Lord Marly soll einen friedlichen Bezirk führen. Wäre diese Reise nicht sicherer?"

„Wahrscheinlich sogar aber das kann sich kaum einer leisten, dabei liegt das Problem gar nicht am Westen sondern an dem Bezirk dazwischen. In Hohenberg wissen sie auch um das begehrte Reiseziel des Greifenlandes und erheben exorbitante Zölle auf ihre Straßen. Es ist wie eine unsichtbare Mauer denn Leute wie wir, können diese Zölle nicht bezahlen."

„Kann man keine Schiffsreise dorthin nehmen? Die werden im Westen doch auch Häfen haben."

„Sicher haben sie das. Keine nennenswert großen aber natürlich haben sie auch einige Häfen. Eine Überfahrt im Süden ist nur durch die Schleuse von Aquarim möglich und die Kosten kommen den Zöllen in

Hohenberg gleich. Im Norden fahren nur wenige Schiffe weil die Witterung oft schlecht aber vor allem extrem kalt ist. Weit im Norden liegt ein Kontinent, der Nota genannt wird. Es ist das Land des ewigen Eises, ein furchtbar kalter Ort. Von diesem Kontinent werden sehr kalte Winde herüber getragen. Aus diesem Grund nennt man die nördlichen Gewässer auch das Eismeer. Manchmal kann man große Berge aus Eis auf dem Meer schwimmen sehen."

„Berge aus Eis? Das muss doch von Magiern gemacht sein oder wie soll sowas sonst möglich sein? Bei uns schneit es doch nur eine kurze Zeit im Jahr und Berge aus Eis habe ich noch nie gesehen. Nicht einmal Berge aus Schnee."

„Sarfin meine liebe, die Welt ist furchtbar groß. Hier auf Shandra gibt es einige Dinge, die es auf anderen Kontinenten nicht gibt. Auf Nota gibt es gewaltige Elefanten mit Haaren und riesigen Stoßzähnen, dafür gibt es hier Greifen oder Chimäras. Die Drachen werden hier nur gezüchtet, sie stammen eigentlich von einem Land, weit, sehr weit entfernt. Ich glaube es nennt sich Brandos."

„Wirklich? Drachen werden hier nur gezüchtet? Das wusste ich nicht. Ich dachte sie hätten schon immer in dem Gebirge der Linzingtons gelebt."

„Tun sie mittlerweile auch obwohl sie nie mehr als sechs oder sieben Tiere hatten. Ich glaube derzeit sind es nur drei. Sie wurden irgendwann mitgebracht. Wahrscheinlich einer der ersten Vorfahren dieses Hauses."

„Wo lernt man solche Dinge denn nur? Ich will so etwas auch wissen. Ich kenne nicht einmal meinen eigenen Bezirk wirklich, geschweige denn unsere Nachbarn. Über alles, südlich des Übergangsstaates, weiß ich im Prinzip nichts. Ist es dieses geheimnisvolle Institut? Kann man solche Dinge an diesem Ort lernen?"

„Ganz bestimmt sogar. Ich war schon einmal dort und bin heute noch überwältigt. Stell dir das Längste Gebäude der Welt vor. Ich weiß es ist schwer aber stell dir ein langes, langes Gebäude vor und dann vergiss deine Vorstellung wieder weil es noch viel größer ist. Sarfin, ich übertreibe selten, das weißt du aber diese Institut ist unfassbar groß. Nicht besonders hoch aber unendlich lang. Der Baustil ist mit nichts vergleichbar was ich je woanders gesehen habe. Sie haben die größten Bibliotheken der Welt, dort findest du eine Antwort auf jede Frage, die du dir noch nicht einmal gestellt hast. Alle deine Fragen werden dort beantwortet werden können."

„Dann will ich dahin! Unbedingt! Ich will lernen. Alles lernen."

„Das ist nicht so einfach wie du glaubst. Das liegt weniger an den Kosten oder deinen Kräften sondern an der Lage des Instituts. Es liegt am Rand der Stadt Domi, der Hauptstadt des Gelehrtenstaats. Dieser Staat hat keinen einzigen Hafen aufgrund seiner hohen Steilküsten und grenzt im Norden an den Übergangsstaat. Das bedeutet man hat immer eine weite Anreise vor sich, unabhängig aus welcher Richtung man anreisen muss. Die nächsten Gelegenheiten um überhaupt anzulegen wären im Wüstenstaat oder ganz im Westen, im Hügelstaat. Sarfin, die Reise würde Monate dauern und das nur wenn man ausreichend Barschaft in der Tasche hat und keine unangenehmen Zwischenfälle erlebt. Früher oder später muss man so oder so durch den Wüstenstaat und dass ist wirklich ein Problem. In keinem Bezirk ist die Verbrechensrate so hoch wie in diesem Land. Eine junge Frau wie du, bei der Göttin, ich will mir gar nicht ausmalen was dir alles zustoßen könnte. Deine Kräfte können dich auch nur bedingt beschützen und wenn du sie offenbarst, gibt es kein Zurück mehr. Wenn du einen Menschen verletzt, selbst wenn du dich nur verteidigst, macht dich das im Volksmund zur Kinderfressenden Hexe. Ich möchte dir dieses Schicksal ersparen! Es ist kein schönes Gefühl. Mir tut dieses Wort immer weh!"

„Mir auch obwohl ich nur gehört habe wie andere beschimpft wurden. Wieso fürchten sich die meisten Menschen vor Magiern? Gibt es dafür einen Grund? Der Sohn des Bäckers ist markiert worden ohne seine Kräfte wirklich zu kennen. Das ist doch fast schon albern."

„Ach Sarfin, nicht alle Menschen sind wie du. Manche entdecken ihre Kräfte unter anderen Umständen und richten dabei unfreiwillig sogar großen Schaden an. Ich hörte von Kindern, deren Kräfte sich in der Nacht zeigten weil sie einen Alptraum hatten. Stell dir vor was passiert wenn dieses Kind ein Erdbeben auslöst oder einen Brand entfacht", fragte ihre Meisterin und wurde auffällig nachdenklich. „Ist es nicht verständlich wenn man sich davor fürchtet? Außerdem gibt es immer solche und solche Menschen. Manche entscheiden sich zu stehlen, andere sogar zu morden und dann gibt es auch die Zauberer, die nie auf einen Meister getroffen sind und keine Bindung an den Taunosrezaz haben. Wenn sich diese Zauberer dazu entscheiden, ihre Kräfte für ihre eigenen Zwecke einzusetzen, dann kann es in einer Katastrophe enden. Durchtriebene Hexer haben schon ganze Monarchien gestürzt."

„Kann dieser Moralus dann nicht auch eingreifen? Wenn er mich oder euch stoppen kann, dann doch auch andere."

„Ich verstehe diese Grenze auch nicht. Aus meiner Sicht hat unser System einige Schwächen, zumindest bevor es greift. Wir, die an das Gesetz gebunden sind, wir haben es ja freiwillig gemacht. Ich glaube man kann nicht immer alles verstehen. Wollen wir deinen Schild ausprobieren bevor du nach Hause musst?"

„Ja bitte, bitte, bitte. Wenn ich es schaffe dann kann ich alles um ein Jakel zu werden. Solekas Jakel Sarfin. Das gefällt mir sehr gut", grinste Sarfin, schlug ihr Buch im rausgehen zu und folgte Laura in ihrer Männergestalt, in den Keller der Werkstatt. Durch ihre vielen Trainingsstunden hatten die steinigen Wände in den letzten Jahren sehr gelitten. Wo Sarfin auch hinsah, überall war der Fels gesplittert, eingedrückt oder durch ihre Meisterin angebrannt worden. Laura verwandelte sich noch beim herab schreiten der Stufen, mit einem hellen Lichtblitz, in ihre wahre Gestalt. Sarfin beeindruckte dieses Schauspiel schon lange nicht mehr, dafür hatte sie es schon viel zu oft gesehen.

Wenn ich den Jakel Titel erreiche dann bekomme ich ein Magiebuch der Stufe fünf. Dann kann ich selbst erlernen wie man seine Gestalt wechseln kann. Ich bin schon so gespannt wie das funktioniert. Bestimmt kostet es wahnsinnig viel Faro, mein Gedächtnisstein ist schon lange an seiner Grenze angekommen, dachte Sarfin und betastete ihre Halskette. Laura blieb stehen und riss sie wieder aus ihren Gedanken.

„Gut, dann gib mir deinen Gedächtnisstein damit du nicht betrügen kannst."

„Was soll das denn heißen? Ich habe noch nie, irgendjemand betrogen! Das ist ja wohl eine Frechheit!

Ich bin zwar erst 13 aber so darf keiner mit mir reden! Klar?"

„Entschuldige Kleines. Hast ja recht aber der Moralus wird ihn dir auch vor der Prüfung abnehmen. Also los…, her damit!"

„Ja schon gut, hier Meister", antwortete Sarfin trotzig und nahm ihre Halskette ab. Laura betrachtete die Halskette und verzog ihre Mundwinkel, als wäre sie überrascht.

„Du hast deinen Gedächtnisstein in diese Kette verwandelt? Das hast du gut gemacht, die Signatur ist nicht zu spüren obwohl ich ihn in der Hand halte. Du hast schnell gelernt. Von mir hast du das nicht."

„Wenn ich mein Faro jeden Tag in diesen Stein übertragen habe, bin ich völlig kraftlos. Sollte irgendetwas passieren, könnte ich mich nicht einmal gegen ein Kind verteidigen. Auch wenn ich das Faro nie nutzen würde, gibt es mir trotzdem Sicherheit wenn ich alleine durch den Wald laufe. Diesen Tarnzauber habe ich in euren Büchern entdeckt und finde ihn sehr passend. Die Kette sieht nicht wertvoll aus, ich denke niemand käme auf die Idee sie stehlen zu wollen."

„Du überraschst mich immer wieder! Ich dachte diese höhere Magie würde deinen Magielevel übersteigen. Das ändert jetzt trotzdem nichts an unserem vorhaben", rief Laura energisch und nahm ihre Verteidigungsposition ein. „Nun gut, dann fangen wir an! Dein Element darf keine Spuren an mir hinterlassen…, auf dein nicken!"

Laura rief ein Flämmchen aus einer Lampe, erzeugte einen Feuerball der Stufe drei und ließ ihn zum anderen Ende des Kellers schweben. Sie wartete auf Sarfins nicken und schleuderte ihre eigene Attacke, auf sich selbst. Sarfin konzentrierte sich und ballte ihre Hände zu Fäusten. In dem Moment als der Feuerball auf Laura traf, erschuf sie eine Wasserschicht, die sich wie eine zweite Haut um Laura legte. Der Feuerball verpuffte in einer Rauchwolke, zog an Laura vorbei und nahm den beiden für eine Weile die Sicht. Als sich Staub und Rauch wieder legten, ging Sarfin langsam zu Laura und betete innerlich.

„Hat es geklappt oder seid ihr irgendwo nass geworden", fragte Sarfin und suchte auf Lauras Kleidung nach Flecken. Laura drehte sich im Kreis und betrachtete sich von allen Seiten, jedoch konnten sie beide keine Spuren erkennen.

„Nett dass du dich als erstes nach meinem Wohlbefinden erkundigst aber nein, ich bin nicht nass. Sarfin? Weißt du eigentlich was das bedeutet", antwortete Laura begeistert und klatschte laut mit den Händen. „Du hast es geschafft! Das war ein Stufe vier Schild. Sehr gut! Deiner Prüfung steht nichts mehr im Weg!"

„Endlich! Dieser Schild war so schwer zu lernen! Die Avatare sind viel leichter, finde ich!"

„Du bist ein eigenartiges Mädchen. Die Avatare gehören zu den allerschwersten Elementzaubern überhaupt. Die Erschaffung kostet viel Faro und damit ist nur der kleinste Teil geschafft."

„Ich weiß aber mir fällt es nicht schwer. Alles was mit Angriffen und Verteidigung zu tun hat, ist mir zuwider und möchte ich gar nicht erlenen! Ich mache es nur wegen den Prüfungen. Wahrscheinlich waren die einfachen Übungen deswegen die schwersten für mich."

„Ach Sarfin, ich hoffe dass dich diese Einstellung nicht eines Tages in Schwierigkeiten bringt. Ich verstehe deine Haltung aber wir leben nun einmal in keiner friedlichen Welt! Es vergeht kaum ein Jahr ohne einen Konflikt unter den großen Lords. Du bist ein Mädchen, ein hübsches noch dazu. Manchmal vergehen sich Männer an so hübschen Mädchen wie du es bist. Wenn so etwas passiert dann musst du dich verteidigen können!"

„Ich will von solchen Dingen nichts hören! Niemand wird sich an mir vergehen und niemand wird durch mich verletzt werden. Wie oft muss ich das noch sagen? Ich lerne diesen Mist nur um diese Prüfung zu machen, klar? Ich gehe jetzt nach Hause! Pete kommt heute zu Besuch und da will ich auch dabei sein. Bekomme ich meinen Stein wieder?"

„Sarfin, ich will dir doch...", begann ihre Meisterin doch Sarfin unterbrach sie mit harschen Tonfall: „Nein! Ich will davon heute nichts mehr wissen! Können wir die Prüfung schon morgen machen?"

„Ja! Das können wir! Ich bereite den Zirkel für morgen vor", antwortete Laura genervt und streckte ihr ihre Halskette entgegen. Sarfin griff nach ihr und lief die Treppe zügig nach oben, ohne weitere Worte zu verlieren oder sich noch einmal umzudrehen.

Wieso? Wieso müssen alle immer so etwas sagen? Ich will gar nichts über solche Dinge wissen. Ich wollte auch nie etwas über die Geschichte von Jessica und diesem Schwein Manson wissen. Ich will es einfach nicht! Wieso können sie mich nicht einfach machen lassen? Ich will nichts von Gewalt hören! Ich hasse es!

Sarfin begann zu rennen als sie aus der Werkstatt trat und wollte einfach nur nach Hause.

Pete ist endlich wieder hier nachdem er zu Kornelia nach Krilant gezogen ist und auf diesem großen Hof arbeitet. Ihm scheint es sehr gut zu gehen aber ich wünschte wir könnten ihn öfter sehen als zur

Nebensaison. Bestimmt dauert es nicht mehr lange bis er selbst Vater wird. Ist es vielleicht das? Vermisse ich Pete und bin deswegen so merkwürdig? Oder sind es die neuen Aufgaben im Haus und auf dem Feld? Nein, ich glaube es sind die ständigen Nörgeleien weil ich bei einem Armbandträger in die Lehre gegangen bin. Das nervt mich wirklich. Ich glaube ihnen ja aber ich kann es nicht mehr hören. Wir machen uns Sorgen hier, bitte überleg es dir da. Wenn ich gleich nach Hause komme, dann geht es bestimmt wieder los. Wahrscheinlich haben sie Pete auch mit eingebunden. Als er das letzte Mal bei uns zu Besuch war, hat er plötzlich den besorgten Bruder gespielt. Er war nie sonderlich interessiert an mir. Pete war immer da wenn ich Hilfe gebraucht habe, ansonsten haben wir nie viel geredet. Ich weiß dass er mich lieb hat aber wenn er auch damit anfängt, will ich davon nichts hören!

Als sie nach Hause kam und durch die Tür stürmte, konnte sie bereits die Stimmen von ihrem Vater und Pete hören. Sarfin wollte ihnen umgehend folgen doch sie wurde schon vorher angesprochen.

„Sarfin Schatz, du kommst genau richtig. Wir haben schon gekocht", erklärte ihre Mutter als Sarfin durch das offene Zimmer mit dem großen Ofen und der Kochstelle laufen wolle.

„Das ist schön. Ich habe heute großen Hunger. Oh, ich habe dich gar nicht gesehen. Hallo Kornelia. Wie geht es dir? Du siehst toll aus! Wie hast du das mit deinen Haaren gemacht? Wirklich sehr hübsch!"

„Grüß dich mein liebe, Dankeschön! Ich freue mich dich wiederzusehen. Du wächst auch immer schneller. Bist ja schon fast eine junge Frau geworden. Schön dass es dir aufgefallen ist, dein Bruder hat es erst nach einigen Tagen bemerkt. Wir haben einige talentierte

Barbiere angeheuert und die haben ein großes Talent beim Haare schneiden. Wenn du uns besuchen kommst, kannst du es gerne ausprobieren obwohl mir deine Haare schon immer gefallen haben. Du hast diesen leichten Ansatz von Locken, ich mag das sehr gerne. Genau zwischen brav und wild. Ich finde das passt zu dir. Auch dieser kräftige braune Farbton."

„Danke, du bist lieb. Wie lange wollt ihr denn bleiben? Bitte sag nicht dass es wieder nur zwei Tage sind."

„Nein, wir haben mehr Zeit. Pete hat viele arbeiten übernommen um eine ganze Vollmondperiode aussetzen zu dürfen. Wir müssen doch…, jetzt hätte ich beinahe zu viel gesagt. Warte kurz", erklärte Kornelia und rief deutlich lauter in Richtung Wohnstube: „Pete? Schatz? Sarfin ist gekommen. Würdet ihr kurz zu uns kommen?"

Sie ruft Pete und er kommt? Das ist ja ganz anders als früher. Sie muss eine starke Frau sein wenn sie sich traut, so mit einem Mann zu sprechen.

Pete kam mit seinem Vater diskutierend herein und begrüßte seine Schwester mit einer kurzen Umarmung. Bevor er sich ihr jedoch im einzeln widmen konnte, begann Kornelia zu erklären: „Unser Besuch hat dieses Mal einen tieferen Grund. Euer lieber Sohn möchte es euch vielleicht selber sagen. Er hat großen Mist gebaut!"

„Ja bevor ihr fragt, ich sage es direkt selbst. Ich habe meinem Gutsherren eine Kopfnuss verpasst und seine Frau Gemahlin umgerannt. Die beiden waren stinksauer auf mich!"

„Pete bist du verrückt? Ich dachte du arbeitest gerne auf dem großen Hof in Krilant. Was hast du dir denn dabei gedacht? Ich bin wirklich enttäuscht von dir!"

„Ja ich auch. Zum Glück sind die beiden nicht nachtragend und können heute auch darüber lachen."

„Wieso das denn? Schatz verstehst du diese Gerede", fragte Sarfins Mutter völlig irritiert.

„Nein ehrlich gesagt nicht. Wenn hier jemand seinem Gutsherren eine Kopfnuss verpasst dann kann man sich im besten Fall nach einer neuen Anstellung umsehen."

„In deinem Fall ist dein Gutsherr auch nicht dein angehender Schwiegervater", lachte Pete und nahm seine Kornelia in den Arm. „Wir beide werden heiraten."

„Mach keine Witze! Was? Wann? Wieso dann eine Kopfnuss", fragte Sarfins Mutter und nahm ihre Hände vor ihren Mund.

„Ich wollte bei ihrem Vater um ihre Hand anhalten. Ich habe euch nie erzählt dass ihre Eltern ihre eigenen Gutsherren sind. Sonst könnten wir wohl kaum einen ganzen Vollmond aussetzen. Auf jeden Fall bin ich vor ihm auf die Knie gegangen und habe nicht mitbekommen, wie er sich zu mir runter gebeugt hat. Ich nahm meinen Kopf hoch und verpasste ihm eine. Das war echt peinlich. Als ich ihm Wasser holen wollte, kam seine Gemahlin um die Ecke und wir rannten böse ineinander. Abends konnten wir dann gemeinsam drüber lachen und ich machte den Antrag noch einmal, aus der Ecke des Zimmers heraus", lachte Pete und steckte seine Kornelia gleich mit an.

„Das hat er wirklich. Er ist ganz in die Ecke gegangen! Das hättet ihr sehen müssen. Zum totlachen! Wie hätten meine Eltern nein sagen können?"

„Dann werdet ihr beide heiraten? Ihr seid jetzt verlobt? Das ist ja fantastisch! Ich bekomme eine Schwiegertochter", freute sich Sarfins Mutter und fiel den beiden Verlobten glücklich in die Arme.

„Herzlichen Glückwunsch euch beiden! Ich freue mich so für euch!"

Sarfin drückte sich ebenfalls seitlich an ihren Bruder und wartete auf einen günstigen Moment um auch ihre Glückwünsche loszuwerden. Sie freute sich dass es an dem ganzen Nachmittag und auch am Abend kein einziges Mal um sie oder ihre Lehre ging sondern sich alle Gesprächsthemen um Petes neues Leben in Krilant oder Kornelias Aufgaben drehten. So verbrachte die kleine Familie einen idyllischen Abend miteinander.

Sarfin atmete tief ein ehe sie am nächsten Tag vor die Werkstatt ihres Meisters trat. Sie hatte sich heute extrem viel Zeit gelassen und war den ganzen Weg zur Werkstatt so langsam gegangen dass sie manchmal das Gefühl hatte, stehen geblieben zu sein.

Was ist denn nur mit mir los? Ich habe mich doch so lange auf diese Prüfung vorbereitet, was hält mich denn davon ab einfach da rein zu gehen? So gemein war ich gestern auch nicht dass ich mich schämen müsste. Oder habe ich mich in meiner Wortwahl vergriffen?

Die Tür wurde unerwartet von Innen geöffnet. Laura wirkte als würde sie sich ihr Lächeln in diesem Moment mehr aufzwingen als ernst meinen.

„Willst du die ganze Zeit da draußen stehen und auf nichts warten?"

„Ihr wusstest dass ich schon hier stehe? Ich wollte mich wegen gestern..."

„Schon gut, ich bin nicht nachtragend und es ist ja im Grunde nichts gewesen. Komm, wir fangen gleich an. Es ist schon spät. Der Zirkel ist bereits aktiv."

Sarfin folgte ihrer Meisterin in den Keller der Werkstatt. In der Mitte des Kellerbodens war ein magischer Zirkel aufgemalt, über dem einige Flämmchen schwebten. Der Geruch von abgebranntem Wachs erfüllt den Keller vollständig. Laura verlor keine Zeit, stellte sich vor den Zirkel und murmelte etwas vor sich hin wovon Sarfin absolut kein Wort verstehen konnte.

Das muss diese Magiersprache sein von der sie mir erzählt hat. Das eine Magiebuch war auch in dieser Sprache geschrieben aber mit diesem Stein von Laura konnte ich die Worte trotzdem verstehen. Hoffentlich bekommt sie das nie mit. Sie hat mir nie erlaubt in diesen Büchern zu lesen.

„Ich rufe dich zur Jakel Prüfung meiner Schülerin", rief Laura auf Shandri, ihrer Muttersprache und fachte das Feuer in der Kellermitte weiter an indem sie ihren langen Stab darauf richtete. „Erscheine! Meister Moralus!"

Der Moralus erschien wie beim letzten Mal aus einer drehenden Bewegung seines Umhangs und hatte sich seit ihrer letzten Begegnung, kein Stück verändert. Seine Augen leuchteten auch dieses Mal in einem grün, gelblichen Farbton was ihm eine sehr unheimliche Ausstrahlung verlieh solange er seine Kapuze aufgezogen hatte. Nachdem er sie heruntergezogen hatte und sein freundliches Gesicht offenbarte, verflog sein boshaftes Äußeres vollständig.

„Solekas Bieka Laura, seid herzlichst gegrüßt. Solekas Sarfin. Wie schön dich wiederzusehen. Mir liegen bis heute keine Meldungen über dich vor, das ist sehr erfreulich! Du möchtest also heute den Jakel Titel erlangen? Welche Freude, diese Prüfungen werden nur selten beschworen."

„Das ist richtig Meister Moralus", antwortete Sarfin kurzangebunden und versuchte sich damit an die Vorgaben ihrer Meisterin zu halten.

Meister Laura hat gesagt dass der Moralus sich nicht lange am gleichen Ort aufhält weil er für alle Magier verantwortlich ist. Ich soll ihm nicht seine Zeit stehlen und mich kurzfassen.

„Ich weiß, ich habe den Ruf stets in Eile zu sein aber deswegen darfst du mir trotzdem so antworten, wie du es immer tun würdest. Ich bin niemand vor dem man sich fürchten müsste, zumindest nicht solange du dich an unsere Gesetze hältst. Wenn du diese Prüfung bestehst, könnte es sein dass wir uns heute bereits zum letzten Mal begegnen. Du hast doch sicherlich Fragen an mich. Alle haben Fragen an mich. Ich lese es in deinen Augen, sie brennen vor lauter Fragen, aber…, sie gelten nicht alle mir, richtig?"

„Das ist wahr. Könnt ihr meine Gedanken lesen? Dann müsste ich doch gar keine Fragen aussprechen."

„Nein, ich kann keine Gedanken lesen. Dies würde unter den Begriff Blutzauber fallen und diese sind strengstens verboten denn keiner Instanz auf dieser Welt würde es zustehen, die Gedanken eines anderen Lebewesens zu lesen. Ich besitze viel Macht, die anderen Magiern für alle Zeit verwehrt bleiben wird aber auch ich muss meine Grenzen haben. Magie ist ein Geschenk der Götter! Wir müssen sie sehr umsichtig und Weise nutzen um sie als das Geschenk zu betrachtet dass es ursprünglich gewesen ist. Diesen Funken göttliche Kraft zu missbrauchen, ist nicht recht und nie der Sinn hinter diesem Geschenk gewesen! Dir brauche ich das wohl nicht zu erklären. Du bist offensichtlich ein Paradebeispiel, einer noblen Magierin."

„Das ist nett von euch, Dankeschön! Darf ich fragen wo ihr lebt? Von wo kommt ihr wenn man euch ruft? Hat es etwas mit eurem Aussehen zu tun? Ihr habt euch kein Stück verändert seit ich euch das letzte Mal gesehen habe."

„Das hast du gut beobachtet. Ich kann dir nur wenig über den Ort verraten, den ich meine Heimat nenne. Es ist ein magischer Ort, im wahrsten Sinne des Wortes. Dort gelten die Gesetze der Natur nicht. Einen der netten Nebeneffekte hast du bereits bemerkt. Solange ich mich dort aufhalte, altere ich nicht. Wie sonst könnte ich über ein Jahrhundert über euch Magier wachen? Bevor du fragst, ich kann dir nur eines verraten. Wenn du diesen Ort suchen möchtest dann stelle dich auf eine sehr lange und aufwendige Reise ein. Nur wenige sind in der Lage die wenigen Hinweise zu verstehen, ihnen zu folgen und das Gedächtnis der Welt zu finden. Ich sage dir, was ich allen antworte wenn sie fragen. Deine Suche sollte in Garnos beginnen aber ich verrate dir noch etwas. Es ist nahezu unmöglich das Ziel zu finden! Auch wenn es sich lohnt, diese Strapazen auf sich zu nehmen, möchte ich dir lieber davon abraten! Viele Magier haben ihre Lebenszeit mit der Suche nach diesem Ort verschwendet und ihn doch niemals gefunden. Erspar dir die Enttäuschung. Nun denn, meine liebe. Wollen wir beginnen? Eine Jakel Prüfung stellt auch für mich eine Besonderheit dar!"

„Sehr gerne, Meister Moralus! Ich bin bereit", antwortete Sarfin selbstsicher.

„Dann übergib mir bitte deinen Gedächtnisstein. Während wir geredet haben, habe ich dich bereits auf Unterstützungszauber geprüft. Hiermit eröffne ich die Jakel Prüfung", erwiderte der Moralus und ließ seine gelblichen Augen aufleuchten, nachdem er Sarfins Gedächtnisstein übernahm. Schlagartig legte sich ein weißlicher Schimmer um die Wände des Kellers. Sarfin kannte diese Vorgehensweise noch von ihrer Solekas Prüfung.

Das bedeutet, uns kann jetzt niemand sehen oder hören. Wie eine Barriere für die Sinne. Das will ich auch irgendwann lernen, dachte Sarfin beeindruckt von dem Magielevel des Meistermagiers. *Er ruft sein Faro ohne Verzögerung oder Anzeichen. Ob er der mächtigste Magier der Welt ist?*

„Als erstes bitte ich dich eine Kugel aus deinem Element zu erschaffen und sie so lange zu halten, bis ich dir eine andere Form vorgebe. Wichtig ist dabei dass du die Form nicht auflöst sonder aus der gleichen Faroquelle umformst. Leg los wenn du soweit bist", erklärte der Moralus. Sarfin verlor keine Zeit um keine Nervosität aufkommen zu lassen. Sie konzentrierte sich einen kurzen Moment und erschuf schnellstmöglich eine Faustgroße Wasserkugel über ihrer Hand.

Ich habe mein Faro heute Morgen wieder von meinem Stein, in meinen Körper übertragen. Ich fühle mich so stark wie nie zuvor. Für diese Übung muss ich mich nicht einmal anstrengen!

Sarfin formte die Wasserkugel nach Belieben, nach den Vorgaben des Moralus um und formte eine Pyramide, der folgte ein Würfel und zum Abschluss eine kleine Tiergestalt, die sie selbst bestimmen konnte. Sarfin mochte Pferde schon seit ihrer Kindheit und hatte keine Probleme sich eins vorzustellen und fast perfekt als Wasserfigur zu formen.

„Das lief sehr gut. Kommen wir zu den drei Angriffen", erklärte der Moralus und ließ mit einer Handbewegung, drei Menschenähnliche Gestalten erscheinen, die regungslos vor der Wand ausharrten. „Alle Angriffe müssen Zauber der Stufe vier sein. Keine Umgebungsschäden! Ganz links, Stoßangriff. Mitte, Wasserstrahl und ganz rechts, kannst du frei entscheiden!"

Sarfin erzeugte eine kleine Wasserquelle vor ihrer Brust. Sie entnahm einen kleinen Tropfen mit einer Hand, ließ ihn mit einer rotierenden Bewegung wachsen und stieß ihre Hand, ruckartig nach vorne. Sie zerfetzte die linke Gestalt durch ihren Stoßangriff völlig. Sarfin mochte das Gefühl nicht, im Angriffsmodus zu sein und setzte gleich nach um das Ganze schnell zu beenden. Sie festige ihre Wasserquelle etwas, zog mit der rechten Hand einen dünnen Strahl heraus und ließ ihn ebenfalls auf eine Gestalt los. Bevor sie sich selbst das Ergebnis ihres Angriffs ansah, wollte sie auch den letzten Angriff durchführen. Sie nahm den Rest ihrer Wasserquelle, teile es auf drei Teile auf und schleuderte sie wie Bolas um die letzte Gestalt. Ihr Wasserangriff entpuppte sich als dreifachangriff, der sich als Ring um Hals, Brust und Bauch der Gestalt legte und sie brutal zerquetschte.

„Nicht schlecht. Gar nicht schlecht. Hast du bemerkt wie nah dein Wasserstrahl bereits an einem Energiezauber war? Du hast großes Talent!"

„Danke Meister Moralus. Meine Meisterin hat mir viel beibringen können."

„Du bist obendrein so bescheiden. Ich kenne S. B. Laura und weiß natürlich um ihre Fähigkeiten aber dein Geburtstalent ist bereits stärker als alles was sie aufbringen könnte."

„Das ist nicht wahr! Laura gewinnt immer wenn wir uns ein Duell liefern!"

„Gewinne ich weil ich besser bin oder weil du nicht kämpfen möchtest? Ich denke die zweite Variante ist wahr. Einem Angriff wie eben, könnte ich kaum standhalten und das war noch längst nicht alles, oder? Du hältst dich immer zurück aber heute bist du es nicht gewohnt, so viel Faro zur Verfügung zu haben. Da kann so ein Angriff auch mal stärker als beabsichtigt werden."

Ich sage besser nichts mehr dazu denn sie haben beide, vollkommen recht. Ich will trotzdem nicht kämpfen! Ich werde es nie wollen! Es ist mir egal was ihr sagt, war sich Sarfin sicher und nickte ihre Gedanken selbst ab während der Moralus eine neue Gestalt erschuf. Mit glitzernden Funken erschien ein Samtumhang, der sich wie von Geisterhand um die leblose Gestalt legte.

„Wenn ich mit den Fingern schnippe, werde ich diese Puppe angreifen. Als Wasser Solekas komme ich dir entsprechend unserer Richtlinien entgegen und greife mit einem Feuerzauber an. Dieser hat zwar die vorgegebene Stufe vier, allerdings ist Wasser immer mächtiger als Feuer. Bei dieser Prüfung geht es vielmehr um den Schutzeffekt einer dritten Person. Dein Element darf keinerlei Spuren an der Schutzperson hinterlassen! Nicke wenn du bereit bist."

Sarfin ballte beide Hände zu Fäusten ehe sie leicht in die Knie ging. Sie sammelte mehr Faro als sie benötigen würde und leitete es überwiegend in ihren linken Arm.

Was ist das denn? Wieso beginnt mein Arm jetzt blau zu schimmern? Es..., es fühlt sich so warm an. Was ist das?

„Sarfin! Stufe vier reicht vollkommen", sagte Laura obwohl sie breit grinste.

Scheinbar bedeutet dieses leuchten also nichts Schlechtes. Ist es die Faromenge? Ich habe noch nie so viel genutzt. Übersteige ich die Stufe vier etwa? Es gibt wohl nur eine Möglichkeit das herauszufinden, dachte Sarfin grinsend und konzentrierte sich so stark dass ihr ganzer Körper unter Anspannung stand. Sie leitete jede Faroreserve, die sie für die letzte Übung nicht brauchte ebenfalls in ihren linken Arm. Er begann heftig zu schmerzen also teilte sie diese immense Kraft doch auf beide Arme auf. Sie stöhnte unter dem Druck, der sich in ihrem Inneren aufbaute und darauf drängte, entfesselt zu werden. Sarfin nickte und der Moralus erschuf seinen Feuerball. Im Vergleich zu dem, was sich in diesem Moment in ihren Armen aufbaute, war der Feuerball fast schon als mickrig zu betrachten. Der Meistermagier schnippte mit seinen Fingern und ließ seinen Todbringenden Feuerball auf die Puppe los. Sarfin preschte beide Arme, laut schreiend nach vorne und schloss ihre Augen. Sie hörte wie es laut knallte und bereits alles vorbei sein musste. Als sie ihre Augen wieder öffnete, fiel ihr die Kinnlade nach unten denn so etwas hatte sie bisher noch nicht gesehen. Ihre immense Kraft hatte etwas völlig neues geschaffen, es war immer noch ein Schutzschild, der sich um die Puppe gelegt hatte allerdings war die Farbe des Schildes, die einzige Gemeinsamkeit mit Wasser. Es strahlte in verschiedenen blauen Farbtönen und leuchtete wie eine eigene Lichtquelle. Sarfin spürte dass dieses Schild aus Licht noch immer von ihr ausging und durch ihr eigenes Faro aufrechtgehalten wurde.

„Habe ich jetzt versagt", fragte sie und rätselte noch immer über das Ergebnis ihres Zaubers. „Das ist kein Wasser, oder?"

„Irgendwie schon, die Einzelheiten lässt du dir besser von deiner Meisterin erklären. Dies ist sozusagen der Ursprung von Wasser. Wasser in seiner Faroform. Eine reine Energieform, könnte man sagen. Das meine liebe, übersteigt jeden Elementzauber! Das ist ein Schild der Stufe sechs. So etwas ist noch keinem gelungen seit ich der Moralus bin. Respekt und Anerkennung! Die wenigen die diese Macht besitzen, mussten sich diese hart erarbeiten. Du bist wahrlich ein außergewöhnliches Mädchen! Du bist talentiert, bis in die Haarspitzen! Sehr beeindruckend!"

„Dankeschön", antwortete Sarfin und verneigte sich knapp ehe sie noch einmal fragte: „Also habe ich diese Aufgabe bestanden?"

„Mit Pauken und Trompeten, meine liebe", antwortete der Moralus und erzeugte weitere Feuerbälle, die er nacheinander auf die Puppe feuerte. Keiner der Angriffe durchbrach das blaue Energieschild. „Der Schild ist immer noch aktiv. Da steckt wirklich viel Potenzial in dir. Wenn deine Entwicklung so weitergeht dann steht dir eine große Zukunft bevor! Bevor wir den Tag vor dem Abend loben, möchte ich dich dennoch bitten, mir den Avatar zu erschaffen. Hast du dich für ein Reittier oder einen Begleiter entschieden?"

„Ich möchte ein Reittier erschaffen. Einen Wassertiger oder…, so wie ich mir einen Tiger vorstelle. Ich habe nur einmal einen gesehen", antwortete Sarfin und drehte ihre Hände um sich selbst. Während der dritten Drehung begann ein Wasserstrahl aus ihrer Hand zu entspringen und schlängelte sich langsam nach vorne. Sarfin formte ihre Hände immer wieder um und baute ihren Avatar von Kopf bis zu den Pfoten auf, wenngleich der Tiger an vielen Körperstellen eher abstrakt blieb. „So stelle ich mir einen Tiger vor. Kommt das hin?"

„Anatomisch nicht ganz korrekt aber man kann ihn deutlich erkennen. Wieso hast du kein Tier gewählt dass du kennst?"

„Das ist doch langweilig. Wenn hier genug Platz wäre, würde ich einen Drachen versuchen aber heute zeige ich nur einen Tiger."

„Nur einen Tiger", wiederholte der Moralus belustigt. „Ist sie immer so bescheiden oder hast du sie so erzogen?"

„Sie ist nun einmal nicht wie andere. Ich sagte es bereits bei ihrer Solekas Prüfung. Die Kleine wird weit kommen. Wenn sie sich in den Kopf setzt, eure Heimat zu suchen, dann stellt euch darauf ein, ihr eines Tages die Türe öffnen zu müssen."

Während die beiden sich kurz unterhielten, nutzte Sarfin den Moment und stieg auf ihren Wassertiger. Sie übertrug mehr Faro in seinen Wasserkörper und brachte ihn dazu sich zu bewegen. Sie ritt eine Runde durch den Keller ehe sie zwischen den beiden Meistern stehen blieb und fragend ihre Arme von sich streckte.

„Habe ich es geschafft? Habe ich die Jakel Prüfung gemeistert oder soll mein Tiger noch in die Ecke pinkeln? Er könnte wenn ich wollte."

„Das wäre mit Sicherheit amüsant aber das reicht mir bereits. Herzlichen Glückwunsch meine liebe Sarfin", sagte der Moralus und drehte seine Hand so dass daraus ein violetter Stein zum Vorschein kam. „Oder sollte ich lieber Solekas Jakel Sarfin sagen? Hier ist dein neuer Gedächtnisstein. Er hat die Stufe fünf, das erkennst du an der violetten Farbe des Steins. Er fasst ein vielfaches der Faromenge deines blauen Solekas Steins. Natürlich bekommst du auch dein erstes

Magiebuch und du darfst dir drei Tiersteine auswählen."

„Welche würdet ihr mir denn empfehlen? Ich habe eigentlich keinen Bedarf an diesen Steinen."

„Nun, meine Empfehlung ist einfach. Wenn du Nachrichten übermitteln willst und ein schnelles, zuverlässiges Flugtier brauchst, dann wähle den Falkenstein. Als zweites würde ich dir empfehlen einen Stein zu wählen, der ein weit verbreitetes Tier ruft auf dem du reiten kannst. Wildpferde, Schattenhirsche oder Wölfe obwohl..., vergiss den Wolf. Als Reittier nicht besonders geeignet."

„Dann nehme ich das Wildpferd und den Falken aber was könnte meine dritte Wahl sein? Was wäre wenn ich einen Drachenstein wähle?"

„Der würde dir herzlich wenig nützen. Diese Tiersteine rufen das entsprechende Tier, vorausgesetzt es ist in der Nähe. Wenn es kommt, steht es dir für einen Befehl zur Verfügung ehe der Zauber nachlässt und es wieder frei ist. Glaubst du denn oft in der Nähe von Drachen zu sein? Auf Shandra gibt es nur drei von diesen Tieren und ich bezweifele dass du in ihre Nähe kommen würdest."

„Das stimmt wohl aber ich wüsste nicht was ich sonst nehmen sollte. Ich nehme den Drachen. Wer weiß ob er nicht doch eines Tages nützlich wird. Außerdem kann wohl sonst niemand behaupten, keine Angst vor einem Drachen haben zu müssen. Gibt es eigentlich auch verbotene Tiersteine?"

„Kann man so sehen, muss man aber nicht. Meine Wahl wäre definitiv anders ausgefallen. Man kann nicht sagen dass sie verboten sind, vielmehr ist es nicht möglich für jedes Tier, einen Tierstein zu erschaffen. Das liegt an ihrem Ursprung. Für Tiere mit magischem

Ursprung gibt es keine Möglichkeit, einen Tierstein herzustellen. Ich habe übrigens auch deine Boirotasche um fünf Stufen erweitert, du wirst verzückt sein wie viel du nun mit dir herumtragen kannst. Nun denn meine liebe S. J. Sarfin. Es war mir eine Freude dich kennenzulernen. Mein Gefühl sagt mir dass wir uns heute nicht zum letzten Mal begegnet sind."

„Ich würde mich freuen wenn wir uns noch einmal wiedersehen würden. Ihr seid sehr nett", antwortete Sarfin und verneigte sich respektvoll.

„Wenn mich nur jeder so bezeichnen würde aber leider bin ich als Vollstrecker oft der böse Richter. Pass gut auf dich auf", waren die letzten Worte des Moralus ehe er in einer Drehbewegung verschwand und sich auch sein Zauber von den Wänden verzog.

„Meine herzlichsten Glückwünsche! Du hast den höchsten Rang eines Elementmagiers erhalten. Ich verneige mich demütig vor dir, Solekas Jakel Sarfin."

„Seid ihr jetzt nicht mehr meine Meisterin? Ich habe doch noch so viel zu lernen. Bitte schickt mich jetzt nicht fort."

„Nicht doch, ich schicke dich nirgendwohin aber ich denke jetzt bereust du dein zögerliches und spätes kommen. Hörst du es nicht?"

„Oh nein, ist das die Glocke? Ich muss nach Hause. Ich habe Mama versprochen ihr heute beim nähen zu helfen. Mist verdammter!"

„Und deinem Vater? Hilfst du ihm immer noch heimlich oder hast du es aufgehört? Ja ich weiß dass du die Felder heimlich bewässerst oder es zumindest eine Zeit lang getan hast!"

„Können wir morgen darüber reden? Ich hab es Mama versprochen und bin schon ganz unruhig. Bitte nicht böse sein. Mein Verhalten von gestern tut mir auch leid! Das wollte ich noch sagen!"

„Nein, schon gut. Ich bin dir nicht böse. Geh schon, ich weiß doch dass deine Mama es nicht gerne sieht wenn du hier bist."

„Danke Meister. Morgen komme ich wieder früher. Tut mir leid", rief Sarfin während sie hinausstürmte und beinahe auf der Treppe stolperte. Sie nahm den kürzesten Weg über den abgelegenen Waldpfad und traf an seinem Ende auf eine Gruppe Jungs.

„Guckt doch, was für ein Anblick. Komm doch mal her und leiste uns etwas Gesellschaft, kleine Lady."

Noch ehe Sarfin antworten konnte, platzte jemand lautstark dazwischen und fauchte: „Wie redest du denn mit meiner Schwester? Willst du dir eine fangen?"

„Woher soll ich denn wissen dass sie deine Schwester ist, brüll mich also nicht so an! Ich wollte ihr doch nichts!"

„Ja, ja, ich weiß wie ihr alle nichts macht! Damals bei Jessica habt ihr auch alle nichts gemacht! Komm Sarfin, wir gehen nach Hause!"

Sarfin ging an Petes Seite, wagte es sich allerdings nicht, etwas zu sagen, er wirkte bei jedem Blick den sie wagte sehr wütend. Kurz vor ihrem Haus, blieb sie stehen und fasste sich doch ein Herz: „Tut mir leid! Ich habe immer einen Bogen um deine Freunde gemacht weil ich dich nicht blamieren wollte. Ihr habt nie am Waldpfad gesessen. Ich konnte es nicht wissen."

„Hast du das von mir gedacht? Hast du geglaubt du wärst mir peinlich? Ich bin ein schlimmer Bruder!"

„Bist du gar nicht! Immer wenn mir jemand Ärger gemacht hat, bist du gekommen und hast mir geholfen! Du bist ein toller Bruder! Ich dachte oft dass du mich gar nicht magst aber wenn du mir geholfen hast, dann wusste ich immer dass du mich doch lieb hast."

„Ach Sarfin, ich weiß nicht was ich jetzt sagen soll. Ich glaube manchmal das war auch alles was ich dir gegeben habe. Als Kornelia mich gefragt hat was wir dir zu deinem nächsten Geburtstag schenken sollen, ist es mir zum ersten Mal bewusst geworden. Ich weiß es nicht. Ich weiß eigentlich nichts über meine eigene Schwester. Diese Erkenntnis hat mich hart getroffen weil es mir nie aufgefallen ist. Ich kenne deine Lieblingsfarbe nicht. Ob du lieber Röcke oder Hosen trägst. Wer sind deine Freunde? Wovon träumst du? Ich kann diese Fragen nicht beantworten obwohl es für einen großen Bruder selbstverständlich sein müsste. Es tut mir so leid dass ich so war, wie ich war. Denkst du, wir haben noch eine Chance? Kannst du deinem Bruder noch eine Chance geben, es besser zu machen?"

Sarfin antwortete indem sie ihm unter Tränen in die Arme fiel und ihren großen Bruder zum ersten Mal in ihrem Leben, bewusst im Arm hatte.

Der nächste Tag begann bereits mit strahlendem Sonnenschein. Sarfins Laune hätte kaum besser sein können als sie ihre Augen aufschlug und den Kopf zur Seite nahm um aus dem Fester zu schauen. Sie gähnte verschlafen und versuchte sich mit einem einzigen Ruck aus dem Bett zu schwingen, blieb jedoch an der Decke hängen und stolperte durch ihr Zimmer ehe sie durch ihren schmalen Kleiderschrank zum stehen kam. Sie öffnete ihn, griff sich ein einfaches Baumwollkleid und wollte den Schrank wieder schließen als ihre Kette durch ihre Bewegung gegen ihr Kinn schlug.

Ich habe gestern ganz vergessen mein Faro wieder zu übertragen. Das war verdammt schlampig! Das darf mir nicht noch einmal passieren! Wenn jetzt eine Kontrolle wäre, wäre alles umsonst gewesen! Wieso mache ich mir eigentlich immer noch solche Sorgen? Sollen sie mir doch ein Armband anlegen. Was hätte ich schon zu befürchten? Das Versteckspiel nervt mittlerweile. Manchmal fühlt sich alles wie ein Fluch an. Ich will doch niemanden anlügen!

Sarfin warf sich ihr einfaches Kleid über und ging in das Zimmer mit dem Ofen. Kornelia und ihre Mutter saßen am Tisch und begrüßten sie lächelnd: „Guten Morgen Sarfin. Auch schon wach?"

„Wieso auch schon? Wo sind denn Papa und Pete? Habe ich lange geschlafen?"

„Das kann man wohl sagen. Der eine Wein gestern Abend hat dich ganz schön lange schlafen lassen. Wir machen gleich schon Mittag."

„Wirklich? Es ist schon Mittag? Ich habe die Glocken gar nicht gehört. Ich wollte Papa doch helfen."

„Ist doch nicht schlimm. Pete ist doch da und ist ehrlich gesagt, eine größere Hilfe als du. Er ist doch viel kräftiger. Deine Mama hat mir erzählt dass du das Fischerhandwerk erlernst. Stimmt das?"

„Ja das ist richtig. Es ist nicht immer ganz einfach aber es macht mir mehr Spaß als ich erwartet hatte. Es ist ja nicht nur das fischen sondern die vielen arbeiten in der Werkstatt. Das herstellen der Ruten und ihre speziellen Bauteile."

„Freut mich dass es dir Spaß macht. Wie lange geht diese Lehre denn noch? Die Höfe bei uns haben sich zusammengeschlossen und bewirten jetzt gemeinsam sehr große Felder. Sie wollen jetzt auch einigermaßen einheitlich aussehen um ihre Zusammenarbeit nach außen zu zeigen. Die Gutsherren richten derzeit neue Nähstuben und Schneidereien ein. Wenn du möchtest kann ich für dich etwas arrangieren."

Ich wusste es! Das habe ich zwar gestern schon erwartet aber jetzt hat sie es doch gesagt! Wieso wusste ich es schon vorher?

„Sarfin, das hört sich doch toll an. Ich finde darüber kann man zumindest…, nachdenken", warf ihre Mutter ein.

„Mama? Ich dachte wir hätten schon oft genug darüber geredet. Ich mag Meister Rollo. Er ist kein schlechter Mensch, nur weil er ein Armband trägt. Fang bitte nicht schon wieder damit an!"

„Wollte ich nicht. Ich frage mich eher was du mit diesem Gesellenbrief willst. Als Mädchen wird dich doch keine Fischerei nehmen. Dir fehlt es an Kraft. Ich meine es doch nicht böse! Es ist einfach eine Tatsache!"

„Ja das weiß ich auch. Ich kann mich immer noch umsehen wenn wir nächstes Jahr fertig sind. Vielleicht komme ich auch in einer anderen Werkstatt unter. Ich bin sehr geschickt mit meinen Händen."

„Das wissen wir doch auch aber als Mädchen wirst du es in diesen Berufen nie leicht haben. Du solltest noch einen Beruf erlernen den du wirklich ausüben kannst! Wenn wir…", die Tür sprang auf und unterbrach Sarfins Mutter mitten im Satz. Pete kam hereingelaufen und winkte schon als er am Türrahmen anhielt.

„Die Ritter des Königs kommen. Schnell, wir müssen auf den Platz", rief er hektisch. Jede Müdigkeit war mit einem Schlag aus Sarfins Körper verschwunden und wich einer gewaltigen Angst.

Oh nein! Ich habe mein Faro nicht übertragen! Ich bin so blöd! Ausgerechnet heute kommen sie zur Kontrolle!

Was soll ich jetzt tun? Ich muss es ihnen sagen bevor wir rausgehen. Wenn sie es erst auf dem Platz erfahren..., oh nein, oh nein! Ich will doch kein Armband! Es ist mir doch nicht egal! Ich will weiter unerkannt bleiben! Bitte, oh große Göttin, steh mir jetzt bei! Ich will keine Außenseiterin werden! Bitte hilf mir!

„Sarfin, steh da nicht nur rum! Komm! Wir müssen ins Zentrum! Zieh deine Schuhe an!"

„Ja ich komme", antwortete Sarfin niedergeschlagen, schlüpfte in ihre Schuhe und folgte ihrem Bruder nach draußen. Sie versuchte sich jetzt nicht ablenken zu lassen und versuchte alle Tricks auszuspielen, die sie sich für so einen Fall zurechtgelegt hatte. Sie wusste dass ihre Augen leuchteten wenn sie ihr Faro rief, jedoch auch nur so stark, wie sie es letztlich nutzte also versuchte sie ihren Blick ständig auf den Boden zu richten und begann jeden Wassereimer oder Tränke aufzufüllen, an dem sie vorbeiging um ihr Faro loszuwerden. Sie warf einzelne Wassertropfen von sich und ließ sie nach ihrer Landung im Rasen, zu größeren Pfützen anwachsen.

Diese kleinen Tricks hätten letztes Jahr wohl noch gereicht aber meine Farokapazität ist enorm gestiegen. Ich bin geliefert! Ich hätte nicht so nachlässig sein dürfen! Mama, es tut mir so leid!

Sarfins Familie stellte sich zu den anderen Dorfbewohnern während sie selbst am liebsten im Boden versunken wäre. Irritiert blickte sie auf den Trupp der königlichen Ritter und suchte den zugehörigen Magier, entdeckte jedoch keinen. Der Truppführer ritt aus seiner Kolone und stellte sich vor den Dorfbewohnern auf ehe er seinen Helm abnahm und mit trauriger Miene verkündete: „Verehrte Einwohner von Sopri, leider kommen wir heute mit traurigen Nachrichten. Vor drei Tagen ist unser geliebter König von uns gegangen."

Ein raunen ging durch die Reihen der Dorfbewohner. Sarfin drückte sich an ihre Mutter und musste unerwartet mit ihren Tränen kämpfen. Jeden den sie sehen konnte, wirkte über diese traurige Nachricht völlig geschockt. Der Ritter gab den Einwohnern einen Moment um diese Nachricht zu verkraften ehe er fortführte: „König Michael Heras wird am Ende der vorgesehenen Trauerzeit in unserer Hauptstadt bestattet werden. Seine beiden Söhne, Prinz Aerion und Prinz Sertan möchten ihrem verstorbenen Vater alle Bestattungsriten zukommen lassen und laden alle Einwohner Shandras dazu ein, daran teilzunehmen. Die Prinzen bitten darum, auf die üblichen Opfergaben zu verzichten, denn König Michael hätte euer Gold und Silber nicht gewollt. Er war ein Mann des Volkes, dementsprechend würde er keine wertvollen Besitztümer mit in das Totenreich nehmen wollen, wenn sie euch von Nutzen sein können. Wer dennoch das Bedürfnis hat, unserem König etwas zu Abschied zu überreichen, dann legt ihm Tulpen an seine Grabstätte, diese Blumen mochte er am liebsten. Die Tore der Hauptstadt sind für alle Trauergäste geöffnet, darüber hinaus wurden die Straßenzölle in Hyras Hoheitsgebiet ausgesetzt. Jeder Bürger ist eingeladen, in die Hauptstadt zu kommen und an der Trauerfeier, zu Ehren König Michaels teilzunehmen."

Trauer

6. Vollmondperiode des Jahres 920

Sarfin saß zwei Tage nach den traurigen Neuigkeiten, mit ihren Freunden auf dem kleinen Plätzchen am Rande des Dorfes. Das schöne Wetter konnte die Stimmung im ganzen Dorf nicht heben denn die Nachrichten über das Ableben des Königs waren überall das beherrschende Gesprächsthema.

„Vater sagt, jetzt würden sich einige Dinge ändern. Prinz Aerion sei noch zu jung um zu regieren. Wenn ein Glossar eingesetzt wird dann werden die Steuern ganz bestimmt erhöht. Die kleinen Lords nutzen solche Gelegenheiten oft zum streiten."

„Was ist denn ein Glossar", fragte Sarfin neugierig. „Ich kenne dieses Wort nicht."

„Das ist sowas wie ein Übergangskönig. Jemand der alle Entscheidungen trifft, bis der Prinz gekrönt wird. Habt ihr von der Salzstraße gehört? Angeblich hat irgendein Lord eine Brücke zerstört, so dass die Waren aus den Salzwerken jetzt über eine andere Route laufen müssen. Vater sagt, das riecht nach Krieg."

„Die haben eine Brücke zerstört? Ich glaube so ist der Barellahafen seinerzeit entstanden. Heute ist es der aller größte Hafen im Königreich."

„Ich dachte diese Schleuse wäre der größte Hafen", warf Nele nachdenklich ein. „Ihr wisst schon, dieses Bauwerk unter dem Landübergang."

„Das Ding soll sehr groß sein aber es heißt der Barellahafen wäre größer. Außerdem ist es eher so eine Art Wasserstraße, weniger ein Hafen. Vater gibt immer Männerabende und seine Freunde schimpfen immer über das Gesindel das dort, also in Barella anlegt. Der Hafen ist wohl viel zu groß um vollständig kontrolliert zu werden. Viele Kriminelle tauchen dort unter um in den Süden zu flüchten oder eben umgekehrt. Soll eine sehr Zwiespältige Stadt und auch ein beliebter Ort für Hexer sein weil dort keine Kontrollen stattfinden."

„Das mit der Salzstraße finde ich wirklich schlimm! Gibt es denn keine Nachrichten aus Soto? Die Farfans werden wohl kaum zulassen dass sich ihre Versallen um Straßen und Brücken bekriegen."

„Nein, Lordprotektor Farfan hat leider noch keine Truppen ausgesendet. Wahrscheinlich sucht er eine friedliche Lösung um diesen Streit schnell beizulegen. Haus Farfan sucht immer nach friedlichen Wegen aber das dauert immer lange."

„Mama hofft dass der Prinz schon früher gekrönt wird", warf Sarfin ein. „Dann würden wir diese Probleme gar nicht bekommen. Ich habe den Prinz sogar einmal selbst gesehen. Er war so erhaben und sein goldenes Haar war einfach nur schön anzusehen. Ich würde ihn gerne noch einmal wiedersehen. Er wird bestimmt ein toller König werden. So wie sein Vater. Wie sein Name schon klingt. Prinz Aerion. Das klingt nach einem großen König!"

Prinz Aerion ist wie ein Märchenprinz. In meinen Träumen habe ich ihn schon so oft geheiratet.

„Wir haben König Michael sogar schon einmal gesehen. Am Feiertag der Einigung waren wir beide mit unseren Familien in der Hauptstadt. Die Menschen haben alle so laut gejubelt als er zu sehen war, er war wirklich sehr beliebt."

„Ja, meine Eltern sind auch am Boden zerstört. Der Tod ging ihnen sehr nah. Wenn ein neuer König kommt, weiß man nie was als nächstes auf uns zukommt. Hoffentlich ist Prinz Aerion so wie sein Vater."

„Bestimmt ist er das. Er ist der Erbe des Lichtes oder wie sagt man? Er wird bestimmt ein toller König. Schon sein Name. So wie Sarfin sagt. Aerion, das klingt stark!"

„Nicht so wie…, Tom", lachte Nele hinter vorgehaltener Hand. „Ich dachte die königlichen Wachen wären die Erben des Lichtes. Wegen ihren glänzenden Rüstungen."

„So ein Quatsch! Wieso sollten die Rüstungen etwas damit zu tun haben?"

„Weil dieses weiß so stark reflektiert, vielleicht? Was soll diese Bezeichnung denn sonst bedeuten?"

„Natürlich weil der König zaubern kann, du hohle Nuss! Es wurde lange nicht mehr demonstriert und darum haben es die meisten vergessen aber der König ist auch immer ein mächtiger Zauberer gewesen. So sagt man doch, oder nicht? Ist das nur ein Märchen?"

„Wirklich", fragte Sarfin völlig erstaunt. „Der König ist ein Magier? Das kann ich irgendwie nicht glauben. Dann müsste er sich doch selbst so ein Armband anlegen. Das ist bestimmt nur ein Märchen. So wie diese Drachenritter. Ich habe noch nie einen Drachen gesehen aber wenn es stimmt und sie Feuer spucken können dann verliert ein Drache doch nicht gegen einen einzelnen Menschen mit einem Schwert. Das ist doch unlogisch. Ich glaube auch dass es mit diesen Rüstungen zusammenhängt. Mir tun sie immer in den Augen weh, selbst wenn die Sonne nicht zu sehen ist."

„Sarfin hat recht. Bestimmt gewinnen sie deswegen jeden Krieg so schnell. Wie soll man gegen eine Armee aus solchen Rüstungen auch kämpfen? Das kann man sich doch sogar richtig gut vorstellen. Alle nebeneinander, die Sonne kommt raus und schon sieht man nichts mehr. Das ist eine geniale Taktik, wie mir in diesem Moment bewusst wird. Da muss doch auch ein anderer drauf kommen."

„Mein Onkel ist ja bei der Stadtwache in Soto und hat mir erklärt dass eigentlich jeder seine Vorteile hat wenn es in den Krieg geht. Unsere Nachbarn im Osten haben zum Beispiel ganz viele Eisenwerke. Gegen die will keiner kämpfen weil die alles in Stahl hüllen. Oder die im Westen mit ihren Greifen. Die fliegen einfach über dich hinweg. Die Linzingtons haben ihre Drachen. Diese Kriegerinsel ihre mächtige Flotte. Mein Onkel sagt dass es letztlich immer entscheidend ist, wo die Schlacht stattfindet."

„Können wir über was anderes als Krieg reden? Ich mag diese Sachen nicht! Ich will…", Sarfin stoppt schlagartig als sie den stämmigen Manson aus dem Wald kommen sah.

Toll! Auf den Lullapie habe ich überhaupt keine Lust! Hoffentlich geht er einfach weiter…, nein, natürlich geht er nicht weiter. Lullapie, fluchte Sarin innerlich und versuchte Manson nicht direkt anzusehen als er sich vor der Gruppe aufstellte.

„Was macht ihr Schnarchnasen denn hier? Habt ihr nichts Besseres zu tun als hier herum zu lungern?"

„Lass uns in Ruhe Manson und geh einfach wieder. Kümmer dich lieber um dein Kind! Jessicas Familie geht es nicht gut!"

„Wieso sollte mich das interessieren? Wie ich sehe, wird da langsam jemand zur Frau. Wie wäre es mit uns beiden, Sarfin? Ich habe schon viel Erfahrung."

„Nein, danke. Ich weiß wo du deine Erfahrungen her hast. Lieber küsse ich den Arsch von dem Hund da vorne als mich mit dir einzulassen", grinste Sarfin selbstsicher.

„Was sagst du da? Du küsst lieber einen Hundearsch als mich? Dumme Göre, ich sollte dir…"

„Du solltest was", fauchte Sarfin und stand ruckartig auf. „Pass lieber auf was du sagst, nicht jeder hat Angst vor dir und ich ganz bestimmt nicht! Körperliche Kraft ist nicht alles und jetzt verschwinde von hier!"

In dem Moment als Manson etwas erwidern wollte, ließ Sarfin ihre Augen kurz aufleuchten um ihr Faro zu rufen. Manson war der einzige der es sehen konnte und schien sofort zu begreifen was Sache war denn er drehte sich schnaubend um und verschwand wieder.

„Mensch Sarfin, du bist ja richtig mutig geworden. Hattest du keine Angst vor dem Ochsen?"

„Nein, ganz bestimmt nicht. Was will er denn tun? Mich schlagen? Das ist doch alles was er kann und zeigt nur wie dumm er ist. Vor dem habe ich keine Angst!"

Ich sollte mich für diese Lüge in Grund und Boden schämen! Was war denn plötzlich los mit mir? So einen Ausbruch habe ich noch nie gehabt. Das darf sich nicht noch einmal wiederholen! Jetzt habe ich mich selbst enttarnt. Wie dumm! Wie unfassbar dumm von mir!

„Das solltest du aber! Erst vorgestern hat er Billy halbtot geprügelt. Der wird immer unberechenbarer. Wären wir nicht auf dem Land, hätte man ihn bereits eingesperrt. Der ist ein richtiges Schwein!"

„Deswegen dürfen wir uns auch nichts gefallen lassen sonst macht er immer so weiter. Am besten wäre es wenn er von hier verschwindet. Wer will ihn schon? Ich nicht!"

Jetzt mache ich meinen Freunden auch noch Mut sich gegen ihn aufzulehnen. Wieso kommen solche Worte aus meinem Mund? Ich war zu Meister Laura bereits so aufmüpfig. Ich muss mich besser zusammenreißen!

Wenn ich mit Erwachsenen so respektlos rede, werde ich bald Ärger bekommen!

„Ich auch nicht aber er hat trotzdem ein paar Freunde obwohl er so ein..., ich kenne keine Beleidigung die ihm gerecht wird."

„Die gibt es wahrscheinlich auch nicht", entgegnete Nele traurig. „Jessica tut mir so leid aber habt ihr schon gehört dass ihr Vater seine Felder wieder bewirtschaftet? Ich habe ihn vorgestern erst gesehen. Seine Felder blühen richtig."

„Ach was? Das freut mich für ihn. Jessicas Familie hat oft Pech gehabt. Schön dass es endlich wieder aufwärts geht. Er muss gute Freunde haben."

„Wieso sagst du sowas? Ich sehe ihn immer alleine arbeiten wenn ich dort vorbeigehe."

„Aber seine Felder sind viel zu groß um sie alle zu bearbeiten. Jemand muss ihm helfen."

Ja das stimmt. Irgendjemand muss ihm geholfen haben aber was wäre wenn Jessicas Vater gar nichts davon weiß? Was wenn jemand nachts aus dem Haus geschlichen ist und seine Avatarzauber geübt hat? Genaugenommen hatte er sogar einige Dutzend Freunde, die seine Arbeit erledigt haben. Irgendjemand musste Jessica doch helfen. Seit sie ihr Kind hat, mangelt es bei ihnen an allen Ecken und Enden. Ich weiß dass es Risikoreich war aber ich fühle mich sehr gut damit, dachte Sarfin zufrieden und erhob sich von ihrem Baumstumpf. Sie klopfte sich ihr Kleid ab und erklärte: „Ich denke, ich gehe heute schon früher nach Hause. Ich bin ein bisschen müde geworden."

„Schade aber da kann man wohl nichts machen. Kommst du übermorgen in die Kirche?"

„Ich denke schon. Wir gehen doch immer in die Kirche und hinterher zur Schule. Sonst lernen wir Dummköpfe doch nie was Gescheites."

„Selber Dummkopf! Schließ nicht von dir auf andere, du Lullapie", antwortete Nele lachend und streckte ihrer Freundin die Zunge raus.

„Selber Lullapie", rief Sarfin lachend und rannte davon, bevor jemand anderes etwas sagen konnte. Sie wusste nicht einmal wieso sie jetzt gegangen war und versuchte während ihres Dauerlaufs, wieder einen klaren Kopf zu bekommen oder zumindest einen neuen Plan für den Nachmittag. Sie rannte bis zu ihrem Haus und konnte ihre Mutter bereits von weitem ausmachen.

„Hallo Mama, wartest du auf jemanden oder warum stehst du hier auf der Straße?"

„Ja das tue ich, ich hatte gehofft dass du schon früher kommst. Ich habe Neuigkeiten für dich und keine Bange, es geht nicht um deine Lehre. Versprochen! Papa möchte dass wir zur Beisetzung des Königs nach Hyra reisen. Dein Bruder und Kornelia würden hier bleiben und sich um alles kümmern damit wir drei es rechtzeitig schaffen. Was denkst du, hast du Lust unsere Hauptstadt zu sehen? Es ist zwar kein freudiger Anlass aber in der Trauerzeit sind die Straßenzölle in Hyras Einzugsgebiet gestrichen worden. Eine bessere Gelegenheit um Hyra zu sehen, werden wir kaum bekommen. Ich finde es wird Zeit dass du mehr als unser Dorf kennenlernst, meinst du nicht?"

„Ist das dein Ernst? Ihr möchtet mit mir wirklich nach Hyra gehen? Shandras Hauptstadt, dem Sitz der Könige? Das ist kein Scherz?"

„Ja genau, unsere Hauptstadt. Die weiße Stadt. Was hältst du davon? Wenn du lieber hier bleiben möchtest dann reiten wir alleine."

„Nein, ich meine ja! Ja, ja, ja! Ich will mit! Ich freue mich doch jetzt schon. Ich war nicht einmal in unserer Bezirkshauptstadt und jetzt darf ich mit nach Hyra. Das ist fantastisch! Ich darf Prinz Aerion sehen!"

„Das freut mich. Es ist immer noch ein trauriger Anlass, vergiss das bitte nicht. Wenn du als einzige lächelst wenn der König beigesetzt wird, würde dich dass in Schwierigkeiten bringen."

„Natürlich Mama! Sein Tod macht mich doch auch sehr traurig. Ich freue mich trotzdem. Die Hauptstadt soll die allergrößte Stadt auf der Welt sein. Ich kann es kaum erwarten sie zu sehen. Ich habe schon so viele Geschichten gehört."

„Erwarte nicht zu viel. In den Geschichten wird doch immer übertrieben. Was man über die Größe der Stadt sagt ist allerdings wahr. Hyra ist mit großem Abstand, die größte Stadt, zumindest in unserem Königreich. Nirgendwo leben so viele Menschen, so dicht gedrängt. Soto ist schon eine große Stadt aber Hyra würde sie förmlich verschlucken und wäre immer noch nicht satt. Nun komm, wir suchen dir ein paar passende Kleider aus. Wir wollen dem König doch gut angezogen die letzte Ehre erweisen", erklärte ihre Mutter, legte ihren Arm um Sarfin und ging mit ihr ins Haus.

Am nächsten Morgen ging ihre Reise bereits vor den ersten Sonnenstrahlen los. Sarfin war noch sehr müde jedoch hatte die Umarmung ihres Bruders sie vor ihrer Abreise aus dem Reich der Träume geholt, denn an seine plötzliche Herzlichkeit hatte sie sich noch nicht gewöhnt. Sie hätte allerdings auch niemals genug von seiner Zuneigung bekommen können. Sarfin liebte ihren Bruder und seine positive Veränderung machte ihn in ihren Augen nur noch größer. Sie ritten auf drei ihre Arbeitspferde über die Anhöhe im Süden ihres Dorfes, wo bereits die erste Zollstelle war, die sie passieren mussten. Von der Anhöhe konnte sie ihr gesamtes Dorf überblicken und sogar die Fischerhütte von Meister Laura, mit ihrer großen Werkstatt, war gut zu erkennen. Hinter dem waldigen Pfad reflektierte der See das aufziehende Sonnenlicht und warf es glitzernd zurück.

„Mama ist das da vorne Soto? Da im Nordosten. Es ist noch so nebelig. Ich kann es nicht so gut erkennen."

„Du hast recht, Schatz. Die Stadt in dem Nebelfeld ist unsere Bezirkshauptstadt. Von hier kann man es nicht sehen aber noch weiter nördlich liegt Schloss Weißenstein, der Sitz unseres Lordprotektors. Ihr Schloss liegt auf einer Insel, mitten in einem See. Um dorthin zu kommen muss man über eine sehr lange Brücke. Soll ich dir etwas verraten? Ich finde, die Farfans haben ein richtig gutes Gespür für Schönheit. Ihr Schloss ist einfach nur wunderschön anzusehen und Soto ist eine so tolle Stadt. Ich habe die Zeit dort sehr geliebt. Nirgendwo ist es so sauber, jeder Stein wirkt als wäre er durch einen Künstler persönlich eingesetzt worden."

„Das klingt schön", antwortete Sarfin und stoppte ihr Pferd vor der Zollstelle. Ein Ritter des regierenden Lords, der dieses Gebiet erst vor einigen Jahren zugesprochen bekommen hatte, trat aus seiner Hütte und setzte sich seinen Helm auf. Seine Mimik ließ vermuten dass er noch nicht lange wach war und in diesem Moment lieber in seiner Hütte sitzen geblieben wäre.

„Morjen! Wo wollt ihr hin, hä", fragte der Ritter und schob sich seinen ledernen Oberkörperpanzer von einer Seite zur anderen.

„Guten Morgen Ser. Wir kommen aus Sopri und reisen bis nach Hyra, zur Bestattung des Königs", antwortete Sarfins Vater mit einem aufgelegten, freundlichen Tonfall.

„Ah, verstehe. Das macht sechs Bronzestücke. Eins pro Kopf, eins pro Ross! Rasch! Her damit bevor…"

„Hey Meiro! Wag dich ja nicht die Leute zu betrügen", fauchte ein etwas älterer Mann, in den besten Jahren, dem seine Lederrüstung deutlich besser passte als dem Ritter vor ihnen.

„Ser! Ich wollte nicht…, hab ihnen grade erklären wollen dass die Zölle derzeit auch in unserem Einzugsgebiet gestrichen wurden, Ser!"

„Ja, ganz bestimmt wolltest du das, du verdammter Nichtsnutz! Geh mir aus den Augen und wenn ich dich heute noch einmal irgendwo herumliegen sehe, dann wird dir die Göttin nicht mehr helfen können!"

„Ser! Ja, Ser! Verzeiht mir bitte. Euer Großmut ist einfach zu großzügig."

„Ja, ja und jetzt geh endlich! Und ihr drei? Ich nehme an ihr wollt nach Hyra. Derzeit kommen täglich mehr Pilger hier entlang. Es betrübt mich, die Antwort schon vorher zu wissen aber wollte mein Soldat euch euer Geld abnehmen?"

„Nicht direkt, Ser. Der Ser wollte sechs Bronzestücke von uns. Pro Kopf eines. War das nicht richtig? Wir wollen bestimmt keinen Ärger machen."

„Er ist kein Ser, nur ein einfacher Soldat und er hätte nicht versuchen sollen, euch um euer hart verdientes

Geld zu bringen. Hier, nimm dies und genießt eure Reise trotz dieses traurigen Anlasses. Die Farfans haben verfügt dass die Zölle während der Trauerzeit des Königs nicht erhoben werden. Es wäre großes Unrecht, der trauernden Bevölkerung, die eine so weite Anreise nur zu ehren unseres Königs hinter sich bringt auch noch Geld aus der Tasche zu ziehen. Der dumme Lullapie von eben kennt die Order und steckt sich die Einnahmen selbst in die Tasche. Dies war das letzte Mal. Ich bitte vielmals um Vergebung!"

„Nicht doch Ser, der Silberling entschädigt uns bereits mehr als genug. Bitte entschuldigt euch nicht."

„Doch das muss ich! Ich komme nicht von hier. Ich wurde im westlichen Bezirk geboren und wurde nach den Werten des Hauses Marly erzogen und ausgebildet. Ich habe die Verantwortung für diesen Zollposten und somit auch über diesen Abschaum von eben. Sein Verhalten beschämt auch mich zutiefst!"

„Ihr seid wahrlich ein ehrenhafter Ritter. Wir bedanken uns vielmals für eure Großzügigkeit. Lebt wohl verehrte Ser", sagte ihr Vater zum Abschied und ritt durch den Kontrollposten. Sarfin war froh dass an den Zollstellen offenbare keine Magiekontrollen durchgeführt wurden obwohl sie versucht hatte, aus ihrem Fehler zu lernen und ihr Faro wieder täglich in ihren Gedächtnisstein übertrug.

Ich habe gemerkt dass ich mittlerweile schon über Nacht eine Menge Faro aufbaue. Ich glaube es ist klüger wenn ich es zweimal täglich übertrage, so wie Meister Laura gesagt hat. Nur so kann ich sicher sein, meine Signatur völlig zu verschleiern. Meister Laura hat mich vor den Magiern in der Hauptstadt gewarnt. Jeder der in Diensten der Krone steht, soll einen sehr hohen Magielevel haben. Viel höher als meiner oder sogar der von Meister Laura. Ich habe einige Zeit gebraucht um diese Tatsache zu verstehen. Die Stärke meiner Elementfähigkeit stets in keinem Zusammenhang mit meinem Magielevel. Erst durch langes studieren der Magie kann man seinen Magielevel steigern. Meister Moralus hat einen derart hohen Magielevel dass man ihn sogar spüren kann. Er kennt bestimmt tausende magische Anwendungen und kann sehr wahrscheinlich innerhalb eines Wimpernschlags darauf zurückgreifen.

Sarfin versuchte sich so viel wie möglich von der Landschaft, den Städten, Dörfern, Wäldern und den Burgen einzuprägen, die sie während der nächsten Tage sehen konnte und fragte ihren Eltern Löcher in den Bauch. Sie konnte kaum glauben wie wenig sie von ihrer Heimat kannte und wie wenig sie bisher davon gesehen hatte.

Unser Lordprotektor hat viel mehr Versallen als ich geglaubt habe. Ich habe schon vier große Burgen gesehen, die alle zu großen Häusern gehören. Wahnsinn! Sie liegen alle gar nicht weit von meinem Dorf entfernt und doch habe ich noch nie von ihnen gehört. Alle Banner waren mir völlig unbekannt, eigentlich kenne ich auch nur zwei. Das der Farfans und das des Königs. Das ist fast schon traurig, wie kann ich nichts über unsere Nachbar Ländereien wissen? Wenn ich wieder zuhause bin, muss ich dringend mehr lernen! Ich weiß einfach viel zu wenig von dieser Welt!

Die gesamte Reisezeit verlief ohne negative Vorfälle. Desto näher sie der Hauptstadt kamen desto gefüllter waren die Gasthäuser, die sie zum Übernachten aufsuchten. Die Pilger, die ausschließlich wegen der Beisetzung des Königs nach Hyra kamen, wurden ebenfalls immer zahlreicher. Sarfin war positiv erleichtert dass die Stimmung längst nicht so niedergeschlagen war, wie sie befürchtet hatte. Viel mehr verbreitete sich eine Welle des Aufbruchs und der Hoffnung denn viele Menschen, die sie auf ihrer Reise traf oder reden hörte, hatten große Hoffnung was den Prinzen und die Zukunft des Königreiches anging. Sarfin erinnerte sich immer wieder gerne an die Begegnung beim Neujahrfest vor einigen Jahren. In der Nähe von Soto wurde wegen des guten Wetters ein großes Fest veranstaltet. Tausende Menschen waren angereist um gemeinsam in das neue Jahr zu feiern. Die Stimmung hätte seinerzeit nicht besser sein können als sogar das Kommen der Königsfamilie angekündigt wurde. Sarfins Vater hatte sie bei ihrer Ankunft auf seine Schultern gehoben und was sie sah, hatte sie damals völlig überwältigt. Der König war wie in einem Märchen, auf einem Königsadler gelandet und wurde von den Menschen frenetisch gefeiert. Sarfin hatte sich jedes Detail eingeprägt und hätte noch jedes einzelne Kleidungsstück aufzählen können dass die Königsfamilie an diesem Tag getragen hatte. Am meisten war sie jedoch von dem Kronprinzen angetan. Prinz Aerion mit den goldenen Haaren. Jeder Schritt von ihm wirkte als würde er auf einer Wolke schweben. Sarfin hatte sich auf den ersten Blick in den Prinz verliebt und hatte seit diesem Tag, unzählige Male von ihm geträumt. Desto näher sie der Hauptstadt kamen, desto größer wurde ihre Vorfreude, ihren Traumprinzen endlich wiedersehen zu dürfen.

Sie hatten die letzte Zollstelle vor Hyras Hoheitsgebiet bereits am Abend des siebten Reisetages passiert und ritten durch das weite grün der Ebene. Hyras Gebiet war von Beginn an durch große Banner gekennzeichnet. Immer wieder waren große Stahlpfosten im Boden versenkt worden, an denen die Banner mit dem Feuerhirsch des Hauses Heras im Winde wehten. Die Hauptstraße wurde nach der Zollstelle deutlich breiter und ging allmählich von einem gut ausgebauten Feldweg, in eine Steinstraße über. Sarfin hatte so eine Straße noch nie gesehen. Die Außenseite war vollständig glatt gezogen. Nirgendwo konnte sie einen einzelnen Stein sehen, alles wirkte als wäre es miteinander verschmolzen worden. Vor einigen Jahren hätte Sarfin wahrscheinlich noch an Wunder oder besonders begabte Steinmetze gedacht, mittlerweile gingen ihre Gedanken immer in Richtung der Elementmagie.

Ich kenne die Kräfte von Erdbändigern nicht aber wenn sie auch solches Gestein beeinflussen können, dann wurden diese Straßen bestimmt durch Magier erschaffen. Wer sonst könnte Gestein in dieser Form bearbeiten? Dazu bedarf es ganz bestimmt einer großen Kraft!

Das klackern der Hufeisen auf der Steinstraße hatte eine extrem beruhigende Wirkung auf Sarfin. Inzwischen hatte sich ein regelrechter Menschenstrom um sie herum gebildet, der wie ein Fluss aus Menschen wirkte, mit dem sie sich einfach auf die Hauptstadt zutreiben ließen. Ab der Mittagsstunde begann die Straße eine Steigung über den letzten Hügel vor Hyra zu beschreiben. Einige Maultiere hielten den Menschenstrom an vielen Stellen auf. Während Sarfins Mutter sich ein wenig über die langsame weiterreise beklagte, nutzte sie selbst die Gelegenheit um sich in aller Ruhe umzusehen. Von dem Hügel konnte sie das ganze Umland betrachten dass von zwei langen Seen flankiert wurde, dessen Wasseroberfläche so klar war dass sie die kleinen Gebirge dahinter gut sichtbar reflektierten. Sarfin war von dem Anblick völlig verzückt. Selbst der Geruch der Gräser roch hier viel besser als bei ihr zuhause. Sie versuchte so viel wie möglich zu erkennen bevor sie den Hügel passieren würde. Weit entfernt konnte sie sehen wie eine große Gruppe mit roten und blauen Bannern aus einer der Burgen ritt, die im Umland der Seen lagen.

Das sind ganz bestimmt auch Versallen von Haus Heras. So wie die Burgen verteilt sind, sieht es ein bisschen aus als wären es übergroße Wachtürme, die über die Hauptstadt wachen. Da haben sich nur Dörfer angesiedelt. An allen drei Burgen sieht es fast gleich aus. Die zwei am Wald sehen sogar fast verlassen aus. Ob sie nur benutzt werden wenn es Probleme gibt oder gehörten sie wohl einst jemanden? Ich verstehe nichts von Kriegsdingen und habe mich nie dafür interessiert aber es sieht für mich so aus als wenn man in der Hauptstadt sehr sicher wäre wenn irgendwo im Umland etwas passiert. Wenn diese Burgen alle zur Verteidigung des Umlandes da sind..., das ist bestimmt eine erschreckend hohe Zahl an Militär! So viele Maßnahmen die nur dazu dienen um Menschen zu töten. Das ist wirklich traurig!

Sarfin tat es ihrem Vater gleich und ritt mit ihrem Pferd von der Straße herunter um in ihrem eigenen Tempo über den Hügel zu reiten. Das metallische Geräusch der Hufe fehlte ihr plötzlich sehr. Nachdem sie den Hügel passierten, trat Sarfins Familie weit von der Straße weg um dem Menschenstrom nicht im Weg zu stehen und genossen den unglaublichen Ausblick auf die Hauptstadt Shandras.

„Wie schön", staunte Sarfin lächelnd, stieg von ihrem Pferd ab und drückte sich an ihre Mutter. „Die ganze Stadt sieht aus als hätte sie jemand weiß und blau angemalt. Ist das ein Werk von Magiern?"

„Ich glaube nicht aber sicher sein, kann man wohl nie. Es gibt viele verschiedene Stein und Marmorarten, manche davon sind ganz weiß. Siehst du das Gebirge da im Osten? Dort bauen sie dieses Gestein ab. Auch Soto bezieht seinen weißen Stein aus diesen Bergwerken."

„Der Ausblick von ihr oben ist unglaublich. Man kann sogar Soto im Norden noch erahnen. Es muss toll sein wenn man hier lebt. So eine große Stadt. Wie viele Menschen leben in Hyra?"

„Das weiß ich nicht mein Schatz. Ich habe schon verschiedene Angaben gehört aber selbst jetzt kann ich nicht abschätzen, welche richtig sind. Dies ist die größte Stadt in unserem gesamten Königreich. So viel weiß ich."

„Hier in der Umgebung zu leben ist bestimmt sehr schön aber die Zölle auf die Straßen sind viel höher als in unserer Region. Mit unseren jetzigen Einkünften könnten wir uns ein Leben hier, nicht leisten."

„Sind wir deswegen ohne Wagen unterwegs? Mein Po tut langsam weh von diesem Sattel."

„Ja so ist es. Ein Wagen kostet normalerweise deutlich mehr als unsere drei Pferde, vor allem die Unterbringung in der Stadt. Ich konnte ja nicht ahnen dass die Zölle alle gestrichen wurden. Es werden viele Pilger erwartet, da treiben sie die Preise für die Ställe meistens in unverschämte Höhen. Wir sollten uns zügig eine Herberge suchen bevor die Masse der Menschen hier eintrifft. Die Trauerzeit vor der Bestattung ist bald vorbei", erklärte ihr Vater und stieg wieder auf sein Pferd. Sie reihten sich gar nicht erst in den

Menschstrom ein sondern ritten abseits der Straße bis kurz vor das gewaltige Torhaus, der riesenhaften Mauer aus makellos weißem Stein. Sarfin bemerkte einige kleinere Gruppen, die sich weit abseits der Straßen postiert hatten und sich teilweise heftig untereinander stritten. Zu gerne hätte sie ihnen gelauscht um zu erfahren was es an diesem Ort zu streiten gab denn sie fühlte sich einfach nur großartig. Die gewaltige Mauer konnte sie nicht einschüchtern, zu groß war ihre Vorfreude auf den Anblick der Hauptstadt. Die nördliche Stadtpforte war das größte Torhaus dass Sarfin je durchschritten hatte. Sie zählte bis 22 ehe sie am anderen Ende wieder heraus trat, was sie jedoch extrem irritierte, war dieses Gefühl während sie hindurch ritt.

Darauf hat Meister Laura hingewiesen als ich meine Boirotasche bei ihr abgegeben habe, falls ich kontrolliert werde und jetzt verstehe ich was sie mir damit sagen wollte. In diesen Mauern steckt starke Magie. Meine Taunosrezaz Zugehörigkeit wurde geprüft. Wäre ich eine Hexe, dann hätte ich wohl nicht weitergehen können. Das nenne ich eine effektive und unauffällige Verteidigungsmaßnahme! Diese Bannsprüche müssen von sehr mächtigen Magiern errichtet worden sein. Es ging richtig durch mich hindurch. Wahnsinn..., aber ich frage mich..., da waren eben ein paar Menschen vor dem Tor und wirkten nervös. Ob das alle Hexen gewesen sind? Konnten sie nicht hindurch und hatten sich deswegen gestritten? Bestimmt sind sie mir deswegen aufgefallen. Ich habe unterbewusst etwas gespürt. So muss es gewesen sein.

„Alles in Ordnung Sarfin? Du siehst plötzlich so blass um die Nase aus", fragte ihr Vater in einem Moment als ihre Mutter kurz am Rand der breiten Straße anhielt.

„Ja, natürlich. Alles in Ordnung", antwortete sie zögerlich obwohl sie ahnte worauf ihr Vater hinaus wollte.

Papa weiß schon länger was ich für Fähigkeiten habe, seit er mich einmal von meiner Arbeitsstelle abholen wollte und mich erwischt hat. Er kennt sich mit Magie kein bisschen aus, darum sorgt er sich oft wenn er einen Verdacht hat dass es mir nicht gut geht. Papa ist so aufmerksam, dachte Sarfin und schenkte ihrem Vater ein aufrichtiges Lächeln ehe sie antwortete: „Wirklich! Alles in Ordnung! Ich habe eben etwas gespürt, was ich vorher noch nie gefühlt habe. Ich erzähle dir Zuhause davon, hier..., wenn ich mich hier so umsehe dann erkenne ich Dutzende Armbänder und möchte nicht Gefahr laufen, verdächtigt zu werden. Wäre blöd wenn alle Vorbereitungen völlig umsonst gewesen wären."

„Manchmal vergesse ich dass meine kleine Tochter, zu einer klugen Frau heranwächst. Hast du denn deinen Stein dabei? Hast du keine Angst dass man ihn entdecken könnte?"

„Nein, das ist ein neuer Trick den ich gelernt habe. Meine Kette hier, ist mein Stein. Nicht schlecht, oder?"

„Ja das nenne ich einen netten Trick. Sehr dezent ausgewählt, ich muss mir wohl keine Sorgen um dich machen."

„Um wen musst du dir keine Sorgen machen? Um Sarfin? Wenn Sarfin nur nicht bei diesem markierten Fischer arbeiten würde. Was lernst du bei ihm überhaupt", meckerte ihre Mutter und begann die Diskussion, die sie so sehr verabscheute.

„Fische ausnehmen oder Angelruten herstellen. Köder beschaffen. Solche Dinge, vieles ist sehr praktisch. Magst du den Fisch denn nicht mehr? Ich muss keinen mehr mitbringen."

„So meinte ich das nicht, mein Schatz. Ich mache mir nur Sorgen. Keiner weiß was diese Armbänder bedeuten aber so etwas kann nichts Gutes mit sich bringen. Ich will nicht dass du oder Pete mit diesen Leuten in Verbindung gebracht werdet."

„Dafür ist es jetzt schon etwas spät. Ich bin seit über zwei Jahren, fast schon drei, bei Meister Rollo in der Lehre. Er ist ein toller Fischer, ein toller Handwerker und kann mir immer noch sehr viel zeigen. Ich lerne doch auch andere Sachen. Den Tisch und die Stühle habe ich doch repariert. Wo habe ich das wohl gelernt? Ich bin auch im nähen besser geworden und kann dir viel besser helfen. Ich finde es gibt wenig Grund zu meckern. Wieso tust du es immer? Das macht mich traurig! Meister Rollo ist ein lieber Mensch! Wirklich!"

„Aber er hat dieses Armband, Sarfin! Das bedeutet er ist ein Hexer! Das macht ihn gefährlich! Ich mache mir doch nur sorgen um dich!"

„Ich weiß Mama aber Meister Rollo ist immer nett zu mir gewesen. Er kann gar nicht zaubern. Vielleicht haben mache Menschen etwas an sich dass sie gar nicht kennen. Ich weiß es nicht aber ich weiß dass er nicht gefährlich ist. Wirklich! Es gibt keinen Grund sich vor den Armbänder zu fürchten! Ich tue es auch nicht. Der Sohn des Bäckers hat auch eins. Die Mädchen von der Kirchenschule sind sogar zwei. Wenn man es genau nimmt dann sind es doch auch Freunde. Wieso sollte es bei Meister Rollo ein Unterschied sein? Wir kaufen unser Brot immer noch beim gleichen Bäcker obwohl sein Sohn dieses Armband trägt. Ist doch so!"

„Was soll ich darauf antworten? Natürlich hast du recht aber diese Menschen kannte ich fast alle bevor sie ihr Armband bekommen haben. Dieser Fischer ist ein Fremder für mich!"

„Ich dachte wir sollen andere Menschen nicht ablehnen. So steht es doch in der Heiligen Schrift, oder nicht? Soll ich das Gebot der Göttin ignorieren?"

„Sarfin, deine Mutter macht sich einfach nur Sorgen aber ich würde vorschlagen dass wir diese Sorgen auf zuhause vertagen. Sieh mal Schatz, falls du es nicht bemerkt hast..., wir stehen im ersten Ring unserer Hauptstadt", sagte ihr Vater und lenkte das Gespräch von Sarfins Ausbildung weg. Sie ließ ihren Blick umherschweifen und wurde bereits von neuen Eindrücken erschlagen. Sie konnte direkt in einen Tierzwinger hineinsehen und erspähte einige Flugtiere, die wie gewaltige Tauben mit langer Federhaube aussahen.

„Papa was sind das für Tiere? Diese großen Vögel da vorne in den Zwingern. Ihre langen Federn auf dem Kopf sehen so schön aus."

„Diese Geschöpfe werden Taubolos genannt. Sie gehören zu den Riesentauben allerdings sind es keine lästigen Schädlinge wie ihre kleineren Artgenossen. Diese Tiere sind sehr edel! Nur wenige besitzen so ein Flugtier oder können sich einen Flug darauf leisten. Wahrscheinlich ist ein großer Lord auf ihnen hergeflogen. Diese Tiere gehören zu den schnellsten Geschöpfen der Lüfte. Ich mag ihr Anmutiges aussehen sehr!"

„Ich auch! Sehr schöne Tiere. Können wir uns noch mehr Tiere angucken?"

„Das werden wir leider nicht schaffen! Wir sind hier im äußersten Ring der Stadt und gleichzeitig der größte von allen. Hier befinden sich unzählige Werkstätten, Schmieden, Kasernen und eben die Tierzwinger. Um sie zu sehen, müssten wir durch den ganzen Ring und das würde mehr als einen Tag dauern. Tut mir leid! Wenn wir mehr Zeit hätten dann würde ich dir gerne so viel zeigen. Es gibt so viele fantastische Tiere, die über alle Zwinger der Stadt verteilt sind. Irgendwo sind bestimmt auch Chimäras oder wenn der Greifenlord hier ist, sogar Greifen."

„Oh bitte, bitte! Ich würde so gerne einen Greifen sehen", bettelte Sarfin und bemerkte dass sie ihren Vater erweichen konnte.

„Ich kann es nicht versprechen aber wenn wir nach der Beisetzung noch Zeit haben sollten dann drehen wir eine Runde durch diesen gewaltigen Ring. Einverstanden?"

„Jaaaaa! Danke Papa! Greifen und Chimäras. Ich werde so viel zu erzählen haben wenn ich Nele wiedersehe", begann Sarfin fast euphorisch und freute sich wahnsinnig mit ihrer besten Freundin über alle Erlebnisse in der Hauptstadt sprechen zu können. Sie folgten der breiten Hauptstraße, die gradewegs in den nächsten Ring der Stadt führte. Die Menschen liefen ab der zweiten Stadtmauer überall dicht gedrängt was Sarfins Familie dazu zwang, von ihren Pferden abzusteigen und sie eng zu führen. Sie hätten sich vermutlich eine der günstigeren Herbergen gesucht doch durch die unerwarteten Einnahmen an der Zollstelle, führte Sarfins Vater sie durch das dichte Gedränge bis sie an der nächsten Stadtpforte ankamen.

„Normalerweise wäre hier jetzt Schluss weil im dritten Ring die Kaufläute und wohlhabenderen Menschen leben aber warum sollen wir uns nicht auch einmal etwas gönnen? Wir werden die Tage in Hyra in einem der guten Gasthäuser übernachten. Gewöhnt euch aber nicht zu sehr an die weichen Betten", lachte er und ging als erstes durch die Pforte. Sarfin spürte auch in diesem Torhaus, die starken Schutzzauber innerhalb der mächtigen Mauern.

Meine Güte, das zieht richtig im Rücken. Was haben die denn hier gemacht? Das müssen Dutzende verschiedene Zauber sein. Jeder von ihnen ist viel mächtiger als alles was ich zusammenbringen könnte. Sind denn wirklich so viele starke Zauber nötig um Hexer abzuhalten? Das wirkt auf mich fast genauso übertrieben wie diese immense Präsenz an Rittern. Ich verstehe nicht wie die Menschen hier alle so fröhlich sein können wenn sie von allen Seiten von Rittern umgeben sind. Ich finde diesen Umstand extrem verstörend!

„Mama? Sind wegen der Beisetzung des Königs so viele Ritter hier? Sie sind ja überall. Das glänzen ihrer Rüstungen tut richtig weh in den Augen."

„Ja das stimmt, ich habe auch schon Kopfschmerzen von diesen ständigen Lichtblitzen. Hier in Hyra ist es wirklich normal. Der König beansprucht für sich das Recht auf das größte Einzelheer. Es gibt große Bezirke mit großen Heeren, wie unsere Nachbarn im Osten oder die Kriegernation, oh und natürlich die großen Armeen der Südländer. Jede von ihnen ist mehrere hunderttausend Mann stark. Wenn der König mehr Männer in seinem Heer haben will dann braucht er natürlich mehr Männer als die anderen. Ich kann dir wirklich nicht sagen ob es stimmt aber ich habe irgendwann mal etwas aufgeschnappt. Angeblich ist jeder zehnte Einwohner in dieser Stadt ein Ritter des Königs. Wenn die Angaben stimmen und hier und im Hoheitsgebiet von Hyra zwischen fünf und sechs Millionen Menschen leben, dann gibt es auch in etwa eine halbe Millionen Ritter der Königsgarde. Dazu kommen die königlichen Truppen, die überall im Reich verteilt sind. Über eine halbe Millionen Ritter, das ist eine wahnwitzige Zahl. Viel zu groß um sie mir vor Augen zu führen. Ich glaube, ich möchte mir solche Größen gar nicht vorstellen."

„Hier leben fünf..., fünf Millionen Menschen? Kann das wirklich wahr sein? Papa? Papa! Stimmt es was Mama sagt? Leben hier so viele Menschen?"

„Ich werde nachher losziehen und zählen. Das kann allerdings etwas dauern", scherzte ihr Vater. „Ehrlich gesagt, habe ich keinen Schimmer. In Soto leben wohl eine halbe Millionen Menschen aber Hyra ist um ein vielfaches größer. Ob es wirklich fünf oder sechs oder auch nur drei Millionen sind, bei den Größenordnungen macht das doch kaum einen Unterschied. Ich denke eher über die viele Höfe nach, die ausschließlich für diese Stadt arbeiten. Die Gutsherren werden wohl nie Geldnöte haben."

„Worüber du dir Gedanken machst. Wir stehen in der größten Stadt der Welt und dein Papa denkt über die Wirtschaftlichkeit der umliegenden Höfe nach."

„Ich könnte mich auch über diese sauberen Straßen unterhalten oder die makellose Verarbeitung des weißen Marmors. Ihr Mädchen seid nun einmal für andere Dinge zu begeistern als ich."

„Lass ihn doch Mama. Wenn er die vielen schönen Blumen und Staturen nicht zu würdigen weiß dann genießen wir ihren Anblick einfach umso mehr! Hyra ist eine so schöne Stadt. Ich bekomme aber langsam Hunger. Ihr nicht?"

„Doch, sehr sogar. Die Pferde sollten jetzt auch ruhen, sie haben uns gute Dienste geleistet. Was haltet ihr von diesem Gasthaus da", fragte ihr Vater und wies auf eine sehr schön gestaltete Häuserfassade. Für Sarfin verflog die Zeit viel zu schnell. Als sie nach dem üppigen

Abendessen aus dem Fenster ihres Zimmers im zweiten Obergeschoss blickte und sie erkannte dass die Sonne bereits fast untergegangen war, wäre ihre Stimmung beinahe gefallen doch als sie sich in das weiche Bett legte, schlief sie schlagartig ein.

Sie erwachte durch die Bewegungen im Zimmer. Ihr Vater war dabei sich anzuziehen und verließ das Zimmer, noch bevor er bemerkte dass Sarfin wach geworden war. Sie gähnte verschlafen und streckte alle viere von sich.

„Guten Morgen mein Schatz. Du siehst aus als wenn du ziemlich gut geschlafen hättest."

„Mama? Ich hab gar nicht bemerkt dass du auch schon wach bist. Ja und wie! Das ist ein tolles Bett! Ich will auch irgendwann so eins haben", lachte Sarfin und gähnte erneut herzhaft. „Wo ist Papa denn hingegangen? Er weiß dass sein Feld ganz weit weg ist."

„Ja...", antwortete ihre Mutter und steigerte sich von einem kichern in ein lautes Lachen. „Entschuldige Schatz, der Gedanke war wirklich sehr lustig. Er holt uns noch etwas zum Frühstück. Eine Waschschüssel hat er uns schon geholt. Möchtest du als erstes?"

„Ich möchte noch ein bisschen liegen bleiben. Dieses Bett fühlt sich wie eine Wolke an. Glaubst du sie würden merken wenn wir es raustragen und mitnehmen? Schon gut, das war nur Spaß. Aber es war kein Spaß dass ich auch so eins haben möchte. Wie viel kostet sowas?"

„So eins? Ich bin nicht sicher. Wann hätte ich auch danach fragen sollen? Ich würde schätzen..., einen oder zwei Silberlinge. Du hast doch gestern betont dass du auch handwerkliches gelernt hast. Glaubst du, du könntest so etwas selbst bauen?"

„Meinst du die Frage ernst? Ich bin nicht sicher, vielleicht. Obwohl..., wenn ich das Holz vom Schuppen und die..., ich glaube das würde gehen aber ich müsste..., ich denke lieber zuhause da drüber nach sonst bin ich den ganzen Tag in Gedanken. Verrückte Idee, ich baue mein Bett selbst", sagte Sarfin mehr zu sich selbst als zu ihrer Mutter und fühlte sich plötzlich hellwach. Sie sprang aus dem Bett und blickte als erstes aus dem geöffneten Fester.

„Legst du uns die schwarzen Kleider raus wenn du schon wach bist. Papa möchte schon früh zu dem kleinen Hügel da vorne auf der rechten Seite. Siehst du ihn? Wo die Straße den großen Bogen macht. Dort wird die Prozession entlang laufen wenn die Trauerfeier vorüber ist. Von hier kann man es nicht sehen aber man kann sehr gut auf den Platz sehen."

„Wir gehen gar nicht auf die Trauerfeier? Och Mama, ich wollte so gerne sehen wie sie so etwas machen."

„Kannst du doch auch. Wenn wir auf den Platz gehen dann stehen wir mitten im Gedränge und sehen gar nichts. Von dem Hügel da sieht man alles. Gesprochen wird ohnehin nur wenn gebetet wird und die kennst du auch ohne sie zu hören. Wenn sie den König zurück zum Schloss bringen, werden sie an uns vorbeigehen. So können wir ihm wirklich Ehre erweisen und eine Tulpe zuwerfen. Ich finde diesen Plan deutlich besser."

„Ja ist er, ich habe gar nichts gesagt. Hast du etwas gehört? War bestimmt jemand von draußen", lachte Sarfin und drängte sich an die Waschschüssel. Sie beeilten sich mit waschen und dem Frühstück. Als sie bemerkten wie sich bereits die ersten Menschen auf dem Hügel versammelten, die offenkundig die gleiche Idee hatten, eilten sie ebenfalls durch die immer noch sehr breiten Nebenstraßen von Hyra, bis sie ihr Ziel erreichten. Sarfins Vater hielt unterwegs für einen kurzen Moment und kaufte drei Tulpen bei einem Straßenhändler.

Viel später hätten wir nicht kommen dürfen. Die ganze Ecke ist bereits gut gefüllt und von allen Seiten kommen immer mehr Menschen. König Michael war wirklich sehr beliebt, sonst würden nicht so viele Menschen um ihn trauern. Fast alle haben eine Tulpe in der Hand. Auch wenn es traurig ist, es sieht so schön aus!

Sarfins Familie platzierte sich auf einem günstigen Platz, auf einer erhöhten Stelle, genau an der langen Kurve. Sarfin war begeistert wie viel sie von der erhöhten Position sehen konnte. Der ganze Platz der Trauerzeremonie lag deutlich tiefer gelegen so dass es keine Ecke gab, die ihr verborgen blieb. Sie konnte einige Novizen von der Kirche sehen, die einige Gegenstände auf dem Altar platzierten. Die Seiten der Straßen füllten sich immer weiter und plötzlich wirkten selbst die breiten Straßen der Hauptstadt, schmal und eng. Die Menschen wurden von den Rittern der Königsgarde wieder zurückgedrängt um der anrückenden Prozession ausreichend Platz zu schaffen.

Jetzt kann mir keiner etwas über dieses Gerede von Lichterben erzählen. Damit sind eindeutig die königlichen Ritter gemeint. Ihre Rüstungen brennen ja richtig in den Augen wenn so viele nebeneinander gehen. Meine Güte, die sollten sich unbedingt Umhänge zulegen. Das hält man ja nicht aus.

Der Sarg mit des Königs Leichnam wurde von der anderen Seite auf den Platz getragen. Sarfin suchte instinktiv nach dem Prinzen doch sie fand ihn nicht unter den vielen Trauergästen, die dem König offenbar sehr nahe gestanden hatten. Sie versuchte sich immer wieder selbst zu ermahnen jedoch erwischte sie sich während der gesamten Trauerzeremonie, wie sie nach Prinz Aerion Ausschau hielt. So verflog die Zeremonie viel schneller als Sarfin lieb gewesen wäre und schämte sich innerlich, mit ihren Gedanken woanders gewesen zu sein doch als sie sich unauffällig umsah, glaubte sie dass ihre Eltern von ihrer Träumerei nichts mitbekommen hatten. Als der Sarg des Königs wieder auf einen prunkvollen Wagen aufgebahrt wurde, war Sarfin sehr irritiert.

„Mama", flüsterte sie und zupfte ihr unauffällig an ihrem schwarzen Trauerkleid. „Ich dachte der König wird beerdigt. Warum nehmen sie ihn wieder mit?"

„Er wird in der Gruft, auf dem Schloss bestattet. Dort liegen alle verstorbenen Könige. Dies hier, ist nur ein Platz zum trauern. Ein Ort wo jeder beten darf."

Sarfin spürte wie sich ihr noch mehr Fragen aufdrängten allerdings hörte sie bereits die kraftvollen Schritte der Königsgarde, die in Reih und Glied durch die Stadt marschierten. Viele der Ritter trugen dabei ein großes Banner mit dem Feuerhirsch der Heras. Die Ritter der Prozession wirkten in ihre Stoffuniformen längst nicht so grimmig wie die Ritter mit den weißen, mächtigen Rüstungen. Mit dem anrückenden Sarg, drang auch eine Welle der Trauer durch die Straße, die jedes Herz zu erfassen schien. Die wenigsten Augen bleiben trocken als der Sarg vorbeigeführt wurde, auf dessen Deckel ein steinernes Abbild von König Michael aufgesetzt war. Das geworfene Tulpenmeer des Volkes verstärkte den Trauereffekt um ein vielfaches und so begann auch Sarfin zu weinen als sie ihre Tulpe warf, um König Michael Heras zu verabschieden.

Hyra
6. Vollmondperiode des Jahres 920

Die Stimmung war auf allen Seiten extrem niedergeschlagen als sie der Prozession hinterher blickten. Sarfin konnte sich nicht gegen die traurige Stimmung wehren und hielt ihren Blick gen Boden gerichtet.

Es ist so traurig! Der arme König Michael und seine armen Söhne. Er ist viel zu früh gestorben! Die Prinzen haben sich gar nicht gezeigt. Wahrscheinlich hat sie der Tod ihres Vaters sehr heftig getroffen. Ganz bestimmt sogar! Wenn das Volk schon so trauert dann muss es für die beiden noch viel schlimmer sein. Mein armer Prinz Aerion!

Sarfin spürte wie ihre Mutter ihr sanft über den Handrücken streichelte und ihr damit zumindest ein kurzes Lächeln abringen konnte.

„Mama? Was machen sie jetzt mit dem Körper von König Michael? Werden sie ihn begraben, so wie wir es machen?"

„Ja so in etwa. Die Königsfamilie hat eigene Grabmäler, wie alle großen Lords, zu denen niemand Zutritt hat. Die große Gedenkstätte hinter dem Zeremonienplatz ist für das Volk gedacht."

„Und da begraben sie ihn dann bei seinen Vorfahren? Liegt unser erster König auch da? Linksen? War das sein Name?"

„Lincoln war sein Name. Lincoln Heras. Der König, der es schaffte aus diesem zerstrittenen Kontinent, ein großes Königreich zu formen. Er muss ein unglaublicher Mann gewesen sein denn Shandra ist ein sehr, sehr großes Land. Von der steinigen Nordküste bis ganz in die weiten Steppen im Süden, stehen wir alle unter dem Banner des Feuerhirschen. Schon über 900 Jahre. Das ist eine sehr lange Zeit."

„Boah! 900 Jahre? Das ist aber lange. Mama? Was war vorher? Vor den 900 Jahren? Waren die Farfans unsere Könige gewesen?"

„Nein, ich glaube sie wurden erst durch König Lincoln zum Lordprotektor unseres Bezirks ernannt. Die Farfans hatten einen anderen Sitz bevor sie nach Soto umsiedelten aber woher sie kamen kann ich dir gar nicht sagen. Wahrscheinlich gehörten sie zu den treusten Versallen der Heras. So wie das Haus Lancel im Osten oder Haus Marly im Westen. Es waren 15 Bezirke als das Reich geeinigt wurde. 14 davon gibt es noch. Auch diese Bezirke haben die Zeit überdauert. Einige der Häuser sind sogar viel älter als unser Reich. Die Lancels, die Pommos und auch die Marlys sollen Nachkommen der allerersten Siedler sein. Die Südländer sollen sogar von den Menschen abstammen, die schon immer hier lebten. So wahnsinnig alt sind ihre Häuser schon. Wer weiß welche Geschichten ihre Burgen zu erzählen hätten..., wenn sie sprechen könnten."

„Haus Marly, das sind die mit diesen Greifenvögeln auf dem Wappen, richtig? Bei denen sogar Frauen herrschen. Das hattest du doch gesagt."

„So heißt es zumindest. Wenn man ein so altes Haus ist, dann hat man vermutlich auch viel Erfahrung sammeln können. Es ist eigenartig wenn ich über diesen Bezirk nachdenke weil die meisten Menschen, diesen Bezirk fast wie ein Paradies betrachten. Suchst du die Freiheit, dann geh ins Greifenland. So denken viele Menschen aber ich könnte dir nicht garantieren dass die Gerüchte über dieses Land auch der Wahrheit entsprechen. Es klingt alles zu schön um wahr zu sein aber wenn wir an den noblen Ritter an der Kontrollstelle denken, scheint doch etwas an den Gerüchten dran zu sein. Alleine dass die Kinder, Jungen und Mädchen, alle zur Schule gehen müssen ohne dafür zahlen zu müssen. Ich weiß nicht wie man so etwas überhaupt finanzieren kann aber wenn es wirklich stimmt dann freut es mich für jeden, der dort lebt. Bildung ist der Schlüssel zu allem."

„Es wäre schön noch mehr zu lernen. In den letzten Jahren höre ich viel mehr auf die Gespräche der Erwachsenen und höre ganz genau, wie groß unsere Welt ist. Es gibt so viel was ich nicht kenne. So viele Orte, an die ich niemals reisen könnte aber ich will wenigstens etwas darüber wissen. Wenn es schon nicht möglich ist zu den fantastischsten Orten dieser Welt zu reisen dann will ich irgendeinen Ersatz! Ein Bild, eine Information, irgendetwas! Ich finde das steht jedem Menschen zu denn wir sind ja nicht die einzigen, die solche Reisen nicht machen können."

„Da hast du recht. In Soto gibt es doch die Bibliotheken unseres Glaubens. Die sind wirklich sehr groß! Wenn wir sparen, könnten wir schon im Herbst dorthin aber dann solltest du dir vorher überlegen was du alles erfahren möchtest. Dort gibt es sehr viele Bücher und die Zeit vergeht beim Lesen viel zu schnell."

„Wenn ich nicht mitkomme, könntet ihr einige Tage länger bleiben. Ich meine, wenn ihr zum Lesen nach Soto wollt dann wüsste ich nicht was ich dort soll. Ich kann doch gar nicht lesen", mischte sich ihr Vater ein. „Dein Geburtsmonat ist doch auch im Herbst. Sieh es als kleines Geschenk. Soto ist eine schöne Stadt. Ihr beide werdet Weißenstein lieben. Ich weiß du kennst es aber Sarfin nicht. Ihr werdet bestimmt eine tolle Zeit haben. Soto ist eine sichere Stadt, dort könnt ihr auch ohne mich hin."

„Nicht doch Schatz, wir können doch nicht ohne dich reisen. Wenn wir kontrolliert werden, könnte es Ärger geben."

„So ein Quatsch, ihr bleibt doch innerhalb des Bezirks. Dieses dumme Gesetz greift erst wenn ihr ausreisen wolltet. In Soto werdet ihr keine Probleme haben. Die Farfans sind nicht für ihre Unfreundlichkeit bekannt. Bei der letzten Kontrolle habt ihr es doch auch gemerkt. Die Ritter aus Soto waren wesentlich freundlicher als die Königsgarde. Außer dem einen Zwischenfall, aber da war die Göttin wohl auf unserer Seite", grinste ihr Vater und führte die beiden auf den größten Marktplatz des zweiten Rings. Sarfin bemerkte gleich dass die Menschen sich nicht willkürlich sammelten sondern sich um verschiedene Holztafeln stellten, an denen offenbar etwas angeschlagen war. Sarfins Mutter entfernte sich um ihnen Aufklärung zu verschaffen während sie mit ihrem Vater an der Statur eines ehemaligen Königs wartete. Es dauerte nicht lange bis sie zurückkehrte und keuchend erklärte: „Zum Nachmittag werden verschiedene Ankündigungen gemacht. Nein…, das war falsch. Immer die gleiche Ankündigung…, nur an verschiedenen Orten gleichzeitig damit die Menschen alle Platz finden. Tut mir leid, ich mag diese Menschenmassen nicht und es war eben sehr eng. Auf jeden Fall gibt es eine Ankündigung. Von der Regierung! Wir sollten zur Kirche da vorne gehen. Dort ist eine Tribüne."

„Schatz, was ist denn los? Du bist doch sonst nicht so schnell außer Atem."

„Erzähle ich dir später, spielt jetzt keine Rolle. Können wir, ich meine…, sollen wir schon losgehen? Wenn wir früher da sind, bekommen wir einen Platz, weit vorne", erklärte ihre Mutter und legte einen Arm um Sarfin. Die drei spazierten in aller Ruhe durch die überfüllten Straßen Hyras, bis sie schließlich an der Kirche ankamen. Sie folgten dem Steinweg zur Rückseite, wo ein großer, Tribünenartiger Anbau stand. Sarfins Augen wurden immer größer, mit jedem Schritt den sie sich diesem kolossalen Gebäude näherte.

Die Kirche bei uns im Dorf wirkt gegen dieses Gebäude wie ein kleines Kind. In dieser Stadt ist einfach alles so viel größer als Zuhause.

Jeder der Aufgänge wurde entweder von Rittern mit einem grünen oder einem hellblauen Überwurf bewacht jedoch hatten die Ritter unterschiedliche Symbole als Wappen. Nur sehr wenige hatten eine schwere Stahlrüstung an. Die meisten von ihnen hatten nur ein Kettenhemd unter ihrem Überwurf, was Sarfin an ihren offenen Armen sehen konnte.

Diese Ritter kenne ich nicht aber ihre Kleidung ist viel angenehmer für die Augen als die der Königsgarde. Ich will jetzt nicht fragen, Mama wirkt irgendwie nervös. Sie hat wohl mehr erfahren als sie uns gesagt hat oder ist doch etwas passiert? Sie war doch nur ganz kurz weg.

Sie suchten sich einen geeigneten Platz in einer der ersten Reihen. Die Eile von Sarfins Mutter erwies sich schon bei ihrer Ankunft, mehr als angebracht denn die Reihen der Tribünen füllten sich sehr schnell.

Die Nachricht über diese Versammlung hat sich schnell verbreitet. Meine Güte, hier leben einfach viel zu viele Menschen. In jedem dieser Häuserblocks leben mehr Menschen als in meinem Dorf. Einfach unfassbar!

Mit einem lauten Trompetenspiel wurde der kurze Tross der Königsgarde angekündigt. Einige der Ritter trugen eine Art Podest auf die freie Fläche während die Sonne sinnbildlich herauf zog als der Regierungssprecher auf das Podest trat und seine Ankündigung mit Hilfe des rundlichen Geräts in seiner Hand verkündete, das seine Stimme deutlich verstärkte: „VEREHRTE MITBÜRGER, LIEBE GÄSTE! IM NAMEN UNSERER GELIEBTEN PRINZEN MÖCHTE ICH EUCH VIELMALS FÜR EURE ANTEILNAHME DANKEN! BEIDE BEDAUERN, NICHT PERSÖNLICH ZU EUCH ALLEN SPRECHEN ZU KÖNNEN ABER ICH VERSICHERE EUCH DASS SIE EUCH VON HERZEN DANKBAR SIND! FÜR EURE ANTEILNAHME, ALS AUCH FÜR EUER ZAHLREICHES ERSCHEINEN. PRINZ AERION, UNSER THRONFOLGER, HAT EINE BOTSCHAFT FÜR SEIN VOLK VORBEREITET, DIE ICH EUCH VERKÜNDEN DARF."

Der Regierungssprecher ließ sich ein versiegeltes Pergament geben und brach das königliche Siegel unter den Augen aller Anwesenden.

„VEREHRTE MITBÜRGER, MEIN LIEBES VOLK. MIT GROSSER TRAUER IM HERZEN, VERFASSE ICH DIESE WORTE, IN DIESER SCHWEREN ZEIT. MEIN VATER, UNSER KÖNIG, IST UNS ALLEN GENOMMEN WORDEN UND DOCH KANN ES NUR IN SEINEM SINNE SEIN, DAS LEBEN UND UNSEREN ALLTAG NICHT RUHEN ZU LASSEN. MEIN VATER WAR STETS EIN MANN DER TAT UND DIESEM VORBILD MÖCHTE ICH, NACH BESTEM WISSEN UND GEWISSEN FOLGEN. ICH BITTE UM VERSTÄNDNIS DASS ICH MIR DREI TAGE DER TRAUER ZUGESTEHEN WERDE BEVOR ICH MEINEN EIGENEN WORTEN FOLGEN UND DER BITTE MEINES RATES NACHKOMMEN WERDE. ICH, PRINZ AERION AUS DEM HAUSE HERAS, STIMME DEM GESUCH AN MEINE PERSON ZU UND WERDE DIE KRONE UND DIE DAMIT VERBUNDENE BÜRDE ANNEHMEN. ES WÄRE MIR EINE

GROSSE EHRE, JEDEN DER ANWESENDEN TRAUERGÄSTE, NOCH EIN WEITERES MAL BEGRÜSSEN ZU DÜRFEN, WENN WIR GEMEINSAM, ZU EINEM FEIERLICHEN ANLASS ZUSAMMENKOMMEN KÖNNEN. JEDER BEWOHNER SHANDRAS IST HERZLICH EINGELADEN, IN VIER TAGEN, DER KRÖNUNG AUF SCHLOSS HYRA BEIZUWOHNEN. ICH LADEN JEDEN VON EUCH AUF DAS SCHLOSS EIN, UM GEMEINSAM, EINE NEUE REGENTSCHAFT EINZULÄUTEN! HOCHACHTUNGSVOLL. PRINZ AERION."

Der Regierungssprecher rollte das Pergament wieder zusammen während sich ein kurzes raunen breitmachte. Bevor Sarfin sich fragen konnte ob dies eine gute oder schlechte Reaktion war, begannen die ersten Menschen aufzuspringen und laut zu jubeln. Immer mehr Menschen erhoben sich von ihren Plätzen und brüllten den Namen ihres angehenden Königs. Die Welle der Euphorie griff in diesem Moment wie eine ansteckende Krankheit um sich, die auch Sarfin erfasste, die sich ebenfalls zu euphorischen Jubelstürmen hinreißen ließ. Sie wusste gar nicht, was sie an dieser Nachricht so glücklich machte denn sie hatte nie Zweifel an der Krönung ihres Traumprinzen gehabt. Sie brüllte einfach immer wieder den Namen des Prinzen und stimmte in das rhythmische Klatschen der Massen ein.

„DARF ICH EINEN KURZEN MOMENT UM EUER GEHÖR BITTEN. BITTE, BEI ALLER FREUDE, EIN ANLIEGEN HABE ICH NOCH. BITTE, BERUHIGT EUCH FÜR EINEN KURZEN MOMENT", rief der Regierungssprecher mit Unterstützung seines Sprechgerätes und wedelte aufgeregt mit beiden Händen. Sarfin hatte das Gefühl als würde sie aus einem Traum erwachen als die Stimmen um sie herum immer leiser wurden.

Bitte verkünde jetzt keine schlechte Nachricht. Ach was, so ist es doch immer. Immer wenn man sich freut, passiert doch noch was schlechtes, dachte Sarfin und ärgerte sich über ihren vorschnellen Euphorie Ausbruch.

„DIESE WORTE SIND MEHR EINE BITTE ALS EIN ERLASS DES PRINZEN. ICH BITTE EUCH DENNOCH, SIE ENTSPRECHEND UMZUSETZEN", erklärte er während er ein zweites Schriftstück zückte.

„VEREHRTE BÜRGER, VEREHRTE KAUFLEUTE, DIESE WORTE SOLLEN JEDEN EINWOHNER DIESER STADT ERREICHEN. DERZEIT BEFINDEN SICH UNSCHÄTZBAR VIELE GÄSTE IN UNSERER STADT. DIESE MENSCHEN SIND HIER UM MEIN HAUS ZU EHREN UND ICH MÖCHTE JEDEM VON IHNEN, AUCH MEINE EHRERBIETUNG ERWEISEN. BIS ZUM ENDE MEINER KRÖNUNGSZEIT, WIRD IN HYRA KEIN MENSCH FÜR VERPFLEGUNG ODER UNTERKUNFT ZAHLEN MÜSSEN. DIE BERATER MEINES RATS WERDEN SICH UM EURE VERGÜTUNG KÜMMERN. ZEIGT UNSEREN ZAHLREICHEN GÄSTEN, WIE GASTFREUNDLICH DIE HAUPTSTADT UNSERES KÖNIGREICHS SEIN KANN. SCHLIESST KEINEN UNSERER GÄSTE AUS! ICH ÖFFNE HIERMIT ALLE STADTTORE, EINSCHLIESSLICH UNSERES HERRLICHEN SCHLOSSES. ICH WILL MEINE REGENTSCHAFT BEGINNEN, INDEM ICH MEIN VOLK VON BEGINN AN, MIT OFFENEN ARMEN EMPFANGE. FÜHLT EUCH EINGELADEN, NIEMAND WIRD ABGELEHNT WERDEN! PRINZ AERION."

Ich wusste es! Prinz Aerion ist ein traumhafter Mann. Er wird ganz bestimmt der größte König unserer Geschichte. Ganz bestimmt!

„Sarfin mein Schatz, wie würde es dir gefallen der Einladung des Prinzen nachzukommen und zur Krönung unseres neuen Königs zu gehen? Würde dir das gefallen", fragte ihr Vater breit grinsend ohne sie anzusehen. Bevor sie ihre aufkeimende Freude hinaus schreien konnte, platzte ihre Mutter mahnend dazwischen: „Liebling, hast du an Pete gedacht? Er muss doch wieder zurück auf Kornelias Hof."

„Drei Tage sind nicht viel Zeit und ich möchte meiner Tochter dieses Geschenk bereiten. So eine Einladung bekommen wir nie wieder! So fleißig wie sie immer ist, hat sie auch eine kleine Freude verdient."

„So meinte ich es doch auch nicht! Verdreh meine Worte nicht, ich weiß ganz genau wie fleißig meine Tochter ist! Immerhin verdienen wir mit unseren Näharbeiten bereits mehr als du. Das liegt bestimmt nicht an mir."

„Ein Grund mehr, findest du nicht? Lass uns einmal so unvernünftig sein wie in unseren jungen Jahren, weißt du noch?"

„Wenn ich jetzt widerspreche macht mich das zu einer ganz schlechten Mutter! Schon gut, wir bleiben. Wenn…, du auch möchtest?"

„ICH WILL", rief Sarfin viel lauter als sie beabsichtigt hatte und sprang ihren Eltern in die Arme. „Dankeschön! Ihr seid so lieb! Ich freue mich so!"

Hyra ist wie ein Märchen! Hier ist einfach alles zu finden. So viele Geschäfte und Händler. So viele Marktplätze. Überall riecht es lecker. So viele Menschen, meine Güte sind hier viele Menschen. Jedes Haus ist so riesig und der Platz, hier ist so viel Platz. Ich weiß gar nicht wo ich hinsehen soll. Ich will jede der Königsstaturen sehen. Die Tierzwinger…, ob sie hier Tiger haben? Bestimmt haben sie hier jedes Tier, es ist die Hauptstadt. Wer will schon noch in einem Dorf leben wenn man in dieser unfassbaren Stadt leben kann? Vielleicht könnte ich ja eines Tages hier Leben und eine Magierin des Königs werden. Tragen die eigentlich auch Armbänder unter ihren Roben?

Sarfin verbrachte drei wundervolle Tage mit ihren Eltern in der Hauptstadt doch selbst diese Zeit reichte nur um einen Bruchteil dieser gewaltigen Stadt zu erkunden. Sarfin war von der Sauberkeit, die trotz der immensen Menschenmassen herrschte völlig begeistert. Jeder Stein der Stadt glänzte als wäre er erst kurz vorher, frisch gereinigt worden. Sie versuchte jeden Morgen ganz leise zu sein wenn sie als erstes wach war und setzte sich an das Fenster um den Bewohnern der Hauptstadt zu zusehen. Die Kleider der Frauen wirkten besonders betörend auf Sarfin und weckten zum ersten Mal in ihrem Leben einen Anflug von Neid. Sie war nicht so vermessen sich ein eigenes zu wünschen jedoch betrachtete sie ihr einziges ansehnliches, dunkelblaues Kleid und hätte gerne etwas Schöneres gehabt wenn sie die beiden Prinzen auf ihrem Schloss besuchen würde. Sarfin war nie eitel oder hatte sich Dinge gewünscht, die außerhalb ihrer Möglichkeiten lagen doch die Vorstellung, wie der Prinz sie nach seiner Krönung entdecken würde und sie ihm in diesem einfachen Kleid unter die Augen treten würde, war undenkbar. Sie konnte nicht ein Mädchen mit unansehnlichen Kleidern erspähen wenn sie die Straße träumend betrachtete.

Gibt es in dieser Stadt keine armen Menschen? Jeder hier scheint viel bessere Kleidung zu tragen als wir. Ich will doch nur an diesem einen Tag, so schön wie möglich aussehen. Nur einmal!

„Guten Morgen süße, wieso siehst du schon am Morgen so betrübt aus? Die Sonne lacht schon."

„Es ist nichts. Ich habe mich nur gefragt wo wir heute hingehen. Besser als die Tierzwinger und die Greifen kann es nicht mehr werden", antwortete sie eher beiläufig ohne ihren Blick von der Straße zu nehmen.

„Nein das glaube ich auch nicht aber weißt du was ich überhaupt nicht mag? Wenn du schwindelst! Was ist wirklich los? Ist draußen was passiert?"

„Nein, hier doch nicht. Diese Stadt ist bestimmt der sicherste Ort der Welt, bei so vielen Rittern."

„Und die Ritter machen dich traurig oder hat es mit den beiden Frauen vor der Parfümerie zu tun? Könnten es ihre Kleider sein oder möchtest du auch gut riechen? Oder vielleicht beides? Ich wette, es ist beides. Hat Mama recht oder hat Mama recht?"

„Du hast recht", antwortete Sarfin kleinlaut und senkte ihren Blick beschämt. „Aber ich möchte gar kein eigenes Kleid haben. Ich..., ich dachte nur..., es wäre schön wenn wir auf der Krönung auch schön aussehen und nicht wie Bauern."

„Ich würde dir so gerne ein Kleid kaufen aber es bricht mir das Herz dir zu sagen dass ich es nicht kann", erwiderte ihre Mutter und senkte nachdenklich ihren Blick auf die Geschäfte. Sie tippelte einige Male mit ihren Fingern auf die Fensterbank und flüsterte: „Kannst du ein Geheimnis bewahren?"

„Natürlich kann ich das! Dafür muss ich doch nur den Mund halten. Das ist einfach."

„Dann zieh dich ganz leise an damit wir Papa nicht wecken. Mama zeigt dir jetzt einen gemeinen Trick den ich in Soto gezeigt bekommen habe aber das ist nur eine Ausnahme! Sowas machen wir dann nie wieder!"

Mutter und Tochter zogen sich leise an und schlichen sich aus der Gaststätte. Ihre Mutter erklärte ihr, was sie sagen sollte, falls sie angesprochen werden würde. Sarfin war nicht Wohl bei dem Gedanken aber das Grinsen ihrer Mutter entfachte eine gewisse Abenteuerlust in ihr. Die beiden gingen gradewegs in die Parfümerie und stellten sich an ein Regal um so zu tun als würden sie sich für die Waren interessieren, was Sarfin nicht sonderlich schwer fiel.

Hier riecht es besser als ich es mir je in meinen Träumen ausmalen könnte, dachte sie und genoss die vielen, völlig unbekannten aber wohlriechenden Düfte, die ihr in dem Laden um ihre Nase schwirrten. Der Verkäufer war sich sofort sicher dass die beiden nicht in den Laden gehörten und wollte sie bereits hinaus bitten, als ihre Mutter dezent aber bestimmt protestierte: „Entschuldigt mein Herr! Wie kommt ihr dazu, in dieser Form mit uns zu sprechen? Mein Gemahl, Lord Ismir wird umgehend davon erfahren! Wie unerhört! Wir kommen von weit her, um der Krönung unseres Prinzen beizuwohnen. Glaubt ihr weil wir es nicht nötig haben, diese lächerliche Hauptstadt Etikette anzunehmen, die ihr hier pflegt, wären wir arme Bauern? Nach der Krönung wird unser neuer König davon erfahren! Dieser Laden ist Geschichte, ihr wisst es nur noch nicht!"

„Lord Ismir", wiederholte der Verkäufer nachdenklich und begann überfreundlich zu lächeln. „Verzeiht meine Unwissenheit, Mi Lady! Euer Kleidungsstil ist gänzlich anders als der in unserer herrlichen Stadt. Ich bitte vielmals um Vergebung. Wenn ich euch mein neustes Produkt anbieten dürfte?"

„Ihr wollt, bitte was? Ihr glaubt dass ihr mit dieser lächerlichen Entschuldigung davon kommt? Ich sagte es bereits, dieser Laden ist Geschichte. Vielleicht kaufe ich ihn und mache ein öffentliches Klosett daraus. Ihr werdet nie wieder eine Anstellung finden!"

„Ich bitte euch Mi Lady, kein Grund mir zu grollen. Ich bitte demütig um Verzeihung. Ich bin euer Diener!"

„Deine geistige Armut kotzt mich an! Wir gehen Luzilda! Wir müssen deinem Vater berichten was hier geschehen ist", schnaubte ihre Mutter, schloss die Augen und hob die Nase höchst arrogant.

„Sehr wohl Mutter! Darf ich diesen Mann dann haben? Lulu wird bestimmt mit ihm spielen wollen."

„Mich haben..., wollt ihr mich kaufen? Ich verstehe nicht Mi Lady, was ist ein Lulu. Was geht hier vor?"

„Du ahnungsloser Trottel! Lulu ist der Tiger meiner Tochter. Im Süden empfinden wir sehr großes Vergnügen, deinesgleichen im Todeskampf gegen Tiger zu beobachten. Lebt wohl!"

„Mutter? Was ist denn nun? Ich will diesen Mann haben! Soll ich Vater holen?"

„MI LADYS", rief der Verkäufer und fiel auf die Knie. „Ich bitte euch, behaltet dieses Missverständnis für euch. Ich tue alles!"

„Ach... tut ihr das", grinste ihre Mutter auf eine Weise, die Sarfin beinahe zum Lachen brachte.

Als sie wieder aus dem Laden traten, verschwanden sie gleich um die Ecke und liefen eine Runde um den großen Block um sich der Gaststätte von der anderen Seite zu nähen.

„Mama, du bist ja richtig durchtrieben. So kenne ich dich ja gar nicht."

„Ach Schatz, deine Mama war auch irgendwann jung und wild und hatte ein bisschen Blödsinn im Kopf. Nicht alle Mädchen sind so artig wie du. Du bist übrigens sehr gut gewesen. Kann ich diesen Mann haben? Hast du gesehen wie viel Angst er hatte", lachte ihre Mutter.

„Ich weiß nicht…, es war nicht richtig. Der arme Mann tut mir jetzt so leid."

„Er wird es verkraften. Wir haben ihn ja nur um ein Fläschchen erleichtert. Komm mal her und nimm den Kopf hoch", erklärte ihre Mutter und besprühte Sarfin mit dem unrechtmäßig erworbenen Parfüm. „Und?"

„Das riecht soooo lecker! Wie…, wie…, es riecht nach so vielen Dingen. Wie geht sowas? Magie?"

„Nein. Das ist eine eigene Kunst. Ein künstlerisches Handwerk sozusagen. Es soll sehr kompliziert und noch viel aufwendiger sein aber wenn man es richtig macht dann bekommt man so etwas Herrliches heraus. Die hübschen Ladys tragen alle Parfüm auf um die Männer verrückt zu machen."

„Ich will doch keine Männer verrückt machen", grinste sie verlegen und legte den Kopf verträumt zu Seite.

„Dann hat es nicht zufällig etwas mit diesem einen Prinzen zu tun? Keine Sorge, ich verrate dein Geheimnis niemand! Ich finde Prinz Aerion auch ganz toll aber ich bin ja schon verheiratet. Er soll ganz dir gehören mein Schatz."

Am Mittag kamen sie bei ihrer Erkundungstour durch die Stadt an einem monumentalen Gebäude vorbei.

„Boah, was ist das denn für ein schönes Gebäude? Ist das eine Kirche? Nein, so heißt das nicht. Ich weiß es, ich weiß es, warte…, warte. Kath…, Kathedrale. So heißt das richtig", fragte Sarfin stolz, von selbst darauf gekommen zu sein. Ihre Eltern grinsten sich gegenseitig an ehe ihr Vater kopfschüttelnd antwortete: „Tut mir leid aber das ist keine Kathedrale. Diese Gebäude nennt man Zitadelle. Genauer gesagt ist dies die Zitadelle des Lichtes. Es gibt nur eine größere als diese hier."

„Och Lullapie! Fast hätte ich es gehabt! Zitadelle..., ein neues Wort für mich. Gehört diese Arena auch dazu?"

„Sagt man das immer noch? Lullapie? Das ist keine Arena aber ja, der Anbau gehört dazu. Man braucht in so einer großen Stadt auch ausreichend Platz für alle Gläubigen. In Hyra gibt es sehr viele Kirchen und Zitadellen. Siehst du die sieben Türme da vorne. Die gelblichen, die so eng zusammenstehen. Das sind die Türme der Tempelanlage."

„Das sind aber sehr hohe Türme. Können wir uns auch diesen Tempel ansehen? Dürfen wir da überhaupt rein?"

„Wenn uns die Zeit dazu bleibt. Es ist zwar nicht unser Glaube aber die Anhänger der vielen Götter sperren niemanden aus. Dir darf dort aber keine Frage herausplatzen die jemand in Verlegenheit bringen könnte. Unsere Religionen vertragen sich nicht so gut und wir wollen nicht der Auslöser, unangenehmer Zwischenfälle sein. Verstehst du was ich dir sagen will? Ich möchte es nicht so direkt sagen."

„Ich glaube schon, Mama. Opa hat mir von den Kämpfen unter den Ritterorden erzählt aber ich verstehe nicht wieso sie gekämpft haben. Woran glauben die anderen denn? Sind ihre Götter schlechter als unsere Göttin?"

„Solche Fragen darfst du dort auf keinen Fall stellen! Sarfin..., mein Schatz, solche Fragen kann dir vermutlich niemand beantworten. Meine Mama hat mir gesagt, wir müssen selbst eine Antwort auf diese Frage finden. Ich glaube dass es viel Größeres gibt als ich zu Verstehen vermag aber was letztlich richtig ist, weiß ich auch nicht. Ich bete seit meiner Kindheit zu unserer Göttin und fühle mich gut damit. Mir gefällt die Vorstellung dass die große Macht, die uns allen das Leben schenkte, als Frau verkörpert wird. Unsere Religion ist einfach und leicht zu verstehen aber weißt du was? Das sind die vielen Götter auch. Ich denke, es gibt gar nicht so viele Unterschiede zwischen diesen beiden Religionen. Beide wollen dass wir Menschen friedlich miteinander leben. Uns nicht gegenseitig töten oder bestehlen. Ich weiß wirklich nicht ob das eine besser als das andere ist. Ich will es auch gar nicht wissen. Ich versuche einfach nur nach dem zu leben was ich gelernt habe. Wenn die heiligen Schriften wirklich wahr sind und wir nach unserem Ableben in den Himmel auffahren, dann habe ich mir nichts vorzuwerfen. Ich habe versucht stets aufrichtig, treu und fleißig zu sein. Ich habe niemanden böswillig schaden wollen, ich habe meine Eltern geehrt, meinen Mann und meine Kinder geliebt und versucht sie auch nach diesen Werten zu erziehen. Wenn das am Ende nicht reichen sollte, dann hätte es mir jemand besser erklären sollen."

„Glaubst du denn wirklich daran dass wir in den Himmel kommen?"

„Nein aber es wäre schön wenn dem so wäre. Menschen in unserem Stand müssen ihr ganzes Leben kämpfen. Nicht mit Waffen sondern..., wir müssen stets hart arbeiten um einen vollen Bauch zu haben und gelegentlich neue Kleider zu bekommen. Wäre es nicht schön wenn dieser Kampf, mit unserem Ableben nicht nur endet sondern belohnt werden würde? Mir gefällt der Gedanke aber das würde auch bedeuten dass es eine Pforte zur Hölle geben muss. Der Gedanke macht mir widerrum Angst."

„Wenn es einen Himmel gibt dann kommst du bestimmt auch dahin! Ist doch klar! Du musst als Engel wieder zurückkommen und auf mich aufpassen."

„Wenn man mir sowas erlauben würde, würde ich nie wieder von deiner Seite weichen. Aber weißt du was ich dann auch tun würde", fragte ihre Mutter und ließ sich einige Schritte zurückfallen ehe sie sich schlagartig nach vorne stürzte und Sarfin an sich drückte. „Ich würde dich jede Nacht heimsuchen. Als Gespenst! Buhu hu..."

„Mama, das kitzelt", kicherte Sarfin und musste aufpassen nicht ins Stolpern zu kommen. Sie riss sich lachend los und lief an die Statur eines unbekannten Glaubensritters.

Die Staturen sehen hier alle so lebensecht aus. Die Steinmetze müssen sehr begabt sein! Nur ein Fehler und die ganze Arbeit wäre umsonst gewesen.

Hinter der Statur erkannte sie drei völlig verschiedene Gruppierungen von Rittern, die definitiv nicht zum König gehörten. Keiner von ihnen hatte eine der glänzend, weißen Rüstungen der Königsgarde an. Sie erinnerte sich diese Ritter schon einmal gesehen zu haben.

„Papa? Zu wem gehören diese Ritter da vorne", fragte Sarfin und wies auf die großen Gruppen vor der Zitadelle. Die Ritter gehörten offenkundig drei verschiedenen Gruppierungen an jedoch sagte ihr keins der Wappen etwas.

„Das sind Ritter, die nur für die Anhänger des Glaubens da sind, also auch dich beschützen sollen. Wir sind im Hoheitsgebiet der Farfans daher müssen wir uns um unseren Schutz nicht Sorgen aber die Ländereien, die weiter abgelegen liegen, werden oft durch die Orden der Kirche geschützt. Die Männer in hellblau sind die Tempelritter. Sie tragen den Kreuzdreizack auf ihrem Überwurf. Die Männer in grün, gehören dem Lazerusorden an. Der Kreis in dem Kreuz auf ihrem Wappen soll einen Heiligenschein symbolisieren. Und die anderen Ritter mit dem roten Überwurf kommen von dem Hauptsitz unseres Glaubens. Sie sollen zu den Besten gehören und sind ausschließlich zum Schutz der Kardinäle und dem hohen Vater da. Hier in Hyra hat einer der Kardinäle seinen Sitz und deswegen sind auch einige wenige Glaubensritter hier."

„Haben die anderen auch Ritter von denen sie beschützt werden? Wo ist denn ihr Hauptsitz überhaupt?"

„Welche anderen meinst du? Die Anhänger der vielen Götter? Natürlich haben sie auch solche Orden allerdings kenne ich nur den größten von ihnen. Sie nennen sich der Ritterorden der Shiva. Ich habe selbst noch nie einen gesehen weil sie ihre Tempelanlagen selten verlassen und ich war noch nie in einer. Ach ja…, der Hauptsitz. Habt ihr in der Kirchenschule nicht über die Insel des Glaubens gesprochen? Die Insel mit der Statur der Göttin?"

„Doch haben wir aber ich wusste nicht dass es der Hauptsitz unseres Glaubens ist. Ich dachte der wäre hier in Hyra."

„Nein, nein. Unser oberster Vater lebt weit weg von hier, an einem sehr sicheren Ort. Sein Sitz soll ganz oben, auf dem Berg liegen, aus dem die Statur der Göttin entsprungen ist. Diese Ritter mit dem roten Überwurf und dem goldenen Kreuz werden auch dort ausgebildet. Die Insel ist eigentlich eine große Pilgerstätte, einer der heiligsten Orte für uns. Schatz, sei mir nicht böse aber du stellst wahnsinnig viele Fragen. Können wir eine kurze Auszeit nehmen? Mein Magen knurrt bereits", lächelte ihr Vater auf eine Weise, die sie ihm nicht übel nehmen konnte. Er führte sie in ein schickes Gasthaus, in der Nähe der Zitadelle. Als Sarfin überwiegend Paare erkannte, wollte sie ihren Eltern auch ein bisschen Zeit schenken und begann nervös von einem Fuß auf den anderen zu springen.

„Mama, dürfen Mädchen hier alleine herumlaufen oder brauche ich eine Erlaubnis von Papa?"

„Das weiß ich nicht. Innerhalb eines Rings sollte es keine Schwierigkeiten geben, wieso fragst…, Hey! Wo läufst du denn hin?"

„Ich schenke euch Zeit. Bis später", rief sie lachend und rannte so schnell wie möglich davon damit ihre Eltern ihren Plan nicht durchkreuzen konnten. Sie lief zu einer der großen Stadttafeln und suchte ihr Ziel, das Haus der Magie, der Sitz der königlichen Magier. Sarfin nutzte die günstige Gelegenheit, hob ihren Rock ein wenig und lief zügig durch die Straßen der Hauptstadt. In Gedanken rief sie sich immer wieder den Ausschnitt der Karte in den Kopf und war erleichtert dass sie sich auf ihr Gedächtnis verlassen konnte als sie um den letzten Straßenzug bog und das Haus der Magie erspähte. Sie stoppte und hielt sich am Straßenrand als ihr die königlichen Ritter auffielen, die das Gebäude ganz offensichtlich bewachten.

Soll ich jetzt weitergehen oder soll ich umkehren? Was habe ich mir überhaupt erhofft? Wenn ich da reingehe, dann kann ich mir ja eigentlich selbst so ein Armband anlegen. Es war nicht besonders schlau hierher zu kommen. Vielleicht sehe ich ja einen dieser mächtigen Magier wenn ich etwas warte. Ich würde gerne einen sehen. Ob sie sich auch tarnen? Was sie wohl für Kleider tragen, fragte sich Sarfin und wartete geduldig in Sichtweite des eigenartig gestalteten Gebäudes, dessen schlichte Fassade in verschiedenen Farbtönen angemalt war. Auf dem Dach waren Konstruktionen, teilweise aus Glas aufgebaut, die sie noch nie zuvor gesehen hatte.

So wie die Ritter da stehen, sieht es so aus als ob sie den ganzen Bereich um das Haus der Magie abgesperrt hätten. Wenn das stimmt dann wären die Magier da drin ja..., eingesperrt. Wieso sollten sie so etwas tun? Wie kann das überhaupt sein? Wie hält man denn einen Magier gefangen? Ich kann mir nicht vorstellen wie man mich gefangen halten könnte. Meine Avatare würden die Ketten einfach zerreißen denn sie sind nicht an meine körperliche Kraft gebunden. Wenn ich genügend Faro nutze, übersteigt die Kraft meiner Avatare selbst meine Vorstellung. Was mache ich jetzt? Ich will noch nicht zurück. Mama und Papa haben die Zeit jetzt auch verdient. Ich könnte mich da vorne an den Brunnen setzen. Ich glaube das wäre nicht besonders auffällig und ich könnte alles sehen.

Sarfin folgte ihren Gedankengängen und setzte sich an den hübschen Stadtbrunnen.

„Ich wusste dass du hier hin möchtest", sprach ihr Vater und versetzte ihr einen heftigen Schreck.

„Papa? Wieso? Ich wollte dir und Mama doch etwas Zeit schenken. Woher wusstest du..."

„Wolltest du das? Oder brauchtest du einen Grund um dich von uns zu entfernen?"

„Na gut…, beides! Wirklich! Ich wollte es nur sehen. Reingehen traue ich mich nicht."

„Sieht so aus als wenn dies auch nicht möglich wäre. Das Haus ist sehr gut bewacht. Die wollen wohl keine unangekündigten Besucher haben. Sarfin mein Schatz, ich würde dich gerne etwas fragen. Deswegen bin ich dir hinterhergelaufen. Du hast mir doch erklärt wieso du diese Sache mit deinem Stein machst. Du musst es mir nicht noch einmal erklären, ich verstehe es vermutlich wieder nicht ganz. Ich habe mich nur gefragt ob du auch in der Lage bist, andere zu spüren. Ich meine…, wenn du befürchtest aufgespürt zu werden dann könnte es doch sein dass dies auch umgekehrt möglich ist. Habe ich es richtig gesagt?"

„Ja…, irgendwie schon. Du hast recht, diese Fähigkeit haben wir alle. Wenn in der Nähe jemand zaubert, muss man gar nichts tun. Ich spüre es einfach. Wieso fragst du?"

„Sind viele Magier in der Stadt? Hat die Zahl eventuell abgenommen?"

„Ich glaube jetzt verstehe ich besser wie du das meinst. So einfach geht das auch nicht. Ich kann jemanden spüren wenn er seine Kräfte, also sein Faro ruft. Wenn diese Frau da vorne eine wäre und es so macht wie ich, dann würde ich es nie merken."

„Ach so, jetzt verstehe ich es wohl auch besser. Schade eigentlich. Wollen wir wieder zurück zu deiner Mama? Wir müssen unterwegs Blumen kaufen, ich sagte ihr dass ich etwas vergessen hätte", lachte ihr Vater.

Ich verstehe nicht worauf Papa jetzt hinaus wollte. Hat ihre Zahl abgenommen? Wie meint er das? Ob es weniger geworden sind? Wieso sollten es denn weniger werden, fragte sie sich, entschied sich jedoch gegen ein erneutes Frage, Antwort Spiel und nahm die Hand ihres Vaters.

Sarfin lag in dieser Nacht deutlich länger wach als es für sie normal gewesen wäre. Sie konnte sich ihr merkwürdiges Gefühl nicht erklären dass die Frage ihres Vaters bei ihr ausgelöst hatte.

Wieso hat Papa nach der Anzahl der Magier gefragt? Er hat sich immer bedeckt gehalten und nur ganz selten etwas gefragt. Er sagte immer, wenn er nichts weiß, dann müsse er nicht lügen wenn jemand fragt. Ich habe das für eine seiner witzigen Weisheiten gehalten und mir nie etwas daraus gemacht. Wieso bricht er sein Schweigen ausgerechnet hier? Er ist mir sogar nachgelaufen, nur um mir diese Frage zu stellen. Aus irgendeinem Grund muss ihn diese Frage sehr beschäftigen. Was könnte der Grund sein? Macht er sich Sorgen um mich, fragte sie sich, gähnte herzhaft und kuschelte sich in ihr weiches Kissen. *Und wo hat Mama diese Seite all die Jahre vor mir versteckt? Es war nicht richtig diesen Mann zu betrügen aber es hat trotzdem Spaß gemacht. Dieses Parfüm ist das wertvollste was ich je besessen habe. Es riecht so lecker…*

Der nächste Morgen begann bereits mit strahlendem Sonnenschein. Sarfin betrachtete sich im Spiegel und drehte sich zu allen Seiten. Ihr dunkelblaues Kleid hatte ihr einst bis an die Waden gereicht. Mittlerweile war sie gewachsen und das Kleid reichte nur noch bis an ihre Knie. Sie hatte das Kleid mit ihren Nähfertigkeiten einige Male angepasst und auch einen dezenten Ausschnitt eingefügt weil es zu reißen drohte als ihre

Brüste zu wachsen begannen. Ihre einfachen braunen Schuhe passten nicht sonderlich zu ihrem Kleid doch eine Alternative stand ihr nicht zur Verfügung. Ihre Haare gefielen ihr hingegen sehr gut denn sie hatte wieder eine auffallende Mischung aus glatt und gelockt, für die sie so oft Komplimente erhielt. Sie steckte sich einen Armreif an und sprühte zweimal mit dem neuen Parfüm.

Ich glaube, so kann ich gehen und dem Prinzen unter die Augen treten. Wenn meine Brüste nur etwas größer wären. So wie Neles wären schön, dachte sie schmunzelnd als sie ihr Spiegelbild begutachtete.

„Sarfin wir möchten losgehen. Bis ins Zentrum brauchen wir zu Fuß eine Weile. Kommst du? Bei der Göttin, Schatz! Du siehst toll aus!"

„Hör schon auf, die Schuhe passen überhaupt nicht zum Kleid und guck mal wie klein meine Brüste noch sind. Das sieht doof aus. Ich habe den Ausschnitt zu groß genäht."

„Das war bei mir auch so als ich so alt war wie du. Mach dir keine Gedanken, das kommt schon noch schneller als du glaubst. Klein ist übrigens besser als keine."

„Hmm..., das ist wohl unbestreitbar! Also ich bin fertig, können wir endlich", lachte Sarfin und lief an ihrer Mutter vorbei. Ihr Vater lehnte sich an der Straße, Pfeife rauchend gegen ein Geländer und wartete bereits auf seine Frau und Tochter. Der Weg zum Schloss war viel länger als Sarfin erwartet hatte, immerhin konnte man es von jedem Punkt der Stadt aus sehen. Im vierten Ring folgten sie lediglich der langen Hauptstraße und konnten bereits die höchsten Türme des Schlosses ganz deutlich erkennen. Der fünfte und letzte Ring war gänzlich anders gestaltet als der Rest der Stadt. Sarfin erkannte sofort dass hier die Adligen und reichen Kaufleute leben mussten denn hier waren keine Häuser mehr, sondern große Villen und Paläste erbaut worden. Jedes Gebäude stand auf einem eigenen Grundstück, das weitläufig eingezäunt oder ummauert war. Große Grünflächen und herrlich gestaltete Gärten, mit den schönsten Blumen die Sarfin nie zuvor gesehen hatte, erfüllten die Luft mit einem herrlichen Duft. Auf ihre Bitte hin, legten sie eine kurze Rast in einem der Stadtgärten ein. Sarfin hockte sich umgehend vor die Blumenbeete und versuchte so viele Gerüche wie möglich aufzunehmen.

„Sarfin mein Schatz, ich weiß dass du gerne noch bleiben möchtest aber mir wäre es lieber wenn wir zum Schloss weitergehen würden", erklärte ihre Mutter relativ schnell mit besorgtem Unterton. Sarfin sah sich um und erkannte einige kleinere Gruppen von Mädchen, die äußerst elegante Kleider trugen und somit wahrscheinlich in diesem Ring lebten.

Verstehe! Trotz aller Gastfreundlichkeit sind wir doch nicht überall willkommen. So schlimm sehen wir nun wirklich nicht aus als dass man uns mit solchen Blicken verjagen müsste. Wir nehmen euch schon nichts weg, ihr Schnösel, fluchte Sarfin innerlich und lächelte die am nächsten stehende Gruppe an. Ihre kleine Provokation schien den Mienen der Mädchen nach, sogar zu wirken, was Sarfin fast schon eine größere Befriedigung gab, als es die viele Blumendüfte konnten.

„Ich komme Mama", rief sie absichtlich laut und streckte den tuschelnden Mädchen die Zunge raus. Der fünfte Ring war zwar nicht mehr so groß wie die vorherigen, das Torhaus zum Zentrum war deswegen kein Stück kleiner als die anderen. Mit dem durchschreiten, bekam Sarfin endlich den Anblick auf den jeder Besucher der Hauptstadt aus war. Auf dem Hügel vor ihr thronte das gewaltige Schloss Hyra.

„Diese Anhöhe nennt man den Königshügel. Wieso ist wohl relativ offensichtlich."

„Ich denke schon. Weil das Schloss darauf gebaut wurde. Es hat von der Anhöhe im Norden schon beeindruckend ausgesehen aber wenn man direkt davor steht dann ist es einfach nur gewaltig. Wie können Menschen nur so ein großes Schloss bauen. Unfassbar! Da leben bestimmt tausende drin."

„Du hast vollkommen recht. Dieses Schloss ist ein Meisterwerk der Baukunst aber es gibt noch ganz andere Bauwerke, die auch sehr beeindruckend sind. Die Schleuse von Aquarim ist definitiv imposant und ein technisches Meisterwerk oder das Institut im Gelehrtenstaat. Dies soll sogar das längste Gebäude der Welt sein. Der Regenbogenhain ganz im Süden soll wunderschön sein. Und es gibt natürlich die große Pilgerstätte auf der Insel der Göttin, wo das einzige Abbild unserer Göttin steht. Die Statur ist so groß wie ein Berg! Leider kommen die meisten Menschen nie dazu, diese Orte zu bereisen. Wir wahrscheinlich auch nicht."

„Ich finde jeder sollte das Recht haben, diese tollen Orte zu besuchen. Es ist nicht gerecht dass dies nur den Reichen vorbehalten ist."

„Auch damit hast du vollkommen recht aber wieso sollten wir uns jetzt mit Dingen beschäftigen die außerhalb unserer Reichweite liegen. Eins der schönsten Schlösser dieser Welt steht dort, in greifbarer Nähe. Bleiben wir gedanklich heute hier und ärgern uns ein anderes Mal über Ungerechtigkeiten. Einverstanden?"

„Ja, ist gut Mama", antwortete Sarfin und folgte den anderen Besuchern zum großen Schlosstor. Nach einer ausgiebigen Kontrolle, ließ man sie passieren und in den äußeren Schlossgarten eintreten, dessen Weg sich den Hügel hinauf schlängelte. Der Schlossgarten war weitläufig und sehr kunstvoll gestaltet. Die Bäume blühten in verschiedenen Farben und verbreiteten ihre wohltuenden Düfte, zur Begrüßung der Gäste.

„Guck mal Sarfin, da vorne ist ein Feuerhirsch. Das Wappentier von Haus Heras. Die sind ganz, ganz selten! In freier Wildbahn sieht man sie eigentlich nie. Ein wahnsinnig graziles Tier."

„Der sieht aber kränklich aus, der arme. Hoffentlich ist das kein schlechtes Omen für Prinz Aerions Regentschaft. Der Zaun bedeutet wohl dass wir nicht zu ihm dürfen."

„Nein aber wir können an den Zaun. Diese Tiere gehören zu den seltensten Arten aller Hirsche. In freier Wildbahn wurde schon ewig keiner mehr gesehen. Sie sind sogar stark genug um auf ihnen zu reiten."

„Er sieht trotzdem krank aus. So tut er mir leid, der arme Hirsch. Er guckt so traurig."

„Sie werden ihn bestimmt wieder gesund machen. Es ist das Wappentier des Königshauses und wird streng geschützt. Der Prinz wird ihm bestimmt die besten Heiler gerufen haben."

„Hoffentlich. Es wäre so schade wenn ihm etwas passieren würde. Sein Fell ist so schön", erklärte Sarfin und wendete sich wieder von dem Gehege ab als noch mehr Menschen dazukamen. Das Schloss selbst, war von einem schmalen Wassergraben umgeben. Die breite Zugbrücke war heruntergelassen und die großen, goldenen, prunkvollen Banner des Feuerhirschs wehten einladend im Wind. Sarfin war noch nie so ehrfürchtig wie in dem Moment als sie aus dem Torhaus trat und den ersten Blick auf das Schloss Hyra werfen konnte. Sie drückte sich an ihre Mutter und spürte wie sich ein feuchter Film über ihre Augen legte.

Das Schloss ist wunderschön! So unglaublich eindrucksvoll und mächtig! Hier zu leben ist bestimmt wie in einem Traum.

„Ist dies der schönste Ort im Königreich", fragte Sarfin und merkte zu spät dass sie ihre Frage unfreiwillig laut ausgesprochen hatte.

„Das weiß ich nicht aber einer der schönsten ist es ganz bestimmt! Dies ist der Sitz unseres Königshauses. Erbaut durch das Haus Heras. Ich sehe es zwar nicht zum ersten Mal aber so nah war ich auch noch nie. Für mich geht heute auch ein Traum in Erfüllung."

„Deswegen sind wir doch auch hier", warf ihr Vater lächelnd ein. „Es ist schade dass es erst einen traurigen Anlass brauchte um diesen Traum wahr zu machen aber jetzt ist es soweit. Wollen die Ladys mir hinein folgen?"

„Ganz wie ihr möchtet, Sire", kicherte Sarfin und hakte sich bei ihrem Vater ein. Gemeinsam tauchten sie in das Leben von Schloss Hyra ein. Der vorbereitete Platz auf der linken Seite war mit provisorischen Tribünen eingekreist und prunkvoll geschmückt. Über dem Kopf des Platzes schwebte eine lange Terrasse, die von hohen Säulen getragen und bis an eine große Außenterrasse des Schlosses reichte.

Von da kommt der Prinz bestimmt wenn es los geht. Wie aufregend, freute sich Sarfin und folgte ihren Eltern durch die große Doppeltür in das Innere des Schlosses um vor der Krönung so viel wie möglich zu sehen. Aufgrund der immensen Größe des Schlosses, war es jedoch kaum möglich eine nennenswerte

Erkundung zu beginnen. So beschränkten sie sich auf den gewaltigen Thronsaal, eine Königsgruft und einem Rundgang auf einer Terrasse, die einmal um das Schloss führte und einen fantastischen Ausblick auf die Stadt bot. Zu Sarfins bedauern verflog die Zeit erneut viel zu schnell. Trompeter verkündeten den Beginn der Krönungszeremonie, was ihre Nervosität in unbekannte Höhen trieb. Die drei beeilten sich um noch einen guten Platz zu bekommen und hatten tatsächlich noch Glück denn die meisten Menschen versuchten unterhalb des Platzes zu kommen statt einen Platz auf der Tribüne zu ergattern. Sarfin setzte sich auf den freien Platz der langen Holzbank, zwischen ihre Eltern. Ihre Nervosität stieg immer weiter an, je näher die Krönungszeremonie rückte. Das Schloss und die großen Tribünen des Zeremonienplatzes waren bereits gut gefüllt, allerdings kamen immer mehr Menschen dazu und drängten sich dicht an dicht. Das Trompetenspiel wurde schneller und lauter. Trommler stiegen mit ein während einige Menschen das gespielte Lied mitsangen. Sarfin kannte dieses Lied nicht doch es gefiel ihr sehr gut. Die Trommler und Trompetenspieler erhöhten ihre Frequenz und kamen langsam zum Höhepunkt während sich die Menschen von ihren Plätzen erhoben. Zwischen der Doppelreihe der Königsgarde kam der Prinz aus dem Schloss und ging über die lange Terrasse gradewegs, auf das prunkvolle, schwebende Podest, am Kopf des Platzes zu. Umringt wurde er dabei von den tapfersten Rittern des Reiches. Sarfin glaubte sich auf die Distanz zu irren doch mit jedem Schritt den der Prinz näher kam, erkannte sie dass er nicht mehr sein auffälliges goldenes Haar hatte, stattdessen war es dunkel genug um als schwarz durchzugehen. Sarfin war enttäuscht denn das goldene

Haar und der goldene Schimmer in seinen Augen, war ein legendäres Merkmal des Hauses Heras. Der Prinz auf dem Podest wirkte trotz seiner eleganten Kleidung, fast wie ein gewöhnlicher junger Mann auf sie.

Ist das denn wirklich der Prinz? Hat er sich seine Haare wegen der Trauerzeit gefärbt? Macht man das hier so, fragte sie sich und presste ihre Lippen enttäuscht zusammen.

Eine Goldmünze

6. Vollmondperiode des Jahres 920

Ich verstehe nicht wie jemand nur durch seine Haare so anders aussehen kann und damit sein ganzes Erscheinungsbild verändert. Seine ganze Ausstrahlung ist ganz anders als damals. Prinz Aerion hatte doch das typisch goldene Haar, so wie alle bekannten Heras. Hat er es vielleicht wegen der Trauerzeit färben lassen? Vielleicht hat es sich auch alleine verändert. Neles Haare waren früher fast rot und auch Pete soll als Baby ganz helle Haare gehabt haben. Bei beiden hat es sich komplett verändert. Außerdem war ich damals noch klein als ich ihn gesehen habe. Es war auch nur ganz kurz. Als Kind ist man bestimmt leichter zu beeindrucken als ich es heute bin. Wo ist nur der andere Prinz? Wie hieß er noch? Sertan, genau. Wo ist Prinz Sertan? Er muss doch auch zur Krönung seines Bruders kommen.

Sarfin bemerkte wie ein Mann nach vorne trat, der in ein ähnliches Gewand gehüllt war, wie der Regierungssprecher vor einigen Tagen. Er stellte sich vor das Sprachrohr und holte tief Luft ehe er lautstark brüllte: „MEINE LIEBEN MITBÜRGER AUS ALLEN ECKEN UNSERES SCHÖNEN KÖNIGREICHS. ICH MÖCHTE EUCH OHNE UMSCHEIFE, EUREN PRINZEN ANKÜNDIGEN. BITTE BEGRÜSST UNSEREN KÜNFTIGEN KÖNIG. PRINZ AERION AUS DEM HAUSE HERAS!"

Die Menschen jubelten, klatschten und riefen den Namen des Prinzen dennoch konnte Sarfin das Gefühl nicht abschütteln als wenn dieser Jubel wesentlich zurückhaltender war, als am Tag der Verkündung. Unter dem Jubel der Menschenmassen konnte Sarfin sogar einige Paare ausmachen, die untereinander angeregt tuschelten und denen sie zu gerne gelauscht hätte ob sie eventuell ebenso enttäuscht waren wie sie selbst. Einige wenige drückten sich zwischen den klatschenden Menschen hindurch und verließen die Krönung sogar, noch ehe sie begonnen hatte. Sarfin konnte die Enttäuschung über die Erscheinung des Prinzen zwar nachvollziehen aber dieses historische Ereignis vorzeitig zu verlassen, machte sie beinahe wütend.

Wir waren alle Gäste in dieser Stadt. Der Prinz war so großzügig zu uns allen. Jetzt zu gehen könnte man doch schon als Beleidigung ansehen! Wirklich unerhört!

Sarfin ärgerte sich dass ihr immer wieder Menschen auffielen, die den Platz oder die Tribüne vorzeitig verließen. Noch mehr ärgerte sie dass ihr damit die Freude an der Krönung genommen wurde.

„Papa", flüsterte Sarfin nachdem sie ihm unscheinbar am Hemd gezogen hatte. „Warum gehen die Leute schon? Ist etwas passiert und ich habe es nicht gesehen?"

„Nicht jetzt mein Schatz. Ich kann es mir denken aber darüber reden wir wenn wir nicht mehr hier sind", antwortete ihr Vater so leise dass sie es kaum verstehen konnte.

Also bin ich es, die irgendetwas nicht mitbekommen hat. Was könnte es sein? Hat sich etwas verändert? Ich kann nichts erkennen. Alles ist genauso wie…, nein nicht ganz. Die königlichen Ritter sind deutlich zahlreicher aber das kann nicht der Grund sein. Nur was dann? Was stört die Leute? Ich verstehe es nicht! Die Krönung ist doch so schön, selbst wenn der Prinz keine goldenen Haare mehr hat. Wer wohl die vielen Männer hinter ihm sind? Sie sehen alle so gut gekleidet aus. Und das Kleid der Königin Mutter ist traumhaft schön! Ich möchte auch ein einziges Mal so schön aussehen! Nur einmal, dachte sie wehmütig und zupfte an ihren langen, braunen Haaren. *Ich glaube meine Haare sind das einzig schöne an mir. Mir hat noch nie jemand ein Kompliment für irgendetwas anderes gemacht. Immer sagen alle wie schön sie meine Haare finden. Wenn ich nur ein bisschen mehr wie Mama wäre. Sie sagt zwar dass ich genauso bin, wie sie es damals gewesen ist aber ich weiß nicht ob sie mir nur etwas Nettes sagen will. Eltern sagen doch immer nette Dinge damit wir Kinder nicht unglücklich sind.*

Während Sarfin über sich und ihre Eltern philosophierte, trat ein älterer Mann, mit auffällig großer Mitra nach vorne. Sie selbst bekam dies eigentlich nur mit weil sich alle Menschen zum Gebet erhoben.

Das ist der oberste Vater! Er sieht so liebevoll und freundlich aus! Von ihm hängt ein großes Bild in der Kirche. Ich habe mich immer gefragt ob er wirklich mit der Göttin sprechen kann. Seit ich die Welt der Magie kennengelernt habe, bin ich mir nicht mehr sicher wo ich die Grenze ziehen soll. Wo hört die Realität auf und wo beginnt eine Legende? Ich vermag kaum noch einen Unterschied zu erkennen!

Während die Krönung voranschritt und der oberste Vater des Glaubens ein langes Gebet für die Regentschaft des Prinzen sprach, fiel Sarfin doch etwas auf. Sie war sich ziemlich sicher dass sich die königlichen Ritter allesamt um positionierten nachdem die Zeremonie begonnen hatte, da dies allerdings erst jetzt geschah, konnte dies nicht der Grund sein denn es gingen immer wieder vereinzelte Besucher vorzeitig. Die Ritter des Königs blickten grimmig, hielten jedoch niemanden davon ab aus dem Schloss zu gehen. Erst als ein junges Paar beim hinausgehen gestoppt und ein Stück hinter die Menge geführt wurde, begann sie skeptisch zu werden. Das Paar diskutierte mit den Rittern und verbeugte sich immer wieder.

Entschuldigen sie sich? Ich verstehe nicht was hier los ist, ich sehe nichts was mir Angst machen würde.

Von ihrem erhöhten Tribünenplatz konnte sie gut verfolgen wie das Paar noch weiter von der Krönung weggeführt wurde, ohne sie auffällig zu bedrängen. Sarfin erkannte wie der junge Mann immer wieder seinen langen Ärmel nach unten zog. Er wiederholte es so auffällig oft dass sie zumindest eine Ahnung hatte, wieso die beiden festgehalten wurden.

Es hat nichts mit ihrem gehen zu tun sondern etwas anderem. Die meisten Menschen haben nur einen Grund ihren rechten Arm zu verstecken. Immer nur dann, wenn sie ein Armband tragen! Was könnte er getan haben um festgehalten zu werden? Wenn er ein Armband hat, dann ist er bereits markiert. Ich konnte nichts Auffälliges sehen. Hat er etwas getan?

Während sie darüber nachdachte was der Grund für das Verhalten der Ritter war, konnte Sarfin sich nicht gegen ihr aufkommendes Ungutes Gefühl wehren. Mittlerweile spürte sie ihren Herzschlag bis in ihren Hals pochen, als würde ihr etwas Schlimmes bevorstehen, dabei gab es keinerlei Anzeichen oder einen triftigen Grund für diese Gefühlsregungen.

Was ist denn los mit mir? Es gibt doch keinen Grund mich zu fürchten! Wieso tue ich es dann? Heute ist ein historischer Tag! Heute wird Prinz Aerion gekrönt. Jetzt reiß dich zusammen und erweise dem König gefälligst Respekt! Ich bin schon die ganze Zeit mit meinen Gedanken woanders! Nie wieder werde ich dem König so nahe sein, guck jetzt nach vorne, mahnte sie sich selbst als die Krönung bereits in ihre entscheidende Phase überging. Prinz Aerion bekam seinen weiten, glitzernden Umhang abgelegt und trat ganz nach vorne, kniete sich vor den obersten Vater und schloss seine Augen. Die Worte des obersten Vaters waren viel zu leise um sie verstehen zu können. Vor den einzelnen Tribünenteilen waren verschiedene Männer aus dem Stab des Königs verteilt und verlasen die gleichen Worte für das Volk, die der Vater zum Prinzen sprach. Sarfin war positiv angetan wie lang der Schwur des Königs war. Sie hatte nicht gewusst dass der König sich genauso für sein Volk verpflichtete, wie es das Volk für ihn tat, war sie bisher von einer einseitigen Verpflichtung ausgegangen. Desto länger der Schwur wurde, desto mehr Fragen kamen jedoch in ihr auf, auf die sie keine schnellen Antworten fand.

Wenn das Haus Heras wirklich nach diesen Grundsätzen lebt und jeden Mensch achten möchte, wieso erlauben sie dann immer noch den Sklavenhandel im Süden? Wieso werden die Magier markiert statt ihre Fähigkeiten für die Menschen zu nutzen? Wieso warnen mich immer alle vor den Verbrechern im Königreich? Ich glaube, ganz so ernst nehmen sie es am Ende doch nicht mit ihren Schwüren. Nein! Prinz Aerion muss ein guter Mensch sein! Er wird sich an diesen Schwur halten! Er wird uns allen ein besseres Leben schenken! Ganz bestimmt!

Die Menschen erhoben sich wieder als ein Diener, die silberne Krone der Heras nach vorne trug. Sie war so blank poliert dass ihr Glanz selbst die Rüstungen der Königsgarde zu übertreffen schien. Zum ersten Mal konnte sie die Worte des obersten Vaters hören, als er seine Arme ausbreitete und laut erklärte: „KNIET

NIEDER, VOR UNSEREM NEUEN KÖNIG! KÖNIG AERION HERAS! LANG MÖGE ER REGIEREN!"

Die Menschen begannen sich umgehend hinzuknien und wiederholten die Worte während König Aerion sich erhob und einen Augenblick, andächtig und nachdenklich wirkte. Er trat mit ausgebreiteten Armen vor den Rand des Podestes und ließ sich frenetisch feiern. Himmelslichter wurden von den hohen Türmen der Burgmauer geworfen und detonierten in bunten Lichtblitzen. Trompetenspiel drang von allen Seiten auf den Platz und verkündete die Krönung des neuen Königs. Blütenblätter wurden von vorbeifliegenden Flugbestien hinuntergeworfen und zeichneten ein herrliches Bild dass Sarfin lange in Erinnerung bleiben sollte. Der König genoss diesen Moment sichtlich ohne Arroganz auszustrahlen. Es wirkte fast, als hätte er nicht mit einem so großen Jubel um seine Person gerechnet. Sarfin war sehr froh dass der König ihre Hoffnungen in seine Person bereits bestätigte, noch bevor er ein Wort gesprochen hatte. Er trat erhaben vor den Stimmverstärker, gab irgendjemand ein Handzeichen und begann seine Antrittsansprache: „MEINE VEREHRTEN MITBÜRGER, VEREHRTE GÄSTE, DIE IHR VON WEITHER ANGEREIST SEID UND EINWOHNER UNSERER HAUPTSTADT. ICH MÖCHTE MICH VIELMALS UND AUFRICHTIG, FÜR EUER ZAHLREICHES KOMMEN BEDANKEN, EUER BESUCH IST EINE GROSSE EHRE FÜR MICH! ICH NEHME DIESE SCHWERE BÜRDE, SELBSTVERSTÄNDLICH AUF MICH UND GELOBE MEINEM VOLK, BIS IN MEINEN TOD ZU DIENEN! DAS SCHWÖRE ICH HIER, IN ANWESENHEIT UNSERES OBERSTEN VATERS UND IRDISCHEN VERTRETER UNSERER GELIEBTEN GÖTTIN, VOR MEINEN TREUEN RITTERN DES LICHTES UND EUCH, MEINEM

TREUEN VOLK. ICH SCHWÖRE DER OBERSTE BESCHÜTZER DES REICHES ZU SEIN UND SHANDRA GERECHT ZU REGIEREN! BEI MEINER EHRE!"

Das Volk jubelte deutlich lauter als noch vor der Krönung, dennoch konnte Sarfin schon wieder einige Männer und Frauen sehen, die ihre Plätze vorzeitig verlassen wollten. Sie folgte einer Dreiergruppe mit ihrem Blick durch das Gedränge. Zwei Ritter wollten ihren Weg offenbar blockieren, kontrollierten ihre Arme und ließen sie doch passieren.

War das eine Magiekontrolle? Nein, sie haben nur geprüft ob sie Armbänder tragen aber wieso haben das getan? Was wäre jetzt passiert wenn sie Magier wären, fragte sich Sarfin während die Menschen sich langsam wieder beruhigten und dem König die Möglichkeiten gaben, mit seiner Rede fortzufahren: „ICH STEHE HIER, SCHWEREN HERZENS VOR EUCH UND DENKE UNENTWEGT DARÜBER NACH, EUCH DIE WAHRHEIT ZU SAGEN. MEIN RAT HAT MIR DAVON ABGERATEN ABER ICH KANN UND WILL MEINE REGENTSCHAFT WEDER AUF EINE LÜGE, NOCH AUF EINE HALBWAHRHEIT AUFBAUEN. DARUM WILL ICH EUCH BERICHTEN, WAS MIR BERICHTET WURDE. DIE TRAURIGE WAHRHEIT IST LEIDER DASS MEIN HOHER VATER UND EUER GELIEBTER KÖNIG…, ER STARB KEINEN NATÜRLICHEN TODES! MEIN VATER, KÖNIG MICHAEL WURDE HEIMTÜCKISCH ERMORDET! NUR AUS DIESEM GRUND, STEHE ICH HEUTE VOR EUCH. JEDE FASER MEINES KÖRPERS WÜNSCHT SICH DASS ES ANDERS WÄRE UND MEIN VATER NOCH HIER VOR EUCH STEHEN KÖNNTE ABER ER WURDE UNS ALLEN HINTERRÜCKS GERAUBT!"

Der Schock im Volk war nach den erschreckenden Worten des Königs, förmlich greifbar. Sarfin traute ihren Ohren kaum und sie war längst nicht die einzige. Überall wurde plötzlich wild getuschelt.

Was? König Michael wurde ermordet? Wieso? Wieso nur? Wer konnte es wagen? Warum? Ich verstehe überhaupt nichts mehr! Wieso erfahren wir diesen Umstand erst jetzt? Aus welchem Grund haben sie ein Geheimnis aus seiner Ermordung gemacht?

„ICH WEISS, ICH WEISS! BITTE BERUHIGT EUCH, MEINE LIEBEN BÜRGER. NATÜRLICH WILL ICH EUCH ALLES SAGEN, BITTE LASST MICH AUSSPRECHEN. BITTE SETZT EUCH UND HÖRT MIR ERST ZU DENN DIE WACHEN KONNTEN DEN MÖRDER NOCH VORORT FESTNEHMEN. WIR WISSEN WER ER IST, WO ER HER KOMMT UND WARUM ER ES GETAN HAT. ICH WILL EUCH ALLE UMSTÄNDE MITTEILEN ABER DAFÜR MÜSST IHR ZUR RUHE KOMMEN!"

Diese Nachricht überschattet die ganze schöne Zeremonie! Alle waren eben noch so fröhlich doch jetzt fühlt es sich wieder an, wie nach der Beisetzungszeremonie. Es ist einfach nur traurig! Wieso musste der arme König nur sterben? Wer hat uns unseren König genommen?

„MEIN VATER STARB DURCH DEN ANGRIFF EINER MAGIERIN", erklärte der König und stach Sarfin damit mitten ins Herz. Sie spürte plötzlich jeden ihrer Atemzüge bis in ihr Gesicht und hatte das Gefühl wie versteinert zu sein. „JA IHR HABT RICHTIG GEHÖRT! DER KÖNIG STARB INFOLGE EINES MAGIE ANGRIFFS! TROTZ DIESES HEIMTÜCKISCHEN ANGRIFFS, WOLLTE ICH MEINE REGENTSCHAFT NICHT MIT EINER ÜBERSTÜRTZTEN HANDLUNG BEGINNEN. MEIN VATER, ER GLAUBTE STETS AN DAS BESTE IN EINEM JEDEM MENSCHEN UND ICH WILL DIESEM BEISPIEL FOLGEN. ALLERDINGS ZIEHE ICH HEUTE EINE GRENZE. EINE

GRENZE, DIE DEFINIEREN SOLL, WER EIN MENSCH IST UND WER NICHT! EINE GRENZE, DIE WIR KÜNFTIG ALS DAS OBERSTE GESETZ DES REICHES ANNEHMEN WOLLEN, UM UNS ALLE, VOR SOLCHEN ÜBERGRIFFEN, FÜR ALLE ZEIT ZU SCHÜTZEN. WER DIESE GRENZE ÜBERSCHREITET, WIRD UMGEHEND ZUM TODE VERURTEILT! DIESE GRENZE IST EINFACH, JEDER MENSCH, JEDER AUFRICHTIGE BÜRGER, MUSS SICH NICHT FÜRCHTEN DENN HEUTE SPRENGEN WIR MENSCHEN, DIE KETTEN DER UNTERDRÜCKUNG UND VERABSCHIEDEN EINEN HISTORISCHEN MAGIEERLASS! DIESER ERLASS STELLT JEDE ANWENDUNG VON MAGIE UNTER TODESSTRAFE! JEDER HEXER, JEDE HEXE, JEDE BRUT DIESER MISSGEBURTEN, IST HIERMIT ALS FEIND DER KRONE ZU BETRACHTEN! HEUTE BEGINNEN WIR, DIESES ÜBEL AUS UNSERER WELT ZU VERTREIBEN! DIE MEISTEN VON EUCH, HULDIGEN DER GÖTTIN. ANDERE VON EUCH DEN VIELEN GÖTTERN. UNGEACHTET EURER RELIGIONEN, DARF KEIN MENSCH EINE GOTTÄHNLICHE MACHT BESITZEN, DIE ÜBER DAS LEBEN UND TOD VON TAUSENDEN MENSCHEN ENTSCHEIDEN KANN. IN DIESEM PUNKTE, STIMMEN MIR ALLE VERTRETER EURER GLAUBENSRICHTUNGEN ZU!"

Nicht doch! König Aerion! Tut das bitte nicht! Das dürft ihr nicht tun! Das ist unrecht! Magie ist ein Geschenk der Göttin, kein Frevel!

„WIR KÖNNEN DIESES ÜBEL NUR GEMEINSAM AUS DIESER WELT VERTREIBEN! UM JEDEN VON EUCH AUFRICHTIGEN MENSCHEN FÜR EURE MITARBEIT ZU BELOHNEN, IST JEDER LORD DES REICHES ANGEHALTEN, EINE PRÄMIE AUF EINEN JEDEN MAGIER ZU ENTRICHTEN. JEDER TOTE HEXER WIRD MIT EINEM GOLDSTÜCK VERGOLTEN. DER VERDACHT AUF MAGISCHE KRÄFTE REICHT DABEI BEREITS VÖLLIG AUS

UND WIRD DURCH DIE RITTER DES KÖNIGS UMGEHEND GEPRÜFT WERDEN! DANK DER KÖNIGLICHEN MAGIER, DIE AB SOFORT UNTER ARREST STEHEN UND HIER IN DER HAUPTSTADT, IM HAUS DER MAGIE FESTGEHALTEN WERDEN, KONNTEN VIELE MAGIER IN DEN LETZTEN JAHREN MARKIERT WERDEN. IHR KENNT DIESE ARMBÄNDER ALLE! EIN JEDES ARMBAND SOLL EUCH DIE SUCHE NACH DEM GOLDSTÜCK ERLEICHTERN! JEDES DIESER ARMBÄNDER IST MIR LIEB UND TEUER. BRINGT SIE MIR ZURÜCK! JEDES VON IHNEN SOLL MIR SOGAR FÜNF WEITERE GOLDSTÜCKE WERT SEIN! GEHT, ZIEHT AUS UND BRINGT SIE MIR ZURÜCK BEVOR ES JEMAND ANDERES TUT! VERNICHTET ALLES WAS SIE BESITZEN! ZERSTÖRT IHRE HÄUSER, IHR GESAMTES HAB UND GUT. TUT ES FÜR EUREN VERSTORBENEN KÖNIG! TUT ES FÜR EUCH SELBST, DIE MEISTEN VON EUCH WÜRDEN IN IHREM GANZEN LEBEN KEIN GOLDSTÜCK VERDIENEN. DIES IST DIE GROSSE CHANCE FÜR JEDEN VON EUCH, FÜR ALLE ZEIT AUSZUSORGEN! BEGINNEN WIR GEMEINSAM, DIESEN HISTORISCHEN ERLASS IN DIE TAT UMZUSETZEN UND EIN NEUES ZEITALTER EINZULÄUTEN! EIN BESSERES ZEITALTER! EIN ZEITALTER OHNE MAGIE!"

Sarfin zog ihren Eltern an den Ärmeln und bettelte völlig verängstigt: „Können wir bitte gehen! Bitte!"

„Die Rede ist noch nicht vorbei, mein Schatz. Sobald König Aerion fertig ist, werden wir gehen", antwortete ihre Mutter, die Sarfins Schock nicht bemerkt hatte. Sarfin war sich nicht sicher wie ihre Mutter diesen Erlass aufnahm, zu groß war der eigene Schock über die unerwartete Wendung der Krönungszeremonie. Sie begann leicht zu zittern und versuchte sich klein zu machen. Die Menschen auf der Tribüne nahmen den

Magieerlass völlig unterschiedlich auf und brüllten: „Das kann nicht sein! Magie ist so alt wie die Welt! Niemand darf sie verbieten! Was soll das?"

„Das ist gar nicht Prinz Aerion! Das ist Prinz Sertan! Wo ist der Thronfolger hin", brüllte jemand anderes, weit hinter ihr.

„Er ist ein Betrüger! Wachen! So tut doch was! Das darf er nicht tun!"

Das darf nicht wahr sein! Er hat alle Magier zum töten freigegeben! Das hat er doch jetzt gemacht! Meister Laura! Oh nein, ich muss zurück! Ich muss nach Hause und sie warnen! Sie kann es nicht wissen! Jeder der ein Armband trägt, schwebt jetzt in Lebensgefahr, erkannte sie schlagartig und bekam heftige Bauchkrämpfe.

„Wir sollten jetzt besser gehen", flüsterte ihr Vater von der Seite als er ihre Reaktion bemerkte. „Ich habe das Gefühl dass es hier jetzt ungemütlich wird. Sarfin komm her zu mir."

Kaum hatte er seine Worte ausgesprochen, begannen die ersten wagemutigen die Forderung des Königs bereits vor Ort umzusetzen. Schreie unter den eng zusammenstehenden Menschen, verkündeten die ersten Opfer des Magiererlasses. Sarfin gehorchte völlig verängstigt und drängte sich an ihren Vater, als sich jemand über den Treppenabgang davon stehlen wollte. Sarfin erkannt das Armband am rechten Handgelenk sofort obwohl der junge Mann es unter seinem Ärmel zu verstecken versuchte. Zwei Ritter des Königs stellten sich dem Mann in den Weg, ohne ihn anzugreifen. Sie drängten ihn lediglich zurück und überließen es der Masse, ihm für ein Goldstück umgehend den Kopf einzuschlagen. Sarfin stockte der Atem, angesichts dieser Brutalität. Die Männer warfen sich auf den getöteten Magier und schlugen sich gegenseitig, bei dem Versuch ihm das Armband vom Handgelenk zu reißen. Sie bekam sofort die Hand ihres Vaters über ihre Augen gelegt und zerrte sie über die Stufen nach unten. Er nahm seine Hand erst wieder von ihr als sie den Krönungsplatz verlassen hatten. Sarfin bekam kaum Luft, sie konnte einfach nicht glauben was sie gesehen hatte doch der Magieerlass griff wie eine entfesselte Krankheit in alle Richtungen um sich. Im Schlossgarten liefen zwei junge Männer über den Rasen, in Richtung Torhaus. Ihr Vater drehte sie zur Seite ehe laute Schreie, die Idylle des Gartens zerstörten. Sarfin blickte zu dem Durchlass zurück, der zu dem großen Innenraum führte aus dem sie gekommen waren und spürte ein kurzes stechen in der Brust als ein rötliches Licht erschien. Es verschwand genauso schnell wieder, wie es aufgeleuchtet war während weitere, vereinzelte Menschen um ihr Leben schrien.

Was war denn dieses Licht? Ich habe etwas Merkwürdiges gespürt, als hätte da drin jemand verbotene Magie verwendet! Der kurze Faro Ausbruch war gewaltig! Ich muss mich irren! Das würde keinen Sinn machen! Sie haben die Magie grade verboten oder hat sich jemand zu wehren versucht? Diese Schreie überall! Diese Schreie sind so schrecklich!

„Schatz, hör mir jetzt zu. Wir gehen jetzt ganz normal aus dem Schloss. Keine Hektik! Was auch passiert, keine Hektik! Wenn ich es richtig verstanden habe dann darf man jetzt jeden als Magier anzeigen. Wir verlassen jetzt ganz unauffällig die Stadt. Ich gehe unsere Pferde holen und du gehst mit Sarfin in unsere Herberge um unsere Sachen zu holen. Wir sollten hier ganz schnell aus der Stadt verschwinden bevor sie sich gegenseitig die Köpfe einschlagen. Ihr habt es selbst gehört, ein

Verdacht reicht um jetzt verurteilt zu werden. Bitte redet mit niemand wenn ihr nicht müsst. Wir müssen hier einfach weg, so schnell wie möglich. Schatz, lass Sarfins Hand nicht los! Hörst du was ich sagen?"

„Ja, ja ich höre dich. Ich kann es…, nein schon gut. Tut mir leid, ich bin wieder bei mir. Ich hole unsere Sachen, wo sollen wir dann auf dich warten?"

„Wir gehen entgegengesetzt und treffen uns am westlichen Torhaus am dritten Ring. Ich nehme an dass die meisten, die jetzt die Stadt verlassen, nach Norden oder Osten über die Hauptstraßen flüchten. Wir halten uns lieber von vielen Menschen fern. Wir nehmen einen Umweg und lassen uns über den See im Nordwesten schippern."

„Das ist ein guter Plan", antwortete ihre Mutter und nahm Sarfin an die Hand. Sie gingen das kurze Stück bis zur Zugbrücke und passierten sie ohne von den Rittern sonderlich beachtet zu werden. Sie folgten dem geschlängelten Weg wieder durch den äußeren Schlossgarten. Sarfin versuchte sich abzulenken und suchte den kränklichen Feuerhirsch vergeblich. Hinter ihr schrie schon wieder eine Frau um Hilfe und flehte gut hörbar um ihr Leben. Sarfin spürte deutlich wie die Unbekannte ihr Faro sammelte. Sie wagte es nicht zurückzublicken, als es schneller wieder verschwand, als es gerufen war.

Nein! Sie ist…, das kann alles nur ein böser Traum sein! Wir waren auf der Krönung von Prinz Aerion. Es sollte ein schöner Tag werden! Wieso sterben jetzt Menschen? Von jetzt auf gleich, an diesem Ort! Das darf nicht sein! Das ist unser König! Er muss uns doch beschützen! Er muss! Er hat es doch vorher geschworen! Magier sind doch auch seine Untertanen! Wieso tut er sowas, fragte sich Sarfin völlig verzweifelt.

Es fiel weder ihr, noch ihrer Mutter leicht den Anweisungen ihres Vaters Folge zu leisten und in einem normalen Tempo zu gehen. Erst als sie den fünften Ring hinter sich gelassen hatten und die königlichen Ritter deutlich entspannter wirkten, senkte sich ihre Nervosität langsam wieder. Sie trennten sich an der ersten Straßenkreuzung des dritten Rings voneinander damit ihr Vater die Pferde holen konnte. Sarfin spürte sofort wie ihre Mutter einen deutlich schnelleren Schritt forderte als vorher. Sie wusste nicht wohin sie mit ihrem Blick ausweichen sollte damit sie niemanden ansehen musste. Ihre Mutter sprach während ihrem Fußweg kein Wort zu ihr. Selbst als sie ihr Gasthaus erreichten und alles eilig in ihre Taschen warfen, sprach keiner der beiden. Sarfin hätte vermutlich auch kein Wort herausgebracht, sie versuchte sich einfach nur zu beeilen und ihre Emotionen so ruhig wie möglich zu halten.

Meister Laura hat mir so oft erklärt das Emotionen, bei gebürtigen Jakel Magiern wie mir, immer ein Auslöser für unregelmäßige Faroschübe sein können. Meine täglichen Übertragungen in meinen Gedächtnisstein können diese Gefahr nur einschränken aber niemals ganz ausschließen. Ich muss jetzt aufpassen! Ich darf nicht nachlässig werden! Jeder Fehler könnte meine Eltern in Gefahr bringen, mahnte sie sich, stellte ihre Tasche ab und drückte sich an ihre Abreisebereite Mutter, als würden sie sich von ihr verabschieden. Ihre Mutter reagierte genauso, wie sie sich erhofft hatte, ließ ihre Tasche fallen, legte ihre Arme um Sarfin und gab ihr den Halt, den sie gesucht hatte und jetzt so dringend brauchte.

Ihr Vater wartete bereits mit ihren drei Pferden vor dem westlichen Torhaus. Er versuchte nicht besorgt auszusehen doch Sarfin durchschaute ihn sofort, wagte es allerdings nicht zu fragen was es war. Sie wollte nur noch aus der Stadt, weit weg von diesem Ort. Der zweite Ring der Stadt war so belebt wie bei ihrer Ankunft. Sarfin konnte keinen Unterschied im Verhalten der Menschen ausmachen. Im Gegensatz zu ihrer Anreise, führten sie ihre Pferde nicht mehr zu Fuß sondern drängten sich vorsichtig eine eigene Gasse zwischen den Menschenströmen hindurch. Ihr Vater hielt dabei die Zügel ihres Pferdes damit sie nicht abgedrängt werden konnte. Erleichtert ritten sie ohne Kontrolle aus dem Torhaus, in den äußersten Ring der Stadt. Das Bild dieses Rings hatte sich jedoch gewaltig verändert. Die Hauptstraße war vollständig geräumt worden und von beiden Seiten von der Königsgarde flankiert. Das Bild wirkte völlig verstörend auf Sarfin. Die einzigen Menschen auf der Straße waren diejenigen, die aus der Stadt reisen wollten, ansonsten waren bis zur Stadtmauer, nur Ritter in weißen Rüstungen zu sehen. Völlig regungslos wachten sie oder warteten hinter ihren gewaltigen Schilden auf einen Befehl. Schon wenige Meter nach dem Torhaus war eine große Kontrolle aufgebaut, die sie weder einfach umgehen, noch zügig hindurch reiten konnten. Ein Ritter, dessen Rüstung auffällige Verzierungen hatte, führte eine Gruppe auf sie zu. Hinter ihnen liefen zwei weitere Männer in auffälligen weißen Roben.

Das sind Magier! Ich spüre ihre gewaltige Ausstrahlung schon bevor sie ihr Faro gerufen haben. Ich muss ruhig bleiben! Ganz ruhig! So atmen wie Meister Laura mir gezeigt hat.

„Tag mein Herr, wir verlassen die Stadt? Wo geht es denn so plötzlich hin, wenn ich fragen darf", fragte der Ritter relativ emotionslos, beinahe gelangweilt.

„Das ist richtig, Ser. Wir reisen zurück nach Sopri, ein Dorf im Hoheitsgebiet von Lordprotektor Farfan", antwortete ihr Vater höchst freundlich.

„So plötzlich? Spezielle Gründe der Krönungsfeier fernzubleiben?"

„Ser, wir sind nur Bauern. Wir würden nicht auf so eine prunkvolle Feier passen. Es war eine große Ehre, unseren König einmal persönlich gesehen zu haben aber nun kehren wir dahin zurück, wo wir hingehören und wollen vor dem großen Menschenstrom reisen."

„Ich nehme an, ihr habt gegen eine Magiekontrolle nichts einzuwenden oder sollte ich mich irren? Die Frage ist eigentlich eine Farce, wenn ihr auf der Krönung gewesen seid dann wisst ihr dass wir sie ohnehin durchführen müssen. Ihr zwei da! Beeilt euch, da kommen noch mehr!"

Sarfin zählte immer wieder in Gedanken bis fünf, atmete, zählte wieder bis fünf und atmete erneut während einer der beiden Magier sich neben ihrem Vater aufstellte und ihn auf Faro prüfte. Als er sich ihr zuwendete und seine Hand hob, war ihr Herzschlag erneut bis in ihr Gesicht zu spüren.

Ich spüre ihn in mir. Ganz ruhig! Ich habe heute Morgen eine Übertragung gemacht..., ich muss nur ruhig bleiben. Ich habe es doch schon so oft geschafft, ich werde es wieder schaffen! Ich werde..., was ist das für ein Gefühl? Wieso kribbeln meine Finger plötzlich? So hat es sich noch nie angefühlt!

Der Magier hob seinen Kopf und blickte Sarfin tief in die Augen.

Er weiß es oder ahnt es zumindest. Nein! Nein, nein!
Mama, Papa, es tut mir so leid! Es tut mir so leid!

Der Magier wendete seinen Blick ab, hob seine Hand über seinen Kopf und rief: „Alle drei sauber! Keine Faroquellen zu spüren!"

„Lasst sie passieren", rief der Wortführende Ritter während sich der Magier wieder zu Sarfin umdrehte und ihr erneut, tief in die Augen blickte.

Er weiß es doch! Wieso meldet er mich nicht? Ich bin
ganz sicher dass er es weiß! Er ist immer noch in mir
drin, er muss es wissen.

Der Magier berührte seine Kapuze auf der Seite, die dem Wortführenden Ritter zugewandt war und verdeckte damit einen kleinen Teil seines Gesichtes. Sarfin war überzeugt zu erkennen wie er ihr zu zwinkerte bevor er seine Hand wieder nach unten nahm. Er wendete sich wieder von ihr ab während sich ihr Pferd wieder in Bewegung setze. Sarfin hielt ihren Kopf gesenkt während sie die bedrückende Straße aus königlichen Rittern passierten. Hinter ihr passierte etwas, was vermutlich Ärger bedeutete, doch sie konnte sich nicht mehr umdrehen. Sie hatte bereits zu viel Blut gesehen und wollte nur noch aus der Stadt. Sie wollte Hyra endlich wieder hinter sich lassen, die Stadt, die wie ein schöner Traum begonnen hatte und in einem historischen Alptraum endete. Sie hörte wie die Hufeisen ihrer Pferde im Torhaus widerhallten und wusste dass sie es fast geschafft hatte, dies konnte jedoch nichts mehr an ihrem Gemüt ändern. Sarfin wurde mit jedem Gedanken bewusster, was der König im Begriff war zu tun. Hatte sie erst nur das Leid einzelner gesehen, begann sie jetzt über die weitreichenden Konsequenzen dieses Erlasses nachzudenken und keiner der Gedanken konnte ihr gefallen. Sie konnte nicht erkennen, welchen Vorteil das Königreich durch diesen Erlass hätte und fand keinen, wie sehr sich auch anstrengte.

„Was ist das denn? Wo kommen die vielen Vögel her? Sind das etwa alles Tauben? Das bedeutet bestimmt nichts Gutes für mich", sagte Sarfin mit Blick in den Himmel, als ein gewaltiger Schwarm Tauben vorbeizog.

„Ja genau. So sieht es aus wenn eine Nachricht weitergeleitet wird. Die Tauben werden zu den nächsten Versallen geschickt. Bald folgt auch eine Welle mit Raben. Die Prozedur ist immer gleich. Auch bei den vielen anderen Lords aber mit dir hat es nichts zu tun, mein Schatz", antwortete ihre Mutter kichernd.

„Wieso sollte es etwas mit mir zu tun haben", fragte Sarfin irritiert.

„Du hast doch gesagt es würde nichts Gutes für dich bedeuten."

Habe ich das? Ist mir nicht aufgefallen! Ich muss mich jetzt zusammenreißen. Keine dummen Fehler mehr, mahnte sie sich und antwortete kichernd: „Ist mir wohl so rausgerutscht. Dumm oder? Wegen mir! Was soll das schon mit mir zu tun haben?"

Ich sollte jetzt den Mund halten! Lügen kann ich offenbar auch nicht besonders gut!

Ihre Eltern sollten beide recht behalten. Sowohl mit der folgenden Welle an Raben, als auch mit ihrer Vermutung über die Fülle der Straßen. Aus der Distanz war gut zu erkennen, wie groß der Menschenstrom war, der Hyra nach Norden verließ und sich den Hügel hinauf schlängelte. Auf ihrer Straße war hingegen nur wenig los. So konnten sie ein deutlich schnelleres Reisetempo vorlegen als auf ihrer Hinreise. Den See erreichten sie bereits am zweiten Tag und ließen sich von einem Boot übersetzen. Trotz des massiven

Umwegs, war ihr Vater mit ihrem Vorkommen überraschend zufrieden. Er beschloss den Menschenstrom sogar überholen zu wollen und die Reise in den nächsten Tagen über Nebenstraßen ohne Zollstellen fortzusetzen. Dem Magieerlass konnten sie trotz ihres problemlosen Vorkommens nicht entkommen. Überall wo sie ankamen, war dies bereits das beherrschende Gesprächsthema und wurde allerorts gnadenlos umgesetzt. Am meisten schockierte Sarfin die hohe Geschwindigkeit mit der sich dieser Erlass verbreitet hatte. In jedem Dorf in dem sie einen Unterschlupf für die Nacht suchten, wurde bereits über den Erlass diskutiert als hätten sie ihn mitgebracht. Zu ihrer Überraschung nahm die Bevölkerung diesen Erlass mit sehr geteilter Meinung auf. In einem größeren Dorf, das letzte bevor sie wieder auf der Hauptstraße weiterreisen würden, saßen sie beim Abendessen in einem gemütlichen Gasthaus. Ihr Tisch war gleich neben einem größeren Tisch an dem verschiedene Männer saßen, die offenbar nicht zusammengehörten. Zwei der Männer gehörten zu den Rittern der Kirche während die anderen alle eher Bauern und Handwerker zu sein schienen.

„Wie seht ihr das denn Ser? Ist Magie ein Frevel gegen den Glauben und die Göttin? Ihr Templer habt doch auch Zauberer, oder nicht? Ich verstehe die ganze Aufregung nicht. Wegen einem einzelnen Magiermädchen, sollen jetzt alle anderen sterben?"

„Ich kann nicht für meinen Glauben sprechen, das darf nur der oberste Vater. Ich persönlich denke…, wenn Magie ein Frevel wäre, würden wir sie dann selbst benutzen? So gut wie jede Zitadelle, Kathedrale oder Kirche wird durch Bannzauber geschützt. Die Nachtfeuer sind auch alle magischen Ursprungs. Diese

Zauber sind oft schon sehr alt, wir selbst haben nur ganz wenige Magier und die sind alle auf der Insel des Glaubens stationiert. Nur der oberste Vater hat das Recht sie zu befehligen. Auf dem Festland haben wir keine. Weder die Einrichtungen, noch unsere Orden. Kurz gesagt, nein. Ich halte Magie nicht für einen Frevel. Ich halte Magie für den Beweis, der die Richtigkeit unseres Glaubens untermauert!"

„Wirklich? Ihr Tempelritter habt keine eigenen Magier? Fällt mir schwer zu glauben. Wie verteidigt ihr euch denn?"

„Gegen wen sollen wir uns verteidigen? Wir Ordensritter habe doch nur eine Funktion, unsere Einrichtungen zu beschützen. Wer würde denn eine Kirche angreifen und wieso sollte jemand so etwas tun? Die Menschen suchen bei uns meistens Heilung oder haben Hunger. Wir sind doch nur Abschreckung gegen Banditen, nichts weiter."

„Dann steht ihr nicht hinter dem König und diesem lächerlichen Erlass?"

„Wir stehen nie hinter dem König! Für uns ist er nur ein Witz. Nicht falsch verstehen, ich meine nicht König Aerion als Mensch, sondern den Status des Königs. Unser Königreich besteht aus zwei unabhängigen Säulen. Der Monarchie und dem Glauben. Der König hat nicht das Recht über uns zu entscheiden. Nur eine Instanz vermag es uns Glaubensrittern Befehle zu erteilen und die würde sich niemals für solche Dinge aussprechen."

„Der oberste Vater hat den König doch auch schon unterstützt. Verstehe nicht worauf ihr hinaus wollt."

„Der oberste Vater ist nur ein Mensch und nicht frei von unseren angeborenen Schwächen. Er hat die Verantwortung für so viele Menschen und muss auch manchmal Entscheidungen treffen, die ihm zuwider sind. Wir können nicht immer das richtige tun, manchmal haben wir nur die Wahl, uns für das kleinste Übel zu entscheiden. Allerdings meinte ich ihn nicht. Die Göttin entscheidet über uns! Über uns alle! Der König steht nicht über unserer Göttin! Ich lebe nach ihren Geboten und die besagen, ich darf nur einen Menschen töten wenn ich jemand anderes beschützen muss!"

„Dieser König ist ein verdammter Betrüger! Scheiß auf ihn, sage ich! Scheiß auf den Betrügerkönig Sertan", rief jemand sehr laut, der offenkundig bereits eine Menge getrunken hatte.

„Fängt der schon wieder damit an? Marianne? Stell dem Kerl ein neues Bier hin, ich zahle! Hauptsache er hält seine Fresse! Die Leier kann ich nicht mehr hören."

„SOLLTEST DU ABER", fauchte der Betrunkene. „Wenn der falsche König auf dem Thron sitzt, dann betrifft uns das alle!"

Der falsche König? Sertan? Sertan ist doch der Bruder von Aerion. Er war doch gar nicht auf der Krönungsfeier. Was meint der Kerl nur?

„Wovon redet der Mann? Dieses Gerücht etwa", fragte der Tempelritter neugierig und stellte Sarfins unausgesprochene Frage. „Wieso denn falscher König?"

„Wer sitzt denn auf dem Thron? Da sitzt doch der ehemalige Prinz Sertan oder nicht?"

„Red keinen Mist! Das ist doch Spinnerei! Wie soll das möglich sein und wieso solltest du der einzige sein, der von dieser…, nennen wir es…, Verschwörung um Prinz Aerion weiß? Wer bist du denn? Hat dir jemand Geheimnisse gesteckt, du Idiot?"

„Hört nicht auf den Spinner! Seit er aus der Hauptstadt zurück ist, redet er diesen Stuss und säuft sich um den Verstand. Du bist wirklich eine Schande für dich selbst!"

„Lass ihm trotzdem eine Chance sich zu erklären. Diese Aussage höre ich nicht zum ersten Mal. Nur wenige trauen sich darüber zu sprechen aber die Gerüchte sind bereits jetzt weit verbreitet."

„Hör doch auf, du auch? Wie könnt ihr nur so einen Blödsinn reden? Ganz im Ernst! Wie sollte sowas möglich sein? Die halbe Hauptstadt kennt die Prinzen und ihre Gesichter. Irgendjemand würde es doch auffallen müssen."

„Sehe ich auch so! Ich kann mich doch heute Abend auch nicht in dein Bett legen und deiner Frau erzählen, ich wäre du. Würde sie mich auslachen oder schlagen? Oder vielleicht sogar freuen?"

„Schnauze! Ich habe Prinz Aerion mehrere Dutzend Male gesehen! Sein goldenes Haar ist sein auffälligstes Merkmal gewesen. So wie sein Vater und sein Vater vor ihm. Und dieser goldene Schimmer in seinen Augen. Der König ist nicht unser König. Ich kenne doch auch nicht das wie oder warum. Ich weiß nur eins, der König ist nicht unser Prinz Aerion! Es ist mir egal wie oft ihr mich deswegen auslacht! Haus Heras sind die Erben des Lichtes, die obersten Beschützer des Reiches! Ich folge nur ihnen und keinem Betrüger! Deswegen kann es auch keinen Magieerlass geben! Ein verdammter falscher König hat nicht das Recht eine solche, weitreichende Gesetzesänderung zu beschließen! In der…", Sarfins Eltern erhoben sich von ihren Stühlen und lenkten ihre Aufmerksamkeit von dem Gespräch weg.

„Es wird Zeit zu schlafen. Wir haben morgen wieder einen langen Ritt vor uns", erklärte ihr Vater und zog ihren Stuhl leicht zurück. Sarfin wollte widersprechen und den Männern weiter zuhören doch sie bemerkte den relativ vollen Teller ihres Vaters. Der Teller ihrer Mutter war auch noch reichlich gefüllt. Ihr Vater schob sie in Richtung Treppe um zu ihren Zimmern nach oben zu gehen, als die Stimmen sie auf den wahren Grund des frühzeitigen Gehens aufmerksam machten. Der Mann, der als letztes gekommen war, zerrte einen Mann an seinem Arm hinter sich her. Als er seinen Dolch zog und an den Hals des Mannes setzte, war der Gastraum schlagartig Mucksmäuschen still.

„Du kommst mit mir. Ich will das Gold für dich und dieses Armband", grinste der aufdringlichere von beiden und gab sich als Goldjäger zu erkennen. Sarfins Blick auf den anderen Arm zeigte das Armband des markierten Magiers. Sie wollte sich schon abwenden um nicht sehen zu müssen wie der Mann verletzt werden würde, als sich die Frau hinter der Theke einmischte: „Lassen sie den Mann jetzt los! Dies ist mein Gasthaus! Wenn sie sich nicht zusammenreißen können, ist dort vorne die Tür!"

Das gibt es doch nicht! Jemand ergreift Partei für einen Magier? Ist doch nicht jeder Mensch von Habgier zerfressen?

„Du wagst es? Verdammtes Weibsbild! Erst die offene Propaganda gegen den König und jetzt gegen das Gesetz handeln?"

„Ich handele gegen gar nichts! Niemand hat mir gesagt dass es unsere Pflicht ist einen jeden Magier anzuzeigen und das Gold zu kassieren! Hier habe ich das Sagen! Verstanden?"

„Verdammtes Weibsbild! Was bildest du dir ein? Ich werde dir zeigen wo du stehst!"

„SCHATZ? Kommst du bitte", rief die Frau in das Hinterzimmer. „Hier ist ein Mann der mir gerne zeigen möchte wo ich stehe! Und er bedroht einen unserer Gäste!"

Die Tür hinter ihr wurde heftig aufgestoßen und krachte lautstark gegen die Wand, allerdings kam nur eine weitere bildhübsche Frau heraus, gab der Wirtsfrau hinter der Theke im vorbeigehen einen Kuss und rollte sich galant über die Theke.

Wieso haben die beiden sich denn jetzt geküsst, fragte sich Sarfin völlig irritiert denn gleichgeschlechtliche Liebe war ihr zu diesem Zeitpunkt noch völlig fremd.

„Der hier? Sieht eher schwächlich aus, den hättest du auch allein geschafft. Schon vergessen was ich dir gezeigt habe?"

„Zeig es mir doch noch einmal", grinste die Wirtin und nahm die Gläser auf der Theke zur Seite. Der Kerl wollte sie greifen allerdings wehrte die Frau seinen Arm zur Seite ab, packte seinen Hinterkopf und schlug ihn auf die Kante der Theke. Der Angreifer ging umgehend, blutend auf die Knie.

„Hey, du. Heute bist du hier sicher aber Kerle wie der, wirst du überall finden. Wenn du dich nicht wehren kannst, wird dich jemand erwischen", erklärte die Frau und ließ sich von der Wirtsfrau ein volles Glas reichen dass sie in einem Zug leerte.

„Ich kann nicht kämpfen oder sowas. Ich bin auch nicht stark, wie man sieht. Trotzdem..., hab vielen Dank für eure Hilfe!"

„Wieso hast du so ein Armband wenn du nichts kannst? Das ergibt doch keinen Sinn!"

„Niemand sagt dass ich nichts kann. Ich sagte, ich kann mich nicht wehren. Dafür kann ich andere Dinge", antwortete der markierte Magier. Der Goldjäger erhob sich langsam wieder, packte das leere Glas, zerschlug die Trinkkante und versuchte die junge Frau zu erstechen. Sein Schlagversuch stoppte durch einen Drehtritt in den Magen. Der Mann stürzte und ließ sein Glas fallen dass auf dem Boden laut splitterte. Der Magier hob die größte Scherbe auf, ließ seine Augen weiß aufleuchten und begann damit das zerbrochene Glasstück von dem abgesplitterten Ende aus wachsen zu lassen bis es wieder seinen originalen Zustand hatte.

„Das kann ich", lächelte er und gab der Thekenfrau ein intaktes Glas zurück.

„Sehr nett und noch viel nützlicher. Oben sind zwei Fensterscheiben kaputt. Kannst du die auch richten?"

„Natürlich. Ich kann mit Glas fast alles machen. Ganz machen, ist sehr einfach für mich."

„Wie wäre es wenn du hier bei uns bleibst? Wir passen auf dich auf und du hast einen Platz wo du bleiben kannst. Moment, der hier will es nicht verstehen", erwiderte die überraschend starke Frau, schleifte den Goldjäger am Kragen zur Tür und schickte ihn mit einem Tritt nach draußen. Die Männer im Gastraum wirkten allesamt genauso perplex wie Sarfin. Es war ihr gleichgültig wie der Magier letztlich gerettet wurde, sie war einfach nur froh dass der Magier davon gekommen war, ließ das Geländer los und drückte sich schluchzend an ihren Vater.

Sie hielten an der letzten Zollstelle bevor sie ihr Zuhause erreichen würden. Sarfin blickte erleichtert in das Tal und konnte ihre immense Freude über ihre

Rückkehr noch kaum greifen. Mit einem unguten Gefühl erkannte sie jedoch den betrügerischen Soldaten, der sie auf der Hinreise bestehlen wollte. Auch er wirkte als wenn er die drei wiedererkannte und kratzte sich dumm dreinblickend am Hinterkopf.

„Kenn ich eusch", fragte er und blickte kurz nach hinten als noch drei weitere Reisende ankamen, die in die gleiche Richtung wollten. „Naja egal, zeigt mal eure Arme!"

„WIESO", brüllte eine kräftige Männerstimme hinter ihnen wütend. „Ich glaube das Angebot mit dem Goldstück gilt nur dem Volk! Du hast gar nicht das Recht jemand auszuliefern! Selbst wenn einer der drei ein Armband tragen würde und jetzt lass uns alle durch, du halbe Portion! Die Zölle sind noch immer aufgehoben also verpiss dich!"

Wer ist der Kerl? Ganz schön verrückt sich an einer Zollstelle so viel rauszunehmen! Wenn das keinen Ärger gibt dann weiß ich nicht.

Sarfin beobachtete wie der stämmige Kerl von seinem Pferd abstieg und sich dem Soldaten näherte. Er zog den langen Ärmel seines grünen Mantels mit einem breiten grinsen zurück und präsentierte sein Armband, das ihn als Zauberer kennzeichnete.

„Mach den Weg frei oder ich verbrenne dich bei lebendigem Leib! Das wird hässlich, also für jeden der dir Dreckschwein beim Sterben zusehen muss. Mir persönlich…, gefällt die Vorstellung ein Schwein zu rösten!"

„Du drohst mir? Mir? Ich bin ein Soldat in den Diensten von Lordprotektor Farfan und habe hier das Sagen! Kapiert! Verfluchter Hexer!"

„Sehr richtig, ich bin ein Hexer! Wenn du wüsstest wie dünn das Eis ist auf dem du grade stehst, dann hättest du dich schon längst bepinkelt! Letzte Chance! Mach den Weg frei oder stirb! Du entscheidest wie das hier ausgeht!"

Das gibt es nicht! Dieser Mann ist ein Hexer? Jemand der nicht an den Taunosrezaz gebunden ist? Der dumme Soldat sollte besser ganz schnell laufen. Wenn Meister Laura recht behält, dann können diese Hexer verbotene Magie.

„Ich glaube das reicht jetzt", rief jemand, der aus der Hütte der Zollstelle trat. Sarfin erkannte den ehrenhaften Ritter von ihrer Hinreise wieder. Er hatte noch jemanden dabei, eine deutlich kleinere und dünnere Personen, die sich in einen weißen Kapuzenumhang gehüllt hatte und ihr Gesicht damit völlig verbarg. „Was soll dieser Aufstand hier?"

„Auf der Hinreise hat uns dieses Stück Scheiße schon betrügen wollen und jetzt will er die Arme der drei sehen um sich das Gold einzusacken! Mir reicht es! Entweder ihr richtet ihn oder ich werde es!"

„Ich verstehe deinen Ärger und versichere dir dass ich mich um diesen Nichtsnutz kümmern werde! Es ist richtig, er hätte diese Forderung nicht stellen dürfen! Allerdings, hättet ihr ihm auch nicht mit dem Tod drohen dürfen!"

„Und jetzt? Willst du mich verhaften? Das dürfte ein Problem werden!"

„Wieso? Kennst du ein paar Taschenspielertricks? Ich fürchte mich nicht vor dir", antwortete der Ritter und ging einige Schritte zur Seite. „Ich bin natürlich auch nicht töricht. Da du dich als Hexer offenbart hast, müssen wir dich hiermit ohnehin festnehmen! Allerdings werde ich diesen Part meiner bezaubernden Assistentin überlassen. Lara, würdest du dich bitte um diesen Kerl kümmern?"

Die vermummte Person nahm ihre Kapuze ab und offenbarte ihr Äußeres. Es war eine bildhübsche, junge Frau mit schwarzen, schulterlangen Haaren. Sarfin spürte sofort eine sehr geringe Farosignatur, die von dieser jungen Frau ausging.

„Was soll das werden? Will der ehrenhafte Ritter etwa sein Magiermädchen in den Kampf schicken? Offenbar mangelt es euch an Mumm! Mädchen, ich spüre deine Signatur. Dein Magielevel kann nicht sonderlich hoch sein. Überleg dir gut ob du dich mit mir messen möchtest! Der König hat uns zu Freiwild gemacht. Du willst ihm doch nicht etwa dabei helfen uns zu jagen? Wir sind Brüder und Schwestern. Das Faro verbindet uns!"

„Es ist zwecklos, sie wird dir nicht antworten! Meine liebe Freundin hier, spricht nicht mit Hexern! Ihr seid unter ihrer Würde! Letzte Chance dich zu ergeben!"

„Deine Frechheit bezahlst du jetzt", fluchte der Hexer und rief sein Faro. Seine Augen begannen in einem dunklen rot zu leuchten während er seine Hand nach vorne schlug und einen roten Energieblitz auf den Ritter schleuderte. Der Bereich um den Ritter explodierte mit einem lauten Knall und hüllte den Bereich in eine dichte Staubwolke. Als sich der Staub und Erde wieder gelegt hatten, war nur ein kleines Loch im Boden übrig geblieben. Der Hexer begann vor sich hin zu kichern und wollte sein Pferd wieder besteigen.

Dreh dich lieber mal um! Deine Gegnerin langweilt sich bereits, dachte Sarfin als sie der Signatur der jungen Frau, bis auf das Dach der Hütte folgte, auf dem sie jetzt saß und ihre Füße herunter baumeln ließ. *Was war das bloß für ein Zauber? Ihre Bewegung war unglaublich schnell. Ich habe ihre Signatur erst wieder gespürt als sie dort oben war. Das nenne ich Tempo. Das ist absoluter Wahnsinn!*

Der Hexer schien es ebenfalls zu spüren denn er hob seinen Blick Stimrunzelnd. Er trat wieder von seinem Pferd zurück und lachte laut.

„Gar nicht schlecht, Kleines. Gar nicht schlecht! Jetzt wo ich weiß worauf ich mich einstellen muss, wirst du mir nicht so einfach davonlaufen. Kommst du runter oder muss ich hoch kommen?"

„Sie redet nicht mit Hexern! Habe ich doch eben schon gesagt", lachte der Ritter, der ebenfalls auf dem anderen Ende des Daches saß. Der Hexer verlor keine Zeit und sammelte sich für seinen nächsten Angriff. Er hob seine Hand, streckte seinen Zeigefinger nach vorne und feuerte einen roten Lichtstrahl auf das Dach der Hütte ab. Er traf die Stelle, an der das Magiermädchen gestanden hatte, jetzt jedoch wieder vor der Hütte aufgetaucht war und frech grinste.

Sie ist schnell wie ein Blitz. Wie macht sie das nur? Ich spüre nicht einmal eine nennenswerte Faromenge bevor sie sich bewegt. Bereitet ihr dieses Tempo etwa keine Mühe, fragte sich Sarfin während der Hexer offenbar nervös wurde und einen Lichtstrahl, nach dem anderen abfeuerte. Er traf die Hütte mehrmals und durchlöcherte das Holz der Wand mühelos allerdings traf er das Magiermädchen nicht ein einziges Mal.

„Jetzt reicht es mir. Wenn du mir ständig davon läufst, dann puste ich hier alles weg. Versuch davor, davon zu laufen", brüllte er wutentbrannt und sammelte eine bedrohliche Faromenge.

Das geht viel schneller als bei mir. Das wird gleich ganz böse enden, erkannte Sarfin und wollte ihren Eltern eine Warnung zurufen als die Faroquelle des Hexers mit einem Schlag, vollständig versiegte. Sarfin drehte sich wieder um und erkannte wie das Magiermädchen einen blauen Lichtdolch aus der Brust des Hexers zog. Der Hexer brach umgehend zusammen und verblutete zu ihren Füßen.

Das war eine reine Energieattacke. Ich spüre es ganz genau, das blaue Licht ist eigentlich Wasser. Dieses Mädchen ist beeindruckend!

„Ist einer von euch auch ein Hexer", fragte sie mit einer melodischen Stimme, die Sarfin eine Gänsehaut verursachte und richtete ihren Lichtdolch in Richtung der Reisegefährten des Hexers. Die beiden Burschen stiegen ab und gingen gleich auf die Knie. Das Magiermädchen nahm zwei paar Handschellen aus ihrer Gürteltasche und legte sie den beiden um die Handgelenke. An der Stelle an der Handfesseln klickten als sie geschlossen wurden, leuchtete eine rötliche Rune auf dem Schloss auf und umgab die Handgelenke der beiden Burschen mit einem leichten leuchten.

Was sind das denn für Handfesseln? Gibt es etwa doch ein Mittel um Magier einzusperren? Oh nein! Oh nein, nein, nein! Das darf nicht wahr sein! Bisher habe ich mir nie Sorgen gemacht weil ich ganz sicher war dass ich überall rauskommen würde aber wenn es Fesseln gibt, die mir meine Kraft rauben können, dann bin ich geliefert wenn sie mich bekommen! Wieso muss das alles passieren? Wieso nur? Magie ist kein Segen, es ist ein Fluch!

„Ich kann mein Faro nicht rufen. Verdammt, was sind das für Dinger", rief einer der beiden völlig verzweifelt.

„Gleichgültig! Euer Faro wird in die Handfesseln geleitet und stärkt sie dadurch! Was auch immer eure Talente sind, das gehört der Vergangenheit an. Los, bewegt euch! Da lang", befahl das Magiermädchen, rührte sich selbst jedoch nicht. Selbst dann nicht, als die Gefangenen auf die durchlöcherte Hütte zumarschierten. Sarfin hätte sich beinahe in die Hose gemacht als sie plötzlich verschwunden war und neben ihr wieder auftauchte. Ihre Augen leuchteten noch immer in einem kräftigen blauen Farbton als sie Sarfin mit ihrem Blick durchbohrte. Mit zwei Schritten stand sie in Griffweite, packte Sarfins Handgelenk und zog sie vom Pferd. Ihre Eltern wollten umgehend protestieren jedoch reichte eine Handgeste des Magiermädchen um sie beide zum Schweigen zu bringen.

„Wasserjakel, nicht wahr? So wie ich. Jakel des gleichen Elements können sich immer gegenseitig spüren. Ob du deine Signatur versteckst oder nicht", sagte das Magiermädchen, leise genug um von ihren Eltern nicht gehört zu werden.

„Bitte nimm nur mich mit. Meine Eltern wissen nichts davon und ich habe es nicht von ihnen bekommen. Bitte verschone sie", antworte Sarfin und bekam große Angst.

„Lara? Alles in Ordnung da vorne? Stimmt etwas nicht", rief der Ritter als er angelaufen kam.

„Alles in Ordnung! Ich wollte sie nur fragen wie das Mädchen ihre Haare so schön hinbekommen hat. Ich hätte auch gerne solche leichten Locken."

„Vertraust du mir immer noch nicht? Ich bin doch nicht beschränkt. Du willst sie nicht markieren, sag es doch einfach! Das ist nicht das erste Mal!"

„Du wusstest es", fragte das Magiermädchen betroffen und beschämt. „Wirst du mich in Hyra melden? Ich gehe nicht ins Haus der Magie!"

„Dann hätte ich dich doch schon längst gemeldet. Für wen hältst du mich? Wir sind Kameraden, vertrau mir endlich! Ich tue es doch auch oder habe ich deine Urteile angezweifelt? Das werde ich auch jetzt nicht!

Verdammt, du weißt doch wo ich herkomme! Im Greifenland sind wir keine Fähnchen im Wind und erst recht keine ehrenlosen Hunde, merk dir das! Verabschiede dich und dann hilf mir mit dem Leichnam."

Schon wieder ein Beleg für diesen Lordprotektor Marly aus dem westlichen Paradies. Könnte wenigstens dieses Märchen wahr sein? Ist das Land der Greifen ein Paradies?

„Was ich eben gesagt habe, meinte ich tatsächlich so! Deine Haare gefallen mir wirklich sehr gut!"

„Du lässt mich laufen? Wieso tust du das? Oder ihr? Ihr riskiert doch damit auch euer Leben."

„Augen auf bei der Berufswahl würde ich sagen", antwortete das Magiermädchen, streifte ihre weiße Robe zurück und zog einen ihrer langen Handschuhe aus.

Sie trägt auch ein Armband! Selbst die Magier des Königs sind markiert? Ich habe Prinz Aerion einst so verehrt aber ich fange an ihn zu hassen!

„Wäre ich Schneiderin, müsste ich mich vor nichts fürchten. Ich habe mein Leben der Magie gewidmet bevor ich ahnen konnte, worauf wir zu steuern. Was auch immer passiert, es ändert nichts mehr an meinem Leben. Ich will jede Hexe und jeden Hexer vernichten oder einsperren. Wo sie enden ist mir egal! Weißt du…, dieser Erlass wird früher oder später, auch auf uns königliche Magier ausgeweitet werden. Mein Grabstein wurde schon gemeißelt. Die Gravur des Todestages fehlt lediglich. Ein Jakel wie du, ohne Armband, frei und an den Taunosrezaz gebunden. Du hast eine Chance zu überleben! Bitte, lebe auch! Die wenigen, die so sind wie du, sind die einzige Hoffnung die Magie in der Welt zu halten! Bitte! Lebe!"

„Wieso gehst du denn nicht auch weg und überlebst? Mit deinen Fähigkeiten musst du doch keine Angst haben!"

„Diese Armbänder sind die größte Lüge des letzten Jahrtausends. Diese ganze Jagd nach den Goldstücken ist nur eine Beschäftigung für das Volk. Wenn die Säuberung abgeschlossen ist, werden sie uns alle töten. Mit diesen Armbändern haben sie uns schon lange aber dich noch nicht", sagte das Magiermädchen und legte ihre Hände auf Sarfins Schultern. „Sei stets wachsam! Achte stets auf deine Signatur und halt den Kopf unten. Viel Glück auf deinem Weg, du wirst es brauchen!"

Schwerer Verlust
4. Vollmondperiode des Jahres 921

„Bitte! Bitte habt erbarmen", flehte das junge Mädchen als sie auf die Straße geworfen wurde und zur Hälfte in der großen Pfütze landete.

„Halt deine Fresse! König Aerion will es so und wir wollen das Goldstück für dich und die fünf für das Armband! Hast gedacht, du kannst dich verstecken? Nicht mit uns! Die Ritter sind schon auf dem Weg!"

„Bitte! Das ist meine Tochter! Bitte lasst sie gehen! Ich flehe euch an, habt erbarmen. Sie kann doch gar nicht wirklich zaubern. Bitte!"

Sarfin beobachtete die Szene, gemeinsam mit ihrer Freundin Nele, aus sicherer Distanz, von dem Stand des Dorfbäckers ohne ein Wort zu sprechen. Jede Faser ihres Körpers schrie danach, umgehend einzugreifen aber sie wusste dass sie es weder durfte, noch konnte denn sie hatte sich nie ausreichend mit den Angriffsmöglichkeiten ihrer Kräfte beschäftigt. Trotz der eindringlichen Warnungen ihrer Meisterin und der erschreckend erbarmungslosen und gnadenlosen Umsetzung des Magieerlasses im letzten Jahr, konnte sie sich nicht dazu überwinden, ihre Prinzipien loszulassen. Sarfin hatte ihre Ansichten über Magie in den letzten Vollmondperioden immer wieder überdacht und begann in ihren Kräften nur noch eine Gefahr für sich und ihre Eltern zu sehen.

Nicht schon wieder! Jetzt schrecken sie sogar vor Kindern nicht mehr zurück. Das darf doch alles nicht mehr wahr sein! Verdammter Magieerlass! Verdammter König, fluchte Sarfin innerlich ohne sich äußerlich etwas anmerken zu lassen. *Wenn ich nur so schnell wäre wie dieses Magiermädchen von der*

Zollstelle. So könnte ich ihr helfen ohne mich zu enttarnen aber wenn sie mich sehen, dann werden sie meine Eltern bestimmt auch schnappen obwohl sie gar keine Fähigkeiten haben! Wenn ich diese Kräfte doch bloß nie bekommen hätte...

„Ich kenne diese Männer", erklärte Nele traurig. „Das sind Bekannte von meinem Vater. Sie haben manchmal bei der Ernte geholfen. Früher dachte ich, die beiden wären nett aber wenn ich sie jetzt sehe, könnte ich sofort heulen. Es ist so traurig was Gold aus Menschen macht. Ganz egal was man mir verspricht, ich kann doch nicht meine Freunde verraten. Wir kennen uns in diesem Dorf alle, unser ganzes Leben lang. Wie können sie nur? Es ist mir unbegreiflich!"

„Angenommen ich wäre auch eine beschuldigte Hexe. Würdest du mich dann nicht ausliefern? Selbst wenn ich eine wäre und so ein Armband hätte? Das wären sehr viele Goldstücke", fragte Sarfin und fürchtete sich vor der Antwort ihrer Freundin.

„Natürlich nicht! Stell nicht so dumme Fragen! Sollen sie mir ein Schloss bieten, mir egal! Ich verkaufe doch nicht meine Seele! Ich kann gar nicht hinsehen. Sie treten ein kleines Mädchen auf offener Straße zusammen obwohl sie keinerlei Anzeichen macht sich zu wehren. So eine feige Bande! Ich wünschte wir hätten Tempelritter im Dorf! Die würden das Mädchen beschützen! Denkst du, ich wollte dass du da liegst? Niemals!"

„Du bist lieb. Zum Glück haben wir beide kein Armband. Was denkst du, was sie mit den ganzen gefangenen Magiern machen? Glaubst du sie töten sie alle?"

„Bestimmt nichts Gutes, so viel ist wohl sicher. Sie nehmen auch nur die Kinder irgendwohin mit. Die

Erwachsenen werden alle an öffentlichen Orten umgebracht, so heißt es zumindest. Glaubst du dass meine Eltern bereits große Angst haben obwohl keiner in unserer Familie solche Kräfte besitzt? So weit ist es schon gekommen. Dabei gibt es diesen Erlass doch erst seit..., wie lange? Es ist nicht einmal ein Jahr her! Das ist doch nicht lange! Der Sommer hat noch nicht einmal begonnen."

„Ich habe mich auch schon gefragt was passiert wenn den Goldjägern die Armbänder ausgehen. Wen werden sie dann wohl jagen? Hoffentlich nimmt der König wenigstens den Verdacht aus seinem Erlass. Stell dir das mal vor. Nur weil ich in den Raum werfe dass du eine Hexe sein könntest, wollen sie dich dann holen. Das ist doch krank. Ich bin 14 Jahre alt und sehe wie dumm das ist!"

„Meinen Sohn haben sie auch weggebracht", sagte der Bäcker traurig als er neue Brote in die Auslage legte. „Sie haben ihm auch diese leuchtenden Handfesseln angelegt und nach Hyra gebracht. Er hat solche Schmerzen gelitten als sie ihm angelegt wurden. Diese Unmenschen!"

„Das tut mir so leid für euch! Ist er jetzt in diesem Magiehaus? Was passiert jetzt mit ihm?"

„Wahrscheinlich ist er schon längst umgebracht worden. Mein Sohn hat nie mit Magiern zu tun gehabt und wollte diese Kräfte überhaupt nicht. Er hat sie nie genutzt, vielleicht auch um uns keine Angst zu machen. Er ist Bäcker geworden, so wie ich. Er hat jeden Tag, genau hier gearbeitet und dann kommen sie und nehmen ihn mit weil er ein Armband trägt. Ich hasse den König! Verdammter Bastard! Seht, so wie dieses Mädchen haben sie meinen Sohn mitgenommen. Erst haben sie ihn geschlagen und dann mitgenommen.

Wenn es die Habgierigen Schweine eilig haben, dann schneiden sie nur die Hand ab um an das Armband zu kommen. Ich…, ich sollte euch nicht damit behelligen. Verzeiht! Ich werde mich wieder an die Arbeit machen"

„Es tut mir so leid für euch. Ich werde für euren Sohn und seine sichere Heimkehr beten", sagte Sarfin traurig zum Abschied und verbeugte sich respektvoll.

„Spar dir die Mühe. Mein Sohn ist bereits verloren. Bete für die, die sie noch nicht bekommen haben. Macht es gut, ihr zwei. Möge die Göttin über euch wachen!"

Sarfin und Nele kamen nicht mehr dazu eine Antwort auszusprechen denn der Bäcker verschwand wieder in seiner Backstube. Sie gingen über den Dorfplatz und warteten vor ihrem Straßenzug auf den Abtransport des Mädchens. Ihr Vater hatte offenbar keine Kraft mehr um die angerittenen Ritter anzuflehen und hielt seine wimmernde Frau im Arm während sie die vergitterte Kutsche in Bewegung setzten. Das Mädchen war für die beiden Freundinnen weder zu sehen, noch zu hören.

Sie muss noch leben, ich kann sie noch spüren. Sie ist ganz schwach. Was haben sie nur mit ihr vor? Verdammt wo ziehen diese Schweine denn die Grenze? Wen nehmen sie mit und wen töten sie? Wie konnte unsere Welt nur so schnell zerbrechen? Verdammte Magie!

Sarfin und Nele folgten ihrer Straße und verloren sich in unwichtigen Gesprächen um sich abzulenken, so dachte Sarfin. Ab einem gewissen Punkt bemerkte sie allerdings wie Nele sich vor irgendetwas zu drücken schien und fragte schüchtern: „Du…, Nele? Sag mal…, belastet dich der Abtransport des Mädchens noch oder…, verschweigst du mir etwas? Erst habe ich dich tagelang nicht gesehen und jetzt wirkst du so..., ich kann es gar nicht beschreiben. Du bist nicht ganz du selbst. Ist etwas passiert?"

„Nein oder ja, ich weiß es auch nicht. Ich will es gar nicht sagen, wirklich nicht. Wegen allem was hier passiert denkt Papa auch über etwas nach, also über das umsiedeln. Sarfin..., es tut mir so leid aber wir werden dieses Dorf sehr wahrscheinlich bald verlassen. Ich weiß nicht wie ich es anders sagen soll. Ich weine schon seit Tagen weil du mir so unendlich fehlen wirst."

„Nein, wieso denn? Wo will dein Vater denn hin? Nele, das darf nicht sein. Nicht du! Ich habe doch nur dich. Du bist meine einzige Freundin!"

„Tut mir leid aber was könnte ich denn machen? Ich bin noch nicht einmal 16 und bin nur ein Mädchen. Meine Meinung interessiert bei wichtigen Entscheidungen, gar niemanden! Es ist noch nicht beschlossen aber mein Onkel sucht bereits nach einer Wohneinheit in Soto. Lange kann es nicht mehr dauern. Ich wünschte, ich könnte dich einfach mitnehmen. Unsere Bezirkshauptstadt soll wunderschön sein. Der Sitz der Farfans soll ein wunderschönes Schloss, inmitten eines malerischen Sees sein. Ich freue mich schon, es mit eigenen Augen zu sehen aber ich will dich doch auch nicht verlieren! Ich habe dich doch so lieb", erklärte Nele schluchzend und drückte Sarfin feste an sich.

„Wieso will dein Vater denn nach Soto? Denkt er es wäre in der Stadt sicherer als auf dem Land?"

„In den meisten Städten nicht aber vergiss nicht dass wir von Soto sprechen. Haus Farfan ist Weise und gerecht, schon immer gewesen. Sie werden blinde Verfolgung in ihrer eigenen Stadt nicht erlauben. Papa ist ganz sicher dass wir uns auf unseren Lordprotektor verlassen können. Er ist besser als der König!"

„Sowas darfst du nicht zu laut sagen, stell dir vor, dich hört jemand", mahnte Sarfin mit ernster Miene. „Auch wenn du recht hast. Ist dir aufgefallen dass die Stimmen gegen den König immer weniger werden? Nach der Krönung gab es noch einige die ihn als Bastard oder Betrüger dargestellt haben aber das hat komplett aufgehört. Man könnte meinen, die Leute hätten ihre Wut einfach vergessen oder sind derzeit alle auf der Jagd nach dem Goldstück? Dass ausgerechnet mit diesem Erlass das Wappen des Königs ausgetauscht werden musste ist auch irgendwie auffällig. Was sollte das?"

„Angeblich ist der letzte Feuerhirsch gestorben und sie wollen kein ausgestorbenes Wappentier haben. Jetzt haben sie diese Schattenhirsche gewählt. Störst du dich daran?"

„Ja, es sieht nicht mehr so einladend und prunkvoll aus wie vorher. Ein schwarzes Wappentier, ich bitte dich. Das wirkt abschreckend."

„Du machst dir Gedanken, unglaublich. Du solltest dich lieber fragen, was du jetzt machst. Konntest du deine Fischerlehre beenden bevor dein Meister geflüchtet ist? Wenigstens einer konnte seiner Gefangenahme entgehen."

Laura ist überhaupt nicht geflüchtet. Sie hat ein Versteck am See bezogen um jedem Ärger aus dem Weg zu gehen. Ich habe mich oft gefragt wieso sie nicht von hier weggegangen ist. Sie hätte mit ihren beiden Gestalten und den Kleidungszaubern eine gute Chance, völlig unerkannt zu reisen. Vielleicht weiß sie nicht wo sie hin soll, dachte Sarfin, schüttelte sich gedanklich und antwortete: „Ja ich habe ein Zertifikat bekommen aber alleine habe ich gar keine Lust in diesem Beruf zu arbeiten. Mit meinem Meister hat es viel Spaß gemacht aber ich helfe Mama lieber wieder beim nähen. Seit diesem Erlass haben die Leute scheinbar viel mehr Bedarf an Schneidern. Mama verdient derzeit gar nicht schlecht und mit meiner Hilfe sieht es sogar so gut wie nie zuvor aus. Es fühlt sich sehr merkwürdig an dass es uns in diesen Zeiten so gut geht. Eigentlich..., fühlt es sich sogar falsch an!"

„Die aufziehende Not spürt man auf dem Land immer als erstes. Mein Opa hat sowas immer wieder gesagt. Ich glaube das ist ein weiterer Grund wieso Papa in die Stadt will. Wenn Hunger ausbricht, wird es für Leute wie uns immer gefährlich. In Soto gibt es große Kornspeicher und Lagerstätten. Bis dort eine Hungersnot ausbricht, dauert es seine Zeit."

Sarfin konnte sich plötzlich nicht gegen ihre Tränen wehren und nahm ihre beste Freundin, feste in den Arm.

„Ach Sarfin, ich bin doch noch nicht weg und du könntest mich besuchen kommen. Wenn du bei mir übernachtest, musst du nur die Straßenzölle bezahlen. Soto ist nicht weit. Ich spare auch, dann teilen wir uns die Kosten. Ich will dich doch auch nicht verlieren. Wir bleiben doch weiter Freundinnen, egal wo wir leben. Du bist schon immer ein Teil meines Lebens gewesen und das wirst du für immer bleiben!"

„Ach halt jetzt einfach den Mund! Bitte halt mich einfach nur fest. Einfach nur festhalten..."

Sarfin und Nele blieben bis in den späten Nachmittag an ihrer Lieblingsstelle im Wald ehe sich die beiden wieder auf den Weg ins Dorf machten.

„Weißt du eigentlich schon das neuste? Obwohl es keine sonderlich neuen Nachrichten sein können wenn sie bei uns angekommen. Wir erfahren doch immer alles als letztes."

„Was denn? Noch mehr schlechte Neuigkeiten aus Hyra", fragte Sarfin niedergeschlagen. „Hat unser Märchenkönig weitere tolle Einfälle? Vielleicht den Regen verhaften weil er nass geworden ist?"

„Das war witziger als denkst", kicherte Nele vor sich hin. „Ja das kann man wohl sagen aber nicht für uns. Das Haus Linzington musste seine letzten Drachen töten. Alle magischen Tiere sind auch verboten worden. Jetzt haben sie keine Drachen mehr."

Ich dachte Drachen wären keine magischen Tiere? Meister Moralus hat mir doch einen Tierstein für einen Drachen gegeben. Wenn alle Drachen tot sind, werde ich wohl niemals Verwendung dafür finden. Das war definitiv eine schlechte Wahl!

„Das ist aber traurig! Ich hätte dieses Tier zu gerne mit eigenen Augen gesehen. Jetzt sind sogar zwei Tierarten unter Aerion Heras ausgestorben. Keine Feuerhirsche und keine Drachen mehr. Dazu der Magieerlass. Unser König schreibt definitiv Geschichte!"

„Das kann man wohl sagen. Sehr traurig wenn man überlegt wie beliebt sein Vater gewesen ist. Denkst du die Gerüchte sind wahr? Also das er nicht Prinz Aerion ist. Ich kann mir gar nicht vorstellen wie sowas funktionieren soll."

„Wer sollte er denn auch sonst sein? Die Wachen, der Rat, die Meister…, irgendwem wird so etwas vermutlich auffallen, daher kann ich es nicht glauben."

Wenn da nur nicht dieses rote Licht gewesen wäre. Wenn ich den massiven Einsatz von Faro nicht gespürt hätte, würde ich keinen Gedanken darauf verschwenden aber es lässt mich einfach nicht los. Wer hat nach der Krönung einen Zauber ausgesprochen? Wieso im Schloss? Bei diesen massiven Sicherheitsmaßnahmen!

„Als wir auf der Rückreise waren und in einer Gaststätte übernachtet haben, hatten die Männer auch über die Krönung geschimpft. Ich glaube das war nur der erste Ärger nach dem Erlass. Ich denke die Stimmen sind leiser geworden weil sie immer irgendwann leiser werden, du kennst das doch. Man gewöhnt sich an alles."

„Du hast bestimmt recht. Es wird leider wieder Zeit um Abschied zu nehmen."

„Nur für heute! Klar? Nur für heute", antwortete Sarfin energisch und verschränkte ihre Arme vor sich. Nele nahm ihre Hand vor den Mund bevor sie kichernd antwortete: „Natürlich! Nur für heute! Klar! Wir sehen uns bald wieder. Ach komm, bitte weine nicht. ich muss dann auch…, auch…", stammelte Nele und drückte Sarfin schluchzend an sich. Die beiden brauchten eine Weile bis sie sich wieder beruhigt hatten und sich voneinander verabschiedeten.

Sarfin wollte sich unbedingt ablenken und entschied sich das letzte Stück zu laufen. Ihr Vater war dabei den Zaun des Grundstückes zu reparieren als sie sich ihrem Haus näherte. Sie hoffte einige nette Worte von ihm hören zu dürfen, jedoch wirkte sein Gesichtsausdruck nicht so als würde er sich über ihren Anblick freuen. Sie verlangsamte ihren Schritt deutlich und ging das letzte Stück um einiges langsamer.

„So ein Mist! Was machen die denn hier? Verdammte Aasgeier", fluchte Sarfins Vater und runzelte die Stirn verärgert. Sie drehte sich dem Blick folgend um und erstarrte vor Schreck als sie eine vierköpfige Gruppe Ritter erkannte. Alle vier gehörten ihren Rüstungen nach zur Königsgarde.

„Sarfin, ich hole Mama. Sie ist hinten beim Schuppen. Wenn die Ritter zu uns wollen dann bring sie doch in den Garten. Am besten wartest du dazu hier", erklärte ihr Vater und stieg über den Zaun um seinen Worten, Taten folgen zu lassen. Sarfin wartete nervös am Zaun und hoffte dass die Ritter eine andere Abzweigung nehmen würden oder vor einem anderen Grundstück zum stehen kommen würden aber das taten sie nicht und kamen unausweichlich immer näher in ihre Richtung.

„Wurde auch Zeit dass sie endlich auftauchen", rief der stämmige Manson und winkte den Rittern zu als er von hinten an Sarfin vorbei ging. „Ich habe es eindeutig gesehen. Schon vor ein paar Jahren aber da war es ja noch kein Verbrechen. Jetzt habe ich eine Frau und ein Kind. Ich brauche dieses Goldstück ganz dringend! Schade dass du kein Armband hast."

„Was hast du eindeutig gesehen Manson? Ich sage dir was du gesehen hast! Gar nichts und jetzt verschwinde! Du hast dich doch noch nie für dein Kind interessiert! Jessica geht es schlecht!"

„Ich gehe nirgendwo hin! Wenn deine Eltern auch Hexer sind dann bekomme ich sogar drei Goldstücke!"

„Was soll das bedeuten", schnaubte Sarfin obwohl es ihr völlig klar war. „Wenn du meine Eltern anrührst dann werde ich dich umbringen! Wenn deine Vermutung wahr ist, dann zeigt es nur wie dumm du bist, mir hier alleine aufzulauern!"

Alleine? Er ist nicht alleine! Er hat vier Ritter des Königs gerufen! Dieser verdammte Mistkerl! Wenn meinen Eltern etwas passiert, werde ich ihn umbringen! Ich werde diesen verdammten magischen Fluch dazu benutzen um dich zu töten, du verdammtes Schwein!

„Mag sein aber damit würdest du es nur beweisen! Spielt auch keine Rolle, wir gehen jetzt zu deinem Haus! Die Ritter kommen bereits! Irgendjemand wird gleich festgenommen werden!"

„Was? Was hast du da gesagt", fragte Sarfin und wollte schon in den Garten laufen als Manson sie an der Schulter packte. Sarfin drehte sich schlagartig um und packte ihn am Hals. Das Aufleuchten ihrer Augen veranlasste Manson dazu, sich umgehend zu erleichtern. „Wenn meinen Eltern etwas passiert, dann erwartet dich schlimmeres als der Tod! Ich habe noch nie jemanden weh getan aber bei dir werde ich es richtig genießen!"

„Hexe! Die Wachen werden dich schon kriegen", presste Manson zischend aus seinen Lippen. Sarfin ließ ihn los und rannte um ihr Haus, in den Garten.

Du verdammtes Schwein! Ich hasse dich! Ich habe dich schon immer gehasst! Lullapie, fluchte Sarfin als sie sah wie ihre Eltern angelaufen kamen.

„Papa es tut mir leid", rief Sarfin doch er war noch zu weit weg um sie zu hören. Die vier Ritter bogen derweil auf den Weg ein, der auf ihr Haus zuführte. Sarfin versuchte alle Nervosität aus ihrem Körper zu verbannen und rannte wieder zurück zum kleinen Eingangstörchen. Manson war den Rittern entgegengelaufen und zeigte bereits zum wiederholten Male auf Sarfin. Die Ritter wirkten von seinen aufgeregten Ausführungen jedoch nicht sonderlich beeindruckt. Die kleine Gruppe setzte sich wieder in Bewegung und kam unausweichlich näher.

„Guten Tag junge Dame, kannst du dir vorstellen wieso wir hier sind", fragte der Wortführer der Ritter überraschend freundlich.

„Ser! Weil der da ein gemeiner Kerl ist und meiner Familie nur Ärger machen möchte", fragte Sarfin sarkastisch zurück.

„Um dies zügig aufzuklären, sind wir hier. Bist du alleine hier oder sind deine Eltern zugegen?"

„Sie sind im Garten und kommen schon...", antwortete Sarfin doch der Ritter schien seine Frage nicht ernst gemeint zu haben denn er trat ohne Aufforderung durch das Törchen und ging gleich an ihr vorbei, in Richtung Garten. Sarfin folgte ihm mit gesenktem Blick, völlig ahnungslos, was sie jetzt noch tun konnte um den Verdacht von sich zu weisen.

„Guten Tag Ser, wie kann ich euch helfen", begrüßte Sarfins Vater den vorgelaufenen Ritter respektvoll.

„Wir müssen eine Magiekontrolle durchführen. Dieser Bursche erhebt schwere Anschuldigungen gegen eure Tochter. Angeblich ist sie durch den ganzen See getaucht und wurde dabei beobachtet. Und noch irgendwas aber das habe ich nicht mehr verstanden. Ihr kennt das Gesetz, jedem Verdacht muss nachgegangen werden."

„Er ist nur neidisch weil ich die Tauchspiele immer gewonnen habe. Weil er nicht so toll ist wie er denkt. Deswegen willst du unser Leben zerstören? Du kotzt mich an", fluchte Sarfin in Richtung Manson, der nicht einmal den Mumm hatte seinen Blick vom Boden zu heben.

Deswegen hast du die Ritter gerufen. Weil du ein verdammter Feigling bist! Jetzt traust du dich nicht zu sprechen, Mistkerl!

„Sarfin, bitte. Wir können sicher alles aufklären", beschwichtigte ihre Mutter und versuchte die Wogen zu glätten. „Wann kommt denn euer Magier um uns zu prüfen? Wir sind schon so oft kontrolliert worden, wir haben nichts zu befürchten."

„Den Anschuldigungen nach, möchten wir lieber sicher gehen. Unser Magier kommt gleich mit der Nachhut. Ein wenig Geduld, bis zu ihrem Eintreffen möchte ich dass ihr euch hinkniet. Hier auf die Wiese, dann tut es nicht weh."

„Ist das denn nötig, Ser? Wir sind nur Bauern, wir haben keinerlei Waffen hier. Von uns geht ganz bestimmt keine Gefahr aus!"

„Wenn ich jedes Mal einen Silberling bekommen würde wenn jemand seine Unschuld beteuert und bei der ersten Gelegenheit zu fliehen versucht, wäre ich ein reicher Lord! Kniet euch hin, wir warten genau hier!"

„Ser, da kommt jemand! Lullapie! Es ist dieser feige Lehrling. Soll ich ihn wieder wegschicken?"

„Nein, soll er es versuchen. Ehrlich gesagt, habe ich keine Lust mehr! Bis zur nächsten Burg ist es ein langer Ritt! Wenn er nichts spürt dann ziehen wir ab! Der Wagen ist ohnehin voll! HEY! DU! BURSCHE! Ja genau du, der sich vollgepinkelt hat! HEY! Guck mich an wenn ich mit dir rede! Wenn sich deine Anklage als unbegründet erweist, dann reiße ich dir den Arsch auf! HAST DU VERSTANDEN", brüllte der Wortführer und folgte mit seinem Blick dem angelaufenen, jungen Magier.

So ein Mist! Ich habe meine Faroreserven erst heute Morgen in den Gedächtnisstein übertragen damit ich irgendwie durch den Tag komme. Eigentlich würde ich gleich erneut eine Übertragung beginnen. Wenn er gut ist, dann wird er es spüren. Ich bin geliefert! Meine

Familie ist geliefert, nur wegen mir. Das darf nicht passieren aber was kann ich tun? Ich darf keine Menschen verletzen! So steht es im Magiegesetz, nur wenn sie mich bedrohen darf ich handeln. Was mache ich also? Ich weiß doch nichts! Ich musste meine Kräfte noch nie gegen Menschen einsetzen aber was bleibt mir jetzt anderes? Dann soll der Moralus mich holen, Hauptsache meine Familie lebt! Beim ersten Anzeichen eines Angriffs werde ich meine Avatare erstellen, damit werde ich es schon schaffen! Am besten schütze ich Mama und Papa mit einem Schild, ja genau, so wird es klappen! Ich muss nur als erstes zuschlagen! Meister Laura hat mir so oft gesagt wie mächtig ich bin, heute beweise ich es! Heute sieht die Welt, welcher Fluch in mir steckt! Verdammte Magie!

Sarfin unterbrach ihre Gedanken als sie etwas spürte. Sie suchte den Magier und sah wie er mit seiner ausgestreckten Hand in den Garten kam.

Er tastet mich ab. Wieso kann ich es so deutlich spüren? Das konnte ich doch sonst nie! Ist das ein gutes oder ein schlechtes Zeichen, fragte sie sich und vernahm die erschreckenden Worte des jungen Magiers: „Ich spüre hier etwas. Ganz sicher! Stellt sie nebeneinander auf! Einer von ihnen strahlt Faro ab. Ich spüre es sehr deutlich!"

„Ihr habt es gehört! Aufstehen und da aufstellen", befahl der Ritter mit deutlich schrofferen Tonfall. Der Magier stellte sich vor ihnen auf und hob erneut seine Hand. Sarfin versuchte ruhiger zu atmen denn sie wusste dass Faro auch durch Aufregung entstehen konnte.

„Ich kann es nicht genau erkennen", gestand der junge Magier, enttäuscht über seine eigenen Worte. „Es ist sogar schwächer geworden. Wer auch immer es ist, er weiß was eine Signatur ist und wie man sie unterdrückt. Vorausgesetzt, hier würde ein Magier stehen. Wir müssen auf meinen Meister warten."

„Ich habe keine Geduld zu warten! Redet! Wer von euch ist der Hexer oder die Hexe? Raus mit der Sprache oder wir nehmen euch alle mit!"

„Die da ist es! Das Mädchen", rief Manson, der offenbar seinen Mut wiedergefunden hatte.

„Du, Mädchen! Komm her und lass dich nochmal kontrollieren und du Magier, streng dich gefällst an! Ich bringe kein Kind um wenn wir nicht sicher sein können!"

„Denkt ihr, ich wollte diese Verantwortung tragen? Wenn ich mich irre dann ist es meine Schuld", schimpfte der Magier und drehte sich verärgert weg. „Wir warten jetzt. Sie müssten schon auf dem Weg sein!"

„Entschuldigt bitte meine verehrten Herren, ich glaube die werten Ritter suchen nach mir", sprach eine Männerstimme, die Sarfin mehr als gut kannte. Sie wendete ihren Blick und erstarrte als Meister Laura in ihrer Männergestalt in den Garten ihres Hauses kam. „Ich würde dieses Missverständnis gerne aufklären."

Meister Rollo verschwand in einem Lichtblitz und blendete alle Anwesenden für einen kurzen Moment. Kaum hatten die Augen sich wieder beruhigt, stand Laura in ihrer wahren Gestalt vor den Rittern und streckte ihren Arm aus um ihr Armband vorzuzeigen.

„Wenn einer von euch es wagen sollte, mich als Hexe zu bezeichnen, werde ich wütend und das wollt ihr nicht! Nun..., dieses Mädchen da, sie war bei mir in der Lehre. Wir hatten täglich kontakt daher hat meine magische Signatur auf sie abgefärbt. Wenn ihr sie in einigen Wochen kontrolliert, werdet ihr die Richtigkeit meiner Worte selbst nachprüfen können! Die einzige Magierin hier, bin ich. Wie geht es jetzt weiter?"

„Das solltest du bereits wissen! Du stirbst hier und jetzt, so will es das Gesetz!"

„Ich kenne nicht genügend Worte um zu beschreiben, wie sehr ich jetzt nicht sterben möchte", antwortete Laura und begann ihr Faro zu konzentrieren, was sich eindeutig über die aufleuchtenden, weißen Augen bemerkbar machte. Sarfin erkannt sofort ihren fehlenden Stab.

Wieso hat sie ihre Gedächtnissteine nicht dabei? Mit ihnen könnte sie ihr volles Potenzial ausschöpfen und auf alle Elemente zurückgreifen. Wieso habt ihr so fahrlässig gehandelt? Wieso habt ihr euer Versteck überhaupt verlassen? Ich will nicht für euren Tod verantwortlich sein! Ich will euch nicht beim Sterben zusehen!

Die vier Ritter zogen ihre Schwerter laut zurrend und stellten sich mit einigem Abstand zueinander auf. Laura hatte ohne ihre Gedächtnissteine nicht die Möglichkeit sich einer Flamme oder Wasser zu bedienen, so blieb ihr nur ihre Fähigkeit den Wind zu bändigen. Laura wartete bis der erste Ritter aus der Reihe zuckte und beschoss ihn, mit einer einfachen Handgeste, mit einem heftigen Windstoß. Mit einer zweiten Handbewegung, fegte eine deutlich sichtbare Luftwelle über den Boden und holte alle vier Ritter gleichzeitig von den Beinen. Die vier trainierten Männer hatten keine Mühe wieder auf die Beine zu kommen allerdings sollte der Bodenfeger nur Zeit schwinden. Hinter jedem der Ritter stand ein durchsichtiger Avatar und hielt den Dolch in der Hand, der vor dem Sturz noch an den Gürteln der Ritter befestigt war. Keiner der Männer sah den lautlosen Angriff der Avatare von hinten kommen.

Sarfin war sprachlos, wie gnadenlos Laura vorgegangen war während die vier Ritter durch die Dolchstöße in den Hals, gleichzeitig zu Boden sackten. Laura und Sarfin blickten sich einen endlosen Moment an. Sie konnte die Abscheu von Laura, gegen sich selbst ganz deutlich erkennen allerdings glaubte sie noch mehr in ihren Augen lesen zu können.

Was wollt ihr mir sagen? Was bedeutet dieser Blick? So hat mich Nele vorhin auch ausgesehen als sie mir ihren Abschied verkündete, erinnerte sich Sarfin und wollte zu Laura hinüber laufen als diese plötzlich Blut spuckte. Sarfin fiel auf die Knie als sie die Spitze des Pfeils sah, die aus Lauras Brust ragte, von der ihr Blut hinunter tropfte. Laura versuchte sich umzudrehen und bekam einen zweiten Pfeiltreffer in die Schulter. Sie fiel nach hinten und schrie vor Schmerzen als die Pfeile unter dem Aufprall des Sturzes abbrachen.

Was ist passiert? Wer hat die Pfeile verschossen, fragte sie sich obwohl sich die Frage selbst beantwortete. Die Ritter des Königs, die am Mittag noch das Mädchen abtransportiert hatten, waren als Verstärkung zurückgekehrt und Laura unbemerkt in den Rücken gefallen. Sarfin wurde schlagartig bewusst, wie verletzlich ein Magier, trotz all seiner Fähigkeiten, letztlich war wenn er von einem Menschen ohne magische Signatur angegriffen wurde. Die Ritter preschten durch das Gebüsch oder sprangen über den Zaun um die blutende Laura zu umzingeln.

„Vier Ritter des Königs hast du getötet, du Hure! Wie gefällt dir das", brüllte einer der Ritter und stach ihr mit seinem Schwert in den unverletzten Arm bevor sie ihn anheben konnte. Laura schrie so schrill dass Sarfin sich schlagartig übergeben musste. Die Qualen ihrer Meisterin schmerzten so heftig als würde sie den

Schmerz mit ihr teilen. Sie versuchte sich zu erheben und bemerkte dass ihr keiner der Ritter Beachtung schenkte. Sarfin aktivierte auch ihr Faro und versuchte es zu sammeln, wurde jedoch von einem Windstoß erfasst und zu Boden geschleudert. Sarfin suchte den Urheber und glaubte der Magier des Königs müsste sie angegriffen haben. Sie erhob sich erneut und wollte es noch einmal versuchen allerdings schenkte der Magier ihr keinerlei Beachtung. Noch bevor sie mehr realisierte, wurde sie erneut mit einem Windstoß von den Beinen geholt.

Laura! Das war Laura! Wieso soll ich euch nicht helfen? Ich kann euch retten! Ich werde euch retten, schrie sie in Gedanken und wollte sich erneut aufraffen, als sie für einen kurzen Moment, Blickkontakt aufbauten. Laura beachtete die Ritter nicht, die sich um sie herum positionierten und ihre Schwerter auf sie richteten. *Nein! Wieso kann ich mich nicht bewegen? Laura! Nein, nicht! Bitte lasst mich los*, flehte Sarfin und hoffte dass Laura ihre Kräfte nicht dazu nutzen würde, sie festzuhalten sondern ihr eigenes Leben zu retten. Der folgende Augenblick sollte sich Sarfin für den Rest ihres Lebens einbrennen. Während die beiden weiterhin ihren Blickkontakt hielten, stach der erste Ritter zu und versenkte seine Klinge im Bauch von Laura, zog sie wieder hinaus und stach erneut zu. Die anderen Ritter unterstützten ihren Kameraden und stachen immer wieder im gleichen Rhythmus zu. Lauras Körper zuckte immer wieder unnatürlich, sie spuckte Blut, dennoch veränderte sich ihr Blick nicht mehr. Laura zeigte kein Anzeichen für Schmerz oder Leid. Sie steckte jeden der Stiche ohne weitere Regung ein. Sarfin konnte nicht sagen, wann die Qualen für ihre Meisterin ein Ende nahmen und sie endlich den Tod umarmte. Sie konnte ihren Blick nicht von Lauras Augen nehmen und begann heftig zu weinen. Sie wollte nicht glauben dass ihre Meisterin, die sie für viel mächtiger als sich selbst gehalten hatte, nicht mehr lebte. Sarfin begann ihre Fäuste zu ballen und spürte wie sie die Wut packte als Manson seine Goldstücke einforderte.

Manson, das wirst du bereuen! Selbst jetzt kann ich dir nicht weh tun aber jetzt wirst du deine eigenen Lügen fressen, du verdammtes Schwein! Jetzt bekommst du den Hass der Magier zu spüren! Das ist für jeden, der wegen Menschen wie dir ausgeliefert wurde!

„Ihr habt noch einen Übersehen", brüllte Sarfin und bemerkte die Panik ihres Vaters im Augenwinkel. Sie hob ihre Hand und wies auf Manson. „Der ist auch ein Hexer! Ich will das Goldstück für dieses verräterische Schwein!"

Sarfin wartete bis sich alle Ritter und der Magier zu Manson umdrehten, der die Anschuldigungen umgehend, vehement bestritt. Sie griff an ihre Kette und entzog ihr die benötigte Faromenge um einen plumpen menschlichen Avatar zu erschaffen, der sich neben ihr aufbaute. Sarfin erhob sich und schrie panisch bevor der Magier des Königs etwas sagen konnte, ehe ihr eigener Avatar nach ihr schlug. Er traf sie heftig und schleuderte sie einige Meter davon. Sarfin landete stöhnend auf der Wiese. Der Avatar rannte ihr sofort hinterher, schlug ihren Vater und einen der Ritter im vorbeilaufen um und wollte erneut nach Sarfin schlagen doch der Magier des Königs griff ein um sie zu retten. Sarfin nutzte den unbeobachteten Moment und entzog ihrer Kette mehrere unscheinbare Faroquellen, die zu klein waren um sie zu spüren. Sie ließ sie als Wassertropfen auf die Wiese niedergehen und leitete den unsichtbaren Magiestrom zu Manson während der Magier den schwächlichen Avatar durch eine Attacke aus Eis vernichtete.

Ein Eismagier, das ist nicht gut! Wenn dieser Trick jetzt nicht klappt, bin ich verloren! Mir egal ob es klappt, jetzt ist es zu spät um mich noch zu stoppen!

Sarfin wartete auf den Moment als der Magier die wachsenden Faroquellen um Manson spüren konnte. Er drehte sich zu ihm um und warnte seine Ritter doch es war zu spät. Sarfin erzeugte vier breite, menschliche Avatare um Manson, die ihm relativ ähnlich sahen und ließ es so aussehen als würden sie ihn, als Meister anerkennen. Grinsend ließ Sarfin ihre Avatare, unbeholfen nach den königlichen Rittern schlagen und brüllte laut: „Hexer! Dieser Manson ist selbst ein Hexer! Ich sagte es doch! Hilfe! Helft uns doch!"

Das habe ich mir sogar selbst geglaubt! Oh, ich kann ganz schön durchtrieben sein wenn es sein muss. Jetzt bist du fällig Manson! Nach allem was du getan hast, geschieht dir alles recht! Das ist für Laura! Für Jessica! Für jeden verratenen Magier!

Sarfin ließ ihre Avatare um sich schlagen ohne wirklichen Schaden anzurichten. Immer wieder ließ sie einen von ihnen als Schutzschild um Manson winkeln bevor er wieder in den Angriff übersetzte. Der königliche Magier setzte seine Elementzauber ein und fror die Avatare am Boden fest. Die Avatare konnten jetzt schnell nacheinander vernichtet werden. Bevor Manson etwas sagen konnte, was für die Ritter auch ein Zauberspruch hätte sein können, fror der Magier ihm den Kopf ein. Einer der Ritter drehte sein Schwert um und schlug mit dem Griffstück zu um Mansons Kopf vollständig zu zertrümmern. Sarfin fühlte jedoch keine

Befriedigung, fiel auf die Knie und schleppte sich zu ihrer verstorbenen Meisterin. Ihr Körper war furchtbar gezeichnet, niemals hatte Sarfin etwas Brutaleres gesehen. Sie berührte Laura an der Schläfe und streichelte ihr das blonde Haar hinter ihr Ohr.

Ist das ein leichtes Lächeln? Wie konntet ihr denn noch Lächeln? Nach diesen furchtbaren Schmerzen? War es weil ihr mich gerettet habt? Seid ihr deswegen mit diesem zufriedenen Gesichtsausdruck gestorben?

Einer der Ritter trat an sie heran und fragte: „Kanntest du sie? Habt ihr euch nah gestanden?"

„Interessiert euch das denn überhaupt? Sie war meine Freundin! Ihr habt sie getötet, klar?"

„Sarfin, bitte reiß dich zusammen. Das sind die Ritter des Königs! Sie haben nur das Gesetz umgesetzt", mahnte ihre Mutter und wollte sie zur Seite ziehen aber Sarfin wollte nicht von Laura weg und wehrte sich.

„Lass mich! Sie hat nie jemanden etwas getan! Nie! Sie war ein guter Mensch! Ich verstehe wieso ihr die Feinde des Königs aufspüren wollt aber sie war kein Feind! Das war nicht gerecht!"

„Sie hat vier unserer Männer getötet! Jeder der Männer hatte eine Familie, die vergeblich auf die Rückkehr ihres Vaters warten. Ich kann deine Trauer verstehen wenn sie deine Freundin war. Ja auch ich habe schon zwei Freunde verloren, die Magier waren. Sie haben alle nichts unrechtes getan aber wenn wir das Gesetz nicht befolgen, machen wir uns zu Verbrechern. Unser Magier muss sie leider noch durchsuchen. Bestattet ihr eure Toten durch verbrennen oder legt ihr sie unter die Erde? Wir helfen euch bei beidem!"

„Wir begraben sie, Ser. Sarfin, komm. Lass des Königs Magier an den Leichnam", antwortete ihre Mutter und schob Sarfin zur Seite, die gar keine Kraft mehr in sich hatte um sich zu wehren. Mit großer Abscheu beobachtete sie wie der Magier den Leichnam ihrer Meisterin durchsuchte und wünschte jedem von ihnen den Tod. Während der Magier sie kontrollierte, begannen die Ritter des Königs ein Grab am Rande ihres Grundstückes auszuheben. Als die Ritter damit durch waren, kam der Führer dieser Gruppe, zusammen mit dem Magier zu Sarfin und ihren Eltern.

„Entschuldigt vielmals die falsche Beschuldigung! Wir müssen dem Gesetz nach, jedem Verdacht nachgehen! Ich entschuldige mich in aller Aufrichtigkeit und möchte euch nicht ohne eine Entschädigung verlassen. Wir haben hier zwei Magier erwischt, einer davon mit Armband. Das macht sieben Goldstücke. Machen wir zehn draus, für den Schreck. Wie gesagt, wir müssen jedem Verdacht nachgehen und bedauern die falsche Beschuldigung!"

Zehn Goldstücke für zwei Tote! Sehr faire Entschädigung, dachte Sarfin traurig und ging alleine zurück zu dem Leichnam von Laura, der neben dem Grab lag. Sie wollte mit ihrer Meisterin alleine sein und wartete neben ihr bis zum Sonnenuntergang ehe sie einige, kleine Avatare erzeugte um ihr dabei zu helfen, den Leichnam zu waschen. Obwohl sie alleine war, fühlte sie sich mit ihren Avataren nicht allein.

Papa hat versprochen dass er Mama von den Fenstern weghält während ich hier draußen bin. Ich weiß überhaupt nicht was ich jetzt denken soll! Ich habe mich trotz des Erlasses sicher gefühlt, aber der Traum ist einfach geplatzt. Es kann jederzeit, völlig aus dem nichts passieren. Ich will in keinem Alptraum leben! Ich will einfach nicht! Ich will diese verdammte Magie nicht mehr in mir haben!

Sarfin beerdigte ihre Meisterin mit Hilfe ihrer Avatare und blieb noch einige Zeit an ihrem Grab ehe sie sich irgendwie zurück ins Haus schleppte. Sie hörte wie ihr Magen knurrte doch das war ihr völlig Gleichgültig. Seit sie sich von dem Grab entfernt hatte, wurde Lauras Tod Realität. Eine Realität, die Sarfin nicht wahrhaben wollte, in der sie auch nicht leben wollte.

Pete ist weg, Nele geht weg, Laura wurde mir genommen..., bald ist keiner mehr übrig. Wer wird mir als nächsten genommen? Es bleiben nur Mama und Papa, dachte sie traurig und hörte wie jemand durch die Diele auf sie zukam. Sie hob ihren verheulten Blick und erkannte ihre Mutter. Obwohl sie nicht darüber nachdenken wollte, schoss es ihr wie eine laute, mahnende Stimme durch den Kopf. Immer wieder hämmerte der Gedanke von Innen gegen ihren Kopf, bis er sich schließlich seinen Weg nach draußen bahnte: „Mama, ich gehe in mein Zimmer und möchte bitte alleine sein! Darf ich eine Bitte äußern? Nein, keine Bitte. Ich erwarte es von dir!"

„Schatz, was kann ich tun damit du nicht mehr weinst! Ich tue alles für dich!"

„Teilen wir mit Jessica? Dieser Manson hätte die Prämie für sich behalten und hätte sich damit aus dem Staub gemacht. Ihr Kind war noch nie satt, sie selbst schon viel länger nicht mehr. Bitte Mama, ich weiß dass es sehr, sehr viel Gold ist. Wir haben dann immer noch fünf Stück. Das reicht für zwei Leben."

„Sarfin, das ist eine große Bitte! Fünf Goldstücke abgeben, ich weiß nicht ob ich das kann. Das ist ein Vermögen!"

„Bitte, ich flehe dich an. Bitte lass meinen Meister nicht umsonst gestorben sein. Sie hat so gelitten! Du hast immer gesagt, ich soll das richtige tun. Keine dummen Entscheidungen treffen. Das ist keine dumme Entscheidung. Wir würden ihnen doch ein neues Leben schenken!"

„Das kann ich nicht. Es tut mir leid aber wieso sollen wir jetzt nicht auch einmal Glück haben? Mit zehn Goldstücken könnten wir heute noch in den Westen aufbrechen und uns im Greifenland ein neues Zuhause suchen. Eine bessere Gelegenheit wird es nie wieder geben!"

„Ich will nicht mehr mit dir reden! Fünf Goldstücke sind immer noch ein Vermögen, du dumme Egoistin! Geh und kauf dir dumme Kleider davon damit du gut aussiehst wenn du die Grenze passierst! Ich hasse dich", brüllte Sarfin, rannte in ihr Zimmer und klemmte ihren Stuhl vor die Zimmertüre um sie zu verbarrikadieren.

Abschied

Sarfin lag tieftraurig in ihrem Bett und wollte bereits die dritte Woche in Folge nicht mehr aufstehen. Die ersten Tage und Wochen nach dem Ableben ihrer Meisterin hatte Sarfin sich täglich bei ihrer besten Freundin ausgeheult doch seitdem sie vor Wochen mit ihrer Familie nach Soto umsiedeln musste, fühlte sie sich völlig alleine. Der Schock über den Tod von Laura saß tief und schien jeden Tag mehr weh zu tun.

Wieso hat sie das getan? Wieso musste sie sterben? Sie hatte niemanden etwas getan. Immer hieß es, ein Ritter wäre ehrenhaft und stolz. Ich habe gesehen wie ehrenhaft sie ihr immer wieder in den Bauch gestochen haben. König Aerion und sein Magieerlass. Wenn ich es bisher nicht wahr haben wollte, dann weiß ich es jetzt! Es geht nur noch um Leben und Tod! Wir schweben alle in großer Gefahr solange ich hier bin! Ich bin das Problem. Ich will meine Eltern nicht in Gefahr bringen wegen dieses Fluchs! Diese verdammte Magie! Ich hasse sie! Wäre sie nie in mein Leben getreten dann wäre Laura ganz bestimmt nicht hier geblieben. Wahrscheinlich wäre sie schon viel früher umgesiedelt. Es ist alles die Schuld von diesem verdammten Fluch!

Sarfin warf ihre Decke zur Seite und setzte sich an den Rand ihres Bettes.

Wenn ich das Problem bin..., wenn ich die einzige Gefahrenquelle bin..., dann gibt es wohl nur eine Lösung. Ich muss gehen! Ich kann gar nicht anders! Ich könnte nie damit leben wenn ihnen meinetwegen etwas geschieht. Nur..., wo sollte ich denn hin? Ob es das Risiko wert wäre und ich mein Glück im Greifenland versuchen sollte? Das wäre wohl auch keine kluge Idee.

Der Westen ist ebenso an die Gesetze des Königs gebunden, wie der Rest des Königreiches und..., wie sollte ich dorthin kommen? Demzufolge gibt es auch dort keinen sicheren Platz für mich. Ich könnte mich für die erste Zeit in Lauras Versteck niederlassen. Niemand würde mich dort finden. So wäre ich nicht weit weg von Zuhause. Mir fällt jetzt erst wieder auf dass Laura nichts bei sich hatte als sie sie gestorben ist, hat sie alles in ihrem Versteck gelassen? Egal wie oft ich darüber nachdenke, ich begreife nicht wieso sie keinen Gedächtnisstein dabei hatte. Ich habe so lange mit ihr trainiert und sie nie schlagen können, wieso hat sie sich nur so einfach besiegen lassen? Ich bin ganz sicher dass sie die Ritter hat kommen sehen, wieso hat sie nicht einmal einen Schild erzeugt? Wieso? Wieso? Wieso nur? Verdammt! Ich begreife es nicht! Wenn König Aerion doch diese magischen Handschellen hat, wieso müssen sie dann trotzdem alle sterben? Wieso Laura? Ich habe ihr nie gesagt wie viel sie mir eigentlich bedeutet oder wie dankbar ich ihr immer war. Sie muss bestimmt geglaubt haben dass ich undankbar und verzogen wäre. Dabei wollte ich nur deine Freundin sein. Ich dachte wenn ich den Jakel Titel erreiche, würden wir uns auf Augenhöhe begegnen auch wenn ich noch so jung bin.

Sarfin erhob sich von ihrem knarzenden Bett und ging an ihr Fenster. Ihr Vater war mit ihrem Bruder Pete auf dem Weg zum kleinen Kuhstall, der genau zwischen dem Garten und dem angrenzenden Kartoffelfeld lag.

Pete muss auch bald wieder zurück zu seiner Verlobten. Er ist nur hier weil ich zu nichts mehr fähig bin! Ob es mich auf andere Gedanken bringt wenn ich ihnen wieder helfe, fragte sie sich als die Tür zaghaft geöffnet wurde.

„Sarfin? Ich habe hier…", begann ihre Mutter doch sie fauchte umgehend dazwischen: „Ich will nichts essen! Ich will auch gar nichts hören! Ich habe gesagt was ich will aber jetzt weiß ich woher diese betrügerische Ader in Hyra kam. Das war kein kleiner Schwindel für dich, das weiß ich jetzt. Nein, du hast nur auf den Moment gewartet, endlich Reichtum zu haben. Statt ihn mit denen zu teilen, die es noch nötiger haben…, ich bin so enttäuscht von dir!"

„Jetzt reicht es mir! Erstens, du gehst dich jetzt waschen! Du siehst so furchtbar aus…, und wie du riechst! Zweitens, setzt du dich an den Tisch und isst endlich etwas! Drittens, was fällt dir ein, so mit mir zu reden? Denkst du etwa, nur dich hätten die Ereignisse geschockt? Wir haben dir Zeit gegeben und versucht Mitgefühl zu zeigen aber du reagierst wie eine verzogene Göre! Wenn du…"

„Lass mich habe ich doch gesagt! Es ist mir egal was du sagst wenn ich…"

„HALT DEN MUND", brüllte ihre Mutter. „Es reicht! Wenn du mir in den letzten Wochen nur einmal zugehört hättest dann wüsstest du dass ich deiner Bitte nachgekommen bin! Ich habe die Hälfte abgegeben, definiere mich gefälligst nicht über den Moment als ich den größten Reichtum meines Lebens in Händen gehalten habe! Und jetzt erwarte ich dass du meinen Anweisungen folgst! Waschen, Essen und dann gehst du an die frische Luft. In der Reihenfolge!"

Ihre Mutter knallte die Tür hinter ihr zu und ließ Sarfin mit verdutzter Miene in ihrem Zimmer zurück. Wutentbrannt ging sie an ihren Schrank, nahm sich ein einfaches Kleid heraus und ging in den kleinen Waschraum. Wieso sie wütend war, konnte sie sich selbst nicht erklären, sie war es einfach und war fast schon froh darum, endlich etwas anderes als Trauer in sich zu fühlen. Aus dem Vorhaben sich nur das Gesicht zu waschen, wurde zu ihrer eigenen Überraschung eine Ganzkörperpflege. Sie nahm sich sogar die Zeit um sich die Haare zu waschen und sich mit der alten Rasierklinge ihres Vaters am ganzen Körper zu rasieren. Sarfin setzte sich nach dem waschen an den Tisch und bekam einen Teller Reis von ihrer Mutter, den sie laut auf den Tisch knallte. Sarfins Wut stieg noch weiter. Sie wollte etwas Böses sagen, öffnete bereits den Mund und bemerkte grade noch rechtzeitig dass die Putenstreifen im Reis, zu einem lachenden Gesicht dekoriert waren. Wütend nahm sie ihre Gabel und wollte das Gesicht zerhacken doch sie musste plötzlich einfach lachen. Sie wusste nicht wieso sie wütend gewesen war und auch nicht wieso sie jetzt lachen musste. Sie folgte ihrem Körper einfach, erhob sich lachend und fiel ihrer Mutter in die Arme bevor sie von ihrem Lachen, in ein zaghaftes Weinen wechselte. Sie genoss die Streicheleinheit ehe sie ihre erste Mahlzeit nach Tagen zu sich nahm und nach draußen geschickt wurde. Sarfin blieb jedoch im Türrahmen stehen und atmete schwer aus.

„Mama? Hast du Angst vor Magie? Würdest du jemanden verraten um eine Goldmünze zu bekommen?"

„Ich würde niemanden für irgendwas verraten. Diese Frage tut fast schon weh. Ich dachte wir hätten dir beigebracht was Aufrichtigkeit und Mitgefühl bedeutet. Bitte bezieh jetzt nichts auf diese Goldmünzen. Ich habe niemanden verraten um sie zu bekommen. Das weißt du und hast es hoffentlich nicht vergessen!"

„Nein, so meinte ich das nicht. Wenn deine beste Freundin dir verraten würde dass sie…, sagen wir, sich versteckt hält. Keiner weiß dass sie eine Magierin ist aber sie sagt es dir, nur dir. Was würdest du tun?"

„Sarfin, willst du mir etwas sagen? Ich bin deine Mutter, du weißt doch dass wir Mütter alles wissen. Denkst du, ich würde meine Tochter nicht kennen? Die Antwort ist, ja! Ja, ich habe große Angst vor Magie! Ich halte es nicht für einen Frevel gegen die Göttin aber ich halte sie für sehr gefährlich! Solange du mir nichts darüber sagst, kann ich mir nicht vorwerfen, die königlichen Ritter anzulügen obwohl ich es natürlich tue wenn ich versuche dich zu decken."

So etwas hat Laura auch immer gesagt, erinnerte sich Sarfin und fragte ertappt: „Du wusstest es? Wie lange schon? Warum hast du denn nichts gesagt? Ich fühle mich damit immer so alleine!"

„Es tut mir leid aber ich habe das Gefühl, ich kann diese Grenze nicht überschreiten. Ich weiß nicht welche Fähigkeiten sich in dir verbergen und habe Angst sie zu sehen. Ich hatte Angst, mich vor meiner eigenen Tochter zu fürchten wenn ich es sehe."

„Das hast du schon! Manson konnte nicht zaubern. Ich habe die Wasserwesen erschaffen und es so aussehen lassen als wären es seine. Ich kann niemanden weh tun! Ich kann es nicht und ich will es nicht aber er hatte es verdient! Er war so ein schlechter Mensch! Er hat so viele verletzt und bestohlen. Jessicas Kind ist süß aber es hat ihr schwieriges Leben noch viel komplizierter gemacht. Und er wusste es, er hat die Ritter gerufen und zu uns geführt. Er hätte es bestimmt wieder getan. Ich konnte nicht anders handeln."

„Das war dein Werk? Das eine Wesen hat dich doch geschlagen? Das bist du selbst gewesen?"

„Ja, es tut mir leid! Ich wollte diese Fähigkeit nicht, sie war plötzlich einfach da. Ich habe versuchte sie so gut wie möglich zu verstecken und zu unterdrücken. Mein Meister hat mir dabei geholfen damit ich kein Armband bekomme. Sie war so ein guter Mensch! Sie hätte die Ritter und diesen Magier ohne Probleme töten können aber sie hat sich für mich geopfert. Verstehst du warum ich immer so genervt reagiert habe wenn du mir sagen wolltest dass ich eine andere Lehre suchen soll?"

„Hast du Papas Felder bewässert oder die Tiere heimlich versorgt? Rückblickend waren die Ernten in den letzten drei Jahren auffällig gut. Das war doch dann alles dein Werk, oder?"

„Ja das war ich. Mehr wusste ich mit diesen Fähigkeiten nicht anzufangen. Mama? Hast du jetzt Angst vor mir?"

„Niemals vor dir! Du bist mein kleines Mädchen! Selbst in 20 Jahren wirst du noch mein kleines Mädchen sein! Ich liebe dich von ganzen Herzen! Nichts könnte sich dazwischen stellen! Keine Macht der Welt kann meine Liebe zu dir erschüttern", schluchzte ihre Mutter. Sarfin lief zügig zurück und stolperte kurz vor ihr, stürzte, konnte sich allerdings abfangen und begann ebenfalls zu weinen als ihre Mutter sie an sich drückte.

„Es tut mir so leid! Ich wollte es so oft sagen aber ich habe mich nie getraut. Ich wollte nichts kaputt machen oder das du mich nicht mehr willst. Ich hätte die Fähigkeiten weg gemacht wenn es irgendwie möglich wäre", erklärte sie weinend. Ihre Mutter fiel vor ihr auf die Knie und legte die Arme um sie. Sarfin wollte nicht mehr weinen doch es wurde immer schlimmer, bis sie sich regelrecht bei ihrer Mutter ausheulte.

Als Sarfin am Nachmittag ihr Haus verließ und auf den Feldweg ging, wusste sie erst nicht was sie tun sollte. Ihre Freundin Nele lebte jetzt in Soto und konnte ihr nicht mehr helfen. Das lange Gespräch mit ihrer Mutter hatte zwar schon geholfen und ihr ausreichend Kraft gegeben um wieder einen Weg aus dem Haus zu finden, trotzdem wusste sie nichts mit sich anzufangen.

Wenn ich hier vor dem Haus rumlungere, wird es auch nicht besser, dachte sie und zwang sich einfach loszugehen. Irgendwann fiel ihr auf, welchen Weg sie unterbewusst nahm, blieb kurz stehen, grinste und rannte los als würde es um ihr Leben gehen. Sarfin lief an den See, umrundete ihn weitläufig und suchte den Zugangspunkt zu dem Versteck ihrer verstorbenen Meisterin am nördlichen Ufer. Als sie die drei angemalten Felsen fand, begann sie sich nackt auszuziehen und verstaute ihre Kleidung in ihrem Beutel, der zwischen die Felsen geklemmt war.

Ich weiß nicht wie viele Dinge dort unten liegen, so genau habe ich nie auf ihr Hab und Gut geachtet. Ich sollte meine eigene Boirotasche so leer wie möglich halten. Mir ist nicht danach, zweimal tauchen zu müssen, dachte Sarfin und versteckte ihren Kleiderbeutel in einem angrenzenden Gebüsch. Die Sonne fühlte sich angenehm warm auf ihrer nackten Haut an und auch das leicht feuchte Gras zwischen ihren Zehen, war ein fantastisches Gefühl. *Ich war viel zu lange nicht mehr schwimmen. Ich liebe diesen See so sehr! Ich war immer so gerne hier draußen*, dachte sie wehmütig und schüttelte ihre aufkommenden Erinnerungen wieder ab. Sarfin ging an das Seeufer und zog den Riemen ihrer Tasche fest. Ihre Brust hob und senkte sich immer wieder als sie tief ein und aus atmete, zog einen letzten tiefen Zug Atemluft ein und sprang in den See. Das Wasser fühlte sich im ersten Moment eiskalt an und das Gefühl legte sich auch nicht wieder. Sarfin spürte trotz der Kälte, wie sie unter Wasser ein völlig anderes Gefühl zu ihrem Element bekam.

Es fühlt sich an als wäre ich grade nach Hause gekommen. Das ist wirklich ein merkwürdiges Gefühl. Hier im Wasser fühle ich mich viel, viel stärker. Das Faro platzt geradezu aus mir heraus, erkannte sie und nutzte diese Erkenntnis um zwei fast durchsichtige Seehunde zu erschaffen ohne ihre Hände zur Hilfe zu nehmen. Ihre Form war nur abstrakt da Sarfin sich kaum noch an die Begegnung mit den Robben erinnern konnte aber sie war trotzdem sehr zufrieden mit ihrem Ergebnis. *Diese Avatarzauber sind wirklich praktisch und so unglaublich effizient. Wenn ich sie aus meinem Gedächtnisstein erschaffe, kostet es mich gar keine Mühe sie am Leben zu halten. Im Wasser schon gar nicht! Ob sie ihre Lebenskraft aus dem Wasser selbst beziehen? Wieso stelle ich mir überhaupt noch so viele Fragen? Magie ist ein Fluch! Ich sollte sie auch so behandeln und nicht noch anbeten!*

Sie griff je eine Flosse der Robben und ließ sich zügig nach unten, in den Zugang zu dem Versteck ihrer verstorbenen Meisterin ziehen. Die Grotte lag eigentlich über dem Pegel des Sees jedoch war der Zugang lediglich durch eine kurze Höhlenformation zu erreichen, dessen Zugang innerhalb des Sees lag, die etwas zu lang war als dass Sarfin sie ohne Hilfe bewältigt hätte. Sie tauchte in einer kreisrunden Öffnung im Steinboden der Grotte wieder auf und ließ ihre Avatare wieder eins mit dem Wasser werden. Durch einige kleine Risse in der Decke, drangen einige wenige Sonnenstrahlen hinein, was jedoch längst nicht ausreichte um die Höhle ausreichend zu erhellen. Sarfin schwenkte einen Arm nach hinten und rief einen großen Wasserklumpen aus der Öffnung, aus der sie aufgetaucht war. Das Wasser bewegte sich ohne feste Form, pulsierend auf sie zu. Sie führte ihre Hände klatschend zusammen, drehte sie leicht nach unten und warf die beiden gebildeten Kugeln in die Luft. Die beiden Kugeln teilten sich zu unzähligen kleinen Kügelchen auf, blieben in der Luft stehen und bildeten einen schwach blauen Sternenhimmel. Ihre Leuchtkraft war nur sehr schwach, in ihrer Masse reichte es allerdings aus um die Grotte mit einem bläulichen Lichtschein ausreichend zu erhellen.

Laura hatte mir erklärt dass die Elementzauber nach der fünften Stufe in pure Energie übergehen und dann viel heller leuchten als mein mit Faro versetztes Wasser. So wie mein Schild bei der Jakelprüfung.

Die Grotte war größer als Sarfins Haus und Garten zusammen allerdings war Lauras Hab und Gut vollständig in der hellsten Ecke der Höhle ausgebreitet, die durch Lauras Erdelement Übungen leicht verformt war.

Sie hat immer bessere Fortschritte mit dem Erdelement gemacht. Wenn sie es geschafft hätte, hätte sie es mir auch beigebracht. Diese Kraft zu beherrschen soll sehr anstrengend sein. Jetzt werde ich es wohl nie herausfinden. Das zweite Element ist das schwierigste, so hat Laura es mir erklärt. Schon wieder nerven mich meine eigenen Gedanken! Wieso muss ich immer wieder darüber nachdenken?

Sarfin ging in die ehemals bewohnte Ecke, nahm den Umhang von Laura und legte ihn sich gegen die Kälte um. In einer der beiden Innentaschen war ein merkwürdiger Widerstand zu spüren. Sarfin griff hinein und zog ein zusammengefaltetes Stück Pergament heraus. Sie las ihren eigenen Namen auf der Außenseite und musste sich sofort hinsetzten bevor sie weinen würde. Sarfin faltete es auseinander und erkannte gleich dass es magisches Papier war. Sie berührte ihren Gedächtnisstein und aktivierte ihr Faro um ihre Signatur sichtbar zu machen. Aus dem nichts erschienen nacheinander Buchstaben, die sich zu Worten zusammenfügten als würde der Brief erst in diesem Moment, von einer unsichtbaren Feder geschrieben werden.

Meine liebe Sarfin,
wenn du diese Worte liest, haben sich meine
Befürchtungen leider bewahrheitet und ich Weile nicht
mehr unter uns. Ehrlich gesagt, fühlt es sich sehr
verstörend an. Wie werde ich wohl sterben? Ich hoffe es
tut nicht weh, ich hatte immer große Angst wenn ich über
den Tod nachgedacht habe. Wahrscheinlich glaubst du mir
nicht und ich kann es dir gar nicht verübeln. Ich war oft
schroff und abweisend zu dir und dafür möchte ich mich
auch gar nicht entschuldigen, denn ich habe mich damals
bewusst dazu entschieden, so mit dir umzugehen. Ich hatte
immer gehofft dich ausreichend auf das Leben
vorzubereiten denn wie du siehst, habe ich mit meinem
Ende gerechnet und scheinbar, leider recht behalten.

Kurz nachdem wir uns kennenlernten, hattest du mich
gefragt wie ich meine Kräfte entdeckt habe. Ich hatte dir
erzählt, es sei deinem Ausbruch sehr ähnlich gewesen. Ich
muss mich bei dir entschuldigen denn dies war der einzige
Moment, wo ich dich belogen habe. Die Art und Weise
unserer Ausbrüche, hätte unterschiedlicher nicht sein

können. Die einzige Gemeinsamkeit war vermutlich unser Alter. Ich war damals grade elf geworden, es war die Nacht des Vollmondes und wir hatten ein tolles Fest gefeiert. Es war eine magische Nacht, ich erinnere mich noch dass ich in jener Nacht zum ersten Mal die Himmelslichter gesehen habe. Alles war perfekt, bis zu dem Moment als ich nach Hause gehen wollte. Als ich noch klein war, habe ich mich oft gefragt ob es mein eigener Fehler war. Was wäre passiert wenn ich nicht müde gewesen wäre, wenn ich bei meinen Eltern geblieben wäre? Wie wäre mein Leben verlaufen wenn ich eine andere Entscheidung getroffen hätte? Ich entschied mich mit meinem Onkel zu gehen weil ich ihm vertraute. Er hat mich nach Hause gebracht, mich ins Bett gebracht und als ich glaubte, er würde gehen, da zog er sich aus und legte sich zu mir. Es war das schlimmste Erlebnis meines Lebens. Er tat mir unverzeihliches an. Ich war nicht mehr ich nachdem er mit mir fertig war. Es steckte kein Leben mehr in mir, ich war einfach völlig leer. Er ging allerdings nicht sondern wagte es sich, noch ein zweites Mal in mein Bett zu steigen. Da passierte es. Ich hatte Angst, so große Angst. Ich wollte es nicht noch einmal über mich ergehen lassen. Die kleine Flamme in seiner Laterne, ich hatte das Gefühl als würde sie zu mir sprechen, mir ihre Hilfe anbieten. Ich nahm ihr Angebot an und überließ der Flamme alles Weitere. Ich gab ihr all mein Faro und fütterte sie immer weiter ohne zu erkennen was ich anrichtete. Ich verbrannte alles. Ihn, mein Zimmer, unser Haus, die Existenz meiner Eltern, einfach alles. Meine Angst war der Auslöser eines Feuerinfernos, das einen großen Teil meiner Heimatstadt vernichtete. Ausbrüche wie meiner, sind leider der Grund für die magischen Armbänder. Heute weiß ich natürlich dass es nicht meine Schuld war. Ich konnte weder etwas für meinen perversen

Onkel, noch konnte ich meinen Ausbruch verhindern. Ich weiß heute zu viel über Magie als dass ich einem Kind die Schuld geben könnte. Ausbrüche wie meiner passieren leider auch wenn es ihnen nichts von ihrer Tragik nimmt! Ausbrüche wie deiner sind widerrum ein wahrer Glücksfall. Ach Sarfin, ich kann dir gar nicht in Worte fassen, wie viel Glück du eigentlich hattest. Jetzt, wo mein Ende gekommen ist, darf ich es dir endlich verraten. Mein größtes Geheimnis aber sei bitte nicht allzu enttäuscht wenn ich dir sage dass du mein größtes Geheimnis bist. Normalerweise ist es doch so, ein Magier trifft auf einen angehenden Schüler und bildet ihn aus. Der Meister versucht seinem Schüler dabei so viel Wissen wie möglich mitzugeben. In unserem Fall war dies jedoch ganz anders. Ich war immer so neidisch wenn ich deine Fähigkeiten gesehen habe. Die meisten brauchen Jahre um ihre Kräfte kennenzulernen, geschweige denn zu beherrschen aber dir ist einfach alles gelungen was du probiert hast. Wann wünscht sich der Meister schon die Fähigkeiten seines Schülers zu haben? In deinem Fall war es so. Du trägst eine Macht in dir, die absolut unvergleichlich ist.

Darum möchte ich diesen Brief auch mit einer Bitte abschließen. Ich flehe dich an, bitte bleib so wie ich dich in Erinnerung habe! Du bist ein tolles Mädchen, ohne jede Boshaftigkeit. Du würdest deine Kräfte nie gegen Menschen richten oder sie missbrauchen um dir einen Vorteil zu verschaffen, selbst wenn du nicht an den Taunosrezaz gebunden wärst. Du bist ein guter, ehrlicher und vertrauenswürdiger Mensch. Bitte bleib genau so, ändere dich nicht und geh an den Ort, der dich unserem Ursprung näher bringt. Wenn du das Wissen nutzt dass ich in dieser Höhle hinterlassen habe und deine Kräfte weiter erforschst, dann kannst du die Geheimnisse unserer

Welt ergründen und sie nachhaltig verändern. Wenn du dem Ursprung der Magie näher kommen willst, die alten Sprachen erlernen möchtest und die Geschichte dieser Welt erforschen möchtest, dann geh in den Süden. Weit jenseits des Übergangsstaates liegt die Tribuswüste. Irgendwo im Osten dieser Wüste liegt eine alte Stadt, die heute den Namen Garnos trägt. In den schweren Zeiten die wir momentan durchleben, wirst du dort wahrscheinlich nicht mehr fündig werden weil es zu gefährlich ist eine so große Stadt zu bereisen. Eine bessere Möglichkeit wäre auch die Chance auf ein neues Zuhause für dich. Wir haben schon einmal am Rand über die Stadt der Frauen gesprochen. Diese Stadt gibt es wirklich, leider weiß ich nur dass sie in der Wüste liegt, einen genauen Standort kann ich dir leider nicht geben. Was ich hingegen ganz sicher weiß, ist die Verbindung zwischen dem Wüstenvolk und den Weisen. Wenn es irgendwo auf diesem Kontinent eine Möglichkeit gibt mit den Weisen in Kontakt zu treten, dann dort. Ich weiß, einige Dinge werden wieder mehr Fragen, als Antworten aufwerfen. In meiner Boirotasche findest du alles was du brauchst um einige dieser Fragen zu beantworten. Ich habe den Schlüssel zu meinem Magiebuch in meinen Gedächtnisstein eingeschlossen. Ich möchte sie dir vermachen. Ich habe sie bereits an deine Signatur gebunden. Es sind zwei verschiedene wie du weißt. Der gelbe ist die Belohnung für meinen Bieka Titel und noch in seinem Original Zustand. Der hellblaue ist aus den drei Solekas Titeln kombiniert und enthält die meisten meiner eingeschlossenen Zauber. Sie bleiben auch nach meinem Tod dort eingeschlossen ebenso wie die immensen Faro Kapazitäten im gelben Bieka Stein. Irgendjemand hat einmal zu mir gesagt dass die Seele eines Magiers in seinen Gedächtnisstein übertragen wird wenn er stirbt. Ich hoffe eigentlich nicht dass ich dich des Nachts heimsuchen *werde aber mir gefällt die Vorstellung auch weiterhin an deiner Seite bleiben zu dürfen. Wenn du meine Steine ansiehst, könnte es also sein dass ich dich auch sehen kann. Diese Vorstellung rührt mich tatsächlich zu Tränen!*

Sarfin, es war mir eine große Ehre dich bis in den Jakel Rang begleitet zu haben. Die Zeit mit dir hat mir viel Freude gemacht denn dein unbeschwertes Lächeln war wie Balsam auf der Seele, in diesen schweren Zeiten. Du hast meinen letzten Jahren einen wahrhaften Sinn verliehen, dafür möchte ich dir aufrichtig und von ganzem Herzen danken! Ich habe jeden Augenblick mit dir wirklich sehr genossen auch wenn es oft nicht so ausgesehen hat. Bitte gib stets gut auf dich Acht und bleib so wie du bist!

Leb wohl und lang! Deine Meisterin
S. B. Laura

Sarfin ließ ihren Kopf auf die Knie sinken und weinte noch mehr als sie ohnehin schon getan hatte. Sie steigerte sich immer weiter hinein und wünschte sich nur einen ganz kurzen Augenblick mit ihrer Meisterin. Sie hätte sich so gerne in irgendeiner Form verabschiedet oder wenigstens einmal in den Arm nehmen wollen doch das würde ihr für immer verwehrt bleiben. Sie brauchte eine ganze Zeit um sich wieder zu beruhigen und begann mit tränenverschwommenen Blick, Lauras Bücher und Inventar in ihre und Lauras magische Boirotasche zu packen.

Ich habe meine Tasche noch nie an ihre Grenze bringen können. Sie hatte mehr hier unten als ich erwartet habe. Ich habe gar nicht daran gedacht dass sie natürlich auch eine eigene Boirotasche haben muss.

Glück gehabt, würde ich sagen. Mit ihrem Magiebuch werde ich mich am besten als erstes beschäftigen. Sie konnte ihre Kleidung wechseln ohne sich umzuziehen. Auch ihr Umhang kann irgendwie die Farbe wechseln. Ja, ich glaube ich werde damit beginnen. Ich wette diese Zauber sind eine gute Übung für das Gestaltenwechseln. Hoffentlich hat sie diesen Zauber festgehalten. So macht dieser dumme Fluch wenigstens irgendeinen Sinn!

Sie blickte sich in der Höhle noch einmal um. Als sie sicher war, alles mitgenommen zu haben, machte sie sich wieder auf den Rückweg durch den Unterwasserzugang. Als sie aus dem Wasser auftauchte und ihren Kleiderbeutel aus dem Gebüsch holte, bemerkte sie erst wie schlecht sie sehen konnte.

Mist, wie lange bin ich denn da unten gewesen? Kann doch nicht sein dass ich den ganze Nachmittag in der Grotte war. Die Sonne geht bereits unter. Ich schaffe es auf keinen Fall mehr rechtzeitig zum Essen zurück. Papa und Pete sind ganz bestimmt nicht mehr auf dem Feld. Ob sie sich Sorgen machen?

Sie rannte durch den Wald um schnellstmöglich nach Hause zu kommen. Vor ihrem Haus waren Männer die sie nicht kannte also schlich sie sich hinten herum an. Auf der Rückseite, wo der Garten und die Felder ihres Vaters begannen, standen ihre Eltern und diskutierten hitzig mit Rittern des Königs.

Oh nein, da ist wieder ein Magier des Königs. Wieso sind sie wieder hier? Was wollen die von Papa und Mama? Wenn ich nicht hier bin, kann dieser Magier gar nichts spüren! Geht wieder! Lasst meine Eltern in Ruhe! Los! Verschwindet! Ihr verdammten Aasgeier!

Sie suchte hinter einem umgestürzten Baum Deckung und beobachtete das Geschehen. Ihre Eltern wirkten nervös und gestikulierten heftig was Sarfin sagte dass die Ritter schon einige Zeit da sein mussten. Drei Ritter kamen zu allem Überfluss aus dem Haus heraus.

Zum Glück habe ich immer alles in meiner Boirotasche bei mir. Sie konnten nichts finden. Unmöglich! Ich habe keinen Fehler gemacht! Es gibt keinen Grund zu bleiben, geht einfach! Verdammte Ritter, verschwindet! Ich hasse euch! Ich hasse euch so sehr! Verschwindet zurück zu diesem dummen König!

Einer der Ritter packte sich ihre Mutter und brachte sie mit einem Tritt in die Kniekehle, rüde zu Boden.

„Wo ist sie", konnte Sarfin als einziges vollständig verstehen. Ihren Eltern stand die Panik ins Gesicht geschrieben als die Ritter ungeduldig wurden. Immer wieder brüllte einer von ihnen gut hörbar: „Wo ist sie?"

Ich muss mich bereit machen! Ich muss eingreifen! Heute kommt niemand und rettet uns. Nur ich kann ihnen jetzt noch helfen! Ich will niemand verletzen aber was soll ich denn sonst tun? Ich kann sie nur stoppen wenn ich ihnen sehr weh tue, das sind Ritter. Ritter..., dachte die traurig und schüttelte den Kopf als wolle sie das Bild herausschütteln dass sie ein Leben lang von ehrenhaften, noblen Männern in Stahlrüstungen gehabt hat. Sarfin wollte brüllen als der Magier einen Elementzauber aus Feuer über seiner Hand umformte und als Energieblitz auf Sarfins Vater feuerte. Sie rannte umgehend los und wurde heftig zu Boden geworfen bevor sie ihr Faro aus ihrer Kette ziehen konnte während ihr jemand von hinten eine Hand auf den Mund drückte und ihr die Luft nahm. Der Angreifer riss ihr umgehend die Kette vom Hals. Sarfin konnte nicht sehen wer auf ihr hockte und ihren Arm böse verdrehte jedoch schmerzte es heftig. Ihre Gedanken schlugen in alle Richtungen aus während ihr Vater auf die Knie fiel und vorneweg in den Dreck klatschte. Sie schrie weinend in die Hand auf ihrem Mund, versuchte zu beißen, um sich zu schlagen aber der Angreifer war viel stärker und schwerer als sie. Ihre Mutter schrie und weinte so laut dass jedes schluchzen wie ein Faustschlag in den Magen war. Sarfin wurde schlecht. Sie schrie ohne einen brauchbaren Ton herauszubekommen. Sie schrie alles heraus und bemerkte viel zu spät wie ihr dadurch viel schneller die Luft ausging. Ihr Blickfeld verdunkelte sich immer weiter und wurde kleiner.

Wenn ich nur mein Faro rufen könnte. Woher wusste er dass meine Kette ein Gedächtnisstein ist. Ich habe nichts in mir. Nicht einmal genug für einen Schild. Ich muss doch etwas tun! Irgendetwas! Er tötet Papa!

Sie wurde immer schwächer und konnte ihren Kopf nicht mehr oben halten. Das letzte was sie sah, war wie ihre Mutter weinend über ihrem geliebten Mann kauerte und von hinten erstochen wurde. Erleichterung breitete sich in ihr aus als sie spürte wie sie das Bewusstsein verlor und glaubte, ebenfalls zu sterben.

Sarfin öffnete ihre Augen und blickte hinauf in den wolkenlosen Himmel. Um sie herum vibrierte es unangenehm und knatterte hölzern. Sie prüfte sofort ob sie ihre Hände bewegen konnte und stellte fest dass sie keine Handfesseln umgelegt bekommen hatte. Sie richtete sich langsam auf und traute ihren Augen nicht als sie ihren Bruder erkannte, der den Karren mit zwei Pferden steuerte.

„Pete? Was machst du denn? Wo sind wir? Was ist passiert", fragte Sarfin schnell hintereinander weg.

„Wir müssen so weit wie möglich von Zuhause weg. Die suchen dich. Dieser dumme Vater von diesem Manson hat 50 Silberlinge auf dich ausgesetzt. Das halbe Dorf hat dich heute gesucht. Einige davon waren einst meine eigenen Freunde", erklärte Pete niedergeschlagen.

„Wo sind Mama und Papa? Wo fahren wir denn hin? Pete, rede doch mit mir."

„Kannst du dich denn nicht erinnern? Du hast doch gesehen was passiert ist bevor du ohnmächtig wurdest."

„Woher...", Sarfin dämmerte es und fiel nach vorne um sich auf ihre Hände zu stützen. „Warst du es? Hast du mich etwa festgehalten und mir von hinten die Luft abgedrückt?"

„Ja das war ich. Hätte ich dich nicht niedergerungen, wärst du doch auf die Ritter losgegangen um Papa zu helfen."

„Ja du Lullapie! Dann wären sie jetzt noch am Leben! Ich hätte ihnen helfen können!"

„Hättest du nicht! Dein Meister konnte offenbar nichts tun, was denkst du, was du hättest ausrichten können? Gar nichts! Du wärst gestorben und unsere Eltern wären trotzdem getötet worden."

„Was weißt du denn schon? Du kennst dich doch gar nicht aus, mit nichts! Also halt deinen Mund! Ich hätte ihnen helfen können, klar?"

„Wieso war dein Meister dann bei uns? Hä? Wenn du alles weißt, dann sag es mir! Wieso hat sie uns alles erzählt? Du willst mir Vorwürfe machen? Mir? Ich habe getan was Papa verlangt hat und aufgepasst dass sie dich nicht kriegen. Jetzt bringe ich dich weg, so wie ich es ihnen versprochen habe! Du willst mir einen Vorwurf machen? Mach dir selbst einen! Alles was passiert ist, war deine schuld! Du bist die verfluchte Hexe von uns beiden! Wegen dir sind Mama und Papa jetzt tot! Wenn du nicht meine Schwester wärst, würde ich mir liebend gerne das Goldstück schnappen und jetzt setz dich wieder nach hinten! Ich will dein Gesicht nicht sehen!"

„Pete? Pete es tut mir so leid, ich wollte doch nicht dass so etwas Schreckliches passiert!"

„Ist es aber und jetzt halt deine Fresse bis wir den Hafen erreichen! Ich will kein Wort mehr von dir hören! Ich hasse dich! Ich will nur noch dass du verschwindest!"

Mein eigener Bruder hasst mich! Ich spüre es wie Schläge im Gesicht, er hasst mich wegen meiner Kräfte. Es tut mir doch so leid! Ich wollte nicht dass jemand wegen mir stirbt. Ich wusste dass es ein Fluch ist! Jetzt weiß ich es mehr denn je!

Die beiden Geschwister schwiegen während der Flucht zur Südküste größtenteils. Sarfin hielt sich die meiste Zeit geduckt auf der Ladefläche und wagte es nicht, ihn auch nur anzusehen. Sie kauerte auf dem rappelnden Karren und starrte einfach nur auf die niedrige Holzwand. Immer wieder schloss sie weinend ihre Augen und sah ihre Eltern vor sich. Jedes Bild ihres Todes quälte sie unerträglich. Wenn sie tatsächlich einschlief, durchlebte sie jedoch noch viel schlimmere Qualen. Die Macht der Träume und der Fantasie zeigten sich gnadenlos. Immer fand sie sich in Hyra wieder, mitten zwischen den Menschen und musste dabei zusehen wie ein Magier nach dem anderen erschlagen wurde. Sie selbst stand auf einem schmalen Podest, grade groß genug um von niemanden berührt zu werden und doch versuchten die unzähligen Hände immer wieder nach ihren Fußgelenken zu greifen. Jeder kleine Schritt hätte ihr Ende sein können. Über den Menschen, schwebte der König, ganz von selbst und lachte höhnisch über Sarfin.

„Ein Goldstück für das Mädchen! Bringt mir das Mädchen! Bringt sie mir", rief er schrill lachend ehe er selbst auf dem Podest landete. Er lachte lauter und berührte ihre Haare während er sich über die Lippen leckte. Sarfins ehemaliger Traumprinz wurde immer mehr zu einer bösartigen Kreatur und drohte sie zurückzudrängen. Sarfin wollte ihm nicht näher kommen, ausweichen konnte sie jedoch auch nicht. Sie begann vor Angst zu schreien ehe sie meistens an diesem Punkt wieder erwachte. Ihr Bruder bemerkte ihre wiederkehrenden Alpträume doch er hielt sich weiterhin zurück und sprach kein einziges Wort mit ihr. Er übernahm alles selbst und schlief in den Gasthäusern lieber bei den Pferden im Stall statt sich ein Zimmer mit ihr zu teilen. Sarfin wagte erst nach vielen Tagen, einen ersten Blick in den Spiegel und erschrak über ihr trauriges Erscheinungsbild. Alles was sie immer ausgemacht hatte, war verschwunden. Ihre Wangen waren bereits leicht eingefallen, ihre Augenränder dunkel und tief. Nur ihre Haare ließen noch erahnen, wer sich einst hinter dieser Fassade befunden hatte. Erst nach über einer Woche schien ihr Äußeres auch ihrem Bruder auf die Nerven zu schlagen.

„Ich bezahle dir doch kein Zimmer mehr wenn du dich nicht einmal wäschst! Wenn wir morgen früh weiterreisen, bist du gewaschen! Auch deine Haare! Vorher kehren wir in kein Gasthaus mehr ein! Sag nichts, tu es einfach! Du stinkst!"

Sarfin tat wie ihr Bruder ihr aufgetragen hatte und nahm während der nächsten Rast ein Bad in einem See, nur zwei Tagesritte von Hyra entfernt. Sie erinnerte sich dass es noch nicht lange her gewesen ist seit sie mit ihren Eltern fast den gleichen Weg bereist hatte. Sie konnte nicht ignorieren wie gut es tat, endlich wieder sauber zu sein. Was sie jedoch noch viel mehr spürte war ihre Verbindung zum Wasser.

Ich habe mein Faro nicht mehr übertragen seit wir unterwegs sind. Wozu auch, fragte sie sich und begann erneut zu weinen als sie aus dem Wasser stieg. Sie konnte nicht mehr, seit ihrem Erwachen war sie nur noch am weinen und plötzlich sah sie einen Ausweg. Sie drehte ihren Kopf zu allen Seiten. Pete war nirgendwo zu sehen. Sarfin handelte sofort ohne nachzudenken, legte ihren Mantel um, packte mehrere Steine in ihre Taschen und rollte sich einfach über das steile Ufer, zurück in den See. Sie sank nur sehr, sehr langsam ab aber sie erkannte dass es funktionierte und schloss ihre Augen. Sarfin ließ ihren Körper völlig locker und gab auf. Es überraschte sie, wie lange sie ihren Atem anhalten konnte und entschied sich den ganzen Vorgang zu beschleunigen, öffnete ihren Mund und schluckte Wasser. Plötzlich ging alles ganz schnell. Ihr Körper wollte husten und zog noch mehr Wasser ein. Sarfin versuchte ihren Körper trotz der Panik so ruhig wie möglich zu halten, was schwerer war als sie sich vorgestellt hatte. Ihr Körper schien sich, entgegen ihres Wunsches, gegen sein Ende zu wehren. Sie spürte wie sie etwas nach oben zog und gegen das Gewicht der Steine kämpfte.

Nun stirb schon! Stirb endlich! Tu dem König den Gefallen und verreckte endlich! Beende den Fluch!

Sie spürte wie sich ihr Faro von selbst aus ihrem Körper entließ und wie blauer Rauch um sie herum schwebte. Es zerrte an ihr, immer wieder zerrte es von allen Seiten an ihr aber sie wehrte sich. Sarfin wollte ihr

Ende hier und jetzt finden und die Magie, der sie die Schuld für alles gab, würde ihr jetzt nicht das Leben retten. Sie streckte ihre Hände nach vorne und erschuf mehrere Avatare, ließ sie durch das Wasser schwimmen und gegeneinander stoßen, bis sie sich wieder auflösten. Sie verbrauchte so viel Faro wie möglich damit es sich nicht mehr wehren konnte. Durch diese Ablenkung bemerkte sie erst wie nah sie ihrem Ende bereits war, als ihr plötzlich die Kraft fehlte noch einmal den Arm zu heben. Sie spürte wie das Leben aus ihrem Körper wich und sie empfing ihr Ende mit offenen Armen. Sie schloss erleichtert die Augen und ließ alles los.

Schmerzhaft landete sie am Seeufer und überschlug sich mehrere Male ehe sie zum Erliegen kam und Wasser erbrach. Immer wieder hustete sie Wasser heraus bevor sie sich kraftlos auf die Wiese fallen ließ. Sie hatte keine Kraft ihren Kopf zu heben dennoch bewegte er sich wie von allein nach oben. Das wütende Gesicht ihres Bruders tauchte vor ihr auf.

„Wieso hast du mich rausgeholt? Ich will nicht mehr! Du hast recht! Alles war meine Schuld! Ich will mit dieser Schuld nicht leben! Ich will nicht daran denken wie ich Mama und Papa getötet habe! Ich will sterben! Geh weg und lass mich sterben!"

Pete verpasste ihr eine Ohrfeige die sie heftig zu Boden schleuderte. Wütend fand sie die Kraft sich wieder aufzurappeln und bekam noch eine Ohrfeige versetzt. Ihr Bruder setzte sich auf ihren Bauch und schlug wieder und wieder zu, bis sie glaubte, er hätte alles Leben aus ihr heraus geprügelt. Pete ging ebenfalls kraftlos zu Boden und begann zu weinen.

Sarfin konnte sich unmöglich bewegen um ihn anzusehen. Pete lag irgendwo außerhalb ihres Sichtfeldes aber sie konnte ihn hören. Jedes schluchzen drang ganz tief in sie ein, viel tiefer als der Schmerz in ihrem Gesicht oder in ihrer Brust.

„Ich war das nicht", schluchzte er und richtete seinen Oberkörper so auf dass er sich in ihr Sichtfeld schob. „Ich habe gezogen und gezerrt aber du hast dich mit deiner Magie gewehrt. Die Dinger da haben dich rausgeworfen! Ich konnte nichts machen um dir zu helfen."

„Ich kann mich nicht umdrehen. Dreh mich", sagte Sarfin emotionslos. Pete griff ihr unter die Brust und lehnte sie gegen einen größeren Stein, mit Blick auf den See. Auf der Wasseroberfläche warteten drei Gestalten, die sich bei näherer Betrachtung als Wasseravatare herausstellten. Alle drei sahen fast identisch aus.

Das ist Lauras Gestalt. Habe ich sie geformt? Ich habe nur meinen eigenen Gedächtnisstein um, ich muss es gewesen sein aber warum? Lässt mich diese verdammte Magie nicht einmal sterben? Das ist ja wirklich ein Fluch!

Die Avatare verbeugten sich und zerfielen um wieder ein Teil des Sees zu werden.

„Du hast dich selbst gerettet obwohl du sterben wolltest oder deine Magie war es. Vielleicht willst du mehr Leben als du jetzt glaubst. Ich weiß es nicht!"

„Ich will gar nichts! Geh nach Hause und lass mich einfach hier liegen. Du hast eine Frau, du brauchst keine dumme Schwester mehr."

Petes letzte Ohrfeige hätte sie von den Toten zurückgeholt. Ihr Kopf klingelte auch tagelang nach seinem Treffer noch.

„Ich würde dir am liebsten damit drohen, dich im See zu ertränken aber das würde dir ja offenbar gefallen! Nein! Du wirst leben! Wenn das Opfer unserer Eltern umsonst gewesen ist dann werde ich dich umbringen bevor du es tun kannst. DU WIRST LEBEN", brüllte er mit tränenunterlaufenen Augen. „Und jetzt beweg dich! Glaub nicht dass ich dich noch einmal aus den Augen lasse! Wenn du dich umbringen willst, musst du mich zuerst töten!"

Dann stürze ich mich eben ins Meer wenn du weg bist! Ich will nicht mehr! Schlag mich noch hundertmal wenn du willst, es ändert nichts mehr. Die Magie hat alles kaputt gemacht und ich will sie nicht mehr in mir haben! Wenn ich sie herausschneiden könnte, würde ich es tun! Geht aber nicht! Also gibt es nur einen Weg dies zu beenden! Diesen verdammten Fluch zu beenden!

Die Reise über die kleinen und Witterungsanfälligen Straßen zog sich noch fast zwei Wochen hin. Sarfin blieb die meiste Zeit auf der kurzen Ladefläche sitzen und verbrachte ihre Zeit damit in den Büchern von Laura zu lesen damit Pete den Eindruck bekommen sollte, sie hätte noch Lebenswillen in sich. An einem Mittag umkurvten sie ein kleines Gebirge hinter dem endlich das Meer und der Barella Hafen zu sehen war. Obwohl sie das Meer zum ersten Mal sah, weckte es nicht den Hauch von Interesse bei ihr. Sie verdrängte alle Erinnerungen an die neugierige Sarfin, die jetzt unzählige Fragen zu diesem gewaltigen Hafen oder dem aufkommendem Salzgeruch in der Luft gehabt hätte. Dieses Mädchen wirkte in ihrer Erinnerung wie ein völlig anderer Mensch. Kurz vor der offenen Stadtgrenze, setzte sie sich auf Petes Anweisung nach vorne, der den Wagen zügig von den großen Straßen weg steuerte und in einem sehr abstoßenden Viertel der Stadt hielt.

„Dieses Viertel ist nicht schön aber jetzt genau das richtige für dich. Hier kommen viele Menschen unter, die vor irgendwas flüchten, was nicht automatisch bedeutet dass sie alle kriminell oder gefährlich sind. Die Überfahrten sind deutlich erschwinglicher als an den großen Anlegern und du wirst nicht registriert. Eventuell musst du ein, zwei Wochen in einer der Bars arbeiten um die Zeit zu überbrücken, die suchen immer hübsche Mädchen um die Thekenumsätze anzukurbeln. Dafür solltest du zumindest gelegentlich ein Bad nehmen. Ich habe mich erkundigt. Ein Freund von mir hat mir einen Kapitän empfohlen. Lorenzo heißt er. Sein Schiff heißt Midna. Es fährt ausschließlich zum Hafen nach Longon, einer Stadt an der Ostküste des Wüstenstaates. Es heißt, dort findet jeder ein neues Leben wenn man eins braucht", erklärte Pete und nahm einen Lederbeutel aus seiner Gürteltasche. „Hier, mehr habe ich nicht. Es ist nicht viel aber es reicht für neue Kleidung und eine billige Überfahrt", erklärte Pete als er ihr den leichten Geldbeutel in die Hand drückte. Sarfin wollte ihn am liebsten in Ruhe lassen aber sie hatte große Angst dass sie ihren großen Bruder jetzt zum letzten Mal in ihrem Leben sprechen würde. Tränen liefen ihr über die Wangen und hinderten ihre Worte daran ihren Mund zu verlassen. Ihr Bruder Pete zog sich die Nase hoch und schluchzte: „Was ich gesagt habe, wegen dem Goldstück. Es tut mir so leid! Ein großer Bruder darf so etwas nicht sagen. Bitte verzeih mir. Ich könnte nicht damit leben wenn dies meine letzten Worte an dich gewesen wären. Ich war nie besonders gut. Egal was ich gemacht habe, ich war immer nur..., normal. Nie hat es etwas Besonderes in meinem Leben gegeben aber du bist etwas ganz Besonderes. Meine Schwester ist eine Magierin und ich bin stolz auf dich. Mama und Papa waren auch sehr, sehr stolz auf dich! Was passiert ist, war nicht deine Schuld. Es war die Dummheit des Königs und die Habgier einzelner, die sie umgebracht hat. Verzeih deinem dummen Bruder. Bitte. Ich will nicht im Hass mit dir auseinander gehen. Ich weiß dass du niemals jemanden weh tun könntest."

„Du bist gar nicht dumm! Komm mit mir! Wir können woanders leben. Zusammen. Irgendwo sind die Menschen nicht so wie hier. Bestimmt."

„Ich kann nicht. Ich will dich nicht zurücklassen aber Kornelia, sie ist schwanger geworden. Ich muss wieder zurück. Wegen ihrem Namen muss ich mir wohl auch keine Sorgen machen. Wir haben ja noch nicht geheiratet."

„Du wirst selbst schon Papa? Und jetzt sollen wir Abschied nehmen? Das ist nicht gerecht, Pete! Wir haben niemanden etwas getan! Ich würde niemanden etwas tun! Sie haben unser Leben zerstört! Einfach zerstört, für ein Stück Gold."

„Was soll ich jetzt sagen? Ich möchte nicht weinen um es nicht noch schwerer zu machen aber es fällt mir nicht leicht. Ich wünschte, ich könnte etwas an dieser Situation ändern. Dieses blöde Gesetz zurücknehmen aber hier bist du nicht mehr sicher. Im Süden hat sich die Gier womöglich noch nicht so weit verbreitet ansonsten gibt es dort viele Orte, wo Menschen vor dem Gesetz fliehen. Dort wirst du bessere Hilfe erhalten als ich dir bieten könnte."

„Ich will nicht Lebewohl sagen! Ich will nur auf Wiedersehen sagen! Irgendwann komme ich dich besuchen! Wenn sie mich nicht mehr für Gold töten wollen. Versprochen!"

„Das wollte ich hören! Halte dich daran! Wenn du dich umbringst, hast du dein Versprechen gebrochen! Ich entschuldige mich nicht dafür, dich geschlagen zu haben! Ich würde es wieder tun!"

„Ich bleibe am Leben! Ich will nicht aber ich werde mit diesem Fluch weiterleben. Wenn wir uns wiedersehen will ich einen ganzen Haufen Neffen begrüßen, klar?"

„Werde mir Mühe geben! Sarfin, ich liebe dich! Ich habe es dir nie gesagt aber ich liebe dich! Du bist meine Schwester! Bitte, bring dich nicht um! Lerne wie du dich besser verstecken kannst. Irgendwelche Tricks", schluchzte Pete und drückte seine Schwester einen endlosen Moment an sich. Weinend blickte sie seinem Karren hinterher und blieb noch eine ganze Weile auf dem kleinen Platz stehen, in der Hoffnung, er würde doch noch zurückkehren.

So fängt mein neues Leben also an? Allein in einer fremden Stadt, grade genug Geld in der Tasche für eine Überfahrt. Ich sollte mich besser gleich ins Meer werfen!

Sarfin ging ohne Umwege auf die Anleger zu und suchte das Schiff mit dem Namen Midna. Mit dem ersten Blick auf die Dutzenden Schiffe hätte sie sich am liebsten wieder umgedreht und die Suche aufgegeben bevor sie begonnen hatte, da ihr keine andere Wahl blieb, begann sie die Anlegern abzuklappern. Sie fand das gesuchte Schiff relativ schnell, den Kapitän allerdings nicht. Einer seiner Seemänner erklärte ihr in welcher Schenke er zu finden sei und so begann Sarfin unfreiwillig die nächste Suche. Die gesuchte Schenke lag mitten in dem sogenannten Schenkenviertel der

Hafenstadt. Sarfin hätte sich kaum einen Ort ausmalen können, an dem sie sich noch unwohler gefühlte hätte als an diesem stinkenden Ort. Wenn ihr kein Uringestank in die Nase zog, dann erbrach sich jemand an einer Häuserecke oder bedeckte sie mit anzüglichen Sprüchen. Die Kapuze ihres Mantels überzuziehen, minderte dies nicht im Geringsten. Die Schenke war völlig überfüllt, stank nach Rauch und Alkohol. Sarfin versuchte niemanden zu berühren jedoch war der Gastraum dermaßen überfüllt dass dies ein Ding der Unmöglichkeit war. Immer wieder schreckte sie zusammen wenn jemand ihren Hintern berührte. Einige der Männer zogen sie sogar rüde an sich heran und machten ihr Angebote bei denen sich ihr die Nackenhaare aufstellten. Sarfin hatte keinen Schimmer wer ihr gesuchter Kapitän war und sah keine Möglichkeit sich durch die trinkende Horde Männer zu Fragen. Sie quetschte sich durch weitere unsittliche Berührungen bis an die Theke und wendete sich an den kräftigen Wirt: „Wisst ihr wer Lorenzo ist? Er ist der Kapitän der Midna. Kennt ihr ihn? Ist er noch hier?"

„Wer nichts bestellt, bekommt keine Informationen. Was darf es sein? Bier? Rum? Wein?"

„Das billigste, bitte", antwortete Sarfin, kramte unauffällig in dem Geldbeutel ihres Bruders und entdeckte zwei Silberlinge zwischen den Bronzestücken.

„Ein Bronzestück. Der Kapitän ist noch hier", antwortete der Wirt schmunzelnd.

„Was ist das überhaupt", fragte Sarfin als sie an ihrem Glas roch und sich unfreiwillig schüttelte. „Und wo ist dieser Kapitän?"

„Das ist schwarzgebrannter. Brennt ganz schön! Du wolltest das billigste. Hab dir eben schon eine Frage beantwortet. Bestell noch einen und ich antworte. Eins zu eins. Verstehste wie das läuft?"

„Ja ich verstehe, blödes Spiel", antwortete Sarfin und holte ein weiteres Bronzestück hervor. Sie legte es auf die Theke und trank ihr kleines Glas in einem Zug aus. Sie wollte eine neue Frage stellen während der Wirt ihr Glas wieder auffüllte, als es begann. Erst setzte ein widerlich, säuerlich, bitterer Geschmack ein, der einem gewaltigen brennen wich dass ihre Kehle beinahe zuschnürte. Tränen schossen ihr in die Augen, ihr wurde erst warm und dann heiß.

Was ist das denn? Ich verbrenne von Innen! Ah, ist das ekelhaft! Wer trinkt denn sowas?

„Weckt Tote, hä? Was wolltest du wissen? Wo der Kapitän ist, richtig?"

„Jaha…", stöhnte Sarfin und japste nach Luft. „Was war das denn für ein ekliges Zeug? Bah!"

„Schwarzgebrannter, sag ich doch. Der Kapitän sitzt auf der oberen Etage. Willst du noch mehr wissen?"

Der spielt mit mir, dachte Sarfin und musste unerwartet über ihren eigenen Gedanken kichern. *Das ist nicht witzig! Wieso finde ich es dann plötzlich witzig?*

„Wenn ich das jetzt austrinke, dann will ich was anderes. Hast du was, was…, was auch schmeckt", fragte sie und trank auch das zweite Glas in einem Zug. Der Wirt grinste belustigt ehe er eine andere Flasche nahm

„Soll wahrscheinlich billig bleiben. Für zwei Bronzestücke kannst du Rum, Wein oder Bier haben. Der Wein ist noch ekelhafter als der schwarzgebrannte, ich sage es lieber vorher. Rum ist süß, so wie du."

„Danke…, schön, du auch. Hier, ich…, ich…", grinste Sarfin erneut und begann sich selbst immer komischer zu finden. „Rum! Den nehme ich!"

„Bitte…, schön, was möchtest du als nächstes wissen? Wähle deine Fragen besser gut, viel verträgst du nicht mehr."

„Ich vertrage viel, weißt du…! Ich bin nämlich kein normales Mädchen. Ich kann Dinge, die glaubst du nicht!"

„Ich glaube eine Menge aber nicht, was ein Mädchen wie du an diesem Ort sucht. Ich wollte dich eigentlich ein bisschen ausnehmen aber, ich kann es irgendwie nicht. Gib mir das Glas wie…, hast du den Rum schon getrunken?"

„Welchen? Welchen? Ruhm? Ich hab kein Ruhm bei mir", lachte Sarfin und klopfte belustigt auf die Theke. „Das meinte ich gar nicht. Was wollte ich nochmal wissen?"

„Ich glaube nicht dass diese Worte aus meinem Mund kommen aber du hast jetzt genug! Ich bringe dich zu dem Kapitän oder willst du lieber vorher ein Schläfchen machen?"

„Schääfschen", prustete Sarfin und lachte sich scheckig. „Du hast Schäälefchen gesagt. Fahren wir jetzt los?"

„Jap! Wir fahren jetzt zum Kapitän", antwortete der Wirt und kam hinter seiner Theke hervor. Er stützte Sarfin und half ihr die Holztreppe nach oben. „Hey Lorenzo! Hab hier eine für dich. Nehme an, sie sucht eine Überfahrt. Hab nicht gewusst dass sie nichts verträgt. Sie ist jetzt lustig drauf."

„Ich bin lustisch drauf", wiederholte Sarfin und schwankte auf den leeren Platz neben dem gezeigten, bärtigen Mann. Die drei Männer auf der Bank gegenüber grinsten bei ihrem Anblick. „Bist du Lorenzo? Fährst du in die Wüste? Kannst du mich…, kannst du mich…, kannst mich mitnehmen?"

„Ja zu erstens und zweitens. Vielleicht zu drittens. Einen Silberling für die Überfahrt, einen für die Verpflegung und zwei falls du gesucht wirst. Wirst du gesucht?"

„Ganz viele suchen nach mir! Ich bin sehr wertvoll! Sehr wertvoll", grinste Sarfin und empfand sich selbst als wahnsinnig lustig.

„Verstehe, wie gesagt. Vier Silberlinge und du kannst an Bord. Hast du so viel überhaupt?"

Sarfin wurde bei der Frage schlagartig wieder nüchtern denn sie wusste trotz ihres angesäuselten Zustands ganz genau dass sie nur zwei Silberlinge hatte.

„Nein! Habe ich nicht. Ich habe…, nur…, zwei. Bitte…, bitte…, nehmt mich auch mit. Ich kann irgendetwas arbeiten."

„Ich habe genug Männer in meiner Mannschaft. Wir legen morgen Mittag ab, so viel Zeit hast du um den Rest zu besorgen. Weil ich ein netter Kerl bin, halte ich dir eine Kabine frei. Mehr kann ich nicht für dich tun", erklärte Lorenzo, erhob sich ohne weitere Worte und ließ sie alleine zurück.

„Was denn, was denn, was denn? Dir fehlen zwei Silberne um eine Überfahrt zu bezahlen? Ich kenne da einen schnellen Weg um an Geld zu kommen", rief der Mann vom Nebentisch und rutschte zu ihr rüber.

„Erstens, ich bin 14 und habe noch…, noch mit keinem Mann geschlafen! Du bist ganz bestimmt nicht mein erster und für Geld, eh nicht! Ich bin keine Prostu…, prosta…, du weißt was…, was ich nicht, nicht bin!"

„Hey, bleib ganz ruhig. Wer redet denn davon, ich stehe doch nicht auf kleine Mädchen! Ich rede von einem Spielchen! Kannst dir aussuchen welches. Du bestimmst den Einsatz. Wenn du zwei Silberne brauchst, dann setze ich zwei dagegen. Na was ist?"

„Ich habe nur die zwei Silbermünzen. Wenn ich verliere, dann habe ich fast nichts mehr. Nein, das kann ich nicht machen. Ich bin betrunken, glaube ich aber soweit kann ich noch denken!"

„Sah so aus als wenn du es eilig hättest von hier weg zu kommen. Wenn nicht, dann hast du bestimmt ausreichend Zeit um dir eine kleine Arbeit zu suchen. Für zwei Silberne musste du bestimmt nur, vier Monde arbeiten..., wenn du nicht auch etwas in den Magen bräuchtest."

Sarfin atmete tief ein und versuchte sich zusammenzureißen: „Du bist gemein und ich nicht dumm! Du prodokatierst mich damit ich mit dir spiele aber wenn du mich für dumm hältst, dann schlage ich dich in jedem dieser Spiele, selbst wenn ich sie noch nicht kenne, klar? Das da sieht lustisch aus. Wie geht das?"

„Du willst gleich das komplizierteste wählen? Das Spiel heißt verdeckter General. Ein Kriegsspiel sozusagen. Das wäre mir viel zu einfach. Was verstehst du schon davon?"

„Was denn dann? Ich glaube du willst mich schon wieder irgendwie austricksen. Worum willst du spielen? Was kannst du am besten?"

„Trinken! Ich kann am besten trinken! Du bist 14, sagtest du? Dann bist du alt genug, wir trinken um die Wette. Immer gleichzeitig. Wer einen mehr hebt, hat gewonnen. Der Verlierer zahlt dazu noch die Zeche!"

„Was denn trinken? Dieses ekelhafte Zeug? Was ist das stärkste was da im Regal steht? Rum? Ich kenne Rum. Trinken wir Rum, klar?"

„Gut, wie du willst. Ihr habt es alle gehört! Die Kleine will gegen mich Wetttrinken. Das war eine gute Wahl..., für mich", lachte der schmierige Kerl und setzte sich an einen freien Tisch. Sarfin schwankte zu ihm gegenüber auf einen Stuhl und wartete auf die Flasche Rum und eine Masse an leeren Gläsern. Der Kerl begann umgehend ein Dutzend davon zu füllen.

Alkohol wird auch mit Wasser hergestellt, so viel weiß ich und das werde ich mir zu Nutze machen. Ich habe auch schon eine Idee wie ich ihn schlage. Tut mir leid aber du wolltest mich auch betrügen. Vielleicht kann ich heute besser betrügen als du! Wieso komme ich da jetzt erst drauf? Verdammter Mist! Mir wird schlecht!

Die beiden starteten ihr Trinkspiel und bekamen schnell Zuschauer, was Sarfin überhaupt nicht in die Karten spielte, allerdings gab ihr ausgerechnet ihr Gegner den entscheidenden Hinweis, wie sie ihn überlisten konnte.

Wenn er runterschluckt, macht er immer seine Augen zu. Das ist meine Chance!

Sarfin setzte ihr Glas an, schluckte den Rum und schloss die Augen während sie ihren ganzen Oberkörper vorbeugte. Sie rief sofort ihr Faro für einen kurzen Moment und zersetzte den Rum auf den Weg in ihren Magen größtenteils. Den widerlichen Geschmack in ihrem Mund konnte es ihr dennoch nicht nehmen. Diese Vorgehensweise zog sie Runde um Runde durch, bis der stämmige Kerl extrem müde wirkte. Sarfin spürte wie sie trotz ihres Betrugs, ebenfalls an den Rand ihrer Aufnahmefähigkeit kam und nicht einmal mehr wagte zu sprechen. Ob sie doch Alkohol aufnahm oder ihre Faro aufgrund der unbekannten Anwendung an seine Grenze kam, vermochte sie nicht mehr abzuschätzen. Sarfin legte wieder vor, schluckte den

Rum herunter und knallte das Glas laut keuchend auf den Tisch, bevor sie ihren Fehler bemerkte.

Oh nein! Ich habe es versehentlich runtergeschluckt ohne es zu zersetzen. Ich muss schnell raus! Gleich muss ich brechen!

Ihr Gegner griff nach seinem Glas und verfehlte es. Beim zweiten Anlauf warf er es um und einen dritten sollte es nicht mehr geben denn sein Kopf knallte heftig auf die Tischplatte. Sarfin verlor keine Zeit, packte die vier Silberlinge vom Tisch und versuchte so schnell wie möglich aus der Schenke zu kommen. Sie versuchte zu laufen doch jetzt zeigte sich wie betrunken sie tatsächlich war. Sie verlor das Gleichgewicht, rannte unkontrolliert nach links und fiel über eine Kiste in eine Pfütze. Sie versuchte sich schnell wieder zu erheben, fiel erneut hin und übergab sich heftig. Sie schleppte sich irgendwie durch ihr eigenes Erbrochenes, in die schmale Gasse zwischen zwei Häuser, steckte die gewonnen Silberlinge geistesgegenwärtig in ihre Tasche und ließ sich in einen Haufen Müll fallen.

Sie erwachte durch ruckartige Bewegungen. Sarfin stand völlig neben sich, erkannte lediglich wie sie ein bärtiger Mann auf seinen Armen hielt. Ihr Blick war völlig getrübt und ihr Schädel pochte schmerzhaft, zu sehr um zu erkennen wer sie trug.

Als sie das nächste Mal erwachte, starrte sie an eine hölzerne Decke. Sarfin lag in einem weicheren Bett als sie einst in ihrem Zimmer gehabt hatte. Als sie sich aufrichten wollte, hämmerte es in ihrem Kopf wie verrückt. Sie ließ sich wieder in das Kissen fallen und wünschte sich für einen Moment doch im See ertrunken zu sein.

„Brummschädel, ja? Hast ganz schön was weggehauen um an das Silber zu kommen."

Sarfin drehte ihren Kopf ganz langsam und erkannte den Kapitän der Midna.

„Wo bin ich? Wieso wackelt alles so und warum tut mein Kopf so weh?"

„Auf meinem Schiff. In deiner Kabine. Das Silber habe ich schon an mich genommen und deine Sachen sind da im Fach. Deine Kopfschmerzen kommen eventuell von deinem Trinkspiel und deinen vielen Stürzen als du aus der Schenke gelaufen bist. Wackeln tut hier alles aus beiden Gründen, nehme ich an. Wie dem auch sei, willkommen an Bord. Wollte dir eigentlich nur ein Frühstück bringen bevor du aufwachst. Der Fisch auf dem kleinen Teller schmeckt ekelhaft aber er bewirkt in deinem Zustand wahre Wunder! Wir legen gleich ab. Wenn du gefrühstückt hast, geh an Deck. Die Seeluft hilft mir immer wenn ich zu tief ins Glas geschaut habe", lachte der Kapitän und verließ ihr Blickfeld mit einem nicken.

Sarfin stellte sich zum Ablegen mit ihrem Brummschädel an das Heck des Schiffes und warf einen letzten Blick auf den Hafen. Die Stadt war zu groß und das Gebirge dahinter zu hoch um noch einen letzten Blick auf die Landschaft werfen zu können. Lediglich der graue Himmel war zu sehen.

Das soll also das letzte Bild von meiner Heimat sein? Ich will mein Zuhause nicht so traurig und grau in Erinnerung behalten aber es ist doch so treffend. Genau so grau sind die Menschen in ihren Herzen geworden.

Oder hat die Habgier einfach nur ihr wahres Gesicht gezeigt? Will ich die Antwort überhaupt wissen? Es spielt doch keine Rolle mehr! Ich reise an einen Ort der mir völlig fremd ist! Wenn dieser Magieerlass nicht wäre, dann könnte ich das Unmögliche versuchen und in Garnos nach dem Ort suchen, an dem die Weisen leben. Der Moralus hat davon schon vor diesem Erlass abgeraten. Jetzt ist daran vermutlich nicht mehr zu denken. Da war doch noch etwas in Lauras Brief. Ein Volk in der Wüste? Was für eine Wüste? Wo soll es in Shandra eine Wüste geben und wie sollten Menschen dort überhaupt leben? Jetzt muss ich wohl zu einer Art Jägerin werden um herauszufinden ob dieses Wüstenvolk nur eine Legende ist. Wie lange diese Reise wohl dauern wird, fragte sich Sarfin und lehnte sich Gedankenverloren an die Reling. Sie drehte sich herum um auf das offene Meer nach Süden hinaus zu blicken. *Liegt dort meine Zukunft? Irgendwo hinter dieser blauen Wand aus Wasser? Habe ich denn überhaupt noch eine Zukunft*, fragte sie sich und hätte sich am liebsten selbst geohrfeigt. *Ja, ich muss! Ich habe es Pete versprochen. Wenn ich mich auch irgendwann tarnen kann, dann komme ich wieder denn dann werde ich eine Tante sein! Pete und Nele, bitte vergesst mich nicht. Ich werde euch auch nicht vergessen!*

Lorenzo
9. Vollmondperiode des Jahres 921

Sarfin legte ihre Tasche ab, lehnte sich gegen die Reling des Schiffs und betrachtete die steinige Küste des Wüstenstaates. Sie saugte den Geruch des Meeres und der frischen Seeluft tief ein um ihn sich gut einzuprägen obwohl sie ihn bereits seit einigen Vollmonden gut kannte.

Wahrscheinlich werde ich diesen Geruch sehr lange nicht mehr riechen dürfen. Dieser salzige Meeresduft ist toll! Er wird mir fehlen wenn wir anlegen. Was erwartet mich wohl in diesem neuen Land? Obwohl es immer noch Shandra ist, fühlt es sich an als wäre ich um die Welt gesegelt. Ich dachte auch nie dass mir mein Geburtsmonat etwas bedeuten würde aber wenn man ihn ganz alleine verbringt, ist es doch sehr traurig. Ich hoffe Pete geht es gut. Ob sein Baby bereits geboren wurde? Das wäre vielleicht eine gute Gelegenheit um den Tierstein des Falken auszuprobieren aber wenn er nur einem Befehl gehorcht dann überbringt er meine Nachricht nur. Das hilft mir nicht sonderlich. Wieso mache ich mir jetzt Gedanken darum? Ich habe ganz andere Probleme! Ich muss schnell irgendeine Arbeit finden. So ein Trinkspiel kann ich nicht nochmal schaffen! Ich weiß nur dass ich so schnell wie möglich von dem Schiff muss wenn wir angelegt haben. Sollte ich schon früher von Bord springen und mit Hilfe meines Faro an Land schwimmen? Nein, das schaffe ich nicht. Wenn mich jemand sieht, ist alles vorbei bevor es begonnen hat. Trotzdem muss ich schnell weg! Jeder hier an Bord weiß um meine Fähigkeiten. Ich hoffe es hilft dass ich mich mit Lauras Magiebuch beschäftigt habe. Die Kleidungszauber kann ich zwar immer noch nicht richtig, dafür kann ich vereinzelte Zauber aus ihrem Gedächtnisstein rufen und nutzen. Ob ihr oder mein eigener Umhang, spielt keine Rolle mehr, ich kann die Farben ohne Mühe wechseln. Die Kleidungszauber funktionieren leider nur auf Lauras Kleidung. Meine Güte, ich wusste gar nichts was meine Meisterin für einen freizügigen Geschmack hatte. Sie hat fast nur Bauchfreies oder mit einem Ausschnitt. Sowas kann ich doch nicht tragen, meine Brüste passen grade so in meine Hand. Das würde lächerlich aussehen!

„Guten Morgen junge Dame. Du kannst es wohl kaum erwarten von Bord zu kommen", begrüßte sie der Kapitän als er sich mit seiner dampfenden Teetasse neben sie stellte. Sein buschiger Bart wirkte etwas spröde und wies mehr graue, als braune Stellen auf. Er hustete bevor er sich seine Pfeife mit einem glimmenden Zündhölzchen ansteckte.

„Das kann man so nicht sagen. Am liebsten wäre ich gar nicht an Bord dieses Schiffes gewesen. Ich habe meine Heimat nicht freiwillig verlassen."

„Kind, zwei Dinge! Wer von Barella nach Süden aufbricht, tut dies selten freiwillig. Der Süden ist für Weiße oft nicht sicher. Sklavenhändler suchen überall nach ihren Opfern. Sie warten nur auf Schiffe wie dieses. Du musst sehr vorsichtig sein! Traue besser niemand und zeige dich nicht zu oft alleine. Mädchen wie du, sind ihre favorisierten Ziele."

„Ich kann auf mich aufpassen, glaube ich zumindest. Es ist schwer für mich. Ich will niemand verletzten oder weh tun aber seit der Krönung und diesem blöden Erlass, sehe ich überall nur Leid. Ist die Welt schon immer so grausam gewesen oder ist es die Gier der Menschen, die durch den Magieerlass ihr wahres Gesicht zeigen?"

„Die Welt ist schon immer ein grausamer Ort gewesen. Es gibt nur ganz wenige Orte, wo es sich zu leben lohnt. Der Küstenbezirk wäre mein persönlicher Traum. In einer der Werften zu arbeiten, neue Schiffe zu bauen, die um die Welt segeln. Davon habe ich immer geträumt. Dieser Magieerlass ist nur eine neue Methode um das Volk von seinem Leid abzulenken. Die meisten Bezirke leiden die meiste Zeit. In den letzten Jahrzehnten wurden so viele Kriege geführt dass es an großen Höfen und ausreichend Nahrung mangelt. Die Nahrungsmittelknappheit ist wirklich furchtbar. Das Volk hätte Aufstände losgetreten wenn der König nicht gehandelt hätte. Diese Lösung ist so unfassbar dumm und das sage ich, ein völlig ungebildeter Mann! Wieso will man ausgerechnet die Menschen ausrotten, die als einzige die Möglichkeit hätten, diese Not zu bekämpfen. Ich selbst habe schon fantastische Dinge gesehen. Magier erschufen Wunder, direkt vor meinen Augen. Wie können wir es wagen diesen Menschen zu schaden? Nach allem was sie für uns getan haben? Viele Flüsse und Seen gibt es nur durch die Anwendung von Magie. Diese Gewässer ernähren Millionen Leben! Bauwerke die jede Möglichkeit von Baumeistern übersteigen. Ich bin ganz sicher dass der König diese Entscheidung irgendwann bereuen wird!"

„Dann muss ich mir wohl doch keine Sorgen machen was passiert wenn wir anlegen", fragte Sarfin obwohl sie sich vor der Antwort fürchtete.

„Bist du verrückt? Nein! Natürlich nicht! Ich sagte eben, zwei Dinge! Das eine war meine eindringliche Warnung, auf dich aufzupassen! Das zweite ist eher ein kleiner Dank! Von allen an Bord. Komm mir jetzt nicht mit, nein danke. Nimm es einfach", sagte der Kapitän schroff und drückte ihr einen klimpernden Beutel entgegen. „Es ist nicht viel, bis auf meine Leute sind schließlich alle auf der Flucht…, aber wir sind dir alle sehr dankbar. Irgendwie wollen wir uns erkenntlich zeigen und damit solltest du einige Monde über die Runden kommen."

Sarfin nahm den Beutel an sich und atmete erleichtert aus ehe sie antwortete: „Ich wäre verrückt wenn ich diese Geste ablehnen würde. Habt vielen Dank aber ihr wisst dass ich nichts verlangt hätte."

„Ja vermutlich aber es ändert nichts! Du hast mindestens die halbe Besatzung gerettet, wenn nicht sogar das ganze Schiff. Dieser schlimme Sturm kam für uns alle aus dem nichts. Ohne dich und deine Fähigkeiten würden wir heute nicht anlegen. Dieses Schiff ist mein Leben! Schon seit vielen, vielen Jahren! Wie ich eben sagte, ich halte Magie für ein Wunder. Das macht dich zu einem Wunder. Wir Seemänner sind Ehrenmänner und auch sehr Abergläubisch! Du hast uns gerettet und wir werden uns erkenntlich zeigen! Sollte es eine Hafenkontrolle geben und die wird es ganz bestimmt geben, werden meine Männer dich da durchschleusen und aus der Stadt bringen! Mein Wort darauf", sagte der Kapitän mehr als glaubhaft und nickte seinen eigenen Satz ab ehe er einen großen Schluck aus seiner Tasse nahm. „Der Tee aus dem Hügelstaat ist wirklich fantastisch!"

„Wenn ihr mir helft dann bringt ihr euch doch selbst in Schwierigkeiten. Wollt ihr dieses Risiko denn wirklich für mich eingehen?"

„Wie ich sagte, dieses Schiff ist mein Leben. Mein Leben und seins und seins und auch seins. Jeder meiner Männer verdient sein Geld mit Hilfe dieses Schiffs. Wir wären völlig Mittellos ohne es. Du hast doch auch alles riskiert um das Schiff zu schützen. Risiko für Risiko. Leben für Leben."

„Danke Kapitän! Ich weiß nicht was ich anderes sagen soll. Dankeschön! Ich habe schon fast geglaubt dass das Gute im Menschen mit dem Magieerlass ausgerottet wurde."

„Das Gute wird doch niemals aussterben, meine Kleine! Glaub mir, es hat schon unendliche viele Katastrophen gegeben. Ständig hieß es, dies sei das Ende, das sei das Ende, wie soll es nur weitergehen aber soll ich dir was sagen? Es geht immer weiter! Die Zeit bleibt niemals stehen und die Menschheit wird sich letztlich immer aufraffen und sich selbst aus dem Dreck ziehen. So war es immer!"

„So klingt es als wenn die Menschheit ziemlich dumm wäre wenn man sich ständig selbst aus dem Dreck ziehen muss."

„Das hast du vollkommen richtig erkannt. Ehrlich gesagt, wir Menschen sind fast schon, wie eine Krankheit. Sieh dir die Tiere an. Hast du je von einem Krieg der Fische gehört? Elefantenrevolutionen oder einen Putsch der Hirsche? Ich nicht. Nur wir Menschen müssen uns gegenseitig ohne Grund töten. Tiere töten wenn sie fressen müssen aber wir, weil wir Habgierig sind. Uns halbwegs ehrlichen Menschen bleibt nur, irgendwie das Beste aus allem zu machen. Ich will die Hoffnung nicht aufgeben dass eine ausreichende Anzahl an guten Menschen, etwas ändern kann. Träume eines alten Seebären", lachte der Kapitän und trank seine Tasse aus. „Darf ich dir einen Rat geben? Schneide deine Haare kürzer und zieh einen tiefsitzenden Hut auf. Mit Männerkleidung solltest du als Bursche durchgehen, nicht böse gemeint. Wir haben unten noch ein paar Hosen und Jacken die niemanden passen. Du bist klein und zierlich, das wird schon gehen."

„Ich soll mich als Junge verkleiden? Ist das denn wirklich nötig?"

„Letztlich musst du es selbst entscheiden. Ist nicht böse gemeint aber du hast noch keine großen Brüste. Du könntest dich sehr einfach verkleiden und einer Menge Probleme vorbeugen. Burschen werden nicht so oft belästigt wie Mädchen."

So klein sind sie nun auch nicht! Egal, der Kapitän hat recht. Ich sollte gut auf mich aufpassen, dachte sie zustimmend und folgte seinem Rat umgehend denn der Hafen von Longon rückte immer näher. Sie rannte unter Deck und zog sich zügig eine schwarze Hose und ein blaues Hemd über. Es lag sogar ein verschlissener dunkler Umhang mit Kapuze herum, den sie gleich überwarf. Sie rannte in den einzigen Waschraum des Schiffes, wo auch der einzige Spiegel für die Passagiere stand. Sie packte sich die Rasierklinge mit der einen, ihren braunen Haarschopf mit der anderen Hand und zögerte. Ihr Atem wurde immer schneller als sie sich selbst im Spiegel betrachtete.

Mama hat mir so oft gesagt, wie schön sie meine Haare findet. Bin ich denn noch ich wenn ich sie abschneide, dachte sie traurig und schloss ihre Augen bevor sie weinen musste. Sarfin begann sich die Haare anzuritzen. Es tat weh, sowohl das widerwertige Geräusch der reißenden Haare als auch das ziehen an ihrer Kopfhaut, dennoch zog sie es, ohne die Augen zu öffnen, in einem Zug durch. Die Augen wieder zu öffnen, fiel ihr extrem schwer. Sie weinte noch heftiger als sie das Ergebnis betrachtete obwohl sie sich fast schon schöner als vorher fand. Sie konnte sich nicht dagegen wehren, den Verlust ihrer langen Haare, mit einem erneuten Abschied von ihrer Mutter gleichzusetzen. Sie wusste nicht ob sie für die Ablenkung dankbar sein sollte denn sie hörte wie immer mehr Schritte über das Deck liefen und wusste dass es Zeit war, wieder nach oben zu gehen. Mit ihren Ärmeln wischte sie sich die Tränen aus dem Gesicht, legte sich ihre Tasche um und ging wieder nach oben auf das Deck, wo sich bereits Dutzende Passagiere sammelten.

Das ist also dieser Wüstenstaat. Sieht von hier noch ganz normal aus. Ob es diese Wüste überhaupt gibt?

„Na sieh einer an, du hast meinen Rat befolgt. Nicht weinen Kleine, deine Haare sehen doch immer noch gut aus."

„Ich weine nicht wegen meiner Haare aber trotzdem vielen Dank! Ich hatte noch nie so kurze Haare. Fühlt sich merkwürdig an."

„Du brauchst noch einen Hut. Wir haben hier eine Sammelkiste. Unsere Passagiere vergessen immer irgendwas. Was hältst du von diesem hier. Sieht bei Jungs und Mädchen ganz hübsch aus. Bist auch kaum noch zu erkennen. So soll es sein wenn man nicht gesehen werden will. Wir werden jeden Moment anlegen, ich muss wieder an das Steuerrad. Der muskulöse Kerl in dem roten Hemd da vorne ist mein Sohn. Ich weiß, man sieht es nicht. Er wird dich zwischen den anderen Passagieren von Bord bringen. Egal was passiert, hab vertrauen. Er kennt sich mit solchen Situationen aus und bringt dich durch jede Kontrolle."

„Darf ich euch etwas fragen? Ist dies ein normales Passagierschiff oder seid ihr Verbrecher?"

„Weder noch würde ich sagen. Irgendwo dazwischen. Offiziell sind wir ein Passagierschiff aber…, manche nennen uns Schmuggler. Manchmal schmuggeln wir Alkohol oder andere Rauschmittel aus dem Süden, manchmal auch Menschen. Wie der Heller eben fällt."

„Dann schlagt ihr doch Kapital aus dem Magieerlass…, auch ohne mich an die Königsgarde auszuliefern. Nicht wahr?"

„In gewisser Weise. Ich stehe zu meinem Wort. Du hast uns gerettet und jetzt retten wir dich. Man kann es natürlich negativ sehen und mich verurteilen, auf der anderen Seite würdest du jetzt noch in Barella sitzen wenn es uns nicht geben würde. Du bist doch in diesem Fall die Schmuggelware. Du hast mich dafür bezahlt, dich hierher zu bringen, oder nicht? Ich habe dich nicht gezwungen, diese Überfahrt zu nehmen oder mich dafür zu bezahlen. So wie die Lage derzeit aussieht, sind Menschen wie wir, die einzige Hoffnung um diesem dummen Erlass irgendwie zu entfliehen."

„Ihr habt recht, verzeiht mir bitte. Ich wollte nicht undankbar oder respektlos erscheinen. Ich bin zum ersten Mal alleine unterwegs und weiß nicht einmal wo ich hin soll. In welche Richtung liegt diese Tribuswüste? Bitte sagt mir nicht dass sie ein Märchen ist."

„Ein Märchen? Nein, gewiss nicht. Mehr als der halbe Bezirk besteht aus der Tribuswüste. Geh nach Westen und du wirst früher oder später auf endlose Sandmeere treffen. Jetzt machst du mich neugierig, wieso willst du denn in die Wüste? Suchst du eine der Randstädte? Die wimmeln nur so von Banditen und Sklavenhändlern."

„Wenn es stimmt was ich gehört habe, dann soll es eine Stadt geben, mitten in der Wüste. Eine letzte Zuflucht oder sowas. Wenn es diese Stadt wirklich gibt dann muss ich dorthin. Irgendwie! Wisst ihr etwas darüber?"

„Nicht viel. Genug um an ihre Existenz zu glauben. Es klingt im ersten Moment wie eine Legende oder ein Märchen unter Männern. Eine Stadt voller Frauen. Die stärksten und tödlichsten Frauen des Königreiches. Wir haben immer wieder weibliche Flüchtlinge die mit diesem Ziel aufbrechen. Zu viele als dass es ein Mythos sein kann. Ich kann dir allerdings nicht sagen ob sie ihr Ziel jemals erreicht haben. Wenn du noch einen Rat willst dann sage ich dir, such lieber nicht danach. Die Wüste ist selbst mit deinen Fähigkeiten, ein sehr gefährlicher Ort! Mensch und Tier lauern dort überall. Tag und Nacht. Alleine ist es dort nahezu unmöglich zu überleben. Vor allem wenn man ein so junges Mädchen, ohne jede Jagdkenntnis ist."

„Mir reicht es schon zu wissen dass ich keinem Märchen hinterher jage. Es wäre doch furchtbar es bis in die Wüste zu schaffen und dann nichts vorzufinden. Ich danke euch vielmals für eure großzügige Hilfe. Möge die Göttin euch und eure Mannschaft segnen!"

„Das wäre definitiv sehr nett von ihr aber ich glaube die alte Dame interessiert sich wenig für unseresgleichen. Leb wohl junge Dame", verabschiedete sich der Kapitän mit einer Verbeugung und ging davon. Sarfin suchte sich einen Platz, wo sie keinem im Weg stand und beobachtete den Anlege Vorgang. Ihre gute Stimmung fand beim Anblick des Hirschbanners des Königs auf einem anderen Schiff jedoch ein unerwartet, schnelles Ende. Auf dem Deck stand ein großer Käfig, in den eindeutig nur Kinder gesperrt wurden.

Was ist das denn? Die Gerüchte dürfen nicht wahr sein! Das sind alles Kinder. Das Mädchen sieht aus als wäre sie so alt wie ich. Wieso tun sie das? Was haben sie mit ihnen vor? Wo bringen sie die Kinder bloß hin?

Ich muss mich beruhigen! Ganz schnell beruhigen! Ich spüre Dutzende starke Magier in der Stadt. Wenn sie ihre Signatur nicht unterdrücken, können sie nur zu den königlichen Truppen gehören. Diese verdammten Schweine! Wie können sie nur dabei helfen diesen grausamen Erlass umzusetzen? Ich hasse sie! Jeden einzelnen! Besonders diesen Bastard! König Aerion! Wie konnte ich diesen widerlichen Menschen nur verehren? Tausende Male habe ich davon geträumt wie ich ihn heirate und seine Königin werde. Irgendjemand hat doch gesagt, er könne auch zaubern. Hoffentlich stimmt es und jemand fordert eine Goldmünze für seinen Kopf ein. Das wäre blanke Ironie, kicherte Sarfin obwohl sie wusste dass es nichts zu kichern gab. Nach den langen Wochen auf See, musste sie jetzt wieder extrem auf der Hut sein. Jede Nachlässigkeit könnte zu ihrer Ergreifung führen und noch konnte sie nicht sicher sein dass die Seemänner ihr Wort halten würden. Der Hafen war nicht besonders groß, allerdings liefen die wenigen Anleger alle zu einem Steg zusammen, was eine Kontrolle unausweichlich machte. Sie versuchte die Passagiere eines anderen Schiffs zu beobachten und hoffte eine Schwachstelle erkennen zu können doch statt einer Schwachstelle, demonstrierten die Wachen vom Hafen wie aufmerksam sie waren und zogen ein junges Paar, ohne Vorwarnung aus den Reihen und legten ihnen die magischen Handfesseln an. Das leuchten der Schnellen zeigte deutlich an dass sie Faro festhielten.

Oh nein! Ich bin nicht weit weg und konnte dieses Paar nicht spüren. Der Magier unter den Wachen muss begabt sein. Das ist überhaupt nicht gut für mich! Ich habe mein Faro zwar eben noch übertragen aber jetzt bin ich trotzdem nervös, sorgte sie sich und versuchte ruhig zu atmen. Das Schiff knarzte laut als es gegen den Anleger rumpelte und die ersten Männer mit den Tauen hinübersprangen.

„Hey! Tschuldige, ich kenn deinen Namen nicht. Ich bin Lorenzo, der Sohn vom Käpt'n. Mein Vater sagt du bist heiß!"

„Ich bin was? Ich verstehe nicht, soll das ein Kompliment sein? Ähm..., hieß euer Vater nicht auch Lorenzo?"

„Das ist richtig! Bei uns in der Familie heißen alle ersten Söhne Lorenzo. Wir sind ein unsterblicher Mythos", lachte der hübsche, junge Mann und fügte gleich hinzu: „Heiß ein Kompliment? Nicht bei uns zumindest! Heiß bedeutet so viel wie, du wirst gesucht. Kannst du das unterdrücken was dich verraten würde?"

„Ja kann ich. Könnt ihr mich da durch bringen ohne entdeckt zu werden? Euer Vater sagte mir das Alleinreisende Mädchen wie ich sehr verdächtig seien."

„Wenn du mir vertraust dann wird es kein Problem! Du darfst nicht aus der Reihe tanzen und musst uns wirklich vertrauen! Wir haben schon Banditen durch Kontrollen gebracht, wo der Ritter den Steckbrief des Gesuchten in der Hand hielt. Wir sind gut in dem was wir tun aber nur so, wie wir es tun. Egal wie es aussieht, ich zeige dir gleich jemanden und du wirst dich immer an seiner rechten Seite halten, weniger als einen halben Schritt hinter seinem Arm. Das ist auch schon alles was du tun musst. Menschen sind dumm und leicht zu verwirren aber unsere Augen sind eine Katastrophe! Sie sind sehr leicht zu täuschen! Einfach an meinen Freund halten. Rechte Seite, weniger als einen halben Schritt. Ganz wichtig! Ich sehe es in deinem Gesicht aber nicht fragen, einfach machen!"

Sarfin nickte die Anweisung ab und hörte wie die Planke angelegt wurde. Die ersten Passagiere begannen umgehend von Bord zu gehen während Sarfin immer nervöser wurde. Ihr Herzschlag war bis in ihren Hals spürbar. Sie glaubte ihn sogar zu hören als sie jemand von der Seite antippte. Ein älterer Mann mit sehr langen Haaren, lächelte sie höchst freundlich an. Hinter ihm stellten sich fast ein Dutzend weiterer Männer auf, deren Mäntel alle einen relativ ähnlichen Farbton hatten wie Sarfins. Auch Lorenzo trug einen ähnlichen Mantel als er dazu stieß. Er zeigte auf den Mann mit dem freundlichen Lächeln und stoppte den Passagierstrom um in die Lücke zu stoßen. Sarfin hielt sich leicht versetzt hinter dem Mann und war zwischen Nervosität und Neugier, völlig hin und her gerissen. Sie spürte wie der namenlose Mann seinen Arm ganz leicht von sich streckt und ihr somit einen guten Anhaltspunkt anzeigte, wo er sie erwartete. Sarfin war von seinem ruppigen Geschiebe und merkwürdigen Richtungsänderungen schnell genervt. Sie konnte sich keinen Reim darauf machen, wie diese Taktik zu irgendeinem Erfolg führen sollte, bis sie bemerkte dass sie überhaupt nichts sehen konnte und der Grund dafür waren die ständigen Bewegungsänderungen, die sie erst genervt hatten.

Verstehe! Die anderen Seemänner haben alle die gleiche Farbe an und bewegen sich immer wieder um uns herum. Der Mann verschiebt mich immer so dass ich keinen Blickkontakt zu jemand habe weil immer zwei Seemänner die Sicht blockieren. Das ist ja wie ein Spiel..., naja..., wenn es nicht grade um mein Leben gehen würde.

Sarfin konnte kaum glauben dass sie festen Boden berührte und einfach an den Wachen vorbeimarschiert war. Keiner hatte sie durch das Zusammenspiel der Seemänner sehen können.

Jetzt nicht freuen, ruhig bleiben! Ich bin noch längst nicht draußen, mahnte sie sich selbst zur Vorsicht. Der Weg aus dem Hafen verlief wie auf dem Steg. Die Seemänner wechselten ununterbrochen ihre Positionen und zogen ihr Spiel bis zur Hauptstraße durch, die vom Hafen weg führte.

„Wartet! Wir haben es noch nicht geschafft! Die da kontrollieren willkürlich. Die zwei da vorne auch. Wir lösen wie bekannt auf, ihr wisst was zu tun ist. Bruder und schlecht! Alles klar?"

Bruder und schlecht? Was soll das bedeuten, fragte sich Sarfin und erkannte jetzt auch was Lorenzo gemeint hatte. Die beiden Wachtrupps waren nicht fest postiert sondern liefen zwischen den Menschen umher und zogen verdächtige raus. Von der linken Seite kam der erste Trupp auf ihre Gruppe zu. Was der Ritter rief konnte Sarfin nicht hören doch die Antwort hätte sie beinahe zum Lachen gebracht denn zwei der Seemänner drehten sich für einen Moment zur Seite, steckten ihren Finger in den Mund und bekotzten die beiden Ritter mit einem abartigen Brei von Essensresten.

„Mir ist so schlecht", flehte einer der beiden lautstark und ließ sich gegen den Ritter fallen. Dem anderen Trupp schien dieses Verhalten sehr verdächtig vorzukommen. Lorenzo reagierte und legte seinen Arm um einen anderen Seemann. Beide scherten heftig nach rechts aus, stolperten vor die Ritter und versperrten ihnen den Weg während der Seemann eine Verletzung am Bein simulierte.

„Mein Bruder! Helft uns doch! Der Magier da hinten hat uns angegriffen", flehte er so glaubwürdig dass es

Sarfin einen Schreck einjagte. Die Gruppe um sie herum lief jetzt ganz eng und quetschte Sarfin zwischen sich ein.

Bruder und schlecht..., ich glaube es nicht! Die beiden haben einfach die königlichen Ritter angekotzt. Wie kann man nur so abgebrüht sein?

„Hier warten wir das Abziehen der Patrouille da vorne ab. Kann nicht lang dauern."

„Wir warten aber nicht hier! Guck mal da vorne! Da läuft eine Hinrichtung. Scheiße! Das ist eine Massenhinrichtung! Seht die vollen Leichenwagen."

„Wir müssen. Alle Richtungen sind noch blockiert. Sind das alles Magier? Deckt die Sicht von dem Mädchen ab!"

„Nein! Ich will das sehen", protestierte Sarfin und drängte sich zwischen zwei der Seemänner hindurch. Auf den großen Platz wurden reihenweise junge Männer und Frauen, mit den bekannten Armbändern, auf ein erhöhtes Podest aus Holz geführt.

Sind das eventuell die Eltern der Kinder von dem Schiff? Wie konnte der Seemann denn erkennen dass es sich um eine Hinrichtung handelt? Menschen werden doch durch Köpfen hingerichtet aber da ist kein Hackblock. Da sind nur..., Sarfin stockte der Atem als sie die langen Holzmasten bemerkte von denen die Banner des Lords hingen. Von dem Dach des dahinterliegenden Gebäudes warfen einige Männer neue Seile über die Masten und ließen sie nach unten.

„Wieso werden die ganzen Magier denn aufgeknüpft? Das ist doch verboten", fragte Sarfin völlig verängstigt.

„Dinge ändern sich. Magie war erlaubt und ist jetzt verboten. Aufknüpfen war verboten und scheint es nicht mehr zu sein. Das sind die Ritter des Königs.

Kannst ja versuchen mit ihnen zu reden. Wird nichts bringen!"

„Mädchen! Dreh dich weg! Das willst du nicht sehen! Die Männer werden nicht aufgeknüpft! Die planen noch sehr viel Schlimmeres! Das sind keine Schlingen für den Hals. Scheiße! Die haben eine alte Methode wiederentdeckt, die grausamer ist als stranguliert zu werden."

Was soll denn noch schlimmer sein als öffentlich aufgeknüpft zu werden? Haben sie die Magier aus meinem Dorf auch zu solchen Plätzen gebracht und öffentlich hingerichtet?

Sarfin verstand nicht was die Ritter mit den Magiern machten denn die Schlingen wurden nicht um den Hals gelegt sondern um ihre, auf den Rücken gefesselten Hände geschnürt. Die Hände wurden anschließend mit einem kurzen Strick mit dem Hals verbunden. Sarfin hatte nicht genug Fantasie um sich vorzustellen was als nächstes passieren würde und bereute zutiefst, nicht auf die Warnung des Seemanns gehört zu haben. Das Podest hatte Bodenluken, die von ihrer Position aus nicht zu sehen waren. Als sie geöffnet wurden, fielen die Magier in die Tiefe, die Seile strafften sich und rissen ihre Arme nach oben. Einige von ihnen hatten sich beim zurückreißen offenbar die Schultern gebrochen denn ihre Körper hingen schräg und zuckten abstoßend. Sarfin stand geschockt zwischen den Seemännern, unfähig ihren Kopf abzuwenden. Einige der Magier bluteten nach dem Sturz sogar unter den Armen während der Strick um den Hals, ihnen langsam die Luft abschnürte. Der Ritter der die Luken geöffnet hatte, ging von Gefangenen zu Gefangenen und schlitzte ihm ohne zu zögern, die Arme unter den Achseln auf um sie ausbluten zu lassen, obwohl sie alle noch lebten. Sarfin begann zu weinen und spürte wie sie ruckartig weggezogen wurde. Ihre Tränen nahmen ihr zu sehr die Sicht als dass sie erkennen konnte wer vor ihr stand. Sie erkannte jedoch die Stimme von Lorenzo und schmiegte sich an ihn obwohl sie den jungen Mann nicht kannte. Sie brauchte jetzt irgendeinen Halt und bekam ihn glücklicherweise.

„War es so schwer sich einfach davor zu stellen? Du und du, ihr habt eigene Kinder! Schwachköpfe!"

„Ich habe es ihr gesagt aber sie wollte nicht hören. Was willst du überhaupt? Ich bin doch selbst von dieser Scheiße geschockt also reiß dein Maul nicht so auf!"

„Ja, ja. Wir sind wieder vollzählig. Gehen wir, solange sie noch beschäftigt sind. Kleine, kannst du laufen?"

„Die…, die haben…, die haben alle getötet. Vor allen Leuten…, wie Vieh. So…, so brutal."

„Also nicht, Gustav gib mir deine Arme, wir machen das Viereck und tragen sie unauffällig. Ihr kennt die Vorgehensweise. Wir gehen die dritte links und die vierte rechts bis zum Stall am Stadtrand. Los", befahl Lorenzo und griff seinen eigenen Unterarm mit der einen und den seines Freundes, mit der anderen Hand. Der andere Seemann griff die Arme von Lorenzo auf die gleiche Weise. So formten sie einen provisorischen Sitz um die wackelnde Sarfin zu tragen. Im Schutz der engeren Straßen fühlte sie sich gleich viel sicherer und hätte wieder selbst laufen können doch sie war sich sicher dass sie die Gruppe so nur aufgehalten hätte, also ließ sie sich das letzte Stück bis zum Stall tragen. Nur Lorenzo begleitete sie hinein und sprach mit dem Besitzer des Stalls. Die beiden kannten sich offenbar denn Lorenzo brachte sie zu einem älteren Pferd und verabschiedete sich kurzangebunden: „Das Pferd ist schon alt aber es wird dich ohne Probleme in das nächste Dorf bringen. Halte dich nach dem Fluss am Waldrand und du findest ein Dorf. Dort wird man dir helfen. Such Maximo, er ist ein Freund von mir. Er kennt sich hier aus und wird dir helfen wenn er kann. Leb wohl Kleine! Alles Gute!"

„Danke für eure Hilfe! Lebt wohl", antwortete Sarfin doch Lorenzo drehte sich nicht mehr zu ihr um und verschwand so schnell wieder aus ihrem Leben, wie er gekommen war. Sie verlor keine Zeit, übernahm das Pferd ohne Sattel, ritt gemächlich aus dem Stall und verließ die Stadt umgehend. Ohne eine Stadtmauer war es ein leichtes aus den Häuserreihen zu reiten und die Stadtgrenze zu überschreiten allerdings erkannte sie gleich dass sie ein gutes Stück bis zur Straße hatte. Sarfin konnte kleinere Nachtfeuer sehen, die der Dunkelheit des bewölkten Nachmittagshimmels entgegenwirken sollten, an denen größere Gruppen kauerten, die obendrein alles andere als einladend auf sie wirkten. Die Bande von Männern, die an der Straße kauerten, sahen aus wie die Art Männer, vor der ihre Mutter immer gewarnt hatte. Die meisten von ihnen wirkten schmutzig und abstoßend.

Für mich sehen die alle aus wie Banditen! So wie da sitzen sind es bestimmt diese Goldjäger. Ob die überhaupt schon jemand erwischt haben oder schlägt ihr Gestank alle in die Flucht? Da vorne ist noch so eine Gruppe. Wenn ich hier lang reite, muss ich nur an einer vorbei.

Sarfin fasste sich ein Herz und versuchte ausreichend Abstand zu der Gruppe am Stadtrand zu halten ohne zu auffällig zu wirken. Sie zwang sich angestrengt auf den Boden zu gucken während sie auf die Straße abbog und damit in Sichtweite geriet.

„Hey du! Bursche! Ja du! Bist du alleine", rief einer der Männer ihr zu und löste sich aus seiner Gruppe. Ihre Nervosität übertrug sich gleich auf ihr Pferd. Es wurde etwas schneller, was den Mann zum rennen veranlasste. „Hey! HEY! Bist du alleine? Zeig mir deinen Arm! Bist wohl ein Hexer? HEY! HIER REITET WIEDER EIN GOLDSTÜCK", brüllte der Mann und warf irgendetwas nach ihr. Sarfin drehte sich um, trat ihr Pferd, das ihr wiehernd antwortete und los galoppierte. Sie drehte sich um und freute sich das keiner aus der Gruppe auch nur in der Nähe eines Pferdes war und ihr nicht sofort folgen konnte. Sie folgte der Straße bis zum Fluss und erinnerte sich rechtzeitig dem Waldrand zu folgen. Sie ritt den Waldrand ein Stück entlang, als ihr Pferd plötzlich stürzte und sie schmerzhaft abwarf. Ihr Blick war verschwommen, trotzdem erkannte sie sofort die blutende Flanke des Pferdes, in der ein Handbeil steckte.

Ich dachte er hätte daneben geworfen aber er hat das Pferd getroffen. So ein Lullapie! Das arme Pferd. Was soll ich jetzt tun, fragte sie sich panisch. Die näherkommenden Stimmen erübrigten lange Überlegungen. Eine der brüllenden Männerstimmen konnte sie dem Banditen zuschreiben, der das Beil geworfen hatte. Sarfin hasste sich dafür das verletzte Pferd zurücklassen zu müssen doch ihr Instinkt zwang sie davonzulaufen. Sarfin rannte und rannte durch den Wald, so schnell es mit ihrem einfachen Schuhwerk möglich war. Sie achtete gar nicht darauf wo sie hinlief, sie wollte einfach nur weg und sich verstecken allerdings verlor sie in dem dichten Wald schnell jede Orientierung. Alles sah plötzlich gleich aus und die Stimmen wirkten alle nur noch wie Echos um sie herum. Sie konnte nicht mehr ausmachen aus welcher

Richtung die Banditen kamen. Sie griff instinktiv in ihre Boirotasche und zog versehentlich ihren bräunlichen Tierstein heraus.

Dich wollte ich nicht! Egal! Bitte funktioniere, flehte sie und pustete in eine der Öffnungen allerdings passierte schlichtweg nichts. Panik begann in ihr aufzusteigen. Sie drehte den Stein herum und pustete in die andere Öffnung. Erneut ertönte kein Geräusch oder Zeichen für die Aktivierung eines Zaubers.

Was soll das? Muss ich erst irgendetwas machen? Ist er kaputt? Meister Laura hat mir doch erklärt dass ich nur hinein pusten müsste. Wieso passiert jetzt nichts? Ich habe keine Wahl, ich muss meinen Gedächtnisstein benutzen. Die Angriffe und leichten Schildzauber sind alle im Solekassstein. Die reichen für Dolche und Pfeile aber nur wenn ich sie kommen sehe. Wenn sie mich angreifen, muss ich auch angreifen. Verdammter Mist, soll ich lieber einen Avatar erschaffen? Wenn ich jetzt zaubern muss und sie entkommen, dann kommen wahrscheinlich noch mehr. Ich bin ein laufendes Goldstück, das darf ich nicht vergessen. Wie konnte so schnell, alles schief laufen! Nur weil ich alleine reise? Verdammte Magie!

„HIER IST ER", brüllte ein stämmiger Kerl mit Keule und schritt bedrohlich auf sie zu. Sarfin begann ihr Faro zu sammeln und machte sich bereit, ihre Grundsätze zu vergessen. Weit hinter dem Kerl mit der Keule, tauchten weitere Männer auf und kamen langsam auf sie zu. Sarfin war sicher dass jede Warnung vergeblich wäre, drehte ihre Hand und erschuf ihre benötigte Wasserquelle in ihrer Handinnenfläche. Sie atmete tief ein, nahm eine Hand zurück und suchte sich ihr erstes Ziel als es hinter ihr laut wieherte. Sie drehte sich zaghaft, kopfschüttelnd um und spürte ihr Herz durch ihren ganzen Körper hüpfen als ein braunes Wildpferd über einen umgeknickten Ast sprang, unmittelbar vor ihr stoppte und sich hinlegte. Sarfin verlor keine Zeit, sprang auf und vertraute dem Tier. Es galoppierte umgehend los, ließ die Banditen hinter sich und ritt bis zum Sonnenuntergang durch den dichten Wald. Auf einer Lichtung konnte sie eine kleine Hütte erkennen, die höchstwahrscheinlich im Frühjahr von Jägern genutzt wurde. Sarfin trennte sich schweren Herzens von ihrem Lebensretter und betrat ihren Unterschlupf. Erleichtert stellte sie fest dass weder die Tür versperrt war, noch ihr Gefühl sie getäuscht hatte denn die Hütte musste schon seit einiger Zeit verlassen worden sein. Es war nur ein großer Raum mit einem verstaubten Ofen, neben dem sogar noch Feuerholz gestapelt war. Außer einer Essecke, einer Kochstelle, einigen Regalen und Schränken, stand ein schmales Bett in der Ecke. Sie war unsicher ob dieser Platz tatsächlich sicher war doch das Bett schien sie beinahe zu rufen. Sie sagte sich selbst, sich nur hinzusetzen und die Augen auszuruhen.

Reesa
9. Vollmondperiode des Jahres 921

Sie erwachte an ihren Umhang gekuschelt und brauchte eine Weile um zu realisieren wo sie war. Die Übernachtung in der Hütte war angenehmer als sie erwartet hatte, ihr Hunger war jedoch kaum auszuhalten. Wie jeden Morgen übertrug sie als erstes ihre Faroreserven vollständig in ihren blauen Solekassstein und spürte wie ihr Magen immer heftiger grummelte. Gedankenlos ging Sarfin nach draußen um sich etwas für ein Frühstück zu suchen. Sie hielt sich stets in Sichtweite der Hütte, fand einige Sträucher mit Brombeeren und begann gleich welche zu pflücken, bis es hinter ihr im Gebüsch raschelte. Sarfin wollte bereits davonlaufen als lediglich ein Kaninchen heraus hoppelte.

„Schleich dich doch nicht so an", lachte Sarfin und ging in die Knie. Sie streckte ihre Hand aus doch das Kaninchen hoppelte schnell wieder davon und ließ sie alleine auf der Lichtung zurück.

„Aber wenn ich mich nicht ganz leise angeschlichen hätte", sprach eine dunkle Männerstimme. „...hättest du mich doch kommen gehört. Du hübsches Goldstück, zeig mir sofort deinen rechten Arm!"

Sarfin erhob sich ganz langsam, rief ihr Faro, doch es folgte ihrem Ruf nicht. Mit einer Hand griff sie nach ihrer Kette und ertastete lediglich ihre Haut.

Nein! Die Übertragung! Mein Stein! Ich habe ihn in der Hütte liegen gelassen! Wie konnte ich nur so Gedankenlos sein?

Sie drehte sich langsam um und nahm instinktiv ihre Hände nach oben. Der Bandit war alleine und stand nur wenige Schritte von ihr entfernt, mit einer Hand an seinem Schwert.

„Ich habe kein Armband weil ich keine Hexe bin! Bitte tut mir nichts. Ich bin nur ein Mädchen. Ich habe nicht viel Geld."

„Dein Geld ist mir egal und ob du eine Hexe bist auch. In der Stadt sammeln sie jeden ohne Kontrolle. Dein hübsches Gesicht wird mich reich machen! Wenn nicht bei den Königsrittern dann bei den Sklavenhändlern. Die mögen weiße Ärsche wie deinen."

„Ihr würdet mich dem Tod überlassen um ein Goldstück zu bekommen? Wieso tut ihr so etwas nur? Sind euch die Leben der anderen denn so gleichgültig? Stellt euch vor, ihr müsstest vor dem Gesetz fliehen."

„Ich fliehe doch vor dem Gesetz! Halt mich nicht hin, ich traue dir nicht! Du wärst nicht weggelaufen wenn du nichts zu verbergen hättest."

„Ich bin weggelaufen weil ihr mir Angst gemacht habt! Ich bin nur ein normales Mädchen! Ist doch klar dass ich weglaufe wenn mich Männer verfolgen. So hat Mama es immer erklärt!"

„Ja kann sein, knie dich trotzdem hin! Wir gehen jetzt in die Stadt. Ohne Armband will ich dich nicht teilen."

„Mich teilen? Wie kann man nur so herzlos sein? Ich bin ein Mensch, keine Sache!"

„Ist mir egal! Knie dich jetzt hin, muss dich fesseln. Am Ende bist du wirklich eine Hexe, will kein Risiko eingehen."

„Dann klär das mit deinem Freund da, wer mich kriegt", fauchte Sarfin und nickte den Trampelpfad entlang. Der Bandit drehte sich und fiel auf ihre Finte rein. Sarfin machte kehrt und rannte um ihr Leben. Der Rückweg zur Hütte war länger als sie erhofft hatte. Jeder einzelne Schritt fühlte sich obendrein, endlos und langsam an. Sie näherte sich der Tür, nahm ihre Hand nach vorne um sie zu öffnen, wurde heftig hindurch gestoßen und zerstörte den Tisch mit ihrem Sturz. Sie versuchte sich stöhnend zu erheben und suchte instinktiv nach ihrer einzigen Überlebenschance. Ihre Tasche lag auf dem Arbeitsbereich, nur wenige Schritte entfernt. Sie drehte sich, sprang auf, spürte wie es sie zurück wirbelte und sich etwas, sehr merkwürdig anfühlte. Der Bandit grinste und warf sie erneut von sich. Sarfin stolperte zurück und hielt sich irgendwie auf den Beinen dennoch war sie überraschend kraftlos. Sie fasste an ihren Bauch und spürte eine ungewohnte Wärme.

Blut? Das ist ja Blut..., aus meinem Bauch. Er hat mich verletzt! Wieso tut es nicht weh? Sterbe ich jetzt doch? War wirklich alles umsonst? Pete..., es tut mir so leid!

Der Bandit drehte den Dolch in seiner Hand und kostete den Moment seines Triumphes voll aus. Sarfin blutete immer schlimmer und spürte ihren heftigen Schmerz plötzlich bis in den Kiefer pochen.

Ich bin so dumm! Ich hätte meinen Gedächtnisstein nicht abnehmen dürfen! Ich habe mein ganzes Faro in den Stein übertragen, ohne ihn bin ich verloren. Ich bin so verdammt blöd!

Sie blickte noch einmal zu ihrer Tasche. Sie lag fast in Reichweite doch unter diesen Umständen, hätte sie auch noch am Hafen liegen können. Sarfin konnte keinen Schritt gehen. Ihre Gedächtnissteine und die damit verbundene Rettung, waren für sie völlig unerreichbar. Sarfin machte sich bereit den Todesstoß zu empfangen, als der dünne Dachboden über ihnen nachgab, es laut krachte und den Banditen stöhnend niederwalzte. Staub verdeckte die Sicht fast vollständig. Der Bandit ächzte unter der unerwarteten Last, die auf seinem Körper lastete. Sarfins Blickfeld verengte sich immer weiter dennoch erinnerte sie sich, was sie zu tun hatte. Sie begann zu dem Arbeitsbereich zu stolpern und packte ihre Tasche bevor sie die Kraft verlor und zu Boden fiel. Ihre Hand begann in der Tasche zu kramen während sich der Bandit erhob, fluchte und in Sarfins Richtung wankte. Sie war zu verletzt um noch etwas wie Panik zu empfinden und wollte die letzten Atemzüge ihres Lebens nicht noch mehr leiden. Sie packte ihren Gedächtnisstein und überließ dem eingeschlossenen Faro die Verteidigung. Eine zweite Haut aus Wasser legte sich um ihren Körper und wehrte die Dolchstöße völlig ab solange sie ihn im Blick behalten könnte. Sarfin hob ihre freie Hand, zeigte mit der Handfläche auf den Bandit und erschuf einen Ring aus Wasser um seinen Kopf. Sie ballte ihre Hand zu einer Faust und ließ somit auch den Wasserring zusammenschnellen. Der Bandit ließ seine Waffe fallen, ging auf die Knie und versuchte röchelnd, den Ring aus Wasser von seinem Hals zu entfernen. Sarfin hätte ihn schneller töten können und sein Leid vorzeitig beenden können. Immer wieder dachte sie darüber nach obwohl sie selbst im Sterben lag, aber sie konnte nicht mehr von ihm ablassen. Während der Bandit langsam, leblos zu Boden ging, schloss sie ihre Augen und hoffte dass sterben schnell gehen möge.

Sarfin öffnete die Augen und spürte gleich dass sie nicht gestorben sein konnte. Jede Faser ihres Körpers schmerzte so extrem wie niemals zuvor. Der erste Versuch sich zu erheben scheiterte kläglich unter lauten stöhnen. Sarfin blieb einfach liegen und starrte an die Decke der Hütte.

Sollte da nicht irgendwo eine kaputte Stelle sein? Irgendwas ist doch kaputt gegangen. Nein, ich liege ganz woanders. Was ist das? Hat jemand meine Wunden verbunden? Wer hat sich um mich gekümmert, fragte sie sich und verlor im gleichen Moment erneut das Bewusstsein.

Sie erwachte erneut als ihr ein leckerer, leicht fruchtiger Duft in die Nase kroch. Sarfin drehte ihren Kopf und war über den Anblick der jungen Frau überrascht, die sich mit ihrem Stuhl nach hinten gegen die Wand der Hütte lehnte. Sie hielt sich mit einer Hand den Bauch, der auffällig stark bandagiert war und rührte mit der anderen in dem kleinen Kochtopf neben sich, bis sie bemerkte dass Sarfin aufgewacht war.

„Oh, hab gar nicht bemerkt dass du schon wieder wach bist. Du hast lange geschlafen. Hatte schon Angst, du hättest dich aufgegeben und würdest hier sterben."

„Das riecht lecker", war das erste was Sarfin herauspresste und gierig auf den Topf stierte. „Mein Magen bringt mich um. Teilst du mit mir? Ich hab solchen Hunger", bettelte Sarfin und zuckte unter dem Versuch sich aufzurichten heftig zusammen.

„Lehn dich lieber nur an. Mir ist das Nähzeug ausgegangen. Deine Wunde ist nur provisorisch versorgt und sehr empfindlich", erklärte die blonde Frau und füllte eine Schale aus dem Topf. „Mit meiner Retterin teile ich alles! Ich schulde dir eine Menge! Wäre wohl tot ohne dich."

„Wann habe ich dich denn gerettet? Ich weiß nicht einmal wer du bist. Kennen wir uns? Bist du auch auf der Flucht vor dem Magieerlass?"

„Nicht vor dem Erlass aber auf der Flucht, ja. Ich bin immer auf der Flucht. Meine Verfolger sind ebenfalls hier aufgetaucht und haben gesehen was du angestellt hast…, wie auch immer…, ist jetzt nicht wichtig…, und du? Du bist eine Hexe auf der Flucht? Wo wolltest du denn überhaupt hin?"

„Ich bin keine Hexe, klar! Ich bin eine Magierin. Das ist ein ziemlich großer Unterschied", stöhnte Sarfin und nahm die Schale an sich. Sie erkannte lediglich das Wild in dem Eintopf. Erneut zog ihr ein verführerischer Duft in die Nase und brachte sie beinahe zum sabbern. Bereits der erste Schluck war wie eine Wohltat.

„Hoffe es schmeckt. Ich kann leider nur wenige Dinge zubereiten. Du kannst also verrückte Dinge mit Wasser anstellen, wie ich gesehen habe. Das war sehr beeindruckend. Bist du gefährlich für mich? Dann würde ich nach dem Essen in Frieden verschwinden."

„Ja, völlig verrückte Dinge sogar. Ich kann Wasser erschaffen, einfach aus dem nichts. Das ist sogar sehr verrückt aber gefährlich bin ich bestimmt nicht. Es sei denn man rammt mir seinen Dolch in den Bauch…"

„Erzähl keinen Mist! Wenn ich Durst habe, dann kannst du mir einfach einen Schluck Wasser erzeugen? Das kann unmöglich die Wahrheit sein!"

Sarfin hob ihre Hand und konzentrierte sich. Faro in ihrem Zustand zu rufen war schmerzhafter als sie angenommen hatte dennoch schaffte sie es zumindest eine kleine Wasserkugel zu erschaffen und ließ sie zu der jungen Frau schweben.

„Trink wenn du durstig bist. Sauberer kann Wasser nicht sein als in diesem ursprünglichen Zustand."

„Das nenne ich ein Talent. Wahnsinn! Ich bin schwer beeindruckt und das ist eigentlich nicht so einfach weil ich schon eine Menge gesehen habe. Hast du eigentlich auch einen Namen? Ich will dich irgendwie ansprechen und will nicht Kleine oder sowas sagen. Leck mich! So schmeckt sauberes Wasser? Könnte man sich fast dran gewöhnen."

„Sarfin. Mein Name ist Sarfin. Und wie heißt du? Bist du auch verletzt oder hast du Bauchschmerzen?"

„Mein Name ist Reesa Seraf. Kannst du dich nicht erinnern? Ich bin da durch die Decke gekracht und auf dem Drecksack gelandet. Das am Bauch ist halb so wild. Wird schon werden, so wie deine Wunde auch, wenn du vorsichtig bist. Ich habe sie versorgt aber jetzt habe ich keinen Wundtrank mehr. Eigentlich habe ich fast alles aufgebraucht. Wir müssen jetzt auf jeden Fall hier bleiben bis es anfängt zu heilen. Reißen die Wunden auf, sind wir beide verloren."

„Spielt doch keine Rolle mehr! Mir ist jetzt grade egal was aus meinen Wunden wird. Ich bin so oder so am Ende. Überall suchen sie nach Magiern obwohl keiner etwas Schlimmes getan hat. Wo soll ich denn auch hin? Alle sind auf der Jagd nach einem Goldstück. Soll ich dir was sagen? Ich hasse den König! Verdammtes Schwein! Ob Aerion oder Sertan, mir egal wer jetzt wirklich auf dem Thron sitzt. Wegen ihm töten Menschen, andere Menschen nur um ein Stück Gold zu bekommen. Das ist doch krank!"

„Viele hassen den König! Sie haben schon seinen Vater und seinen Vater vor ihm gehasst. Auf der südlichen Seite Shandras hat das Königshaus viel weniger Macht als sie glauben. Scheiss auf den König sage ich!"

„Und du hasst ihn auch? Wieso? Wirst du mich nicht für dieses verdammte Goldstück eintauschen?"

„Dann hätte ich dich lieber getötet als du geschlafen hast. Eine Magierin die Wasser erzeugen kann, welche

Mittel hätte ich denn gegen dich? Außerdem interessieren mich Besitztümer einen feuchten Dreck!"

„Ziemlich viele! Magie macht mich doch nicht übermächtig oder warum liege ich hier? Ein Messer, ein Pfeil, und ich bin am Ende. Dagegen kann ich rein gar nichts machen wenn ich es nicht kommen sehe. Ich…, ich bin am Ende doch auch nur ein Mensch."

„Und du möchtest jetzt gerne hier sterben oder kann ich dich zumindest dazu überzeugen, mich anzuhören? Ich hätte dir da ein Angebot zu machen. Außerdem wäre es Schade um den wertvollen Wundtrank."

„Ein Angebot? Wer bist du denn überhaupt? Wer hat dich verletzt? Waren es diese Banditen?"

„Nein, solche Amateure könnten mir niemals gefährlich werden! Dies ist das Ergebnis meiner eigenen Dummheit! Ich konnte meine Mission nicht beenden weil ich mich ablenken ließ. Das war so unglaublich blöd!"

„Kannst du deutlicher werden? Außer deinem Namen weiß ich nichts über dich. Ganz von vorne bitte, was für eine Mission? Du bist eine Frau, wer schickt dich denn bitte auf eine Mission?"

„Du stammst wahrscheinlich von der nördlichen Hälfte. Ja, das sehe ich sofort. Deine Hautfarbe sagt schon sehr viel über dich. Du hast vermutlich noch nie von meinem Volk gehört, dem Wüstenvolk der Kodayo."

„Ja und nein, bin nicht sicher. Ich war nicht einmal sicher ob es diese Wüste überhaupt gibt. Gerüchten nach, soll es ein Volk geben dass ausschließlich aus Frauen besteht. Gibt es dieses Volk wirklich? Weißt du wo ich sie finde?"

„Du machst dich über mich lustig, oder? Ich wollte dich eigentlich bitten mit mir zu kommen. Dieses

Frauenvolk gibt es. Ich gehöre zu ihnen. Zu den Kodayos."

„Bitte zeig mir wie ich dorthin komme. Ich weiß nicht wo ich sonst hin sollte. Dies ist wahrscheinlich meine einzige Chance am Leben zu bleiben."

„Dann hast du deinen Lebenswillen doch nicht eingebüßt? Wunderbar! Hab mir schon fast Sorgen gemacht. Ich nehme dich mit, wie gesagt, wollte ich dich ohnehin darum bitten. Du könntest meinen Arsch retten!"

„Wieso? Was hättest du davon wenn ich mit dir komme", fragte Sarfin neugierig.

„Die hellste bist du wohl nicht. Wenn du Wasser erzeugen kannst, dann wirst du die größte Heldin unseres Volkes seit der großen Ralla."

„Der großen Ralla", wiederholte Sarfin nachdenklich. „Nein, diesen Namen habe ich nie zuvor gehört. Wer soll das sein?"

„Die Gründerin meiner Heimat. In einem großen Tal, umgeben von Bergen wurde sie vor vielen hundert Jahren gegründet. Sandstadt, die Heimat der Kodayos, den Kindern der Wüste. Sandstadt sollte eine Zuflucht für alle vertriebenen Frauen bilden. Eine Stadt, frei von Verfolgung oder Unterdrückung. Ohne Zwang, Züchtigung oder Vergewaltigung. Der einzige Ort in diesem Königreich an dem Frauen, frei sein können. Leben können."

„Und dort leben wirklich nur Frauen und Mädchen? Wie ist sowas überhaupt möglich? Irgendwie müsst ihr doch Kinder bekommen. Sagt mir nicht ihr tut den Jungen etwas an!"

„Nicht doch, wo denkst du hin. Natürlich tun wir Kindern nichts, auch den Jungs nicht. Ehrlich gesagt, bei uns kommen nur wenige Kinder zur Welt. Die wenigen

Jungs leben in einer eigenen Ecke der Stadt und dienen fast alle dem Rat der Assassine, meist im Verborgenen. In den meisten Vierteln dürfen sie sich nur vermummt zeigen denn die meisten Frauen sind letztlich wegen Männern in der Wüste gelandet. Denen ich übrigens auch angehöre. Also den Assassinen"

„Was soll das sein, eine Assassine? Wieder ein neues Wort für mich."

„Wir Assassine sind die Totbringer des Reichs. Wir sorgen für Gerechtigkeit, wo es das Gesetz nicht tut. Wir halten das Reich im Gleichgewicht oder…, wir versuchen es. Momentan scheint alles aussichtlos zu sein. Dieser Magieerlass und diese Magietruppen des Königs, denen ist schwer beizukommen. Selbst für uns."

„Was soll das heißen? Willst du mir etwa sagen dass ihr etwas dagegen zu unternehmen versucht?"

„Nicht direkt aber die meisten unserer Missionen sind derzeit Rettungsversuche für untergetauchte Magier. Wir sollen sie eigentlich alle in die Stadt Gemtar bringen aber ich habe mein Ziel nicht mehr erreichen können. Gemtar scheint ebenfalls völlig belagert zu sein. Die Magierin wurde mit anderen Kindern, mit einem Schiff nach Norden gebracht und ist jetzt außer Reichweite für mich. Nun, an dieser Stelle könntest du ins Spiel kommen und mein Leben retten."

„Wenn du mich zu dieser Stadt bringst dann will ich dir helfen aber eins sage ich vorher! Ich tue niemand weh! Was ich mit diesem Banditen gemacht habe, war keine Absicht. Ich wollte ihn bewusstlos machen, glaube ich. Ich bin kein böser Mensch! Klar?"

„Schon verstanden, du bist kein böser Mensch! Du sollst mit mir zum Rat kommen. Wenn sie dich als nützlich ansehen und das werden sie, könnte ich doch noch begnadigt werden."

„Was hast du denn getan? Wozu bist du denn verurteilt? Du bist doch hier."

„Ich bin noch nicht verurteilt aber ich werde es. Meine Mission ist gescheitert. Assassine dulden kein versagen! Wenn ich wieder zuhause bin, werden sie mich zu einem Girgo verurteilen. So nennt man eine Art, wie nennt man das? Selbstmordmission. Also ein Auftrag, der nicht zu erfüllen ist, bei dem die Assassine zwangsläufig sterben wird. Eine Null Fehler Politik sozusagen!"

„Und du hoffst dass sie dich leben lassen wenn du mich mitbringst? Was werden sie dann mit mir machen? Wenn man versuchen würde mich einzusperren, dann würde es jeder bereuen! Ich sagte, ich will niemanden weh tun aber ich werde es wenn ich muss! Ich lasse mich nicht einsperren! Keine Zelle könnte mich halten!"

„Dir würde niemand etwas tun wollen! Allein deine Anwesenheit wäre bereits ein Geschenk. Ich kenne deine Fähigkeiten nicht aber wenn du nur die Hälfte von dem kannst, was ich mir grade vorstelle dann habe ich dir und meinem Volk einen großen Gefallen getan. Selbst wenn sie mich verurteilen, hätte mein Ende wenigstens einen Sinn gemacht. Du könntest fantastisches vollbringen. Meine Schwestern werden dich verehren!"

„In dieser…, Sandstadt würde mich also niemand wegen einem Stück Gold umbringen wollen?"

„Nein! Wenn du stiehlst oder lügst, dann solltest du auf deinen Rücken aufpassen aber wegen Gold würde keine Kodayo einen Mord begehen. Wir haben keine Währung in unserer Stadt. Gold und Silber sind dort wertloser Plunder. Bei uns herrschen ganz andere Gesetze als in diesem beschissenen Königreich. Wir haben genaugenommen nur sehr wenige Regeln. Ich hoffe du bist nicht faul. In Sandstadt wirst du keine dicke Frau erblicken denn wir arbeiten viel und hart!"

„Nein, ich bin bestimmt nicht faul. Ich habe das Fischereihandwerk gelernt. Ich hätte fast gelacht während ich es gesagt habe. Die handwerklichen Fertigkeiten sollten mir trotzdem etwas nützen. Außerdem kann ich meine Avatare erzeugen. Damit kann ich eigentlich bei allem helfen."

„Erklärst du mir was ein Avatar ist? Ich habe nicht den Hauch einer Ahnung."

„Ein Avatar ist ein Abbild, geformt aus meinem Element. Wenn du mir meine Tasche gibst, dann zeige ich es dir", erklärte Sarfin und bemerkte dass ihre Tasche bereits neben ihr lag. Sie nahm ihren Solekas Stein, grinste Reesa Seraf an, entzog einen kleinen Teil Faro und ließ es auf die Assassine los, die von einem dunkelblauen glitzern umgeben wurde.

„HEY! Was soll das? Das kitzelt, hör auf damit", kicherte Reesa und wäre beinahe von ihrem Stuhl gefallen. Sarfins Faro hatte alle Informationen gesammelt die sie brauchte und erschuf ein abstraktes Ebenbild von Reesa aus Wasser, unmittelbar vor ihr. „Das bin ja ich. Nicht ganz so hübsch aber ganz deutlich zu erkennen. Kannst du es auch bewegen?"

„Bewegen, rennen, schwimmen aber das Beste ist die Kraft. Der Balken da vorne, denkst du ich könnte ihn anheben? Nur ein Stück?"

„Das würden wir nicht einmal gemeinsam schaffen, selbst unverletzt."

„Dann sieh dir an wie nützlich diese Avatare sind", kicherte Sarfin und befahl ihrem Avatar über ihre Gedanken auf den Balken zu zugehen. Er ging gleich in die Knie und hob das schwere Stück Holz ein Stück an.

„Also? Kommst du mit mir nach Sandstadt", lachte Reesa kopfschüttelnd. „Deine Flucht kann ein Ende haben wenn du mit mir kommst. Ich werde dich beschützen!"

Könnte es wirklich so einfach sein? Nach allem was passiert ist…, fällt meine Rettung einfach von einem Dachboden? Das klingt plötzlich viel zu leicht. Hat dieser Alptraum wirklich ein Ende? Sollte mein Fluch plötzlich einen Sinn bekommen?

Reesa - Die Assassine
10. Vollmondperiode des Jahres 921

„Siehst du die Felsenformationen da vorne? Solche kleinen Gebirge markieren an vielen Stellen die Grenze zur Tribuswüste. Sobald wir sie passiert haben, wirst du in einem endlosen Sandmeer stehen. Wir haben jetzt…, ein Viertel der Strecke hinter uns, der härtere Teil kommt allerdings erst jetzt. Nun ja…, normalerweise. Ich hatte noch nie das Glück mit einer Magierin zu reisen. Wenn Essen unser einziges Problem ist dann können wir einen direkteren Weg nehmen. Trotzdem werden wir noch gut du gerne…, vier Wochen unterwegs sein", erklärte Reesa Seraf, die neue Begleiterin von Sarfin, die meistens so sprach wie es ihr passte und sie damit oft in Verlegenheit brachte.

„Und du reist diesen Weg sonst ganz alleine? Muss ganz schön langweilig sein. Von hier sieht die Wüste überall gleich aus. Alles nur gelb und ein bisschen weniger gelb da vorne…"

„Deswegen gibt es meine Heimat überhaupt noch. Mein Volk hat keine nennenswerte Armee oder Waffenlager. Auch unsere Verteidigungsmaßnahmen sind eher rückständig. Unser größter Schutz, ist diese Wüste. Millionen Leben haben dort schon ihr Ende gefunden bevor sie das schwarze Tor meiner Heimat erreichen konnten."

„Muss ganz schön kompliziert sein wenn du jedes Mal durch die ganze Wüste stiefeln musst."

„Es geht eigentlich wenn man sich auskennt. Mit der richtigen Route gibt es ausreichend Schatten und Wasser. Das größte Problem ist die Einsamkeit und die Wüstenbanditen."

„Ich dachte diese Amateure wären keine Herausforderung für dich. Waren das nicht deine Worte?"

„Sind sie auch nicht, die Söhne der Wüste allerdings schon wenn sie dich im falschen Moment erwischen. Wenn man alleine reist, muss man stets wachsam sein, selbst im Schlaf. Außerdem ist da ihr Lager, hinter der Mondschlucht. Wenn man zu dicht herankommt, lösen sie Alarm aus und man hat es mit einer kleinen Armee zu tun. Diese Banditen sind unsere größten Feinde, unser einziger Feind wenn man so will. Man muss höllisch aufpassen bis man den Blutpfad erreicht. Dieser Pfad markiert unsere Grenze. Sobald du sie passiert hast, wirst du von allen Seiten beobachtet ohne es zu merken!"

„Klingt ein bisschen unheimlich! Hast du keine Angst dass sie uns versehentlich angreifen?"

„Nein, wir sind doch auch Frauen beziehungsweise, wohl eher noch Mädchen. Bei uns sind wir erst mit 20 Jahren erwachsen. Eine Kodayo darf ihre Waffe auch nicht grundlos gegen eine Frau oder Schwester richten. Sieh es eher als Schutz für uns. Desto tiefer man in die Sandmeere der Tribuswüste vordringt, umso wahrscheinlicher ist es auf einen Basiliken zu treffen. Alleine kann man diese Bestien auf keinen Fall bezwingen! Ihr Rückenpanzer ist mit Klingen nicht zu durchdringen. Ohne die wachsamen Augen meiner Schwestern, könnte eine Begegnung mit einem solchen Vieh, unser Ende bedeuten."

„Diese Wüste scheint ein sehr gefährlicher Ort zu sein. Wie konnte ein Frauenvolk unter diesen Bedingungen denn überhaupt überleben?"

„Man braucht dickere Eier als sie jeder Mann hat", lachte Reesa und zuckte kurz zusammen. „Verdammt, wenn ich lache, tut es noch immer ein bisschen weh. Ist deine Wunde besser verheilt als meine?"

„Ich war noch nie so heftig verletzt aber ich glaube es geht schon. Wir haben es ja scheinbar nicht eilig wenn wir zu Fuß gehen."

„Bist du wahnsinnig? Jetzt gehen wir noch nicht! Wir brauchen erst passende Kleidung und wenigstens ein paar Vorräte! Dein Umhang ist dunkel, das geht gar nicht! Und zu Fuß gehen wir ganz bestimmt nicht!"

„Für Reis reicht meine Barschaft noch aber für ein Pferd bestimmt nicht. Der neue Wundtrank hat mich fast alles gekostet. Ich werde nicht stehlen, nur um es rechtzeitig zu sagen, klar? Darüber diskutiere ich auch nicht schon wieder! Wenn du mir sagst, welche Kleidung wir benötigen, könnte ich eventuell helfen. Ich kann die Kleider meiner Meisterin erzeugen. Dir würden sie bestimmt besser gefallen als mir!"

„Wer sagt denn etwas von stehlen, meine hübsche? Wir brauchen ein Wüstenpferd, die gibt es in der Stadt sowieso nicht. Kamele oder Elefanten gehen auch noch aber normale Pferde schaffen es nicht wenn sie einen Menschen tragen müssen. Der Boden und die Hitze machen sie fertig! Was wir an Kleidern brauchen? Deine Schuhe sind nicht perfekt aber der hohe Schaft gefällt mir, sollte so gehen. Ansonsten brauchen wir helle Umhänge. Ein Hut wie deiner wäre besser als eine Kapuze. Und darunter, so wenig wie möglich oder weit und luftig. Die Hitze ist furchtbar!"

„Ich habe das Gefühl dass ich gar nichts von dieser Welt wusste. Was sind denn Wüstenpferde? Über die Kleider müssen wir uns dann keine Sorgen machen. Meine Meisterin hatte fast nur freizügige Kleidung, wie ich mittlerweile weiß."

„Sie sind das wonach es sich anhört. Pferde die in der Wüste leben und deswegen mit diesen extrem harten Bedingungen gut zurechtkommen. Ihre Hufe sind ganz anders geformt deswegen sacken sie im Sand nicht so sehr ein aber das allerbeste an ihnen ist ihr geringer Wasserbedarf. Diese Pferde sind noch besser als Kamele. Mit diesen Tieren kann man stets die optimale Route wählen weil sie länger durchhalten als wir."

„Auf die Gefahr hin mich mit meiner Fragerei unbeliebt zu machen. Wo bekommen wir solche Pferde her? Du könntest deine Antworten auch gerne von Beginn an, vollständig ausführen dann würde ich mir nicht wie ein Kind vorkommen."

„Ja du hast recht. Ich bin es nicht gewohnt so viel zu reden, entschuldige. Ich mache das nicht mit Absicht. Das dürfte dir wahrscheinlich gefallen. Mit diesem Stein hier…, na wo ist er, da", sprach Reesa und zeigte Sarfin einen blauen Stein mit zwei verschiedenen Öffnungen. „Weißt du was das ist?"

„Ein Tierstein. Ich habe selbst welche. Woher hast du denn so einen? So einen bekommt man wenn man die Jakel Prüfung bestanden hat. Du hast mir doch nicht verschwiegen, eine Magierin zu sein? Ich konnte bis jetzt keine Signatur bei dir spüren."

„Nein habe ich nicht. Ich verstehe nichts von Magie! Diesen Stein bekommen wir Assassine nach unserer Wüstenprüfung. Wir werden dazu in der Wüste ausgesetzt und müssen ohne jede Hilfe zurück nach Sandstadt finden. Wenn man dies schafft, bekommt man so einen Stein."

„Interessant und sadistisch! Hast du den Namen Moralus schon einmal irgendwo gehört?"

„Gehört? Er gibt uns scheinbar die Befehle, wen wir richten sollen. Zumindest wurde es mir so erklärt, ich habe ihn noch nie selbst gesehen. Ich kenne ein Abbild, in Form einer Statur von ihm. Ich nehme an dass wir die Steine über ihn beziehen aber ich habe keine Ahnung wer er ist oder wo er lebt."

„Ist das die Wahrheit oder schwindelst du mich an? Wieso guckst du mich eigentlich die ganze Zeit so an? Habe ich etwas im Gesicht?"

„Hey! Zweifel niemals die Worte einer Kodayo an! Wir sprechen immer die Wahrheit! Das ist ein Gesetz! Lügnern wird die Zunge rausgeschnitten!"

„Und wieso starrst du mich schon wieder so an? Lass das gefälligst!"

„Ach süße, eventuell werde ich bald sterben. Warum soll ich mich nicht noch ein letztes Mal satt sehen. Du hast eine sehr schöne Haut und bist wirklich nett anzusehen."

„Ich habe was? Was redest du denn da? Ich bin ein Mädchen falls du es vergessen hast. Meine kurzen Haare sollten dies nicht verstecken, glaube ich."

„Lieben sich Frauen in deiner Heimat etwa nicht? Oder Männer? Ich würde dich die ganze Nacht lieben!"

„Nein, wieso sollten sie. Moment! Willst du mir etwa sagen dass du…, auf mich? Mit mir? Wirklich? Wie soll das überhaupt gehen? Wir haben doch…, gar keinen…, du weißt schon!"

„Soll ich es dir zeigen? Ich kenne da ein paar tolle Dinge, die dir ganz bestimmt gefallen würden."

„Ich tue einfach so als hätte ich heute noch nicht mit dir geredet! Gehen wir weiter?"

„Du bist verklemmt, verstehe. Schon gut, ich bedränge dich nicht. Wenn du soweit bist, dann leg dich einfach zu mir."

„Ich lege mich nirgendwo hin! Ich bin ein Mädchen auch wenn ich diese Kleidung trage. Als ob du…, hör einfach auf. Ich finde solche Scherze nicht lustig. Ich heirate irgendwann…, einen tollen Mann und bekomme Kinder, so wie es sich gehört. Mädchen und Mädchen, das kann nur ein schlechter Scherz gewesen sein!"

„Hattest du denn schon einen? Du scheinst dir deiner Sache ja sehr sicher zu sein!"

„Das geht dich gar nichts an! Ich kenne dich doch gar nicht! Du bist sehr unverschämt!"

„Ich habe dich nackt gesehen…, oder fast nackt. Vielmehr muss ich für den Moment nicht wissen. Wie gesagt, du hast eine schöne Haut."

„Du hast mich…, wann? Als du meine Wunden versorgt hast? Wozu musstest du mich da ausziehen? Du bist unmöglich! Ich werfe dich gleich vom Pferd!"

„Du bist süß wenn du dich aufregst, weißt du das eigentlich? Mach doch noch einen Knopf von deinem Hemd auf."

„Ich will nicht mehr mit dir reden! Da kommt heute nur nerviges Zeug aus deinem Mund! Wie lange werden wir denn unterwegs sein?"

„Ich will dich doch nur ärgern! Von hier aus? Ich würde schätzen, vier bis sechs Wochen. Von Osten aus müssen wir einen ärgerlichen Bogen machen."

„Trotz meiner Fähigkeiten? Du weißt dass Wasser kein Problem ist."

„Ja das habe ich schon vermutet, hältst mich wohl für blöd? Kannst du durch Gebirge gehen? Oder Sanddünen? Nicht? Dann dauert es so lange wie ich sage."

„Wieso bist du so? Kann ich wieder mit dem netten Mädchen aus der Hütte reden? So mag ich dich nicht."

„Ich bin nervös! Wir werden verfolgt und ich bin noch verletzt! Mindestens zwei Dutzend, die haben die

Waldgrenze da vorne noch nicht erreicht. Glaubst du wir stehen hier zum quatschen? Nein! Sie sollen uns jetzt sehen. Ich habe unsere Verfolger bereits vor einigen Tagen bemerkt. Du reitest gleich nach da unten und wartest auf dem offenen Feld auf mich. Sie sollen dich alle sehen und uns für dumm halten. Läuft alles nach Plan, zeigen sich alle Ratten gleichzeitig. Wenn nicht, muss ich nachhelfen. Wenn ich das Zeichen gebe, dann musst du deine Luft anhalten! Wahrscheinlich kommen sie nicht nahe genug heran aber sollte ich rufen, dann halte die Luft an! Auf keinen Fall durch die Nase atmen!"

„Welches Zeichen? Welche Verfolger? Was ist denn auf einmal los?"

„Ich sage das einmal nett und dann nicht mehr! Regel Nummer eins! Tu was ich sage wenn ich es sage! Ich sage, reite da runter und sei der Köder. Den Rest besorge ich! Du stehst ja immer noch hier!"

„Ja weil du völlig spinnst. Wer kommt von wo und was glaubst du wer du bist? Ein Held der alle unsichtbaren Angreifer niederschlägt?"

„Erstens! Die da vorne aus dem Wald reiten. Zweitens, nein! Ich bin keine Heldin! War nie eine und habe nicht vor eine zu werden! Ich bin ein Todbringer! Wenn du mich jetzt fragst was das ist, haue ich dir eine rein! Und jetzt wäre es ganz, ganz toll von dir wenn du die Liebenswürdigkeit haben könntest, deinen süßen Hintern nach da unten zu bewegen. Das wäre wie gesagt, sehr liebeswürdig wenn ich unsere Leben retten könnte. Besitzt du diesen Großmut?"

„Wenn das vorbei ist, dann reden wir zwei ganz ernsthaft miteinander! Dumme Kuh! Wir schweben in Lebensgefahr und sitzen hier in aller Ruhe...", meckerte Sarfin und sprang wieder auf ihr Wildpferd. Sie hatte kein gutes Gefühl als sie auf der völlig offenen Position ankam und ihr Pferd stoppte. Die Banditen brauchten nicht lange um auf sie aufzuholen, hielten sich jedoch zunächst zurück und teilten sich in drei Gruppen auf.

Wo ist Reesa? Ich hätte mich nicht auf sie verlassen dürfen! Manche von ihnen haben Armbrüste, die abzuwehren kostet mich viel Faro. Wenn sie gleichzeitig schießen, habe ich keine Chance. Gegen die Schwerter ohnehin nicht. Meinen Energieschild kann ich nicht mit Absicht rufen. Ich muss als erstes angreifen aber wie? Die da hinten kann ich nicht treffen. Wenn ich nicht aufpasse, schießen sie während ich mich mit den anderen beschäftige. Wenn ich nur beides gleichzeitig könnte. Wenn ich nur wüsste wie ich den Stufe sechs Schild geschafft habe!

Die erste Banditengruppe wagte sich vor und lief im Bogen auf sie zu. Sarfin berührte ihre Kette um ihr eigenes Faro nicht zu verbrauchen. Sie teilte die entzogene, blau schimmernde Nebelschwade und formte sie mit einem Stoß nach vorne zu Menschenähnlichen Avataren. Zwei der Banditen legten ihre Pfeile an und verschossen einen gelbleuchtenden Pfeil. Der Treffer zerfetzte den Kopf der Avatare, was ihren sofortigen Zerfall zur Folge hatte.

Oh nein, was war denn das? Wieso können die gegen meine Magie vorgehen? Dieser verdammte Fluch ist zu nichts nütze!

Sarfin vergaß ihre Kette zu berühren, rief ungeduldig ihre eigenen Faroquellen und formte mit beiden Händen eine Wasserkugel. Sie zog sie zurück, drehte ihre Hände und ließ ihr Geschoss los. Die beiden Banditen stöhnten bei dem heftigen Treffer, der sie zu Fall brachte allerdings waren es noch immer mehr

Banditen als sie auf die Schnelle hätte zählen können. Sie begann schnelle Wasserstöße von sich zu schießen, musste allerdings feststellen dass die beweglichen Banditen kaum zu treffen waren solange sie auf Distanz blieben. Sarfin war schlichtweg zu langsam und viel zu ungeübt um eine direkte Konfrontation zu bestehen, diesen Umstand erkannte sie sofort. Sie wurde wütend und stoppte ihre Angriffe um sich für etwas Größeres bereit zu machen.

Wenn ich zu langsam bin um sie zu treffen dann muss ich sie alle gleichzeitig wegfegen. Ein Ringangriff wird sie alle schwer verletzten aber ihr wollt es ja offensichtlich so!

Im Augenwinkel versuchte sie zu erkennen was die anderen beiden Gruppen machten.

Wieso liegt die äußere Gruppe am Boden? Was ist passiert? Ist mir eine Attacke entwicht?

Sarfin bekam eine schnelle Antwort auf ihre Frage als eine gräulich weiße Rauchwolke, mitten zwischen den anrückenden Banditen entstand. Die Wolke hielt sich nicht lang doch als sie sich verzogen hatte, lagen alle Banditen am Boden. Ob sie tot waren oder nur das Bewusstsein verloren hatten, vermochte Sarfin nicht zu erkennen. Die Gruppe mit den Schützen, die sich immer noch auf ihrer Ausgangsposition befanden, wurde im gleichen Moment von einer anders farbigen Rauchwolke eingehüllt, die deutlich dunkler war. Innerhalb des Rauches passierte etwas, sie erkannte Schemenhafte Bewegungen, ohne etwas Genaues erkennen zu können. Erst als leichter Wind aufkam und den Rauch lichtete, erkannte sie ungläubig, wie die Assassine Reesa Seraf durch die Reihen der Banditen pflügte. Sarfin war starr vor Erstaunen wie diese junge Frau über die stämmigen Banditen hinwegfegte. Ihre eigenen Hände explodierten förmlich vor lauter Faro doch Reesa war trotz ihrer Verletzung alles andere als Schutzbedürftig. Selbst die Kampfunerfahrene Sarfin erkannte ihr Vorgehen sofort. Reesa konterte ihre Gegner mit ihren langen Dolchen gnadenlos aus. Sie wartete eine Schlagkombination ab, setzte ihren sofortigen Todesstoß und widmete sich dem nächsten Gegner. Sie tötet mit einer Anmut, die Sarfin völlig verwirrte. Alles an dieser Situation verwirrte sie.

Sie ist doch fast so alt wie ich und trotzdem haben diese Muskelberge nicht den Hauch einer Chance gegen sie. Wie kann eine Frau so stark werden? Es gibt über alles eine Legende aber über eine kämpfende Frau hat nie jemand berichtet. Was passiert denn hier? Ich verabscheue das töten doch..., wieso..., bewundere ich sie dann? Wieso schlägt mein Herz plötzlich so schnell?

Ihre Körper wurde völlig unerwartet zur Seite gerissen. Ein schweratmender Bandit sabberte fürchterlich als er versuchte, Sarfin vom Pferd zu ziehen. Sie hatte den Angreifer nicht kommen sehen. Ihr Pferd bäumte sich auf und warf sie nach hinten ab. Der Bandit stolperte hinterher, zückte seine Waffe und verlor keine Zeit mit seinem Angriff. Seine Klinge summte beim schwingen durch die Luft. Sarfin drehte sich unter seinem Schlag hinweg, wollte eine stoßartige Wasserkugel verschießen doch ihr Faro war beim Sturz verloren gegangen und musste erst neu gesammelt werden. Sie sprang noch einmal zur Seite um dem nächsten Schlag zu entgehen. Der Bandit schickte einen überraschenden Rückhandschlag zurück. Sarfin kam nicht hinterher und riss ihre Arme zum Schutz nach oben. Ihr Körper kippte leicht, drehte sich schneller zur Seite als es normal gewesen wäre und kam schlagartig wieder zum Stillstand. Als sie ihre Augen öffnete, hielt

Reesa sie in einem Arm und den abgestochenen Banditen, an ihrem Säbel, an dem ein roter Edelstein im Licht funkelte.

Sie ist so schnell! Reesa hat mich und sich selbst um den Schlag gedreht, gekontert und ihn getötet. Alles in einem Zug während ich mir vor Angst in die Hose mache. Was für eine fantastische Frau, waren ihre einzigen Gedanken als sie der blonden Kodayo in ihre wunderschönen grünen Augen blickte und sich für einen Moment darin verlor. Der Bandit bewegte sich stöhnend, hob noch einmal seine Klinge und stach zu. Reesa wirbelte herum, zog Sarfin mit sich, schlitze ihn im Sturz auf und fiel mit ihr auf die Wiese. Reesa war überraschend leicht, umso größer wurde die Bewunderung für die hübsche Assassine. Beide blickten sich tief in die Augen ehe Sarfin wieder bewusst wurde wo sie war.

„Ich schulde dir wohl schon zweimal mein Leben. Du bist eine fantastische Frau! Wo hast du sowas gelernt? Wie du dich bewegst, so grazil und Anmutig! Ich könnte…", sie verstummte als Reesa sich zu ihr nach unten beugte und sie überraschend küsste. Der Kuss dauerte nicht lange. Reesa spürte offenbar die aufkommende Gegenwehr von Sarfin und zog sich rechtzeitig wieder zurück. Sarfin war sofort wütend und begann wild zu schimpfen doch kaum drehte sich Reesa weg um die Banditen zu durchsuchen, leckte sie sich mit ihrer Zunge über ihre Lippen. Sie war völlig verwirrt und trotzdem wütend aber auch neugierig. Ihr Bauch fühlte sich plötzlich merkwürdig an. Irgendein ungekanntes Gefühl wuchs in ihr heran für das sie keine Erklärung hatte.

Einen Tag später ließen sie das Wildpferd wieder frei als sie den steinigen Übergang zur Wüste erreichten.

„Tut es weh wenn du an mir herum zauberst", fragte Reesa und begann ihr Oberteil aufzuknüpfen.

„Was machst du denn da? Du musst dich dafür nicht ausziehen! Bleib bloß angezogen!"

„Woher soll ich das denn wissen? Immer noch eingeschnappt wegen dem Kuss? Komm schon, so schlimm war es auch nicht. Kein Grund mir jetzt ewig zu grollen. Es war doch nicht dein erster Kuss?"

„Nein war es nicht und jetzt lass mich in Ruhe! Ich will nicht darüber reden! Warte, ich muss kurz überlegen welche Nummer es war. Du hattest das weiße ausgesucht, oder?"

Als Reesa nickte, nahm Sarfin den Gedächtnisstein von Laura und aktivierte den Zauber ohne eine Beschwörungsformel. Reesa wurde in ein weißes Licht gehüllt und tauchte in neuer Kleidung wieder auf. Ihre Oberbekleidung war kaum mehr als eine halbe Bluse um ihre Brüste und Arme zu verdecken. Ihr muskulöser, braun gebrannter Bauch war völlig frei. Die Farben des Oberteils waren in weiß und einem violetten Streifen an der Außenseite gehalten. Ihr Umhang und der weite Rock waren ebenfalls weiß mit violetten Verzierungen.

„Merkwürdiger Stil. Sehe ich so heiß aus wie ich mich fühle? Ich fühle mich extrem heiß!"

„Heiß? Bedeutet das gut aussehend dann ja, das passt wirklich gut zu dir. Mir wäre das zu freizügig. Man sieht deine Brüste ja fast ganz."

„Und? Gefallen sie dir? Ich lege mich immer nackt in die Sonne, ich habe keine Streifen. Auch unten nicht."

„Nicht schon wieder! Das weiß ich mittlerweile. Habe verstanden dass du mich irgendwie hübsch findest aber du musst noch bis zu deinem Zuhause durchhalten um eine Spielgefährtin zu finden. Ich werde dir den Gefallen nicht tun!"

„Dann findest du mich wohl hässlich? Sind es meine blonden Haare? Dafür kann ich nichts."

„Nein, deine Haare sehen toll aus. Ich wollte immer lieber blond sein. Du siehst toll aus, alles an dir. Und deine Muskeln sind der Wahnsinn. Ich glaube du bist die hübscheste Frau, die ich je gesehen habe. Ich will aber nichts mit Mädchen machen. Mädchen müssen Babys machen. So habe ich es gelernt."

„Du hast keine Ahnung was du verpasst meine süße! Bist du soweit? Kann ich das Wüstenpferd rufen?"

Sarfin tauchte sich ebenfalls in ein weißes Licht und tauchte in neuer Kleidung wieder auf. Sie hatte sich für ein Ärmelloses, beiges, Baumwollhemd entschieden. Ihr dezenter Ausschnitt war am Kragen mit Schnüren versehen. Dazu hatte sie einen weiten Rock, mit langen Schlitzen an beiden Seiten. Ihre Stiefel reichten bis an die Knie. Als der Wind ihren Rock zur Seite wehte und ihre Oberschenkel zu großen Teilen freilegte, drehte sich Sarfin sofort mit erhobenem Zeigefinger zu Reesa.

„Sag es nicht! Verkneif es dir, klar", fauchte sie und musste plötzlich selbst lachen. „Ruf das Pferd und wehe deine Hand berührt mein Bein beim reiten!"

„Ich wollte eigentlich was anderes sagen. Ulena sora tostatium", grinste Reesa und pfiff mit ihrem Tierstein.

Wieso kommt bei ihr ein Ton raus aber bei mir nicht? Und wieso hat sie eine Beschwörungsformel benutzt? Das verstehe wer will, dachte Sarfin und fragte: „Nun sag schon. Was wolltest du sagen?"

„Schon gut, ich sage besser nichts. Du wirst nur wieder böse auf mich. Sitzt du lieber vorne oder hinten?"

„Ist das wieder ein anzüglicher Witz den ich nicht verstehe? Ich habe das Gefühl als würde ich mich daran gewöhnen. Seid ihr Kodayos alle so, ungezwungen."

„NEIN! Natürlich nicht! Ich bin wirklich schüchtern im Gegensatz zu meinen hunderten Schwestern."

„Ach…, schüchtern? Du hast doch keine Ahnung was dieses Wort bedeutet, glaube ich."

„Glaubst du, ja? Übrigens, ich verspüre wieder einen kleinen Durst. Magst du meine Flasche auffüllen oder gibst du es mir direkt in den Mund?"

Sarfin antwortete mit einem kräftigen Schwall Wasser, den sie Reesa ins Gesicht schleuderte und anschließend auf das angaloppierende Wüstenpferd zuging. Sie wollte aufsteigen als Reesa sie zurückrief: „Warte! Noch nicht aufsteigen!"

„Was ist denn? Bitte jetzt keine Witze mehr. Nur bis heute Abend."

„Nein, kein Witz. Tradition", antwortete Reesa und berührte das Pferd andächtig am oberen Hals. „Doran Heibor! Polcho, sono mi atash Hoban tagai mio!"

„Doran…, was? Was bedeuten diese Worte? War es eine andere Sprache?"

„Doran Heibor ist Kodai, die Sprache meines Volkes. Oder war es einst. Bei uns ist Shandri natürlich die Amtssprache aber wir versuchen unsere alte Kultur zu erhalten. Wir Kodayo leben nach dem Glauben von Alehn, weißt du? Nicht sehr weit verbreitet. Dieser Glaube schreibt uns vor, jedes Leben zu respektieren. Mehr habe ich eben nicht getan. Ich habe es mit unserem Gruß empfangen und mich lediglich bedankt. Immerhin würden wir es zu Fuß niemals schaffen, selbst mit dir nicht."

„Welch interessante Seite du mir da präsentierst. Bei dir ist nichts wie es auf den ersten Blick erscheint, oder?"

„Ich bin sogar ganz einfach gestrickt. Gradlinig und ehrlich, so wollte ich immer sein. Wie meine Mutter. Also? Vorne oder hinten?"

Tribus

11. Vollmondperiode des Jahres 921

Sarfin war von der Artenvielfalt der Wüste völlig überwältigt. Wirkte das Tribus Sandmeer auf den ersten Blick noch Trostlos und verlassen, belehrte sie die Wüste schnell eines Besseren. Sie konnte unzählige Tiere sehen, von deren Existenz sie bis zu diesem Zeitpunkt nicht einmal wusste. Reesa erklärte ihr wie sich die unterschiedlichen Tiere ihre Territorien untereinander aufteilten und achtete stets darauf, Sarfin jedes vorbeiziehende Tier auch aus der Nähe zu zeigen. Mit einem gewaltigen Panzerhorn hatte sie sogar ein beeindruckendes Vorbild für einen durchschlagenden Avatar gesehen und in ihren Gedächtnisstein übertragen. Die Erzählungen über Basilisken verursachten ihr jedoch immer wieder eine Gänsehaut. Schlangen konnte sie noch nie ausstehen, auf die Bekanntschaft mit einem Exemplar das mehr als zehn Meter lang war, konnte sie daher sehr gut verzichten.

„Was ist denn dieses glitzern da vorne? Das sticht in den Augen wenn man direkt rein sieht."

„Das ist der Sonnenfelsen. Dieser Stein hat eine goldene Farbe und reflektiert das Sonnenlicht über sehr weite Strecken. Wir nutzen diesen Punkt zur Orientierung. Wir haben jetzt die Hälfte der Strecke geschafft."

„Das war erst die Hälfte? Auf der Karte wirkte es gar nicht so weit."

„Niemand hat gesagt dass die Reise schnell gehen würde, oder? Wenn wir den Sonnenfelsen erreichen, können wir unser Nachtlager aufschlagen, dann kann ich dir genau zeigen wo wir lang müssen."

Die beiden ritten auf ihrem Wüstenpferd auf den Sonnenfelsen zu. Der Aufstieg war über eine langgezogene Kurve innerhalb des Felsens auch für ihr Pferd angenehm angelegt. Sarfin hielt dem Pferd ihre Hand vor das Maul, erzeugte eine Wasserkugel über ihrer Hand und ließ es in aller Ruhe trinken. Reesa richtete ihnen derweil ein provisorisches Nachtlager ein und sammelte abgestorbenes Feuerholz.

„Hier macht eigentlich jeder sein Feuer, der hier übernachtet. Durch die Erhöhung zu beiden Seiten, ist es kaum zu sehen. Ich komme gleich wieder. Wenn was ist dann schrei einfach laut. Bin nicht weit weg."

„Hey! Willst du mich etwa alleine lassen? Mich? Das wandelnde Goldstück? Wo willst du überhaupt hin?"

„Einen Speer besorgen und beten. Komm einfach mit wenn du wieder neugierig oder ängstlich bist aber stör mich nicht beim Gebet! Da bin ich eigen, klar? Hab ich das jetzt gesagt? Das ist doch dein Spruch."

„Das ist wahr! Such dir eigene Sprüche..., aber keine die meine Beine betreffen..., oder meine Brüste. Klar?"

„Klar! Dann komm mal mit. Erst besorgen wir uns einen Speer. Die Tiere werden jetzt weniger und größer. Wenn wir nochmal Fleisch essen wollen dann müssen wir richtig jagen. Du willst deine Fähigkeiten offenbar nicht benutzen. Schon gut, das sollte kein Vorwurf werden! Wirklich! Ich muss unter normalen Umständen auch ohne eine Magierin überleben können", sagte Reesa und zwinkerte Sarfin zu. Sie gingen hinter der Feuerstelle wieder ein Stück hinab und drückten sich durch zwei eng stehende Felsen, um hinter die Felsen zu kommen. Reesa drückte feste, unterhalb eines auffälligen Steins, der aus der Felswand ragte, woraufhin sich vor ihr ein kleiner Teil der Felswand, laut knarzend öffnete.

„Netter Trick? Was ist denn da alles drin? Nicht zufällig etwas zu essen?"

„Leider nicht. Nur Waffen und andere Spielereien. Mit den Beuteln da kann man Wasser an Bäumen auffangen. Schaufeln, Seile, was man so braucht wenn man keine Magierin bei sich hat und Wasser sucht. Wir brauchen nur den Speer, alles andere habe ich bei mir. Komm, es geht gleich weiter", sagte Reesa und schob den Stein wieder zurück. Die beiden drückten sich wieder zurück durch die Felsspalte und gingen die Felsformation weiter nach oben. Unterhalb des Sonnenfelsens war ein kleiner, geebneter Platz und eine in Stein gemeißelte Statur mit dem Abbild einer Frau oder Kriegerin.

„Darf ich dir unsere Schutzheilige vorstellen? Gestatten, dies ist ein Abbild unserer großen Ralla, der ersten Kriegerin. In meinem Volk ist sie eine Legende."

„Obwohl der Stein sehr als sein muss, sieht sie immer noch stark und anmutig aus. Sie muss sehr hübsch gewesen sein. Die vielen Opfergaben zeigen ziemlich deutlich wie wichtig sie gewesen sein muss."

„Diese Opfergaben sind von Reisenden Schwachköpfen, die um eine sichere Durchquerung der Wüste bitten. Wir Kodayos bringen unserer Ralla keine Opfergaben! Ralla war eine bescheidene Frau! Sie hätte diese Edelsteine versetzt um ihr Volk zu speisen statt sie hier in der Sonne brutzeln zu lassen. In Sandstadt gibt es noch mehr Denkmäler für sie. Ihre Nachfahren haben ihre Geschichte dort festgehalten. Ich habe sie schon oft gelesen, das Leben der ersten Kriegerin."

„Sie muss eine besondere Frau gewesen sein wenn ihr sie heute noch anbetet."

„Eben nicht, darum beten wir sie ja an. Sie wurde als jemand geboren und hat sich dazu entschieden, ein jedermann zu sein. Nichts Besonderes. Sie war nicht besser oder schlechter als ihre Kodayoschwestern, sie war einfach nur bereit etwas zu opfern um den Frauen dieser Welt, eine Heimat zu geben. Sandstadt war nie als Paradies gedacht. So ein Traum wäre vermessen, wir sind hier immerhin mitten in der Wüste. Der Traum, der hinter Sandstadt steht ist ganz einfach. Freiheit! Natürlich haben wir auch Gesetze und Regeln, sonst würde es nicht funktionieren aber die schränken uns nicht ein. Das gesammelte Wissen steht jeder Frau zur Verfügung. Wolltest du immer ein Zimmermann werden aber man hat es dir nie zugetraut? Vielleicht weil du keinen Schwanz zwischen den Beinen hast? Wir haben alle keinen und irgendjemand muss neue Häuser bauen. Wir dulden keine Faulenzer! Wer bei uns lebt, muss seinen Arsch bewegen, das ist eine wichtige Grundregel! Entscheidest du dich nicht selbst für eine Aufgabe, entscheidet der Rat über deine Verwendung. Die meisten werden dann Kriegerinnen obwohl ich einschränken muss, dies beutet lediglich, sich dem Schutz von Sandstadt unterzuordnen."

„Bist du auch eine Kriegerin wenn du eine Assassine bist? Geht das Hand in Hand?"

„Theoretisch schon aber es hat doch denkbar wenig miteinander zu tun. Genau im Zentrum der Stadt, steht ein Turm. Dieser Turm ist der Sitz unseres Glaubens, des Rates und auch des Assassinenorden. Wir sind sozusagen die dritte Partei. In gewisser Weise unabhängig. Unsere Ausbildung ist viel aufwendiger und extrem fordernd, für Körper und Seele."

„Erzähl mir mehr davon. Wer wird eine Assassine? Was lernt ihr alles? Wann geht es los? Was hat dich dazu gebracht, diesen Weg zu wählen?"

„Das sind aber viele Fragen. Also…, lass mich nachdenken. Wenn alles unter normalen Umständen abläuft, beginnt die Ausbildung zur Assassine zwischen deinem achten und zehnten Lebensjahr. Die meisten brauchen sechs bis zehn Jahre bis sie soweit sind und ich sagte ja dass man bei uns mit 20 Erwachsen ist. Meine Ausbildung begann allerdings schon mit sechs, ja genau, ich war grade sechs geworden. Es war nach irgendeinem Krieg. Die Anzahl der Mitglieder ist durch die hohen Opferzahlen gesunken und der Orden brauchte dringen neue Mitglieder daher veranstalteten sie einen dieser Wettbewerbe für Kinder. Diese Tage sind für Sandstadt ein großes Fest…, spielt ja jetzt keine Rolle. Auf jeden Fall gewann ich einige der Kinderwettbewerbe und machte damit auf mich aufmerksam. Meine Mutter wurde gefragt und so wurde ich in den Orden aufgenommen. Wir lernen dort alles was nötig ist um unsere künftigen Aufgaben zu erfüllen. Überlebenstraining ist ein essenzieller Bestandteil unserer Ausbildung. Jede erdenkliche Nahkampftechnik, Waffenausbildung und Abhärtung bestimmen den Alltag bis man für geeignet gehalten wird. Einige Punkte unserer Ausbildung waren jedoch…, naja…, nicht so schön. Ich bin mir bewusst dass man uns auf alles vorbereitet, weil es wichtig ist aber es sind Dinge passiert, die haben mir sehr zugesetzt. Damals zumindest, du hast gesehen wozu es letztlich geführt hat. Ich bin keine Angeberin aber das waren locker zwei Dutzend Männer und ich war verletzt. Hat sich am Ende doch irgendwie gelohnt würde ich sagen."

„Du denkst ich wollte es nicht hören? Deswegen erzählst du drum herum, nicht wahr? Du musst mich nicht schützen", sagte Sarfin und legte Reesa eine Hand auf die Schulter. „Ich glaube..., da ist noch mehr. Du hast mir zweimal das Leben gerettet. Lass mich dir jetzt wenigstens zuhören. Klar?"

„Klar", schmunzelte Reesa und löste sich zu Sarfins Überraschung von ihr. Sie lehnte sich gegen die Statur der Kriegerin und seufzte bevor sie begann: „Entschuldige, wenn ich daran zurückdenke, werde ich oft emotional und sehr traurig. Es war eine harte Zeit für mich. Um überall reinzukommen und unerkannt zu bleiben muss man eben auch viele verschiedene Dinge lernen. Wie sich eine Dienstmagd bewegt, eine Lady tanzt, eine Glaubensdienerin betet. Die Art und Weise wie sie sprechen, ihre Akzente. Ich kann mich nur glaubhaft unter die Menschen mischen und unsichtbar sein wenn ich genauso bin wie sie. Es gehört jedoch auch dazu, zu lernen wie man richtig mit Männern schläft. Wie man sie schnell befriedigt dass sie gar nicht wissen wie ihnen geschieht. Sie gefügig zu machen oder ihr Herz erobern um die gesuchten Informationen zu bekommen. In unserer Ausbildung werden wir deswegen wirklich gefickt und schwanger gemacht. So lernen wir, wie wir das Baby rechtzeitig wieder weg machen können denn eine schwangere Assassine ist völlig unbrauchbar und ehrlich gesagt, könnte ich auch nicht damit leben. Würde ich ein Kind bekommen und ich wüsste dass es durch den Samen, eines meiner Opfer entstanden ist, könnte ich den Gedanken nicht ertragen. Ich bin mir bewusst wie traurig diese Welt ist aber wenigstens diesen Traum will ich mir bewahren."

„Magst du mir von deinem Traum erzählen oder willst du ihn in deinem Herzen bewahren?"

„Ich träume von den gleichen Dingen wie fast alle Mädchen würde ich sagen. Ich will auch irgendwann ein Baby haben, das ist doch der Sinn unseres Lebens, oder nicht? Alle Lebewesen setzen Nachwuchs in die Welt und sterben. So läuft der Kreis und ich will auch dazu gehören. Irgendwann treffe ich einen Mann, sei es nur für eine Nacht und dann wird er mir das größte Geschenk dieser Welt machen."

„Du bist manchmal ganz schön verwirrend. Ich habe dich bisher als taff, zäh und stark eingeschätzt und jetzt offenbarst du mir diese Seite von dir. Die Frau, die davon träumt eine Mutter zu werden."

„So muss es eben auch sein. Die Welt stirbt doch aus wenn wir keine Babys machen. Außerdem ist es ein wichtiger Bestandteil meiner Religion. Eigentlich gibt es nur eine einzige Regel in diesem Glauben. Beschütze und erhalte das Leben! Egal ob Mensch oder Tier, jedes Leben ist wichtig und kostbar! Kommt dir wahrscheinlich albern vor, der Glaube von Alehn ist nicht weit verbreitet. Eigentlich gar nicht."

„Ich finde nicht dass es albern klingt. Mein Glaube ist viel komplizierter. Gebote und Regeln, die manchmal gar keinen Sinn ergeben. Seit ich Magie kenne, weiß ich doch dass gewisse Dinge einfach nicht so sein können, wie der Bischof sagt. Wenn es stimmen würde, dann wäre ich nach meinem Glauben eine Nachkommin der Göttin. Das finde ich albern! Ich habe überhaupt nichts Gottgleiches an mir und selbst wenn es so wäre, dann ergibt alles noch weniger Sinn. Sie jagen mich doch! Seit wann jagen die Gläubigen die Götter? Oder warum hilft mir die Göttin dann nicht wenn ich ein Nachkomme bin? Mein Glaube muss falsch sein! Vielleicht ist an deinem mehr dran als an meinem.

Vielleicht stimmt auch überhaupt nichts und wir beten alle Luft an."

„Mach dich doch nicht immer so klein! Natürlich bist du keine Göttin! Ganz sicher auch kein Nachkomme! Aber was du kannst ist unfassbar, ein Wunder in Menschengestalt. Ich kann wirklich nicht verstehen wieso man solche Wunder ausrotten möchte aber der Fehler liegt hier nicht bei dir oder der Magie! Sie ist nicht der Fluch den du darin siehst! In meinem Training gab es eine Zeit, da haben sie uns testen wollen. Wir haben alle Babykatzen bekommen und sollten zeigen wie verantwortungsvoll wir sein können, trotz unseres immensen Trainings. Ich zog meine Katze auf und sie entwickelte sich prima. Sie hat mir oft Trost gespendet wenn ich zur Abhärtung, alleine in einer dunklen, kalten Zelle lag. Nach drei Jahren war sie wie mein Schatten. Sie war immer bei mir. Ich liebte dieses Tier über alles weil sie alles war, was ich in dieser Zeit hatte! Dann sollte ich sie mit meinen eigenen Händen erwürgen. Es ging nie um Verantwortung. Es ging um etwas viel komplexeres. Eine wichtige Lektion. Wir können nur weiter kommen oder etwas verändern, wenn wir etwas zurücklassen oder etwas opfern. Mich hat es erst umgebracht dieses Opfer zu bringen aber es hat mich stärker gemacht, zu dem getrieben, was ich heute bin. Wieso soll es bei dir anders sein? Akzeptiere deine Kräfte, sie sind kein Fluch sondern ein Teil von dir. Erst wenn du sie und deine Verluste akzeptierst, wirst du deine wahre Bestimmung erreichen."

„Du darfst wieder so viele Witze machen wie du möchtest aber darüber möchte ich nicht diskutieren. Für mich ist es ein Fluch. Ich würde ihn jederzeit eintauschen obwohl es jetzt auch keinen Unterschied mehr macht."

„Irgendwann wirst du an diesen Tag zurückdenken und dich daran erinnern dass ich es war, die es dir schon früh gesagt hat. An dem Tag, an dem du dies realisierst, werde ich neben dir stehen und dich daran erinnern! Süße, die Sonne ist gleich weg, wir sollten langsam ein Feuer machen. Glaubst du, du schaffst es alleine? Ich möchte noch beten."

„Ich denke schon. Du hast ja oft genug geschimpft wenn ich es falsch gemacht habe. Was möchtest du denn essen? Reis oder Reis? Ich habe auch noch Reis, mit Reis, auf Reis. Was meinst du?"

„Klingt hervorragend", lachte Reesa herzhaft und steckte Sarfin gleich mit an.

Kaum zu glauben! Dieses lachende, fröhliche Mädchen ist tödlicher als ein Raubtier. Wie kontrovers und anziehend zugleich, dachte sie verträumt und erwischte sich, wie sie Reesa einen Augenblick zu lange auf den Hintern starrte. Ihr Gesicht wurde plötzlich ganz heiß daher wendete sie sich schnell ab bevor Reesa es bemerken konnte.

Nach zwei langen und heißen Wochen erreichten sie ein lang gezogenes Gebirge das sich mitten durch die Wüste zog.

„Ich habe mittlerweile so oft auf die Karte gesehen dass ich zu wissen glaube wo wir sind. Das ist die Mondschlucht, habe ich recht?"

„Das ist korrekt. Wir nehmen die Passage zwischen den Felsen da vorne. Heute Abend erreichen wir die letzte Unterschlupfmöglichkeit und morgen..., erreichen wir den Blutpfad und auch Sandstadt."

„Dann liegt in diese Richtung das Banditenlager? Wie weit sind wir davon entfernt?"

„Ich glaube zwei oder drei Tagesritte. Ich habe dieses Lager nur einmal mit eigenen Augen gesehen und das auch nur weil ich mich verlaufen hatte. Wir machen immer einen ganz großen Bogen um die nördliche Mondpassage. Kodayos reisen niemals durch diese Schlucht sonst werden sie gefangen genommen und glaub mir, du wärst lieber tot als bei denen gefangen zu sein. Es sei denn du lässt dich gerne und viel ficken!"

„Wie kannst du das so ekelhaft sagen? Ficken? Was für ein hässliches Wort."

„Verstehe. Ja, jetzt verstehe ich. Du bist nicht verklemmt, du bist noch nie richtig gefickt worden. Dann freu dich auf unser Neujahrfest."

„Ich bin noch nicht einmal 16. Natürlich hatte ich noch keinen Jungen!"

„15 also..., dann bist du gut zwei Jahre jünger als ich. Du solltest erst urteilen wenn du es kennengelernt hast aber du musst ja auch nicht. Ich hatte in deinem Alter schon einige Männer. Vielleicht gefällt es dir mit Mädchen ja besser. Willst du es ausprobieren?"

„Fängst du schon wieder an? Mit einem Mädchen? Mädchen und Mädchen? Wie soll das denn überhaupt gehen? Du spinnst wirklich!"

„Jetzt würde ich dich so gerne küssen. Bei der großen Ralla, du bist grade so verdammt süß. Mädchen und Mädchen, wie soll das funktionieren...", lachte Reesa. „Gibt es sowas bei dir gar nicht? Nicht einmal heimlich oder zum üben?"

„Was redest du denn da? Natürlich nicht! Das ist doch merkwürdig weäh...", Sarfin stoppte mitten im Satz als Reesa sie an sich zog und ohne Vorwarnung zu küssen versuchte. Sarfins Lippen waren darauf erneut nicht vorbereitet gewesen. Sie hatte erst einmal einen Jungen geküsst und wusste was sie tun musste doch ihre Gedanken spielten völlig verrückt. Ihre Lippen berührten schon wieder die Lippen einer anderen Frau und sie beließ es nicht bei dem einen Kuss. Reesa fasste sie sanfter an ihren Oberarmen, fast streichelnd und berührte ihre Lippen erneut mit ihren. Dieses Mal bewegte Reesa ihre Lippen etwas mehr und saugte fast an ihrer eigenen. Sarfin wusste nicht was sie tun sollte.

Soll ich Reesa jetzt auch berühren? Sollte ich meine Lippen bewegen und den Kuss erwidern, fragte sie sich doch sie wusste es nicht und entschied sich dazu, nichts zu tun. Reesa zog ihr Gesicht langsam wieder zurück.

„Mach das nie wieder! Jetzt hast du mich schon zweimal geküsst. Das geht nicht!"

„Hat es dir nicht gefallen? Wirklich so schlimm mich zu küssen?"

„Das habe ich nicht gesagt! Verdreh meine Worte nicht, ich will das nicht. Fertig, aus! Ich will jetzt weiter, da vorne kommt jemand."

„Oh ja, das sind sogar sechs, sieben, nein noch mehr. Reisen nach Ost, Südost. Das sind sie, die Söhne der Wüste. Wir müssen einen kleinen Umweg nehmen. Wir können ab hier auf keinen Fall…, das meinte ich. Bei Ralla, hab Dank!"

„Was passiert denn da? Wo kommt der ganze Sand und Staub auf einmal her?"

„Da lag ein Basilisk im Sand. Die graben sich oft ein wenn sie auf Beute warten. Nur ihr Kamm ist dann zu sehen. Die da haben ihn offenbar nicht gesehen. Komm schnell, eine bessere Gelegenheit bekommen wir nicht. Wir müssen das Vieh umgehen bevor es gefressen hat."

„Werden die Banditen es nicht besiegen", rief Sarfin als sie auf das Pferd sprang.

„Niemals! Dafür braucht es ganz spezielle Ausrüstung und viel mehr Muskelkraft. 30 oder 40 Kriegerinnen braucht es um diese Mistviecher zu bezwingen. Der Hautpanzer am Rücken ist brutal und auf kurze Strecken sind sie im Sand fast so schnell wie Wüstenpferde. Ich hasse die Dinger!"

Reesa führte sie in einem Bogen in die Mondschlucht, ließ ihr Pferd vor dem Gebirge wieder frei und begann die Felsformation mit dem roten Gestein, vorsichtig zu erklimmen. Sarfin konnte auch nach einer ganzen Weile noch keine Höhle entdecken und zweifelte an Reesa und ihren Navigationsfähigkeiten.

„Bist du sicher dass es hier ist? Hier ist kein Weg, kein Pfad, nicht ein Zeichen dass hier jemand war. Ich dachte die Höhle wird so oft benutzt."

„Wird sie auch Dummerchen! Denk doch mit! Wenn sie auffällig wäre, könnten wir sie nicht benutzen. Es soll doch ein Versteck sein. Dieses Spiel kennst du hoffentlich."

„Ja sehr witzig, du solltest wirklich damit auftreten. Dein Humor ist unübertroffen! Wie weit ist es denn noch? Ich habe Hunger!"

„Wir sind gleich da. Wie lange ist der letzte Vollmond her? So in etwa?"

„Ich glaube der nächste ist in einigen Tagen. Wieso? Brauchst du den Mond um die Höhle zu finden? Es wird schon langsam dunkel."

„Ist mir nicht entgangen aber danke für den netten Hinweis meine liebe. Nein, die Vorräte in der Höhle werden immer zum Vollmond aufgefüllt. Deswegen frage ich. Bin mir nicht sicher ob wir uns um unser Abendessen sorgen müssen."

„Bei der Göttin, das wäre schön! Ich hätte nie wieder in so eine Schlange beißen können. Ekelhaft!"

„Wenn man ein Feinschmecker ist dann ist eine Reise durch die Wüste natürlich eine Herausforderung, das ist wohl wahr. Wenn ich dich das nächste Mal ausführe, werde ich dich von oben bis unten verwöhnen. Versprochen!"

„Ach wirst du das? Das nehme ich doch gerne an, vorausgesetzt ich muss nicht noch einmal dabei zusehen wie meine Mahlzeit, zuckend über dem Feuer verendet!"

„Das ist die einzige Voraussetzung? Ich nehme dich beim Wort, Schätzchen!"

„Schätzchen? So hat mich nicht einmal meine Mutter genannt."

„Stört es dich wenn ich dich Schätzchen nenne? Ich bin da flexibel, süße. Gefällt die Kleines, besser?"

„Halt deinen Mund und geh weiter bevor wir noch gesehen werden. Ich habe Hunger, habe ich doch gesagt, klar?"

Reesa antwortete nicht mehr und kletterte weiter bis sie mit dem Sonnenuntergang vor einem unscheinbaren Felsspalt standen. Die Assassine drängte sich als erstes hinein. Der schmale Spalt wurde schnell bereiter und schlängelte sich in den Berg hinein, bis sie in einer gut ausgebauten Höhle standen.

„Hübsch hast du es hier", bemerkte Sarfin erstaunt, als sie den größeren Höhlenkomplex erreichten und Reesa eine Fackel entzündete. „Richtig gemütlich würde ich sagen."

„Der letzte Halt bevor wir nach Hause kommen. Guck mal da hinten, da bei den Vorhängen. Dahinter ist ein kleiner Vorratsraum. Sieh mal nach was wir heute essen. Ich mag die Art wie du deinen Reis kochst aber ich kann ihn nicht mehr sehen. Ich will heute endlich wieder Fleisch essen! Und einen verdammten Apfel! Dafür würde ich jetzt töten!"

„Ja zu beidem würde ich sagen. Vieles von den Sachen kenne ich gar nicht. Ich glaube heute bist du dran mit kochen. REESA! Ist das eine Wanne? Ich will baden, ach ja…, ohne dich! Klar?"

„Du bist nicht sonderlich entspannt! Wenn wir zusammen leben wollen dann müsstest du wirklich lockerer werden!"

„Mit dir leben? Wie meinst du das? Weil du mich geküsst hast? Ich habe nicht zurückgeküsst! Ich will nur ein Bad nehmen. Das Ding ist doch zum baden gedacht, oder nicht?"

„Ja ist es aber da kann ich dich ja sehen. So prüde wie du bist."

„Prüde? Wieder so ein neues Wort? Sag es nicht, ich kann es mir denken. Ihr seid doch ein Frauenvolk. Hier gibt es doch bestimmt eine Rasierklinge. Wenn wir morgen ankommen will ich nicht wie ein Bär aussehen."

„Ja, ich glaube da vorne aber wir haben da etwas Effektiveres entdeckt. Füll die Wanne und den Topf da bitte mit Wasser. Am besten entzündest du die Feuer schon. Ich bin gleich wieder da", erklärte Reesa und verschwand hinter einem Vorhang, in einem Nebenraum. Sarfin folgte den Anweisungen und entzündete die Kohlen unter der Wanne, die Kochstelle und die kleine Feuerstelle vor dem gemütlichen Bereich, aus einem Berg aus Fellen und Kissen. Sie schlüpfte aus ihren Stiefeln und warf sich auf die weichen Felle. Als Reesa zurückkam, hatte sie einen kleinen Topf dabei.

„Leg dich hin und zieh deinen Rock zur Seite. Leck mich, sind die behaart", witzelte Reesa.

„Was hast du vor? Reesa bitte, ich möchte wirklich nur baden und essen und mag jetzt wirklich keine doofen Witze mehr. Mach morgen weiter."

„Das Wasser braucht doch bis es warm ist. Guck dir meine Beine an, fällte dir was auf?"

„Ja ist es! Sie sind immer noch glatt. Und in dem Topf ist dein Wundermittel dafür? Kann ich es nicht selbst machen? Du willst mich doch nur anfassen. Gib es schon zu."

„Ich mache es einmal hier unten an der Wade und sag mir dann dass du es lieber selbst machen möchtest. Du bist wirklich unentspannt. Schrecklich!"

„Nein du bist schrecklich weil du immer diese Sprüche reißen musst. So nötig kannst du es doch nicht haben. Was machst du da? Das ist kalt und klebt."

„Guck mal da", erwiderte Reesa und blickte irritiert in eine Ecke hinter Sarfin. Die drehte sich um und spürte ein kurzes, intensives ziehen auf ihrer Wade. Sarfin fluchte und trat nach Reesa.

„Was war das denn? Du dumme Kuh! Geh weg und lass mich in Ruhe! Verdammt, das tut weh!"

„Ja..., und? Guckst du jetzt bitte auf das Ergebnis! Sieht gut aus."

Sarfin erkannte was Reesa getan hatte als sie über ihre enthaarte Wade fuhr. Sie drehte sich gleich wieder um und sagte nur: „Mach weiter!"

„Meine Beine sind noch nie so glatt gewesen. Eigentlich sind sie noch nie glatt gewesen. Ich hatte immer nur eine alte Rasierklinge von meinem Vater. Was war das für Klebezeug", fragte Sarfin als sie in der langen Wanne lag und ein Bein heraushob um mit einer Hand über ihre Wade zu streichen.

„Es hat einen sehr unkreativen Namen, nämlich gar keinen. Bei uns wachsen Bäume an denen sehr widerliche Früchte gedeihen. Daraus gewinnen wir dieses Zeug und verwenden es für so viele verschiedene Dinge. Kein Name würde passen. Das bleibt jetzt auch eine ganze Weile so. Da unten würde ich es lieber nicht verwenden."

„Nein, das halte ich auch anders aber das geht dich nichts an. Was kochst du uns eigentlich?"

„Ein Rezept von meiner Großmutter. So eine Art..., Fruchtsoße. Ich mag Äpfel sehr gerne, weißt du? Zu dem Fleisch schmeckt es hervorragend. Bin übrigens gleich fertig, du könntest langsam raus kommen. Ich habe dir Kleidung raus gelegt. Wenn wir morgen durch die Blutschlucht reiten, können meine Schwestern uns damit deutlich früher identifizieren."

„Ich mag nicht rauskommen. Nach der langen Reise könnte ich jetzt sofort einschlafen. Es ist so entspannend!"

„Nichts da! Am Ende ertrinkt meine Wassermagierin noch einen Tagesritt vor dem Ziel. Vergiss es, ich lasse dich nicht mehr aus den Augen."

„Ich mag mich heute nicht mehr mit deinen Bemerkungen auseinandersetzen. Hier...", antwortete Sarfin und erhob sich einfach aus der Wanne. „Jetzt hast du mich nackt gesehen. Nun zufrieden?"

„Ich bin nicht unzufrieden", grinste Reesa und lenkte ihre Aufmerksamkeit auffällig schnell wieder auf den Kochtopf. Sarfin hätte sich Dutzende Reaktionen ausgemalt, diese war jedoch nicht darunter. Fast enttäuscht stieg sie aus der Wanne und trocknete sich hinter einem Felsvorsprung ab.

„Das ziehe ich nicht an! Nein! Das kannst du nicht ernst meinen!"

„Wir sind in der Wüste. Desto weniger Kleidung desto besser."

„Ja! Wenig Kleidung wäre schön aber das sind Stofffetzen! Nicht mehr! So ziehe ich mich nicht an! Ich bleibe bei meinen Sachen", erklärte Sarfin und trat mit einem weißen leuchten, in einem einfachen Schlafkleid, hinter dem Felsen hervor. „So laufe ich hier rum! Ich bin immerhin keine Kodayo, ich bin..., irgendetwas..., was ich hoffentlich..., irgendwann herausfinden werde. Keine Ahnung! Aber weißt du was ich glaube, dieses Oberteil hier sieht mir verdächtig abgeschnitten aus. Du hast mich doch schon wieder versucht reinzulegen."

„Du bist doch so ein helles Köpfchen, da hinten liegt die richtige Kleidung. Setz dich süße, ich bin fertig. Lass es dir schmecken", erklärte Reesa und trug eine Metallplatte mit ihrem Abendessen in die gemütliche Kissenecke. Ein Krug Wein rundete ihr Abendessen ab und sollte seine Wirkung bei Sarfin hinterlassen.

„Ich habe dir doch ein kleines Versprechen gegeben. Wenn ich dich das nächste Mal ausführe..., weißt du noch?"

„Du hast sehr leckeres Essen gemacht. Nennt man das nicht verwöhnen?"

„Nicht da wo ich herkommen! Bist du nervös? Mache ich dich nervös?"

„Ja! Ja du machst mich sogar sehr nervös", antwortete Sarfin und stöhnte unfreiwillig auf als Reesa sich hinter sie drehte, ihre Träger zur Seite streifte und sie langsam an ihren Armen nach unten schob. Bevor Sarfin das Gefühl hatte dass ihre Brüste entblößt werden könnten und sie protestieren wollte, stoppte Reesa ihre Hände wieder und ließ sie wieder über ihre Arme, über ihre Schultern, zu ihrem Nacken wandern. Reesa begann sie sanft zu massieren. Jede Berührung fühlte sich nach der langen Reise viel zu gut an als dass sie hätte protestieren wollen. Sarfin war sich sicher worauf Reesa hinauswollte und fühlte sich schnell bestätigt, als sie einen Kuss auf ihrem Hals spürte.

„Was tust du denn da? Das dürfen wir nicht. Das ist nicht richtig", protestierte Sarfin nur halbherzig und genoss insgeheim jeden Kuss den Reesa ihr auf den Nacken gab. Sie versuchte es sich nicht anmerken zu lassen doch ihr Atmen musste sie eigentlich verraten.

„Wieso denn nicht? Wer könnte es dir verbieten? Fühlt es sich nicht gut an? Ich kann sofort aufhören!"

„Das ist schön aber ich kann nicht", antwortete Sarfin, spürte wie Reesa sie in einer Drehung auf die Kissen legte und sie erneut küsste. Sie erwiderte den Kuss nicht obwohl sie es wollte. Reesas Lippen fühlten sich gut an und sie wollte sie noch einmal spüren, ihr Körper reagierte allerdings nicht auf ihr Verlangen. Stattdessen nutzte sie die erste falsche Berührung als Vorwand um sich wieder herauszuwinden. Reesa tat nichts was ihr aufbäumen rechtfertigte dennoch fauchte sie: „Spinnst du? Denkst du ich könnte deine letzte Bekanntschaft werden bevor du sterben wirst? Bestimmt nicht! Du willst mich doch gar nicht! Du willst mich nur einmal haben aber das wirst du bestimmt nicht!"

„Was meinst du? Wir sind doch seit zwei Monden unterwegs, mit meinem Urteil hat diese Nacht doch nichts zu tun. Ich dachte du willst es auch."

„Da hast du falsch gedacht obwohl ich es dir unzählige Male gesagt habe! Ich gehe jetzt schlafen!"

Sarfin spinkste in der Nacht bereits zum unzähligsten Male zu Reesa herüber, die noch immer mit dem

Rücken zu ihr lag und sich noch kein einziges Mal bewegt hatte seit sie sich hingelegt hatte.

Habe ich sie enttäuscht? Wieso habe ich sie denn nicht geküsst? Wieso habe ich so etwas Blödes gesagt? Wieso bin ich so dumm?

Sarfin drehte sich noch einmal um doch Reesa lag immer noch auf der Seite.

Sie schläft nicht! Ich glaube sie ist noch wach! Weint sie? Nein, nicht sie.

Sarfin rollte sich aus ihrem Bett. Der Höhlenboden fühlte sich auch in der Nacht noch angenehm warm an als sie die wenigen Schritte zu Reesas Bett herüber ging und sich unter ihre Decke legte.

„Es tut mir leid", flüsterte Sarfin ihr ins Ohr, griff nach ihrer Hand und drückte sich an sie heran. Reesa drehte sich nicht zu ihr um obwohl sie eindeutig wach war. Sarfin bereute jedes ihrer Worte und setzte sich auf, um sich breitbeinig auf Reesa zu setzten, die ihren Kopf immer noch zur Seite gerichtet hielt obwohl ihr Körper zwangsläufig grade liegen musste. Im flackernden Schein der Laterne glaubte Sarfin eine Träne zu sehen und griff einfach nach Reesas Kinn um ihren Kopf zu drehen.

Sie weint wirklich! Ich bin so ein Miststück, fluchte sie zu sich selbst. Reesa sagte nichts und drehte ihren Kopf wieder zur Seite. *Mag sie mich doch? Hat sie es doch ernst gemeint? Die unnahbare Assassine..., zeigt sie doch Gefühle?*

„Reesa, bitte sieh mich an. Es tut mir so leid! Ich wollte deine Gefühle nicht verletzen!"

„Ich weine doch nicht wegen dir, Dummchen! Vielleicht ein bisschen aber nicht nur. Ich habe Angst! Morgen komme ich nach Hause und zum ersten Mal freue ich mich nicht darüber. Ich will nicht vor den Rat und mein Scheitern eingestehen. Ich will nicht verurteilt werden und ich will nicht sterben aber es wird so kommen weil dies unsere Regeln sind! Ich werde mich dem stellen! Eine stolze Kodayo drückt sich nicht vor Konsequenzen! Trotzdem habe ich Angst! Große Angst! Ich kannte dieses Gefühl nicht. Du hast gesehen was ich kann obwohl ich verletzt war. Wer oder was sollte mir Angst machen? Seit ich weiß dass ich sterben werde, kenne ich dieses Gefühl doch. Ich will nicht sterben! Ich will nicht dass dies mein letzter Tag in Freiheit war!"

„Reesa, ich bin so dumm! Ich habe nicht darüber nachgedacht. Bitte verzeih mir! Ich dachte ich könnte dein Leben retten. Das hast du doch gesagt! Deswegen hast du mich doch mitgenommen!"

„Ich habe gelogen. Du kannst in Sandstadt gut und sicher leben aber mein Urteil wurde bereits gefällt. Das war die einzige Lüge meines Lebens, nicht dass es noch eine Rolle spielen würde."

„Dann hast du..., wieso hast du mich dann mitgenommen? Nur um mich zu retten? Du hattest nie vor, mich zu benutzen um dein Leben einzufordern?"

„Was heißt hier nur? Ich wollte wenigstens noch ein letztes Leben retten bevor meins endet. Nimm meiner letzten Tat doch nicht ihren Sinn. Du bist wirklich dumm und schlau zugleich. Dummschlau, so nenne ich dich morgen den ganzen Tag!"

„Nenn mich wie du willst", antwortete Sarfin, hielt Reesas Gesicht mit beiden Händen fest und küsste sie. Sie ließ nicht mehr los und küsste Reesa immer wieder, bis sie es auch erwiderte.

Sarfin streichelte Reesa am nächsten Morgen bereits seit einiger Zeit durch ihr blondes Haar ehe sie flüsterte: „Gib doch schon zu dass du wach bist. Ganz so leicht kannst du mich nicht täuschen."

„Du hast es bemerkt", antwortete Reesa lächelnd und ließ eine Hand über Sarfins Rücken wandern.

„Schon vor einiger Zeit aber das macht mir nichts. Dein Haar ist ganz weich, du musst mir verraten wie du das machst."

„Pferdepipi! Alle zwei Tage", lachte Reesa und streckte Sarfin die Zunge raus. „Das war natürlich ein Scherz! Kamelpipi ist mein Geheimnis."

„Ach halt den Mund. Du musst nett zu mir sein. Ich habe dir doch meine Jungfräulichkeit geschenkt."

„Ich habe nicht mitgezählt aber ich glaube du hast sie mir sogar dreimal geschenkt. Das war ein tolles Geschenk! Danke."

„Bedankt man sich am nächsten Morgen? Es ist mein erster Morgen nachdem ich mit jemand geschlafen habe. Ich wette, derjenige mit mehr Erfahrung, ist ganz bestimmt derjenige..., der Frühstück macht."

„Meine Gesellschaft hat dich ganz offensichtlich um einiges witziger werden lassen. Nein, die Regeln sind da ganz leicht. Der jüngste läuft!"

„Nein das glaube ich nicht. Ich bin noch viel zu entspannt um aufzustehen. Du hättest mich gestern nicht so..., wie sagtest du? Verwöhnen dürfen, so hattest du das doch genannt."

„Und dir hat es offenbar gefallen wenn ich dein zufriedenes Gesicht sehe", grinste Reesa, beugte sich über ihre Bettgenossin und streichelte Sarfin durch ihre kinnlangen Haare.

„Möglicherweise war dem so", grinste Sarfin und zog Reesa zu sich runter um sie noch einmal zu küssen. „Können wir noch einen Tag hier bleiben?"

„Ich habe die Erfahrung gemacht dass unangenehme Dinge, einfach immer unangenehmer werden, desto weiter man sie aufschiebt. Ich sollte mich meinem Ende stellen. Es führt kein Weg daran vorbei."

„Ich will aber nicht dass du stirbst! Ich will dass du bei mir bleibst, klar? Ich will bei dir bleiben. Hörst du?"

„Du hast nur Angst dass aus dir ein Mädchen für eine Nacht wird."

„Du bist blöd! War ich für dich nur ein Mädchen für eine Nacht? Sag schon!"

„Nein! Du bist kein Mädchen für eine Nacht. Vielleicht für zwei oder drei...", lachte Reesa und konterte Sarfins Ohrfeige gekonnt aus. „Du bist zwar eine Magierin aber gegen mich kannst du nicht viel unternehmen! Ich bin viel schneller..., hey! Was machst du da mit deinen Augen?"

„Sie leuchten blau! Das kennst du doch schon! Immer wenn ich mein Faro in hoher Menge aus mir herauslasse dann leuchten sie."

„Was hast du denn gezaubert oder zauberst du noch? Oder wolltest du zaubern aber warst zu langsam?"

„Weder noch! Sei nicht so frech oder du lernst meine Freunde kennen!"

„Welche Freunde?"

„Die da", lachte Sarfin und nickte in ihre Blickrichtung. Reesa drehte sich um und musste feststellen dass die Höhle voller Wasseravatare war, die allesamt wie Tiger aussahen.

„Das ist ein netter Trick. Du! Mieze! Sitz! Los", rief Reesa und küsste Sarfin. „Du könntest alles Mögliche erzeugen aber ich würde dir nie abnehmen dass du mir etwas tun würdest! Nicht du."

„Bist du kein Stück beeindruckt? Nicht einmal ein kleines Lob weil sie so echt aussehen?"

„Wenn du darauf hinaus wolltest dann will ich dich herzlichst zu diesen tollen..., Wassertigern beglückwünschen. Sehr schön gemacht!"

„Ich will doch nicht deine Freundin sein wenn du schon wieder so blöd bist. Mach uns jetzt Frühstück oder ich mache dich zum Frühstück für meine Tiger."

„Was fressen Tiger aus Wasser denn", lachte Reesa und begann mit Sarfin zu rangeln. „Eine heißblütige Assassine?"

Eine größere Gruppe Kodayos hockte in dem Schatten einer unauffälligen Felsformation und schien bereits auf die beiden Reisenden gewartet zu haben als sie durch den Blutpfad ritten.

„Die Späher sind gut. Das ist Assassine Reesa. Doran Heibor, du bist ja schneller zurück als erwartet. Ist das dein Ziel? Wieso bringst du sie mit", fragte die freizügig gekleidete Wüstenkriegerin. „Du siehst etwas blass um die Nase aus. Alles in Ordnung?"

„Doran Heibor! Das wird sich bald zeigen. Die junge Dame hier heißt Sarfin. Sie war nicht mein Ziel aber sie ist ein ganz besonderes Mädchen!"

„Das sehe ich! Ein besonders hübsches Mädchen würde ich sagen!"

„Lass das! Sie..., mag solche Witze nicht und auch sonst ist sie noch unschuldig. Sie sucht eine neue Heimat und ich will nicht dass du sie wieder vertreibst."

„Ja, ja. Schon gut, hab ja nichts gesagt. Hab es mir doch gedacht, sonst würde ich nicht Shandri sprechen.

Sollen wir sie anmelden oder nimmst du sie mit zum Turm?"

„Nein bitte nehmt ihr sie mit. Sie braucht zwar keine Kleidung aber gebt ihr trotzdem welche. Sie kann in meiner Wohneinheit leben, solange ich weg bin."

Die kleine Gruppe ritt durch die gewundene Schlucht bis ein gewaltiges schwarzes Tor aus Eisen, Stahl und Holz auftauchte. Die kurze Mauer war ebenfalls pechschwarz und grenzte direkt an die Gebirgswände an beiden Seiten.

„Wir sind da. Das ist das schwarze Tor, die Pforte zu meiner Heimat. Äußerst beeindruckend, nicht wahr?"

„Beeindruckend und abschreckend. Sieht ein bisschen verlassen aus."

„Der äußere Eindruck täuscht", grinste Reesa. Ein Flügel des gewaltigen schwarzen Tores wurde unter einem stoßartigen Trompentenspiel geöffnet, grade weit genug um hintereinander hindurch zu reiten.

Das war keine Trompete, das waren Elefanten. Die haben hier Elefanten! Wie schön!

Sie folgten der sandigen Straße bis zu einer großen Kreuzung. Sarfin hatte keine Augen für das Leben von Sandstadt denn sie ahnte was als nächstes passsieren würde als sich Reesa an sie wandte: „Hier trennen sich unsere Wege erst einmal. Ich werde im Turm bleiben müssen bis der Rat ein Urteil über mich gefällt hat. Da vorne ist der Markt, dort gibt es eine auffällige Hütte mit gelber Bemalung. Sie wird dir schnell auffallen. Diese Hütte gehört meiner Schwester, also meiner richtigen Schwester, ihr Name ist Ronda. Wenn die Kodayos dich angemeldet haben, dann suche sie auf. Sie wird dir alles zeigen und dir helfen, dich schnell heimisch zu fühlen. Wahrscheinlich wird sie dich schnell mit einer Christa bekannt machen, sie wird dir ganz sicher gefallen. Wir werden uns bald wiedersehen und dann sehen wir weiter, welche Aufgaben wir hier für dich finden."

„Versprich es mir! Also dass wir uns wiedersehen! Sag es hier und jetzt! Sarfin, ich komme zu dir zurück! Sag es!"

„Das kann ich nicht! Ich will meine Versprechen halten aber dieses habe ich nicht selbst in der Hand."

„Du hast mein Leben gerettet, meine Wunden versorgt und mich hier hin gebracht. Ich werde nicht zulassen dass man dir etwas antut! Du bist jetzt meine Freundin, meine einzige Freundin!"

„Ach Sarfin mir kommen gleich die Tränen dabei bin ich gar nicht so nah am Wasser gebaut. Ich würde dir gerne sagen was du hören möchtest aber ich kann es nicht. Tut mir leid!"

„Ich gebe dir zehn Tage! Wenn sie dich in zehn Tagen nicht wieder raus lassen dann werde ich ihnen meine volle Kraft zeigen! Dieser Turm sieht robust aus, ich denke er könnte acht oder neun Angriffe aushalten ehe ich ihn einreiße! Ich meine es ernst! Ich hasse Gewalt aber du bist alles was ich habe und ich werde nicht zulassen dass sie dir etwas antun! Versprochen! Ich kann hier große Wunder bewirken wenn man mich lässt aber wenn sie mir den einzigen Menschen nehmen der mir noch etwas bedeutet, dann werde ich wie eine Katastrophe über diese Stadt kommen. Alles was du bis jetzt gesehen hast, war noch gar nichts, klar?"

„Ich werde alles tun um diese Katastrophe zu verhindern, meine kleine Sarfin. War es etwa Schicksal dass wir uns getroffen haben? Ich möchte daran glauben!"

„Halt den Mund und sag mir endlich was ich von dir hören will", polterte Sarfin. „Versprich es endlich! Ich will doch keinen Liebesschwur hören! Ich will einfach nur nicht Lebewohl sagen! Bitte Reesa!"

„Ich verspreche es! Ich werde alles tun um zu dir zurückzukehren!"

„Mir hat mal jemand gesagt dass Kodayos niemals lügen", mahnte Sarfin mit bösem Blick.

„Wer erzählt denn solch verrückten Dinge", lachte Reesa und stoppte sofort wieder als sie Sarfins ernste Miene bemerkte. „Ich habe nicht gelogen! Mach aus deinen zehn Tagen lieber keine Frist, sie werden dich so oder so in den Rat einladen. Bis bald, meine süße Magierin", verabschiedete sich Reesa mit einer Kusshand auf unbestimmte Zeit und ließ Sarfin mit einigen Kriegerinnen zurück.

Ich fühle mich wieder wie an dem Tag als ich mich von Pete verabschiedet habe. Ich will dich nicht wieder verlieren! Bitte, Reesa..., bitte komm zu mir zurück! Ich will nicht alleine sein! Bitte lass mich nicht alleine!

Sandstadt

12. Vollmondperiode des Jahres 921

„Hey Sarfin, magst du uns heute helfen? Wir wollen die großen Masten aufstellen und deine Kräfte könnten wir dabei gut gebrauchen. Bitte, bitte. Mit den Elefanten ist es doch immer so wahnsinnig aufwendig."

„Christa, du musst mich doch nicht anbetteln. Ich helfe euch doch gerne", antwortete Sarfin und löste sich von dem Geländer der steinigen Erhöhung, von der sie über ein ganzes Viertel von Sandstadt blicken konnte.

„Ja, nein..., aber deswegen kann ich dir doch trotzdem zeigen wie dankbar wir für deine Hilfe sind. Normalerweise müssen wir immer darauf achten wie die Sonne steht, damit weder wir oder die Tiere unter der Hitze zusammenbrechen. Mit dir haben wir in wenigen Wochen mehr geschafft als im ganzen letzten Jahr. Meine Schwestern lieben dich! Vor allem für das Auffüllen der Wasserstellen."

„Nicht doch, ich versuche nur zu helfen, immerhin habt ihr mich hier aufgenommen. Im ganzen Reich scheint es nur diesen einen sicheren Platz zu geben und es ist obendrein sehr schön hier."

„Findest du es nicht eintönig und langweilig? Der Sand überall, nur Frauen. Das kann einen auch ein bisschen verrückt machen."

„Mach keine Witze! Ich komme aus einem kleinen Dorf, bei uns war es eintönig und langweilig. Hier ist alles aufregend und spannend! Überall ist etwas los, immer etwas Neues zu sehen oder zu erkunden. Die Frauen haben alle so spannende und tragische Geschichten zu erzählen. Die Elefanten, eure Kriegerinnen und auch die Assassine. Alles ist so aufregend. Ich dachte immer, der Weg eines Menschen wäre vorbestimmt. Mädchen bekommen Kinder und ergreifen diesen und jenen Beruf. Kümmern sich zuhause um alles, du weißt schon. Ich fand es nie schön aber ich habe mich damit abgefunden weil es keine Alternative zu diesem Leben gab, aber hier ist alles anders. Manche Frauen sind sogar richtig gebildet. Manche sind Schmiede oder bauen Häuser. So etwas habe ich vorher nie gesehen. Kein Haus ist wie das andere. Auch eure eigene Sprache fasziniert mich."

„Hast du dich denn schon entschieden ob du eine Schwester werden willst und offiziell eine Kodayo werden möchtest?"

„Für mich selbst schon aber ich warte noch darauf vor den Rat geführt zu werden. Leben die Todbringer eigentlich alle in dem Turm da?"

„Nein, nur wenige. Die meisten haben eine Wohneinheit oder Unterschlupf in der Stadt. Im Alltag sehen sie aus wie wir, gar nicht als Assassine zu erkennen. Man merkt es allerdings schnell. Jede Kodayo, die nicht mit ihren Fähigkeiten angibt, ist brandgefährlich! Das solltest du dir merken."

„Seit ich nicht mehr gezwungen bin, meine Farokräfte jeden Abend aus meinem Körper zu entfernen, bin ich auch brandgefährlich", lachte Sarfin über ihren eigenen Ausspruch.

Eine Wassermagierin bezeichnet sich als brandgefährlich. Ich bin ja witzig, dachte sie und schüttelte belustigte den Kopf. Sie folgte der blonden Christa auf eine Freifläche, hinter einer Häuserreihe, wo mehrere Dutzend Kodayos, unterschiedlichen Alters ein Gerüst hochzogen.

„Was soll es denn werden wenn ihr fertig seid? Kein normales Haus, so viel erkenne ich."

„Eine Schmiede für Werkzeuge und andere Alltagsdinge. Vor ungefähr zwei Jahren sind hier drei Geschwister angekommen. Ein junger Mann und seine beiden Schwestern. Wie sich herausstellte, ist er Schmied und hat seine Schwestern in seinem Handwerk ausgebildet. Siehst du die vermummte Gestalt da vorne in orange? Das ist er. Zu dritt werden sie diese Werkstatt betreiben und noch mehr von uns ausbilden. Die drei sind ein richtiger Glücksfall, so wie du es auch bist."

„Er darf hier frei rumlaufen? Ich dachte die Männer sind alle in dem Viertel im Nordosten."

„Eigentlich schon aber wir sind doch nicht so unflexibel wie Stahlträger. Jeder Mensch ist anders und verdient es individuell beurteilt zu werden. Er hat gegen das Gesetz verstoßen weil er seinen Schwestern ihren Herzenswunsch erfüllen wollte. Er hat sie unter größten Mühen hierher gebracht. Du weißt es selbst, die Wüstendurchquerung ist hart. Ohne eine Assassine oder deine Fähigkeiten sogar eine wahre Tortur. Er ist diesen Weg gegangen und wollte tatsächlich wieder zurückgehen. Kannst du dir solche Größe vorstellen? Bringt seine Schwestern hierher und will den ganzen Weg nochmal alleine zurücklegen. Es gibt doch gute Männer. Auf jeden Fall weichen seine Schwestern, nie von seiner Seite. Sie haben bis heute nicht viel über ihre Flucht gesprochen, wer weiß was ihnen wiederfahren ist. Daher haben wir sie nicht getrennt aber er muss vermummt sein wenn er durch die Stadt geht. Alle vermummten in orangen Umhängen sind Männer. "

„Wieso vermummt? Hat er schlimme Narben im Gesicht oder ist er krank?"

„Weder noch. Die meisten Frauen sind doch hier weil ihnen irgendetwas schlimmes, meist durch Männer widerfahren ist. Sie haben die lange Reise auf sich genommen um hier ihren Frieden zu finden. Der Anblick eines Mannes ruft bei einigen Schwestern schlimme Erinnerung hervor. Das Wohl der Frauen kommt an erster Stelle darum leben die Männer in dem abgetrennten Viertel. Sie sind keine Gefangenen, falls dies in deinem Kopf herumschwirrt. Keiner von ihnen lebt schlechter als du oder ich. Wir wollen einfach nur Ruhe und Frieden haben. Ohne Männer würden wir doch auch aussterben. Außerdem glaube ich..., welcher Mann im ganzen Königreich lebt besser als die paar Dutzend hier in Sandstadt? Hier leben tausende Frauen, die auch überwiegend ihre Gelüste haben. Um die Männer brauchen wir uns nicht zu Sorgen!"

„Gibt es hier denn auch Paare? Also..., klingt es blöd wenn ich normal sage? Also Mann und Frau? Ich sehe bisher nur Frauenpaare. Wie macht ihr das mit dem Kinder kriegen und jetzt erklär mir bitte nicht wie Kinder entstehen. Das ist mir bewusst."

„Du bist süß, weißt du das? Natürlich gibt es auch normale Paare aber nur sehr, sehr wenige. Die leben auch in dem gleichen Viertel wie die Männer. Dich verwirrt Liebe unter Frauen noch, habe ich recht?"

„Ich bin nicht sicher. Ich kannte es bis vor kurzem nicht einmal. Wie ist es denn bei dir? Bist du auch? Wie nennt man das denn überhaupt?"

„Wir haben keinen Namen dafür. Liebe ist Liebe. In welcher Konstellation ist mir persönlich völlig gleich. Ich hatte zum Beispiel früher einen Ehemann. Für mich gab es auch nur diese eine Möglichkeit. Jetzt bin ich hier und habe eine Frau, das Leben ist verrückt. Guck mal, da vorne an den Brunnen spielen die Kinder. Die beiden mit den braunen Haaren und den weißen Kleidchen sind meine beiden Engel. Sie sind hier geboren worden, das macht sie zu richtigen Kodayos. Sie müssen nicht durch die Hölle gehen, wie wir. Die beiden sind mein größtes Glück!"

„Wenn sie hier geboren wurden und du jetzt eine Frau hast dann..."

„Ja genau, natürlich musste ich mit einem Mann schlafen um schwanger zu werden. Viele Male aber ich sehe deinem Gesicht die Skepsis an. Das ist alles gar nicht so kompliziert wie man denkt. Ich denke man muss sich klar machen, was man möchte. Ich wollte immer Kinder haben! Unbedingt! Mit einem Mann zu schlafen ist für mich auch keine Strafe, ganz im Gegenteil. Ich liebe es! Genauso liebe ich meine Frau!"

„Du machst beides? Das ist doch Betrug oder nicht", fragte Sarfin nachdenklich.

„Ist es Betrug wenn wir es beide machen? Wir leben ja keine Doppelleben. Du solltest dich jetzt nicht verrückt machen. Ich sehe die ganze Zeit wie deine Augen hin und her Schwingern. Du bist mit Reesa hier angekommen, wie ich hörte. Ist sie deine Freundin? Verwirrt es dich noch?"

„Sehr sogar. Es war nur eine Nacht aber..., ich denke an nichts anderes mehr. Es war alles einfach nur unglaublich aber..., ich möchte auch irgendwann ein Baby haben. Davon träumt doch jedes Mädchen aber dann muss ich..."

„Keiner weiß was morgen passiert oder den Tag darauf oder darauf und so weiter. Nimm jeden Tag so wie er kommt und erfreue dich daran am Leben zu sein. Genieße es, niemand weiß wann es eines Tages endet. ABER..., ich finde jetzt haben wir genug geredet. Jetzt wird gearbeitet. Deine Hilfe könnten wir für die drei

Masten da brauchen. Kannst du sie in die großen Löcher da stecken und so lange halten bis wir sie zugeschüttet haben? Bei dem Gewicht brauchen wir sonst zwei Elefanten und du siehst ja wie eng der Durchgang da vorne ist."

Sarfin suchte die Umgebung gleich für geeignete Haltepunkte ab und antwortete lächelnd: „Ja die Enge ist auch für mich schwierig aber kein Problem. Ich denke ich weiß wie ich es mache."

Sarfin ging in die Hocke und berührte den Boden mit beiden Händen. Sie entzog ihrem Körper eine große Menge Faro um ihre kräftigsten Avatare zu erschaffen indem sie das erschaffene Wasser zu beiden Seiten von sich weg leitete. Links und rechts von ihr, wuchsen drei pulsierende Wasserklumpen zu beachtlicher Größe heran und wurden schnell größer als Sarfin selbst. Das Wasser bewegte sich und begann sich umzuformen als Sarfin sich auf die Faroübertragung konzentrierte. Die Wasserklumpen pulsierten und schlugen in alle Richtungen aus bis sie schließlich zu Abbildern der Panzerhörner wurden, die sie auf ihrer Reise durch die Wüste gesehen hatte.

Die sind mir außerordentlich gut gelungen. Wenn sie nicht aus bewegendem Wasser wären, würden sie wie echt aussehen. Man soll sich ja nicht selbst loben aber in dem Fall..., gut gemacht Sarfin!

Sie nahm ihre Hand in die Luft, zog Daumen und kleinen Finger an die Handinnenflächen und bewegte die verbliebenen drei Finger von oben nach unten. Aus ihren Fingern entsprangen drei dünne Wasserlinien. Mit dem ballen einer Faust, wurden die drei Linien am unteren Ende verbunden. Sarfin packte die Wasserkralle und nutzte sie, um sie an dem ersten Mast einzuhaken. Das gleiche wiederholte sie noch zweimal und verband die Masten mit Wasserseilen an ihren Avataren um sie durch den Sand, an ihren Bestimmungsort zu ziehen. Unmittelbar vor den Löchern zerstreute sie ihre Avatare mit einem Handwischen, löste das Wasser aus dem sie bestanden hatten jedoch nicht auf sondern warf es im wahrsten Sinne auf eine der viele Felserhöhungen im Umkreis. Auf einem der Vorsprünge zeigten sich ihre nächsten Avatare als sich ihre Wasserwolke aufteilte und zu einigen Dutzend Kodayo Wasserkriegerinnen wurden. Jeder der Avatare schwang eine Peitsche aus Wasser, traf einen der Masten und straffte die magischen Wasserseile. Langsam aber stetig, zogen die Avatare an den Seilen und richteten die Masten auf bis sie in die vorgesehenen Löcher rutschten. Sarfin erschuf umgehend weitere Wasserseile, befestigte sie an den wackelnden Masten und schleuderte sie in alle Richtungen als wären die Masten das Zentrum eines Zeltes. Sarfin dachte erst sie hätte etwas falsch oder kaputt gemacht als sie eigenartige Geräusche hörte doch sie irrte gewaltig. Die Gruppe Kodayos, applaudierte, staunend über Sarfins Fertigkeiten und jubelten ihr allesamt, lautstark zu.

„Das war große Klasse Sarfin! Du bist die Beste! Ein Hoch auf Sarfin", riefen sie völlig durcheinander.

Von ihnen scheint sich keine vor mir zu fürchten. Wieso sind die Menschen nur so unterschiedlich, war das einzige was in ihrem Kopf herumgeisterte. Sarfin hatte nie gerne im Mittelpunkt gestanden und wollte dies immer noch nicht. Selbst jetzt, als ihr alle zujubelten, war es ihr fast peinlich.

„Du? Heisst du Safin", fragte ein kleines Mädchen lispelnd und rieb sich selbst ein bisschen Dreck auf die Nase als sie zu reiben begann.

„Ja die bin ich. Sarfin. Und wie ist dein Name? Mach mal deine Augen zu", antwortete Sarfin und erzeugte eine Handvoll Wasser um ihr Gesicht ganz vorsichtig zu waschen.

„Dankessschön", lispelte das kleine Mädchen. „Ich bin Lara. Kannssst du einfach ssso Wassser machen? Bisst du ein Engel vom Himmel?"

„Du bist ja lieb! Nein, ich bin kein Engel. Ich bin ein ganz normales…, ich…", Sarfin überlegt kurz über die Antwort, blickte auf den Rest Wasser, der über ihrer Handfläche schwebte und wusste die Antwort plötzlich: „Eine Magierin. Ich bin eine Magierin."

„Willsst du mit unss sspielen", fragte die Kleine und kniff ihre Augen lachend zusammen.

„Wenn ihr mich mitspielen lasst. Was spielt ihr denn", fragte Sarfin und bemerkte erst jetzt wie sich alle Kinder um den Brunnen versammelt hatten und sie beobachteten.

„Fangen", lachte das kleine Mädchen, berührte Sarfin am Bein und ging schnell rückwärts davon. „Du bissst."

Kaum drehte sich das Mädchen um, um wegzulaufen, berührte sie ein kindlicher Wasseravatar an der Schulter.

„Nein, du bist", kicherte Sarfin während das Mädchen vor Schreck in den Sand purzelte und die Kinder alle zum Lachen brachte.

„Unfair! Unfair! Unfair! Du hast gesschummelt! Du musst selbst laufen und fangen", schimpfte die Kleine und verschränkte ihre Arme vor sich. „Weisst du nicht wie fangen geht?"

„Ich bin doch viel größer als du und kann viel schneller rennen aber mein Freund hier ist nicht ganz so schnell. Darum würde ich sagen…", begann Sarfin und teilte den kindlichen Avatar mit einer Handgeste in drei auf. „...ich zähle jetzt laut bis 20, ihr versteckt euch und meine kleinen Freunde suchen euch. Wenn sie euch kriegen dann machen sie euch ganz dolle nass. EINS..., ZWEI..."

Die Kinder liefen sofort kichernd in alle Richtungen davon und versuchten sich zu verstecken. Sarfin setzte sich an den Rand des Brunnens und zählte laut hoch ehe sie ihre Avatare lediglich durch die Gegend laufen ließ um die Kinder zu unterhalten. Hin und wieder schnappte sie sich eins, ließ sie durch eine Umarmung der Avatare etwas nass werden und lief ihnen weiter hinterher.

„Du machst dir Freunde? Ich glaube ich weiß, wer heute Nacht ganz fest schlafen wird. Ich liebe das Lachen von Kindern", sagte Christa und setzte sich zu ihr an den Brunnen.

„Ich auch. Wenn ich ihnen so leicht eine Freude machen kann dann tue ich es doch gerne. Braucht ihr noch Hilfe?"

„Du kannst uns immer gerne helfen aber jetzt brauchen wir nur noch Muskelkraft. Beziehungsweise..., auch wir müssen doch noch etwas tun. Wenn du magst, kannst du beim sägen oder beim anzeichnen helfen aber dann würde ich den Kindern ihren Spaß nehmen. Das will ich auch nicht."

„Wenn ich euch ohne zaubern helfe, dann kann ich diese Avatare weiter herumlaufen lassen. Die beiden da sind deine Mädchen?"

„So ist es. Mein Herz schlägt immer wie verrückt wenn ich sie beobachte. Ich hoffe nur dass sie keine Assassine werden wollen. Ich würde ihnen ein völlig unbeschwertes Leben wünschen! Ach was rede ich? Es kommt wie es kommt. Wenn es ihr Wunsch ist, werde ich mich ohnehin fügen müssen. Meine Mädchen sind genauso frei wie du und ich. Wie sie ihr Leben gestalten wollen, müssen sie selbst entscheiden. So geht Freiheit doch, oder?"

„Ich glaube schon. Ich bin erst frei seit ich hier bin daher kann ich die Frage nicht wirklich beantworten. Was wäre falsch daran wenn sie Assassine werden?"

„Mein Mutterinstinkt! Was unsere Assassine tun, ist richtig und wichtig aber deswegen muss ich mir diesen Weg nicht für meine Kinder wünschen. Ich will ihnen diese brutale Ausbildung nicht zumuten. Natürlich werden sie damit zu den stärksten im ganzen Reich zählen. Assassine sind nie dumm, sie müssen viel lernen. Aber es reicht ein Fehler, wie bei Reesa. Ein Fehler und alles ist vorbei."

„Reesa wird doch freigesprochen. Ich bin für heute Nachmittag zum Rat in den Turm eingeladen worden. Ich gehe davon aus mit ihr wieder herauszukommen."

„Da bist du leider die einzige. Die Regeln sind unumgänglich, seit hunderten von Jahren. Reesa wird zum Girgo verurteilt werden und sterben. Sehr bald schon. So war es immer!"

„Das werden wir erst noch sehen! Ich werde diese Ungerechtigkeit nicht zulassen. Wenn ich meinen Schild hochziehe und alle Kraft hineinstecke, kann ich ihn fast einen halben Tag lang halten. In dieser Zeit kann mir nichts und niemand etwas antun. Zeit genug um Reesa rauszuholen! Ich habe mir schon genau überlegt wie ich vorgehen möchte. Es wird ganz bestimmt klappen! Wenn Reesa stirbt, fällt dieser Turm und begräbt ihre Mörder. Das schwöre ich!"

„Wieso würdest du so viel für sie riskieren? Glaubst du sie würde das gleiche für dich tun?"

„Hat sie bereits! Sie hat so viel für mich getan! Ich werde sie nicht aufgeben! Ich habe nicht einmal die

Geduld zu warten, ich gehe jetzt schon los", erklärte Sarfin und tauchte in ein weißes Licht ein. Mit der freizügigen Kleidung von ihrer Meisterin Laura, die Reesa in der Wüste für sich gewählt hatte, zog sie extrem angespannt in Richtung Turm davon. „Die drei Avatare werden noch eine Weile halten. Bis morgen Christa..., hoffentlich", rief sie noch und griff in ihre Tasche um ihren Jakelstein herauszuholen.

„Leokeito ma trinnella", sagte sie und verwandelte ihren violetten Stein in einen langen, weißen Stock an dessen Spitze ihr Gedächtnisstein leicht leuchtete.

Es ist mir immer noch ein großes Rätsel wieso manche Zauber über mein Faro aktiviert werden und manche eine Beschwörungsformel brauchen. Selbst unter den Tiersteinen gibt es Unterschiede. Wer entscheidet sowas?

Sarfin ging durch die Straßen von Sandstadt, von denen keine wirklich grade angelegt war und beobachtete die Kodayos bei ihrer täglichen Arbeit. Zwei Schwestern sollten für ihre Mutter Wasser holen und traten mit ihren Krügen grade aus dem Haus als Sarfin sie im vorbeigehen, mit einer einfachen Handbewegung vollständig auffüllte. Die beiden Mädchen stellten sie umgehend ab und winkten ihr freudig zu. Sarfin winkte lächelnd zurück ohne stehen zu bleiben denn die Sehnsucht nach Reesa wurde mit jedem Schritt unerträglicher, gleichzeitig blieb ihr in diesen Momenten völlig verborgen, wie sie innerhalb der kurzen Zeit seit ihrer Ankunft, eine ganze Bevölkerung ins Staunen versetzt hatte.

Sie wurde im Turm bereits erwartet und in eins der mittleren Stockwerke hinaufgeführt. In einem großen Raum, saßen bereits sieben Personen an einem halbrunden Tisch, die alle ihre hellen Kapuzen übergezogen hatten. Sarfin setzte sich an den kleinen Tisch vor ihnen und bemerkte wie hinter ihr, weitere Personen in den Raum geführt wurden, die allesamt durch ihre hellen Roben und den Mundschutz, völlig vermummt waren. Bis auf den einzigen erkennbaren Mann, knieten sich alle anderen hin und stützten sich auf ihre identischen Säbel, die jeder einen großen, achteckigen, roten Edelstein im Griff eingearbeitet hatten. Das Ratsmitglied in der Mitte des Tisches nahm seine Kapuze ab und offenbarte sich ebenfalls als Mann.

„Ich begrüße alle Anwesenden zu dieser Sondersitzung des Ordens, besonders unseren Ehrengast. Sei gegrüßt, verehrte Sarfin. Ich habe heute die Ehre mit dir sprechen zu dürfen. Geht es dir gut? Gab es irgendwelche Zwischenfälle nach deiner Ankunft? Konntest du dich ein wenig einleben?"

„Das konnte ich, habt vielen Dank. Bisher wurde ich sehr freundlich aufgenommen und auch dafür kann ich nur meinen Dank aussprechen. Ich versuche mich natürlich Erkenntlich zu zeigen und helfe, wenn ich helfen kann."

„Das wurde uns bereits zugetragen. Die Wasserlager sind alle an ihrer Kapazitätsgrenze. Dafür müssen wir dir einen aufrichtigen Dank aussprechen. Die Regenzeit war dieses Jahr nur sehr kurz, das war eine sehr, sehr große Hilfe für uns. Sarfin, ich frage ganz offen, möchtest du hier bleiben? Möchtest du in Sandstadt leben? Dies ist keine Frage ob du eine Kodayo werden möchtest. Dies würde mit einem Wechsel zu unserem Glauben von statten gehen. Ich würde nur wissen wollen, ob du diese Stadt zu deinem neuen Zuhause machen möchtest und wir künftig mit dir planen können?"

„Es gibt keinen anderen Ort in diesem Königreich an dem ich willkommen wäre. Alle sehen nur ein Goldstück wenn sie mich ansehen. Ich möchte hier bleiben und tun was ich kann, um euch, das Volk der Kodayos zu unterstützen."

„Gut, gut. Assassine erhebt euch", befahl der Wortführer des Rates. „Dies sind einige unserer verfügbaren Assassine unseres Ordens. Jede von ihnen ist eine ausgebildete Killerin, absolut tödlich, in jeder Hinsicht! Unser größtes Problem für sie ist schlichtweg unsere Lage. So gut uns die Tribuswüste vor allen Gefahren von außen schützt, so schwierig macht es die Reise für unsere Todbringer wenn wir sie aussenden. Du bist schon zu alt um eine von ihnen zu werden aber deine Fähigkeiten könnten ihnen, ihre langen Reisen, leichter machen. Weißt du was die Assassine sind? Kennst du ihre Aufgaben? Weißt du..."

„Wo ist Reesa? Reesa Seraf! Sie ist doch auch eine Assassine aber ich kann sie nicht sehen. Wo ist sie?"

„Ich befürchte darauf darf ich dir keine Antwort geben. Der Rat hat eine Entscheidung getroffen..."

„Was für eine Entscheidung? Sie hat mich her gebracht! Sie hat mich beschützt! Sie hat mich gepflegt! Bevor ich sie nicht gesehen habe, werde ich gar nicht weiter zuhören, klar?"

„Du verstehst nicht, wenn der Rat ein Urteil gefällt hat dann können wir..."

„Urteil? Welches Urteil? Ihr seid doch der Rat, oder nicht? Was soll das bedeuten? Reesa bringt euch eine Wassermagierin und wird zum Dank dafür verurteilt? Ich bin ein Geschenk an dieses fantastische Volk aber nur wenn ich Reesa zu Gesicht bekomme! Jetzt sofort oder ich reiße den ganzen Turm ein!"

„Bitte, beruhig dich doch. Wir sind nicht der Rat, wir sprechen nur für ihn. Ich werde dem Rat dein Anliegen vortragen wenn ich...", Sarfin platzt der Kragen, stampfte mit ihrem Stab auf den Boden und erschuf umgehend ihr stärkstes Schutzschild um auf keinen Fall verletzt zu werden. Einige der Assassinen hatten reflexartig ihre Dolche nach ihr geworfen, von denen jedoch keiner ihren massiven Schild durchdringen konnte.

Das wird nichts! Wenn ihr hier keinen Magier habt, dann habt ihr jetzt nicht einmal den Hauch einer Chance, solange ich diesen Schild halten kann. Wenn ich keinen prall gefüllten Gedächtnisstein hätte, wäre das vermutlich auch ein Problem! Wie lange kann ich wohl so tun als ob ich euch bedrohe? Das sind alles Killerinnen, die durchschauen bestimmt ganz schnell dass ich nicht gefährlich bin, fragte sie sich und begann höhnisch und lautstark zu lachen. Sie konnte sich nicht erklären wie sie auf diese Idee gekommen war, doch sie stieg in ihr eigenes Schauspiel ein. Sarfin hob beide Hände ganz langsam, drehte ihren Stab um sich selbst und ließ es in dem geschlossenen Raum regnen, nur um aus dem fallenden Wasser, Dutzende Abbilder von Kodayokriegerinnen zu erschaffen. Im ganzen Raum erhoben sich Wasseravatare von dem nassen Steinboden, die statt Armen nur scharfe Wasserklingen hatten. Sarfin drehte ihren Stab und demonstrierte ihre immense Durchschlagskraft an einem Tisch, der krachend in sich zusammen fiel.

„Kannst du Lullapie endlich Reesa holen", fauchte eine der Assassine in Richtung des Wortführers. „Soll sie uns alle töten bevor du reagierst?"

„Ich kann nicht! Sie wurde zum Girgo verurteilt. Ich darf es nicht! Sie ist in den schwarzen Zellen. Ich komme da gar nicht rein."

„Wieso wurde sie überhaupt zum Girgo verurteilt? Ihre Mission war es doch eine Magierin zu retten. Ihr Ziel hat sie nicht erreicht, dafür hat sie uns dieses Mädchen gebracht. Ist das nicht viel besser? Bin ich der einzige der dich grade für dumm hält? Anna, geh und such Natalia! Wir brauchen sie hier", fauchte die Assassine, woraufhin eine der Assassine umgehend aus dem Raum lief.

„Nein, allerdings! Das Mädchen hat recht, sie ist ein Geschenk an unser Volk. Reesa dafür zum Tode zu verurteilen ist ja wohl das allerletzte! Welche Botschaft soll für uns andere dahinter stecken? Gib alles und bekomm einen Arschtritt zum Dank? Wir sollten euch den Kopf von den Schultern schlagen!"

„Deine Wut richtet sich gegen den falschen. Ich überbringe diese Nachrichten nur. Der Rat fällt diese Urteile, ich bin nur ein Diener. Das wisst ihr doch!"

„Ich finde es reicht jetzt", fauchte eine der Assassine und nahm ihre Kapuze ab. „Ihr alle steckt jetzt eure Waffen weg und haltet die Fresse! Wir können damit ohnehin nichts anrichten! Du! Mädchen! Stell das regnen endlich ein!"

„Ich habe doch deutlich gesagt was ich will! Bringt mich zu Reesa!"

„Du forderst hier gar nichts und lass deine Spielchen! Du wirst hier niemanden etwas tun!"

„Willst du mir drohen", fauchte Sarfin und befahl zwei ihrer Avatare, sich hinter der Wortführenden Assassine aufzustellen, die sich allerdings kein Stück rührte. Ihre Augen leuchteten unheimlich in der blauen Lichtwelle von Sarfins Faroschildes.

„Dir drohen? Willst du mich verarschen? Hör die Schauspielerei auf, wenn du wolltest wären alle bis auf eine bereits Tod aber wir stehen alle noch. Ich denke, du versuchst uns Angst zu machen aber sieh dich doch um. Schwestern, nehmt eure Kapuzen ab und zeigt dem Mädchen wie euch die Knie zittern", rief sie an die anderen vermummten Assassine gerichtet, die der Aufforderung allesamt nachkamen und ihre Gesichter offenbarten. Sarfin wusste nicht was sie denken sollte. Jede Assassine war eine Frau, eine hübsche als die andere und keine von ihnen wirkte nur ansatzweise verängstigt. „Halte diese Wasserkrieger wenn du dich dann sicherer fühlst aber hör endlich mit dem scheiß Regen auf! Es nervt und mein Gewand ist bereits völlig durchnässt!"

„Ja schon gut", antwortete Sarfin kleinlaut und richtete ihre flache Hand nach oben aus. Sie schloss ihre Faust, womit auch die Faroquelle an der Decke des Raums versiegte und der Regen umgehend aufhörte.

„Danke", begann die Assassine und zog sich ihr Gewand aus um es über einen Stuhl zu hängen. Sarfin schluckte bei dem Anblick des durchtrainierten, braungebrannten Körpers und war gleichzeitig völlig verwirrt wie freizügig sich die Assassine gab denn unter ihrem Gewand hatte sie kaum noch nennenswerte Bekleidung. Außer ihrem knappen Rock und einer noch knapperen, ärmellose Bluse, die ihre Brüste grade so bedeckte, zeigte sie alles. Der größte Teil ihrer Haut wurde nur durch einen äußerst merkwürdigen Waffengurt bedeckt, der sich um ihren ganzen Körper, selbst um die Oberschenkel schlängelte.

„Was ist das was du da an hast? Ich sehe schon, es hält deine Waffen aber das alleine ist es nicht, oder?"

„Das Gurtgeflecht? Schon in erster Linie für die Waffen. Es liegt gut an. Wenn ich laufe oder springe, bewegt sich nichts oder verkantet. Hast du nie einen Soldat mit Schwert gesehen? Wenn die sich bewegen, dann schlingert ihre Waffe ziemlich blöd in der Gegend herum. Wir tragen ein Vielfaches der Ausrüstung, da muss alles sitzen! Außerdem kann man damit gut klettern. Darf ich jetzt eine Frage stellen? Was ist mit Reesa? Wieso kämpfst du so für sie?"

„Du hast mich offenbar schnell durchschaut und du hast recht. Ich werde hier niemanden etwas tun weil ich es gar nicht kann", erklärte Sarfin und ließ ihre Avatare zu Pfützen zerfallen. Sie senkte ihren Schild und ließ sich auf den Boden fallen. „Reesa ist, sie ist…, sie ist alles was ich noch habe. Bitte tötet sie nicht! Bitte! Ich tue alles um ihr Leben zu retten! Braucht ihr Wasser? Ich fülle euch unendliche Lager mit dem reinsten Wasser dieser Welt! Wollt ihr einen Fluss? Einen See? Sagt es mir und ich gebe es euch aber tötet sie nicht. Wofür soll ich denn noch leben wenn ich alleine bin?"

„Du bist nicht mehr alleine! Die Hälfte unserer Bevölkerung ist auf dem gleichen Weg hier gelandet wie du. Natürlich wurde keine von ihnen wegen Magie verfolgt, dein Schicksal ist bisher einmalig für unser Volk. Ich will damit auch nur sagen dass schon viele glaubten, sie hätten alles verloren und doch leben sie heute. Sie leben und leben und leben denn das ist es, worum es am Ende immer geht! Wir müssen leben! Du! Ich! Meine Schwestern, einfach jeder muss leben! Dafür stehen wir, nur deswegen existieren wir!"

„Ich dachte ihr geht raus um Menschen zu töten. Das hat nicht viel mit Leben zu tun."

„Natürlich klingt es kontrovers und unlogisch aber wer sorgt sonst für Gerechtigkeit? Seit tausenden von Jahren werden Menschen versklavt oder verkauft. In all den Jahrhunderten hat es unzählige Könige gegeben, die ihrem Volk sonst was geschworen haben und doch befinden wir uns noch immer in der gleichen Lage. Frauen werden an vielen Orten wie Vieh behandelt. Kinder geschändet. Überall sterben Menschen, für rein gar nichts! Ständig schafft es einer, ganz viele zu unterdrücken! Wer unternimmt etwas dagegen? Die traurige Antwort ist leider, nur wir tun es! Meine Schwestern, die du hier siehst gehören alle zu den besten Assassinen ihrer Zeit. Zähl sie, es sind nicht viele. Wir sind die Gerechtigkeit für das Volk! Wir würden gerne viel mehr tun aber unser Kontinent ist groß und das Leid überall. Wir können leider nicht alle retten aber wir können einigen wenigen, ihr Leben zurückgeben indem wir ihre Peiniger ausschalten."

„Es geht schwer in meinen Kopf dass man durch Morde irgendetwas besser machen kann."

„Deswegen leben wir wohl noch. Vielleicht ist es nicht nötig dass man es versteht. Ich versichere dir dass wir keine ehrenlosen Killer sind! Wir glauben alle daran, mit unserem handeln, die Welt ein kleines bisschen besser zu machen. Kommen wir jedoch wieder zurück zu deinem Anliegen. Mit welchem Grund willst du Reesa aus den Zellen holen? Wieso?"

„Du hast es doch selbst erklärt. Man muss es nicht verstehen aber ich glaube dass ich mit meinem Handeln etwas besser machen kann. Wie schon gesagt, ich schenke euch alle Wunder, die in meiner Macht liegen. Ich habe nur diese eine Voraussetzung! Wenn ihr euch so sehr für das Leben einsetzt dann tut es doch auch! Lasst sie gehen damit sie auch leben kann. Bedeutet sie euch denn nichts?"

„Lullapie! Rede nicht so einen Blödsinn! Einige von uns kenne Reesa schon ihr ganzes Leben. Ich habe das Gefühl als wenn sie dennoch niemanden, so viel bedeutet wie dir. Liebst du sie?"

„Ob ich? Was? Was soll das? Sowas spielt dabei doch keine Rolle! Das geht dich gar nichts an", fauchte Sarfin und verschränkte ihre Arme trotzig bevor sie selbst erkannt wie viel sie mit ihrer Reaktion bereits beantwortet hatte.

„Ein einfaches ja hätte vollkommen gereicht", lachte die Assassine und musste sich ihren Bauch halten als ihr Lachen immer schallender durch den Raum hallte. Auch die anderen Assassine, die sich allesamt auf den nassen Boden gesetzt hatten, stimmten kichernd mit ein.

„HEY! Sofort aufhören", schimpfe Sarfin. „Was war denn bitte so komisch?"

„Du bist süß, das ist alles. Pass auf! Sarfin war dein Name, richtig? Wie du siehst, wollen wir dir nichts! Inzwischen hätten wir dich auf drei Dutzend Arten töten können und doch bist du unversehrt. Wir sehen es wie du und machen jetzt etwas ganz, ganz dummes. Wir marschieren jetzt zum Rat und fordern ihre Freilassung! Wenn du uns unterstützen würdest, hätte unsere Argumentation, den nötigen Nachdruck!"

„Ich werde niemanden verletzen es sei denn jemand wird mir etwas tun, klar? Wirf also noch ein Messer nach mir und ich töte dich als erstes! Ich kann dich mit einem Schluck Wasser ertrinken lassen! Ich will niemand verletzten aber ich kann, wenn ich muss!"

„Schon gut, schon gut. Hey, ich dachte du tötest uns alle mit einem Fingerschnippen. Keine von uns hat vorher, jemals Magie gesehen. Übrigens, mir gefallen deine Augen wenn sie so blau leuchten. Wenn es mit Reesa nichts wird, dann kannst du mich gerne besuchen kommen.

Meint die das jetzt ernst? Hier ging es grade noch um Leben und Tod..., diese Frauen sind definitiv einmalig!

„Was seid ihr eigentlich wenn ihr nichts zu sagen habt", fragte Sarfin an den vorgeblichen Ratstisch gerichtet.

„Wir sind nur Diener und überbringen die Anweisungen des Rates. Wir können hier nichts entscheiden! Ich verstehe dein Anliegen natürlich aber hier kann keiner eine entsprechende Entscheidung treffen. Wirklich nicht!"

„Nein aber ich kann das, würde ich ganz dreist behaupten oder gibt es irgendwelche Einwände", erklärte eine junge, braungebrannte und bildhübsche Frau, absolut selbstsicher als sie den Raum unbemerkt durch den Nebenraum betrat. Ihr feuerrotes Haar war zu einem langen Zopf geflochten und lag ihr über der rechten Schulter.

„Natalia, du bist hier? Nein, natürlich haben wir keine Einwände! Du entscheidest!"

„Gut! Du bist also die junge Sarfin von der man bereits so viel hört. Es ist mir eine große Ehre dich kennenzulernen! Mein Name ist Natalia, ich bin die Anführerin der Kodayos, Oberhaupt des Rates und direkte Nachfahrin unserer großen Ralla. Ich hoffe, meine Heimat hat sich bisher von seiner besten Seiten gezeigt."

„Bisher schon aber dann erfahre ich von diesen merkwürdigen Todesurteilen. Als wenn wir nicht genug tote im Königreich hätten, nein jetzt verurteilen wir sogar die, die etwas Gutes tun. Mich, eine Solekas Jakel in die Wüste zu bringen, ist etwas extrem gutes! Ich verlange dass man Reesa sofort freilässt!

„Wieso setzt du dich so für sie ein? Ist da etwas zwischen euch? Hat sie dir geholfen oder hegt ihr Gefühle füreinander? Was soll der ganze Aufstand hier überhaupt? Hast du gesehen was du gemacht hast? Hier ist alles nass!"

„Sie hat mich gerettet und jetzt kann ich meine Schuld endlich begleichen. Ich schwöre es, haltet mich nicht hin! Dies ist meine letzte Warnung, ich reiße den Turm mit einer Flutwelle ein wenn es sein muss! Wo ist sie?"

„Du reißt den Turm ein? Glaubst du denn deinen eigenen Worten", lachte die hübsche Natalia. „Ich bin hier als deine Unterstützerin. Ich will keine falschen Drohungen mehr hören! Wir hassen Lügen in unserer Heimat!"

„Dann holt sie bitte oder sagt mir wo sie ist. Lasst mich doch nicht schon wieder flehen. Wo ist sie?"

„Hier! Ich bin hier! Bitte lass den Turm stehen, du Verrückte", sprach die Stimme, die sie wie eine Welle der Erleichterung in sich aufnahm. Sarfin sprang auf und fauchte schluchzend: „Reesa! Endlich! Ich schneide dir deine Zunge für deine Lüge raus!"

Sarfin begann in Tränen auszubrechen während sie auf ihre Freundin zu rannte und sie feste in ihre Arme schloss.

„Ich habe alles versucht. Wirklich! Ich wollte zu dir zurück aber sie haben mich nicht gelassen. Jetzt bin ich trotzdem hier. Angeblich hat es jemand im Saal regnen lassen um mich rauszuholen. Wer hätte ahnen können dass dies dein Werk sein könnte."

„Halt deinen Mund und lass deine blöden Scherze! Du bist überhaupt nicht lustig!"

„Und doch lachst du über meine Worte. Ich war mir nicht mehr sicher ob ich dich wiedersehe aber jetzt berühre ich dich doch. Wenn das ein Traum ist dann weck mich bitte nicht."

„Weil irgendjemand aus Mitleid über dich lachen muss, du doofe Kuh", kicherte Sarfin verheult und fasste Reesa mit beiden Händen an ihre Wangen. „Wirst du jetzt auch bei mir bleiben? Für immer? Wehe du lügst!"

„Bist du dir sicher dass du mit einer Assassine, einer Mörderin leben willst?"

„Reesa, du bist keine Assassine mehr", warf Natalia ein. „Du wurdest doch verurteilt und damit für alle Zeit aus dem Orden verbannt, dein Vollstreckungsurteil wurde lediglich gestrichen. Du bist auf meinen Befehl hin, mit sofortiger Wirkung, eine Kodayokriegerin. Es steht euch frei zu gehen…, wenn Sarfin die Schweinerei hier weggemacht hat! Und keine Magie! Strafe muss sein!"

„Ich bin keine Assassine mehr? Was soll ich denn jetzt machen? Wo ist denn jetzt mein Platz in dieser Stadt?"

„Bei mir und jetzt komm! Ich habe die Schweinerei nur wegen dir gemacht und jetzt hilfst du mir gefälligst", schimpfte Sarfin und zog Reesa an den lachenden Assassinen zur Seite. „Habt ihr einen oder zwei Eimer?"

Das Geschenk
1. Vollmondperiode des Jahres 922

Sarfin saß einige Wochen später mit ihrem Magiebuch im Schatten eines Felsens, in der fast unbelebten, westlichen Ecke von Sandstadt und versuchte sich an einem höheren Zauber.

Materie dauerhaft zu beeinflussen ist ganz schön kompliziert. Allein die Vorbereitung mit den vielen Zirkeln hat mich Wochen gekostet. Ich hoffe, ich habe mich nicht übernommen. Ich würde ungern zugeben wollen meine Zeit verschwendet zu haben.

„Mittlerweile kann man sich ziemlich gut vorstellen wie es aussehen soll. Arbeiten die Avatare ohne dein Zutun?"

„Wie du siehst", antwortete Sarfin knapp um noch den letzten Satz zu Ende zu lesen. Sie klappte ihr Buch zu und legte es in ihre Tasche ehe sie Reesa mit einem liebevollen Kuss begrüßte. „Was treibt dich denn in diese Ecke? Seid ihr schon fertig?"

„Irgendjemand hat heute Nacht die schweren Arbeiten erledigt und uns das schlimmste abgenommen. Fällt dir da jemand ein, der sagen wir…, heimlich geholfen hat?"

„Ob mir…, da fallen mir viele ein", lachte Sarfin und küsste Reesa ein weiteres Mal. „Hab ich es nicht gut gemacht?"

„Doch, doch. Sehr gut sogar. Ich bin nur unsicher weil ich nicht verstehe, wieso du es nachts machst. Willst du nicht gesehen werden?"

„Nicht so gerne. Ich wollte nie im Mittelpunkt stehen und ich mache ja nicht viel. Ich verschaffe den Elefanten nur etwas Entlastung."

„Jetzt wo du es sagst...", Ronja hat mich gebeten, dich zu fragen ob du morgen Lust hast die Elefanten zu putzen. Die Tiere haben offenbar Gefallen an dir gefunden. Scheinbar bist du überall sehr beliebt."

„Ich auch an ihnen. Wie toll sind diese Tiere denn bitte? So unfassbar stark und doch so sanft. Ich liebe sie und es macht wahnsinnig viel Spaß."

„Da werde ich doch fast eifersüchtig wenn meine Freundin einen Elefanten liebt. Die haben große..., Rüssel."

„Ja das haben sie aber diese..., Rüssel, interessieren mich nicht", grinste Sarfin und schob den gelben Umhang ihrer Freundin zur Seite um sie am Rücken zu streicheln. „Haben sie offenbar nie."

„Zum Glück für mich. Wie kommst du denn hier voran? Glaubst du wirklich, du kannst es schaffen? Jetzt wo deine Avatare die Erde abgetragen haben ist es zwar zu erkennen aber ich kann es mir einfach nicht so richtig vorstellen. Wie könnte es sich denn auf Dauer halten? Musst du es nicht ständig auffüllen?"

„Nein. Ich dachte erst, ich müsste einen meiner Gedächtnissteine dafür opfern aber es gibt andere Möglichkeiten. Im Turm ist doch die Rüstung der legendären Ralla. Ihr Säbel ist aus diesem weißen, unzerstörbaren Stahl. In meinem Buch habe ich gelesen dass dieser Stahl auf Magie zurückzuführen ist, es gibt sogar zwei verschiedene Stahlsorten. Es genau zu erklären würde zu viel Zeit kosten. Kurz gesagt, dieser Stahl ist das Ergebnis eines sehr langen Prozesses wenn zum Beispiel eine Burg durch Bannzauber geschützt wird. Der Bannzauber ist unerschütterlich aber es passiert irgendwann noch mehr. Wie eine Krankheit, die einen Wirt befällt, so breitet sich die Magie irgendwann im Boden aus und löst Effekte aus. Ein

Effekt ist zum Beispiel dass bestimmte Erzadern zu diesem magischen Stahl werden. Dies hat mich auf die Idee gebracht. Ein Bannzauber der dieses Gebiet einschließt. In tausend Jahren wird unter unseren Füßen obendrein irgendetwas Wundervolles entstehen aber das soll uns heute nicht interessieren. Wenn meine Avatare die Felsen und Platten verteilt haben, werde ich diese Löcher bearbeiten damit wir keine Schlammlöcher bekommen und sie mit Wasser füllen. Der Boden ist in dieser Ecke der Stadt besonders warm, was auf eine warme Quelle schließen lässt. Die Sonne wird ihr übriges dazu tun. Mein Bannzauber wird das Wasser in seiner ursprünglichen Form, rein und klar halten, es in diesen Becken und Grotten einschließen und für alle Zeit erhalten. So kann es niemals austrocken oder versiegen. So ist zumindest der Plan dahinter. Ob ich es schaffe, ist die andere Frage. Ohne meine Meisterin muss ich diese Dinge selbst lernen und sie sind verdammt schwer! Ich bin nicht sicher ob es mir gelingt aber wenn, dann habe ich bereits den nächsten Plan. Dafür brauche ich dann unbedingt deine Hilfe."

„Wie könnte ich dir denn helfen? Ich meine, natürlich gerne aber ich weiß nicht was ich tun könnte."

„Mir Gesellschaft leisten wäre ein guter Anfang und dann brauche ich dein Wissen. Erzähl mir alles über deine Reisen durch die Tribuswüste. Wo bist du lang? Was war gefährlich? Wo ist das Wasser besonders knapp geworden?"

„Ich ahne worauf du hinaus willst. Bist du wieder im Turm gewesen?"

„Ja, ich will den Orden verstehen oder..., vielleicht tue ich es schon. Irgendwie. Ich will immer noch nicht glauben dass ein Mord die einzige Möglichkeit ist etwas zu ändern aber ich glaube es zumindest zu verstehen. Viele haben viel schlimmere Geschichten erlebt als ich und ich will helfen. Ich will Routen schaffen um den Assassinen einige Vorteile zu geben aber ich will auch jeder Frau helfen, die noch nicht hier ist. Ich kann einige Gelände ebnen oder Oasen schaffen. Ich würde mir wünschen dass man diese Stadt von jedem Punkt aus erreichen kann jedoch nicht ausreichend, um Heere zu versorgen. Diese Verstecke, wie unsere Höhle, dort will ich ebenfalls Wasserlager einrichten. Unseren Schwestern soll es niemals an Wasser mangeln!"

„Wir können mit unserer Höhle anfangen und sehen wie weit wir kommen", grinste Reesa und drückte Sarfin küssend in den schattigen Sand. „Denkst du hier kommt jemand vorbei?"

„Würde dich das interessieren? Wusste gar nicht dass du verklemmt bist", antwortete sie ohne sich wirklich von Reesas Lippen zu lösen und riss ihr den Umhang herunter. „Ich kann alles sehen was meine Avatare sehen. Wenn jemand kommt werde ich es frühzeitig wissen."

„Niemand darf meine hübsche Sarfin nackt sehen außer mir! Du bist meine Freundin. Ich bin die glückliche Kodayo, die das Bett mit unserer großen Magierin teilt."

„Sag es doch nicht so", forderte Sarfin energisch und brachte sich durch eine Drehung über Reesa um sie am Boden festzunageln. „Wir teilen nicht nur das Bett! Auch den Tisch und die Stühle..., eigentlich hast du die Hälfte deines Besitzes an mich verloren."

„Na, du bist wirklich witziger geworden. Kannst du alles haben. Der Tisch hat mir nie viel bedeutet und die Stühle, mit denen fange ich besser gar nicht an. Ist doch alles..."

„Ich liebe dich Reesa", platze Sarfin dazwischen und lenkte ihren Blick verlegen zur Seite.

Wieso musste ich jetzt sowas sagen, fragte sie sich verärgert über sich selbst, spürte wie Reesa sie am Kragen zu sich zog und sie so lange wie nie zuvor küsste.

„Ich liebe dich auch! Ich will nie wieder ohne dich leben müssen", antwortete Reesa. Sarfin hätte vor lauter Freude in die Luft springen können und gab sich ihrer geliebten Freundin im schattigen Sand hin.

„Reesa, steh auf! Das musst du sehen! Komm schon! Tu nicht so, du bist doch wach! Mach keine Scherze jetzt, komm schnell! Morgen wird die ganze Stadt davon sprechen!"

„Was denn", antwortete Reesa und erhob sich als hätte sie überhaupt nicht geschlafen doch ihre Augen sprachen eine andere Sprache als ihr Körper. „Was meinst du? Leg dich hin und schlaf, es war ein harter Tag!"

„Ja, ja und jetzt beweg dich! Morgen wirst du dir in den Arsch beißen wollen weil du nicht mitgekommen bist. REESA! Komm jetzt", fauchte Sarfin ärgerlich. „Wie oft muss ich noch bitten?"

„Du bittest gar nicht, du gibst Anweisung. Lass mich, ich bin wirklich müde. Komm, leg dich zu mir. Du fehlst mir. Jede Nacht hängst du bei deinem Bauwerk…"

Sarfin riss eigentlich der Geduldsfaden und ballte verärgert eine Faust. Sie spürte wie ihr Faro auf ihre Emotionen reagierte und sich aus ihrem Inneren meldete. Sie formte mit einer Handbewegung einen großen Schwall Wasser bevor sie ihn jedoch auf Reesa warf, wollte sie es doch noch einmal diplomatisch versuchen und kletterte über ihre Freundin, beugte sich zu ihr runter und begann ihr Ohrläppchen zu liebkosen. Mit einem sanften Hauch, flüsterte sie: „Reesa, ich habe es geschafft!"

Schlagartig schlug Reesa ihre Augen auf und war dieses Mal tatsächlich wach. Sie küsste Sarfin, rollte sich aus dem Bett und zog sich etwas an. Beide warfen sich einen dickeren Umhang gegen die Kälte der Nacht über und liefen aus ihrer großen Steinbaracke. Beide kicherten wie kleine Mädchen als sie durch die Straßen der spärlich beleuchteten Stadt liefen, was ihr eine eher mystische als unheimliche Aura verlieh. Einige wenige Nachtwächterinnen kreuzten den Weg der beiden Verliebten und grüßten sie freundlichst denn in Sandstadt hatte sich schon lange herum gesprochen dass eine Wassermagierin unter ihnen lebte. Sarfin war innerhalb kürzester Zeit, beinahe so etwas wie eine Berühmtheit geworden und genoss bereits nach ihren ersten Monaten ein hohes Ansehen, was einen extremen Kontrast zum Rest des Königreiches bildete. Während die Magier überall brutal verfolgt und getötet wurden, war Sarfin wie eine Halbgöttin empfangen und gefeiert worden. Diese immense Wertschätzung hatte sie täglich mehr unter Druck gesetzt. Sie hatte täglich an ihren Baumaßnahmen gefeilt und die Zaubersprüche in ihrem Magiebuch eingehend studiert. Sie konnte ihr Glück kaum fassen als der Rat sie in den Turm von Alehn eingeladen hatte und ihr einige alte Magiebücher zeigte, die von verstorbenen Magiern stammten und teilweise nicht geschützt waren.

Ich bin fast umgefallen als ich eine Statur von Meister Moralus gesehen habe. Wenn mir die Aufgaben ausgehen, dann werde ich dem nachgehen. Ich wollte die Freundlichkeit des Rates nicht Überstrapazieren aber jetzt dürfte die Sache anders aussehen. Wenn ich meinen Plan umsetzen kann, dann schulden sie mir mindestens einen Gefallen!

Sarfin blieb plötzlich stehen. Sie begann zu grinsen als Reesa es bemerkte und sie fragte: „Alles in Ordnung? Sag mir nicht dass du nicht mehr kannst. Komm schon, du hast doch eben darauf bestanden jetzt noch rauszugehen."

„Reesa, soll ich dir etwas sagen? Mir geht es richtig gut! Ich glaube mittlerweile dass ich die einzige Magierin bin, die trotz des Magiererlasses, ihre Bestimmung gefunden hat. Ich bin richtig glücklich hier! Mit dir!"

„Ich weiß! Man sieht es dir jeden Tag mehr an! Du strahlst heller als die Sonne. Dein Lächeln ist sehr ansteckend und so wunderschön! Du hast auch schon richtig Farbe bekommen! Das gefällt mir sehr gut! Gibt es einen bestimmten Grund dies jetzt zu sagen?"

„Du hast mich doch vor kurzem gefragt wieso ich nicht öffentlich zaubere. Ich habe zwar nicht gelogen denn es ist die Wahrheit dass ich nicht gerne im Mittelpunkt stehe. Es gibt allerdings noch einen anderen Grund, möchtest du ihn wissen?"

„Ich will alles von dir wissen! Wo du her gekommen bist und wohin du noch gehen möchtest. Wovon du träumst wenn du deine Augen schließt und wofür dein Herz schlägt! Was dir Angst macht und dir Freude bereitet. Ich will ein Teil deines Lebens sein, das weißt du doch! Ich möchte einfach alles mit dir teilen!"

„Du sagst mir immer so schöne Dinge! Meine Kraft, ich wollte sie als Kind nicht. Ich hatte Angst davor. Angst jemanden weh zu tun oder auch so ein Armband zu bekommen. Meine Meisterin war das Beste was mir passieren konnte. Ich traf sie im bestmöglichen

Augenblick und sie half mir, meine Kräfte verborgen zu halten. Auch nach ihrem Tod, habe ich meine Kräfte immer versteckt gehalten weil ich immer Angst davor hatte, was passieren würde wenn ich sie nutze. Selbst auf unserer Reise hätte ich meine Kräfte nutzen können aber ich..., ich hatte sie schon so lange versteckt. Es war als hätte ich einen Teil meines Lebens mit einer Maske gelebt. Selbst den Menschen die mir am meisten bedeutet haben, habe ich nicht mehr mein wahres Gesicht gezeigt. Als meine Eltern getötet wurden, war es sogar wie ein Fluch der auf mir lastet, der mir alles genommen hatte. Selbst meinen Lebenswillen hatte ich verloren. Erst als ich dich befreien wollte, habe ich es in ihren Augen gesehen. Diese Assassine hatte keine Angst vor mir obwohl ich noch nie zuvor, so viel Faro benutzt habe und sie wirklich einschüchtern wollte. Sie haben meine Fähigkeiten bewundert statt sich fürchten. Ebenso die Seemänner auf meiner Überfahrt oder die Kinder am Brunnen..., sie haben so viel Freude an meinen Kräften gehabt, da begann es sich zu verändern. Ich habe damit begonnen, mein Faro als Teil von mir zu akzeptieren. Vielleicht ist es mir deswegen so schnell gelungen mein Ziel zu erreichen obwohl es hoch gesteckt war. Ich fühle mich einfach jeden Tag besser. Ich bin eine Magierin, ich könnte diesen Teil von mir nie wieder leugnen und ich will es auch nicht! Ich bin zu mächtig geworden um meine Kraft ständig zu unterdrücken. Ich will sie raus lassen, ich will sie benutzen, ich will das Faro formen und damit Wunder bewirken! So..., WIE DIESES", brüllte Sarfin und rief ihr Faro. Sie ballte ihre Fäuste, zog sie zu sich heran und faltete ihre Hände in einer leichten Drehbewegung. Ein bläulicher Schimmer erschien und wuchs aus ihrer Handfläche. Sarfin packte es, klatschte und schleuderte das blaue Licht zwischen Reesas Beine. Es schien beim Aufprall auf dem Boden zu verpuffen doch das tat es nicht, stattdessen formte es sich wie ein bläulicher Nebelschleier um und breitete sich zu allen Seiten aus. Reesa wurde in die Luft gehoben während der Nebel Gestalt annahm und zu einem gut erkennbaren Tiger aus blauem Licht wurde. Reesa berührte den Rücken des Tigers und wirkte völlig ergriffen.

„Sarfin? Was ist das? Das ist doch kein Wasser mehr", fragte Reesa leicht verängstigt und doch voller Bewunderung. „Diese Farbe, es sieht wunderschön aus!"

„Das ist Wasser bevor es Wasser wird. Das Leben dahinter, die Kraft der Göttin, Faro, Energie, Magie, wie auch immer du es nennen willst. Heute verstehe ich was meine Meisterin meinte, ich bin wirklich sehr mächtig! Ich bin eine Meistermagierin, glaube ich zumindest!"

„Wie fühlst du dich denn? Ist es sehr anstrengend mich auf diesem Tiger sitzen zu lassen? Woher kommt eigentlich die Faszination für diese Tiere?"

„Tiger? Wieso denn nicht? Ich habe als Kind einen im Zirkus gesehen und finde dass es kein schöneres Tier auf der Welt gibt! Das ist ja das merkwürdige. Es strengt mich überhaupt nicht an! Ich fühle mich Klasse! Das ist es was ich jetzt bin! Was ich schon seit Jahren bin aber jetzt erst akzeptiere. Ich bin eine Magierin! S. J. Sarfin! Ich werde diese Tatsache nie wieder leugnen", rief sie selbstbewusst und erschuf mit wenigen Handbewegung einen zweiten Tiger unter sich selbst. „Das wollte ich seit Tagen loswerden! Es fühlt sich wie eine Befreiung an, endlich zu mir selbst stehen zu können. Weinst du? Hey, was ist los?"

„Nichts Schlimmes! Ich bin auch glücklich! Sehr sogar! Ist mir noch nicht oft passiert dass ich mich einfach nur für andere freuen kann. Ein tolles Gefühl!"

„Gewöhn dich dran", rief Sarfin lachend und befahl ihrem Tigeravatar los zu laufen. Reesas Avatar richtete sich nach ihrem und lief leicht versetzt neben ihm her. Sarfin ritt mit Absicht eine große Runde durch die ganze Stadt ehe sie hinter einem Haus anhielt und die Avatare wieder verschwinden ließ. „Ich weiß, du magst keine Überraschungen aber heute bestehe ich darauf! Ich halte dir jetzt deine Augen zu und du darfst nicht schmulen! Bitte versprich es mir, ich hab mir solche Mühe gegeben."

„Schon gut, aber wehe du lässt mich gegen eine Wand laufen", erklärte Reesa mahnend und ließ sich von Sarfin die Augen zuhalten. Die beiden schritten vorsichtig um das Haus und die frisch in den Fels geschlagene Steintreppe. Oben angekommen, positionierte sie Reesa auf einer leicht erhöhten Position, nahm ihre Hände von ihrem Gesicht und rief: „Und? Was denkst du? Ist es den Kodayos würdig?"

„Sarfin was hast du getan", fragte Reesa völlig überwältigt und sank auf die Knie als sie das Ergebnis von Sarfins Mühen, der letzten Wochen bestaunte. Von der erhöhten Position konnten sie über mehr als ein halbes Dutzend, dampfender Quellen blicken, die überwiegend, kreisrund angelegt waren. Jedes der Bäder hatte eine eigene Steintreppe und leuchtete vom Grund des Bodens aus, in einem leichten bläulichen Farbton. Von einigen gewundenen Steinsäulen strahlten rundliche Lichtquellen in blauen und weißen Lichtern, in unterschiedlichen Färbungen. Große Fackeln rundeten die Belichtung der Bäder und eines schmalen, aber langen Beckens ab.

„Ich hatte mit meiner Vermutung recht! Unter dem Gestein ist wirklich eine heiße Quelle. Ich war eben schon einmal drin um es auszuprobieren. Das Wasser in den beiden ist fast schon heiß, in den beiden nicht ganz so sehr und die beiden hier vorne sind nur noch warm. In dem langen Becken kann man richtig schwimmen, hab es extra tief gemacht. Und das Beste kann man von hier gar nicht sehen weil ich es ein bisschen…, nun ja, privater anlegen wollte. Komm schnell, es ist da unten um die Ecke", sagte Sarfin und lief zügig vor. Sie blieb kurz vor dem Zugang der Grotte stehen, die unter der Position lag auf der sie eben gestanden hatten. „Hier, sieh nur."

Sarfin ging umgehend hinein, streifte ihre Kleider ab und warf sich in das dampfende Wasser, der romantischen Grotte.

„Was ist los? Wo bleibst du denn", rief Sarfin als sie wieder aufgetaucht war und ihre nassen Haare aus ihrem Gesicht streifte.

„Sarfin, süße. Was du hier geschaffen hast, übertrifft jede Fantasie! Wie hast du diese Lichter erzeugen können? Ich dachte du erzeugst Wasser."

„Das ist nur das Faro im Wasser und vielleicht ein, zwei neue Fertigkeiten. Musste viel lernen aber ich finde die Mühe hat sich gelohnt oder was meinst du? Willst du nicht zu mir ins Wasser kommen?"

„Ich möchte diesen Eindruck noch ein bisschen einfangen. Diese Grotte, nein…, alles was du hier geschaffen hast ist unfassbar, mit keinem Wort zu beschreiben. Morgen werden sie dir eine Statur bauen!"

„Ach hör schon auf! Das ist ein Geschenk und ich hoffe dass es alle Zeit überdauern wird und jetzt komm endlich her oder ich werde dich zwingen", rief Sarfin und ließ sich durch ihr Faro nach oben tragen bis sie nackt auf der Wasseroberfläche stand. Mit einer Handbewegung schraubte sich eine Wassersäule aus der Grotte nach oben, formte sich zu einer gewaltigen Hand und zog Reesa schreiend ins Wasser. Sarfin ließ sich nach hinten fallen und tauchte ebenfalls unter. Sie packte Reesa als sie auftauchte, drückte sie an die Felswand und küsste sie leidenschaftlich.

Sarfin und Reesa erwachten am nächsten Morgen gleichzeitig als es an ihre Türe hämmerte. Noch bevor sie realisierten konnten was passierte, drangen mehrere Kriegerinnen in ihre Wohneinheit ein.

„Anziehen und mitkommen", befahl eine gerüstete Kriegerin in harschem Tonfall als sie in das Schlafzimmer der beiden trat.

„Ist das euer ernst? Ihr spinnt doch! Kommt wieder wenn wir wach sind", antwortete Reesa gelangweilt und drehte sich einfach wieder um. Sarfin war mittlerweile so geübt mit ihrem Kleidungszauber dass ein Handwischen ausreichte um beide mit einem weißen Lichtblitz in neue Kleidung zu tauchen. „Ach Sarfin! Geh doch nicht auf sie ein."

„Die sehen aber böse aus", antwortete Sarfin völlig verschlafen. „Wieso ist es denn schon so hell?"

„Weil es bereits Nachmittag ist ihr faulen Säcke! Los aufstehen, umgezogen seid ihr ja schon. Bewegung!"

„Wenn es nicht wichtig ist dann werde ich gleich sauer..., irgendwann später wenn ich wach bin", gähnte Reesa völlig verschlafen. Sarfin rieb sich müde die Augen als sie aus dem Bett stolperte und jetzt erst erkannte wie bedrohlich die Kriegerinnen tatsächlich wirkten.

„Reesa, steh jetzt auf. Ich glaube wir bekommen Ärger", sagte Sarfin und rüttelte Reesa wach.

„Wieso? Weil wir verschlafen haben", antwortete sie und richtete sich müde auf. Beide folgten den Kriegerinnen ohne Widerworte durch das Gewirr der sandigen Straßen. Sarfin war noch viel zu müde um zu realisieren wo sie hingeführt wurden. Sie klammerte sich an ihre Freundin und versuchte lediglich, nicht ins Stolpern zu kommen. Auf einer langgezogenen Steintreppe ging es eine Anhöhe hinauf ehe die Kriegerinnen stehen blieben.

„Da lang! An den Hang! Bewegt euch, keine Fragen, einfach bewegen oder es knallt!"

Sarfin begriff nicht was dieses Verhalten sollte und drehte sich um. Vor ihr ging es lediglich bis an die Kante des Hangs, die mit einem hölzernen Geländer versehen war. Sie seufzte genervt, bekam einen leichten Stoß in den Rücken und ging los, drehte sich beim gehen jedoch noch einmal um und rief den Kriegerinnen hinterher: „Ihr spinnt doch!"

Sie drehte sich wieder um als sie mit einer Hand das Geländer des Hangs berührte und erkannte nicht nur wo sie eigentlich stand sondern bekam beinahe einen Herzstillstand als sie aus dem nichts, frenetisch gefeiert wurde. Unzählige Frauen und Kinder hatten sich weit unterhalb des Hangs verteilt und jubelten ihr in ohrenbetäubender Lautstärke zu. Sarfin war zu keiner Reaktion fähig, stand völlig reglos an dem Geländer und blickte auf die Kodayos, in und um ihre geschaffenen Quellen.

„Hast du dich mittlerweile entschieden ob du eine von uns sein möchtest? Entschuldige das ruppige Wecken aber du hast uns ja auch nicht vorgewarnt was uns heute erwartet. Ich dachte, ich träume als ich dein

Wunderwerk gesehen habe. Im Namen aller Bewohner dieser Stadt möchte ich dir aufrichtig und demütig, von ganzem Herzen danken! Siehst du wie glücklich du sie gemacht hast? Für die Menschen da unten, bist du mit dem heutigen Tag eine Legende! Für mich auch", sagte die hübsche Natalia als sie sich unbemerkt neben sie gestellt hatte. „Und du, meine liebe Reesa, du hast uns dieses wundervolle Mädchen gebracht. Wir könnten euch beiden niemals gleichwertig danken. Wir können keine Wunder bewirken aber wir können euch zumindest zeigen, wo euer Platz in unseren Herzen ist."

Natalia zückte ihren Säbel völlig unerwartet und ging auf die Knie. Kaum kniete das Oberhaupt der Kodayos vor Reesa und Sarfin, imitierten die Kriegerinnen auf dem Hang ihre Anführerin und knieten sich ebenfalls hin. Unterhalb des Hangs passierte dasselbe, eine Kodayo nach der anderen, begann in die Knie zu gehen und den Kopf respektvoll zu senken. Die Welle breitete sich immer weiter aus bis nur noch Reesa und Sarfin auf den Beinen waren. Ihr Atem raste bei diesem imposanten Anblick. Reesa legte einen Arm um ihre Hüfte und lehnte sich dich an ihre Freundin um ihr etwas zu zuflüstern.

„Sag es nicht! Egal was du jetzt tust aber sag es nicht", flüsterte Sarin völlig ergriffen als erstes in Reesas Ohr weil sie wusste was ihrer Freundin auf der Zunge lag.

„Einen besseren Moment wird es nie wieder geben aber gut, ich sage nichts. Ach..., scheiß drauf. Weißt du noch am Sonnenfelsen? Ich habe es gesagt! Ich war die erste! Damit hat sich dein Fluch wohl in einen Segen verwandelt. Bitte, gern geschehen."

Nein das hat er nicht! Das konnte er nicht denn ich war nie verflucht! Ich bin eine Magierin und eine

Kodayo! Ich habe hier einfach nur meine wahre Bestimmung gefunden. Mama, Papa, Laura, nur eure Opfer haben mich hierher gebracht, dachte Sarfin glücklich und berührte ihr verwandeltes Armband, das ursprünglich der hellblaue Solekas Gedächtnisstein ihrer Meisterin gewesen war. *Es wäre schön wenn eure Seele noch bei mir wäre. Könnt ihr sehen was ich geschaffen habe? Ohne euer Wissen wäre mir dies niemals gelungen! Danke Laura!*

„Danke", antwortete Sarfin weinend und hob die Hand, um zum ersten Mal in ihrem Leben zu erfahren, was wahre Dankbarkeit bedeutet, als ihre neuen Schwestern, ihren Gruß mit einem noch lauteren Jubel beantworteten.

Das ist mein zuhause und meine neuen Schwestern! Doran Heibor!

Der Sonnenfelsen
6. Vollmondperiode des Jahres 922

Einige Vollmonde später erreichten Reesa und Sarfin das Waffenlager des Sonnenfelsen. Reesa öffnete die geheime Felsspalte umgehend und blickte hinein.

„Alles leer, wie das letzte. Die Assassine haben deine Bitte zügig umgesetzt."

„Das ist perfekt! Ich werde diesen Ort auch mit einem Bann belegen und diesen Hohlraum zu einem ewigen Wasserlager machen, ähnlich wie die Quellen. Dieser Stein liegt doch im Prinzip auf allen Routen die du mir gezeigt hast. Wenn hier stets ein solides Wasserlager zu finden ist, sollte es die Reise durch die Wüste massiv erleichtern. Ich habe mir noch vier andere Punkte ausgesucht, die ich gerne besuchen möchte."

„In Sandstadt hast du einige Wochen gebraucht. So lange können wir nicht hier bleiben. Das weißt du sicherlich aber ich sage es trotzdem."

„Ja ich weiß. So lange will ich auch nicht hier bleiben. Mein Plan sieht vor, diesen Platz lediglich zu markieren. Ich habe dafür diese Amulette vorbereitet. Das lege ich hier rein und kann alles Nötige von Zuhause machen. Wenn mein Bannzauber bereit ist, überträgt er sich auf alle Amulette. Nicht schlecht, oder?"

„Wenn es so einfach ist dann hätte auch jemand anderes gehen können. Die Assassine kommen früher oder später an allen Punkten vorbei. Du hättest doch weiter an deinen Tarnzaubern arbeiten können. Irgendwann willst du doch deinen Bruder besuchen."

„Ich würde gerne aber ich habe den Tarnzauber noch immer nicht durchschaut. Ich begreife einfach nicht wieso mir einiges leichter fällt als anderes. Ich hatte gehofft, meinen Bruder und auch Nele besuchen zu können. Beide fehlen mir so. Ich würde meinen Neffen auch so gerne sehen."

„Woher weißt du denn dass dein Bruder einen Sohn bekommen hat?"

„Ich habe doch auch drei Tiersteine. Der Drachenstein war von Beginn an eine dumme Wahl. Jetzt wo alle Drachen tot sind sowieso. Hier in der Wüste hilft mir der Stein für Wildpferde leider auch nicht mehr, hab es schon oft ausprobiert. Der Falkenstein funktioniert jedoch auch hier wenn man genug Geduld aufbringen kann. Ich habe gelernt wie ich diesen einen Befehl ein wenig, sagen wir…, wie ich ihn in die Länge ziehen kann. Der Falke hat mir tatsächlich eine Antwort von meinem Bruder überbracht. Sie war nicht lang, ist leider nicht viel Platz auf dem Stückchen Pergament gewesen aber seine Frau hat ganz kleingeschrieben. Er hat einen Sohn bekommen. Ich bin eine Tante."

„Das freut mich für ihn und auch für dich! Babys sind immer etwas Schönes. Hast du schon einmal selbst darüber nachgedacht?"

„Über Babys? Natürlich! Ich bin ein Mädchen! Die Göttin hat mich dafür gemacht um Kinder zu bekommen auch wenn ich dem nicht mehr nachkommen kann. Wir beide werden wohl kein Kind bekommen können."

Reesa schwieg bis ihre Wüstenpferde erreichten ehe sie fragte: „Würdest du gerne? Ich würde es verstehen wenn du diesen Wunsch hegst. Ich habe auch schon sehr oft darüber nachgedacht aber als Assassine wäre ich eine schlechte Mutter gewesen. Jetzt sieht alles etwas anders aus."

„Ich bin nicht sicher. Mir geht es gut, so wie es ist! Du gibst mir mehr als mir je jemand geben konnte. Ich würde dich nicht verlieren wollen. Eine von uns müsste doch dann mit einem Mann schlafen. Ich weiß nicht ob ich das noch möchte. Ich weiß auch nicht ob ich wollte dass du es noch einmal tust aber weißt du…, wir beide haben noch so viel vor uns und stehen erst ganz am Anfang. Ich fühle mich wie ein neuer Mensch. Ich glaube dieses Gefühl ist wahre Freiheit. Wenn ich diese Wüste sehe dann sehe ich keinen todbringenden Ort mehr. Ich sehe einen Ort der Hoffnung! Mein Zuhause! Und wir beide beginnen jetzt damit, diesen Ort sicherer zu machen."

„Du bist Abenteuerlustig geworden. Diese Seite gefällt mir sehr gut. Darf ich dich etwas fragen? Warum reiten wir auf den Wüstenpferden? Mit deinen Avataren würde es schneller gehen."

„Dann würden wir noch irgendwas verpassen. Dieses weite Land ist unsere Heimat. Ich will es kennenlernen. Jedes einzelne Sandkörnchen. Fürchtest du dich etwa? Ich bin doch bei dir", lachte Sarfin.

„Bin ich auch so unlustig wie du", lachte Reesa und nahm die Zügel ihres Wüstenpferdes in die Hand. „In welche Richtung zuerst?"

„Aus welcher Richtung kommen die meisten Flüchtlinge? Nehmen wir diese Route als erstes."

„Osten, definitiv Osten", antwortete Reesa und trieb ihr Pferd voran. Sarfin wendete ihr Pferd, zog sich ihren Hut auf und ritt zufrieden an Reesas Seite.

Epilog
12. Vollmondperiode des Jahres 985

Das junge Mädchen klappte die Seiten vorsichtig zusammen, legte das alte Buch zur Seite und ließ sich nach hinten in die Kissen fallen.

„Bist du fertig süße", fragte ihre Mutter und legte das Buch zur Seite. „War es endlich einmal spannend genug für dich? Ich habe dich vorher gewarnt, es nicht zu lesen. Solche Geschichten sind nicht für Kinder gedacht aber du wolltest ja unbedingt alles über die Assassine wissen bevor deine Ausbildung beginnt!"

„Ich bin kein Kind mehr! Ich bin schon vier, fast fünf und kann schon lesen! Nur große Mädchen können lesen", grinste das blonde Mädchen und strich sich ihre lange Haarsträhne aus dem Gesicht. „Es hat mir sogar sehr gefallen! War das deine Oma in dem Buch? Reesa Seraf? Glänzt dieser Sonnenstein eigentlich wirklich so wie Gold?"

„Doch mein Schatz! Mit vier bist du noch ein Kind auch wenn du nicht so bist wie die anderen Kinder. Du meinst den Sonnenfelsen? Oh ja das tut er. Man kann ihn schon von ganz weit weg erkennen, so stark reflektiert er die Sonne. Ich war schon einmal selbst dort und habe auch dieses Wasserlager gesehen. Reesa war wohl eher meine Uroma, glaube ich. Das Ganze ist schon über 60 Jahren her. Oma Reesa muss schon vor meiner Geburt gestorben sein. Sie war eine beliebte und hochgeschätzte Kodayo und sie war auch deine Oma, mein Schatz. Ich habe dich zwar nicht geboren aber du bist trotzdem meine Tochter, das weißt du doch."

„Ja ich weiß…", antwortete das kleine Mädchen beiläufig und wollte bereits die nächste Frage stellen doch ihre Mutter unterbrach sie indem sie sich neben sie setzte und einen Arm um sie legte.

„Jane Seraf! Ich hatte dir doch verboten zu lügen! Man muss immer die Wahrheit sprechen! Das ist ganz wichtig!"

„Ja das weiß ich! Ich habe nicht gelogen, Kodayos lügen nie", antwortete die junge Jane postwendend.

„Ganz sicher, meine süße? Wenn du meine Oma sagst, dann fällt es dir doch schwerer als du dir selbst eingestehen möchtest. Es gibt Dinge im Leben, da weiß man einfach nie ob man das richtige getan hat. Ich wollte aus Julia und dir, anständige Mädchen machen. Wenn ich von euch verlange, immer aufrichtig und ehrlich zu sein dann muss ich das auch sein. Deswegen habe ich dir nie etwas vorgemacht. Ich habe dich nicht geboren aber ich habe dich sofort aufgenommen als man dich nach Sandstadt brachte. Ich bin deine Mama! Du bist meine Tochter! Ich liebe dich genauso wie meine eigene Tochter! Ich wollte nie einen Unterschied zwischen euch machen", erklärte ihre Mutter schluchzend.

„Nicht weinen Mama. Tut mir leid, ich wollte nichts Falsches sagen. Es ist…, ich verstehe es nicht. Warum konnte meine richtige Mama nicht so wie du sein? Wieso wollte sie mich nicht? Habe ich etwas gemacht? Stimmt etwas nicht mit mir? Ich verstehe nicht, warum ich meine Mama oder meinen Papa nicht kennen darf. Wieso haben sie mich weggeben? War ich böse?"

„Nein Schatz, mit dir ist alles in Ordnung! Du bist ein ganz tolles Mädchen! Du bist so unverschämt süß und schon so klug. Ich wollte, ich wüsste die Antwort aber ich kenne sie nicht. Ich weiß nicht wer deine Eltern sind aber eins weiß ich. Es hat rein gar nichts mit dir zu tun! Jede Mutter wäre stolz auf dich! Du darfst nicht daran glauben dass es mit dir zu tun haben könnte. Du bist doch noch ein Baby gewesen als ich dich bekam. Ein so unglaublich süßes Baby! Da draußen herrscht immer noch Krieg, der schlimmste Krieg dieses Jahrtausends. Es hatte ganz bestimmt etwas damit zu tun", antwortete ihre Mutter und küsste Jane auf die Stirn. Sie hielt ihre kleine Tochter eine Weile im Arm ehe sie fragte: „Mama? Gibt es Magie denn noch oder konnte dieser böse König sie kaputt machen? Was ist denn mit Sarfin passiert?"

„Sarfin? Nun ja, es gibt wohl noch ein Buch aber ich weiß leider nicht wo es ist. Oma Reesa hat ihre Abenteuer alle aufgeschrieben. Sarfin hat bis zu ihrem Verschwinden eine ganze Menge Wunder bewirkt! Unsere heiße Quelle, die du so magst, wurde von ihr geschaffen oder auch der Halbmondpass. Ach…, ja und nein, das haben sie bis heute nicht geschafft. Magie ist so selten geworden dass die meisten Menschen sie schon völlig vergessen haben. Ich glaube manche Dinge gehören trotzdem einfach zu unserer Welt. So wie der Wind jeden Tag da ist obwohl wir ihn nicht sehen, so ist auch Magie überall zu finden. Weißt du was ich glaube? Magie und das Leben gehören irgendwie zusammen."

„Glaubst du wirklich? Ich will auch Magie sehen! Kann hier in Sandstadt einer zaubern?"

„Nein, leider nicht. Wenn du bald alles gibst und sehr fleißig bist, dann wirst du Dinge lernen, die dich noch mächtiger machen als es jeder Zauberer sein könnte. Du mein Schatz, du wirst eine Assassine. Eine berüchtigte Assassine, ein Todbringer aus der Wüste. Alle werden sie vor dir Angst haben und bei deinem Anblick erzittern! Nein, sie werden schon bei deinem Namen erzittern! Jane Seraf!"

„War das Fest mit den Wettkämpfen deswegen? Hat der Rat nach neuen Assassinen gesucht? Bin ich deswegen ausgewählt worden?"

„Genau so ist es. Die Ausbildung wird sehr, sehr hart werden, mein Schatz. Du wirst dir oft wünschen dass du dich anders entschieden hättest aber wenn sie dich ausgebildet haben, dann wirst du es verstehen. Durch den Rat wirst du Fähigkeiten erlernen mit denen du in der Welt für Gerechtigkeit sorgen kannst. Du hast es in dem Buch gelesen, wie böse die Welt da draußen sein kann. Du wirst die Welt nicht verändern können aber du kannst das Leben von einigen wenigen besser machen. Was denkst du? Ist es das wert um fast ein Jahrzehnt durch die Hölle zu gehen?"

„Mama, meinst du die Frage ernst? Jeder muss doch ja sagen! Ich will ganz vielen helfen und ich werde jeden bösen Mensch töten! Ich werde die beste Assassine aller Zeiten! Ich brauche gar keine zehn Jahre. Ich bin immer besser als alle anderen wenn ich mich anstrenge!"

„Ja das wirst du mein Schatz! Du hast alles was es dafür braucht! Du wirst ganz große Taten vollbringen! Davon war ich bereits überzeugt als ich dich zum ersten Mal sah. Du wurdest nicht geboren um ein niemand zu werden!"

„HEY MAMA! Das ist gemein! Ich werde auch eine berüchtigte Assassine! Jane und ich, zusammen! Nicht wahr Jane? Wir machen alles zusammen", rief das schwarzhaarige Mädchen, das die ganze Zeit hinter der Tür gelauscht hatte und jetzt hervor gesprungen war.

„Ja, Mama! Julia und ich machen das zusammen. Wir werden beide Assassine. Dann musst du dir keine Sorgen machen wenn wir auf uns selber aufpassen können. Dann kannst du stolz sein! Wir werden wie die große Ralla!"

„Ich bin doch jetzt schon so stolz auf euch beide. Ihr seid so tolle Mädchen. Alle beide! Versprecht mir eins! Auch wenn ihr keine richtigen Geschwister seid, ihr müsst immer zusammenhalten! Was auch kommen mag, wer auch immer sich zwischen euch stellt, nichts und niemand darf euch jemals auseinanderbringen! Niemals!"

„Versprochen Mama", antworteten die beiden Mädchen gleichzeitig und fielen sich lachend in die Arme.

„Nein! Bitte versprecht es mir richtig und so aufrichtig wie möglich! Ich darf so etwas gar nicht sagen aber ich tue es trotzdem! Ganz gleich was passiert, ich werde immer für euch da sein! Und ich verlange dass ihr beide auch, für alle Zeit füreinander da seid! Auch ein Girgo, darf euch nicht entzweien! Versprecht es!"

„Mama, ich schwöre es! Ich werde die beste, große Schwester auf der Welt! Ich werde für immer auf Jane aufpassen", erklärte die kleine Julia und richtete sich kerzengrade auf.

„Dann werde ich die beste, kleine Schwester auf der Welt", antwortete Jane und sprang ihrer Mutter in die Arme. „Versprochen!"

„Danke! Das wollte ich hören! Ihr zwei süßen, es wird Zeit dass wir uns für das große Fest hübsch machen. Ich möchte uns wieder gemeinsam zeichnen lassen. So wie jedes Jahr!"

„JA", antworteten die beiden Mädchen freudig und sprangen auf. „Dürfen wir in Sarfins Quelle baden? Bitte Mama."

ENDE

Nachwort

Das war es leider schon..., für heute! Die junge Jane, mein Lieblingscharakter, beginnt ihre Ausbildung zur Assassine und hat damit eine Entscheidung getroffen, die viele Leben verändern wird! Auch meines...

Wieso habe ich mich dazu entschieden noch ein Werk vor dem großen Hauptwerk zu bringen? Die Antwort ist sehr einfach, alles braucht einen Anfang und so braucht auch eine umfassende Reihe wie Verbotene Magie, ein Sprungbrett um überhaupt wahrgenommen zu werden. Ich hoffe die Geschichte von Sarfin, dem jungen Magiermädchen, kann ein solches Sprungbrett sein um Darius und seinen Gefährten, einen Weg in diese Welt zu ermöglichen. Mir hat das gesamte Projekt sehr viel Spaß und unglaublich viel Freude gemacht. Ich hoffe jedem Leser einige schönen Stunden, in einer neuen Welt zu ermöglichen. Dies ist mein Traum, euch die Geschichte der verbotenen Magie zu erzählen, die mit diesem Buch seinen Anfang genommen hat.

Ich bedanke mich bei jedem Leser und freue mich über jeden von euch, der es bis zu diesen Worten geschafft hat. Vielen Dank, ganz besonders für Deine Aufmerksamkeit! Ich hoffe, wir sehen uns bald wieder!

Ein ganz besonderer und aufrichtiger Dank geht ganz zum Schluss an Marcel! Vielen, vielen Dank für die unzähligen Stunden deiner Aufmerksamkeit!

S.B.J.S.

Zeitfracht Medien GmbH
Ferdinand-Jühlke-Straße 7
99095 Erfurt, Deutschland
produktsicherheit@kolibri360.de